Beth O'Leary
LOVE TO SHARE

D1407454

Beth O'Leary

# LOVE TO SHARE

Liebe ist die halbe Miete

Roman

Aus dem Englischen
von Pauline Kurbasik und Babette Schröder

**DIANA**

Sollte diese Publikation Links auf Webseiten Dritter enthalten,
so übernehmen wir für deren Inhalte keine Haftung, da wir uns diese
nicht zu eigen machen, sondern lediglich auf deren Stand
zum Zeitpunkt der Erstveröffentlichung verweisen.

Verlagsgruppe Random House FSC® N001967

Deutsche Erstausgabe 05/2019
Copyright © 2019 by Beth O'Leary
Die Originalausgabe erschien 2019 unter dem Titel
*The Flatshare* bei Quercus, London
Copyright © der deutschsprachigen Ausgabe 2019
by Diana Verlag, München,
in der Verlagsgruppe Random House GmbH,
Neumarkter Straße 28, 81673 München
Redaktion: Lisa Scheiber
Umschlaggestaltung: FAVORITBUERO GbR, München
Umschlagmotiv: © Sarah Wilkins
Satz: Leingärtner, Nabburg
Druck und Bindung: GGP Media GmbH, Pößneck
Alle Rechte vorbehalten
Printed in Germany
ISBN 978-3-453-36035-8

www.diana-verlag.de
Dieses Buch ist auch als E-Book lieferbar.

*Für Sam*

# FEBRUAR

## 1

## TIFFY

Einen Vorteil hat es ja schon, wenn man verzweifelt ist: Man wird viel offener.

Diese Wohnung hat ihre guten Seiten. Den farbenprächtigen Schimmel an der Küchenwand kann man abschrubben, zumindest kurzfristig. Die ranzige Matratze kann man recht günstig austauschen. Und die Pilze, die hinter dem Klo wuchern, verleihen der Wohnung zweifellos einen Touch von Frische und Natur.

Aber Gerty und Mo sind nicht verzweifelt und versuchen nicht, die guten Seiten zu sehen. Ich würde ihren Gesichtsausdruck als »entsetzt« beschreiben.

»Hier kannst du nicht wohnen«, sagt Gerty.

Sie hat ihre hohen Schuhe zusammen- und die Ellbogen an den Körper gepresst, als würde sie so wenig Raum wie möglich einnehmen wollen, um gegen ihre Anwesenheit hier zu protestieren. Das Haar hat sie zu einem niedrigen Dutt gebunden und schon festgesteckt, damit sie die Anwaltsperücke, die sie bei Gericht trägt, einfach aufsetzen kann. Ihr Gesichtsausdruck wäre wohl lustig, wenn es nicht tatsächlich mein Leben wäre, worüber wir hier sprechen.

»Es muss doch noch was anderes geben, das du dir leisten kannst, Tiff«, sagt Mo besorgt und richtet sich auf, nachdem er den Boiler inspiziert hat. Er sieht noch zerzauster aus als sonst, da nun auch noch Spinnweben in seinem Bart hängen. »Die hier ist noch schlimmer als die von gestern Abend.«

Ich sehe mich nach dem Immobilienmakler um, er ist glücklicherweise außer Hörweite und raucht eine auf dem »Balkon« (dem durchhängenden Dach der Nachbarsgarage, auf dem man garantiert nicht stehen sollte).

»Ich schau mir nicht noch so ein Drecksloch an«, erklärt Gerty und blickt auf die Uhr. Es ist acht Uhr früh – sie muss um neun am Southwark Crown Court sein. »Es muss noch eine andere Möglichkeit geben.«

»Wir können sie doch wirklich *problemlos* bei uns unterbringen«, schlägt Mo etwa zum fünften Mal seit Samstag vor.

»Echt jetzt, Mo, hör bitte mal auf«, fordert Gerty. »Das ist keine langfristige Lösung. Und sie müsste im Stehen schlafen, um irgendwo reinzupassen.« Sie schaut mich genervt an. »Musstest du so groß werden? Sonst hätten wir dich unterm Esstisch verstauen können, also wenn du kleiner als 1,75 Meter wärst.«

Ich blicke entschuldigend, aber ich würde lieber hier wohnen als auf dem Boden der winzigen, unverschämt teuren Wohnung zu schlafen, die Mo und Gerty letzten Monat gemeinsam gekauft haben. Sie haben davor noch nie zusammengewohnt, noch nicht mal als Studenten. Ich mache mir Sorgen, dass ihre Freundschaft das nicht überleben könnte. Mo ist chaotisch und verpeilt, hat diese unheimliche Gabe, enorm viel Raum einzunehmen, obwohl er recht klein ist. Gerty hingegen hat die letzten drei Jahre in einer übernatürlich sauberen Wohnung gelebt, derart perfekt, dass sie wie computergeneriert aussah. Ich weiß nicht, wie sich diese beiden Lebensstile vertragen, ohne dass West-London implodiert.

Das Hauptproblem aber ist: Wenn ich bei jemandem auf dem

Boden penne, kann ich genauso gut zu Justin zurückgehen. Und am Donnerstag habe ich um elf Uhr abends offiziell beschlossen, dass ich mir diese Option nicht länger offenhalten darf. Ich muss vorankommen und irgendwo verbindlich zusagen, damit ich keinen Rückzieher mehr machen kann.

Mo reibt sich die Stirn und lässt sich auf das schmuddelige Ledersofa fallen. »Tiff, ich könnte dir ein bisschen Geld …«

»Ich will nicht, dass du mir Geld leihst«, sage ich gereizter als beabsichtigt. »Guck mal, ich will das *echt* diese Woche erledigen. Ich nehme entweder diese Wohnung oder die Wohngemeinschaft.«

»Die *Bettgemeinschaft*, meinst du«, murmelt Gerty. »Gestattest du die Frage, warum das plötzlich so dringend ist? Also nicht, dass ich das nicht grandios finden würde. Aber beim letzten Mal, als ich das Thema angeschnitten habe, hast du bockig in dieser Wohnung verharrt und darauf gewartet, dass Er-dessen-Name-nicht-genannt-werden-darf vorbeikommt.«

Ich zucke überrascht zusammen. Nicht wegen des Untertons – Mo und Gerty konnten Justin nie leiden und wissen, dass ich äußerst ungern noch immer in seiner Wohnung lebe, obwohl er kaum dort ist. Es ist einfach ungewöhnlich, dass Gerty ihn unmittelbar erwähnt. Nachdem das letzte Abendessen zu viert, bei dem ich alle wieder miteinander versöhnen wollte, mit einem wütenden Streit geendet hatte, habe ich es aufgegeben, darauf zu hoffen, dass sie miteinander auskommen, und Gerty und Mo einfach gar nichts mehr von ihm erzählt. Alte Gewohnheiten lassen sich schwer ablegen – selbst nach der Trennung haben wir es vermieden, direkt über ihn zu sprechen.

»Warum muss es denn *so* billig sein?«, spricht Gerty weiter und ignoriert Mos warnenden Blick. »Ich weiß, dass du mies bezahlt wirst, aber echt, Tiffy, vierhundert pro Monat ist in London einfach nicht drin. Hast du das schon einmal vernünftig durchdacht?«

Ich schlucke. Ich spüre, wie Mo mich mustert. So ist das, wenn man mit einem Therapeuten befreundet ist: Mo ist so was wie ein anerkannter Gedankenleser, und er schaltet seine Superkräfte wohl nie aus. »Tiff?«, fragt er sanft.

Ach verdammt. Ich muss es ihnen einfach zeigen. Da führt kein Weg dran vorbei, Augen zu und durch, als würde man ein Pflaster abziehen oder in kaltes Wasser springen oder meiner Mutter erklären, ich hätte eine edle Vase von der Wohnzimmerkommode zerdeppert.

Ich nehme mein Handy und rufe die Facebook-Nachricht auf:

Tiffy,

ich bin über dein Verhalten gestern Abend echt enttäuscht. Du hast völlig unangemessen reagiert. Es ist meine Wohnung, Tiffy – ich kann wann ich will und mit wem ich will vorbeikommen.

Ich hatte auf mehr Dankbarkeit gehofft, dafür, dass ich dich bleiben lasse. Ich weiß, dass unsere Trennung schwer für dich war – ich weiß, dass du nicht bereit bist, zu gehen. Wenn du aber denkst, du kannst nun »einige Regeln festlegen«, dann solltest du mir auch die Miete für drei Monate überweisen. Und von nun an musst du auch deinen kompletten Anteil übernehmen. Patricia sagt, du nutzt mich aus, wohnst fast umsonst in meiner Wohnung, und obwohl ich mich bei ihr immer für dich eingesetzt habe, muss ich nach deinem Auftritt gestern doch zugeben, dass sie recht haben könnte.

Justin xx

Mir krampft sich der Magen zusammen, als ich diese Zeile noch einmal lese, *du nutzt mich aus*, weil ich das nie tun wollte. Ich wusste einfach nicht, dass er mich dieses Mal endgültig verlassen würde.

Mo hat die Nachricht als Erster gelesen. »Er ist am Donnerstag wieder vorbeigekommen? Mit Patricia?«

Ich schaue weg. »Er hat schon recht. Es war nett von ihm, dass er mich so lange hat bleiben lassen.«

»Witzig«, sagt Gerty sarkastisch, »ich hatte immer den deutlichen Eindruck, dass es ihm gefällt.«

Bei ihr hört es sich seltsam an, aber ich habe einen ähnlichen Eindruck. Wenn ich noch bei Justin wohne, dann ist es nicht offiziell vorbei. Ich meine, die ganzen anderen Male ist er doch schließlich auch immer zurückgekommen. Doch dann habe ich am Donnerstag Patricia getroffen. Die wahrhaftige, extrem attraktive, in der Tat ziemlich liebenswerte Frau, für die Justin mich verlassen hat. Zuvor hatte es nie eine andere Frau gegeben.

Mo greift nach meiner Hand; Gerty nimmt die andere. Wir bleiben so sitzen, ignorieren den Immobilienmakler, der vor dem Fenster raucht, und ich genehmige mir auf jeder Wange eine dicke Träne.

»Wie dem auch sei«, sage ich fröhlich und ziehe meine Hand weg, um mir über die Augen zu wischen. »Ich muss ausziehen. Jetzt. Selbst wenn ich bleiben wollte, könnte ich mir die Miete nicht leisten. Ich schulde Justin einen Haufen Geld, das ich mir wirklich nicht von jemandem leihen will, ich bin es leid, dass ich nicht selbst für meine Dinge zahle, und – um ehrlich zu sein – ja. Entweder diese Wohnung oder die WG.«

Mo und Gerty wechseln einen Blick. Gerty schließt mit schmerzerfüllter Resignation die Augen.

»Also, hier kannst du ganz sicher nicht wohnen.« Sie öffnet die Augen und streckt mir eine Hand entgegen. »Zeig mir noch mal die Anzeige.«

Ich reiche ihr mein Telefon und wechsele von Justins Nachricht zu der Anzeige für die Wohngemeinschaft im Internet.

Helle 1,5-Zimmer-Wohnung in Stockwell mit nur einem Bett, Miete beträgt 350 Pfund pro Monat inklusive Nebenkosten. Ab sofort verfügbar für mindestens sechs Monate.

Wohnung (Schlafzimmer, Wohnküche, Bad) werden mit mir, siebenundzwanzig, geteilt. Arbeite nachts auf Palliativstation und bin am Wochenende weg. Bin nur von neun Uhr morgens bis sechs Uhr abends zu Hause, von Montag bis Freitag. In der restlichen Zeit gehört die Wohnung dir. Perfekt für jemanden mit Nine-to-five-Job.

Für Besichtigung bitte L. Twomey kontaktieren – Kontaktdaten siehe unten.

»Du teilst dir nicht nur eine Wohnung, Tiff, du teilst dir auch ein Bett. Sich ein Bett zu teilen ist *seltsam*«, sagt Mo besorgt.

»Was ist, wenn L. Twomey ein Mann ist?«, fragt Gerty.

Darauf bin ich vorbereitet. »Das macht nichts«, sage ich ruhig. »Wir sind ja nicht zur selben Zeit im Bett, noch nicht einmal in der Wohnung.«

Das ähnelt auf unangenehme Weise dem, was ich gesagt habe, als ich mich letzten Monat dafür rechtfertigte, in Justins Wohnung zu bleiben, aber sei's drum.

»Du würdest mit ihm schlafen, Tiffany!«, sagt Gerty. »Alle wissen, dass die wichtigste WG-Regel lautet: ›Niemals mit dem Mitbewohner schlafen‹.«

»Ich glaube, dass hier nicht *diese* Art von Arrangement gemeint ist«, sage ich ironisch. »Siehst du, Gerty, manchmal, wenn
Leute sagen, dass sie ›das Bett teilen‹, meinen sie in Wahrheit …«

Gerty schaut mich lange und ruhig an. »Ja, danke, Tiffany.«

Mos Gekicher hört abrupt auf, als Gerty ihn anstarrt. »Ich
würde sagen, die wichtigste WG-Regel lautet: ›Man sollte vor
dem Einzug sicherstellen, dass man mit dem Mitbewohner
gut auskommt‹«, sagt er und blickt verschmitzt wieder zu mir.
»*Besonders* unter diesen Umständen.«

»Selbstverständlich werde ich L. Twomey zuerst kennenlernen. Wenn wir uns nicht verstehen, nehme ich die Wohnung
nicht.«

Kurz darauf nickt Mo mir zu und drückt meine Schulter.
Wir alle driften in die Art von Stille, die eintritt, nachdem man
über etwas Schwieriges gesprochen hat – halb ist man dankbar,
dass es vorbei ist, halb erleichtert, dass man es überhaupt geschafft hat.

»Gut«, sagt Gerty. »Gut. Tu, was du tun musst. Es muss besser
sein, als hier in diesem Elend zu leben.« Sie marschiert aus
der Wohnung, dreht sich im letzten Moment um und sagt laut
zum Immobilienmakler, der gerade vom Balkon kommt: »Und
Sie, Sie sind ein Fluch für die Menschheit.«

Er blinzelt, als sie die Wohnungstür zuschlägt. Dann folgt
eine lange, unangenehme Pause.

Er drückt seine Zigarette aus. »Haben Sie nun Interesse?«,
fragt er mich.

Ich gehe früh zur Arbeit und lasse mich in meinen Stuhl fallen.
Mein Schreibtisch ist im Augenblick das, was einem Zuhause
am nächsten kommt. Er steht voll mit halb fertigen Basteleien,

die zu schwer für einen Transport mit dem Bus sind, und Topfpflanzen, die ich so hingestellt habe, dass ich Menschen kommen sehe, bevor sie erkennen können, ob ich am Platz sitze. Meine Wand aus Topfpflanzen wird von den anderen Nachwuchskräften als inspirierendes Beispiel für Innenarchitektur betrachtet. (In Wirklichkeit geht es nur darum, Pflanzen in derselben Farbe wie das eigene Haar auszuwählen – rot, in meinem Fall – und sich zu ducken/wegzurennen, wenn man jemanden sieht, der sich zielstrebig auf einen zubewegt.)

Mein erster Tagesordnungspunkt ist ein Treffen mit Katherin, einer meiner Lieblingsautorinnen. Katherin schreibt Bücher über das Stricken und Häkeln. Sie werden von einem Nischenpublikum gekauft, aber das ist typisch für Butterfinger Press – wir lieben Nischenpublikum. Wir sind auf Bastel- und DIY-Bücher spezialisiert. Selbst gebatikte Bettwäsche, selbst gestaltete Kleider, häkele dir einen Lampenschirm, stelle sämtliche Möbel aus Leitern her … So was eben.

Ich arbeite ausgesprochen gerne hier. Das ist die einzige Erklärung für die Tatsache, dass ich schon seit dreieinhalb Jahren Juniorlektorin bin, weniger verdiene, als man in London zum Leben braucht, und noch nicht versucht habe, das zu ändern, indem ich mich etwa für eine Stelle bei einem Verlag bewerbe, der tatsächlich Gewinn macht. Gerty sagt mir gern, dass ich zu wenig Ehrgeiz habe, aber daran liegt es nicht. Diese Dinge gefallen mir einfach. Als Kind habe ich meine Tage mit Lesen verbracht oder an meinen Spielsachen herumgebastelt, bis sie mir besser gefielen: Barbie die Spitzen gefärbt, meinen Laster von JCB aufgemotzt. Und nun lese und bastele ich beruflich.

Also zumindest auf dem Papier, über die Runden komme ich nicht. Ich bekomme nur wenig Geld. Ungefähr genug, um Steuern zu zahlen.

»Ich sag's dir, Tiffy, Häkeln ist total angesagt, Ausmalbücher waren gestern«, meint Katherin, sobald sie sich in unseren besten Meetingraum gesetzt und mir von den Plänen für ihr nächstes Buch erzählt hat. Ich betrachte eingehend den Finger, mit dem sie vor mir herumfuchtelt. Sie trägt etwa fünfzig Ringe an jeder Hand, aber ich muss noch herausfinden, ob darunter Ehe- oder Verlobungsringe sind (ich denke, falls Katherin so etwas hat, würde sie eher mehrere als nur einen tragen).

Katherin ist gerade noch angenehm exzentrisch: Sie hat einen strohblonden Zopf und Haut, die irgendwie gut altert, hat unendliche viele Geschichten auf Lager, wie sie in den 1960er-Jahren irgendwo eingebrochen ist und auf Dinge gepinkelt hat. Sie war einmal eine echte Rebellin. Sie weigert sich bis heute, einen BH zu tragen, obwohl BHs inzwischen ziemlich gemütlich sind, und die meisten Frauen es aufgegeben haben zu kämpfen, weil Beyoncé das für uns erledigt.

»Das wäre gut«, sage ich. »Vielleicht könnten wir einen Slogan mit dem Wort ›Achtsamkeit‹ unterbringen. Man ist beim Häkeln doch achtsam, oder?«

Katherin lacht mit zurückgelegtem Kopf. »Ah, Tiffy. Dein Job ist echt unglaublich.« Liebevoll tätschelt sie mir die Hand, dann greift sie nach ihrer Tasche. »Wenn du diesen Jungen namens Martin siehst«, sagt sie, »richtest du ihm aus, dass ich diesen Tagesworkshop auf dem Schiff nur mache, wenn ich eine glamouröse junge Assistentin bekomme.«

Ich seufze. Ich weiß, wohin das führt. Katherin schleppt mich gern zu diesen Auftritten mit – für jeden Workshop braucht sie ein lebendes Modell, um zu zeigen, wie man Maß nimmt, wenn man ein Outfit entwirft, und ich habe einmal den fatalen Fehler begangen, mich für die Aufgabe anzubieten, als sie sonst niemanden finden konnte. Nun bin ich das Mittel ihrer Wahl.

In der PR wollen sie dermaßen dringend solche Aktionen mit Katherin durchführen, dass sie inzwischen auch mich anbetteln.

»Das ist mir zu viel, Katherin. Ich mach keine Schifffahrt mit dir.«

»Aber es ist umsonst. Andere Menschen zahlen viel Geld dafür, Tiffy!«

»Du fährst mit ihnen nur um die Isle of Wight«, erinnerte ich sie. Martin hatte mich bereits darüber informiert. »Und es findet an einem Wochenende statt. Ich arbeite nicht an Wochenenden.«

»Das ist keine Arbeit«, beharrt Katherin, sammelt ihre Notizen ein und packt sie völlig willkürlich in ihre Handtasche. »Es ist ein wunderbarer Segelausflug an einem Samstag mit einer Freundin.« Sie macht eine Pause. »Mit mir«, erläutert sie. »Wir sind doch Freundinnen, oder?«

»Ich bin deine Lektorin«, sage ich und bugsiere sie aus dem Meetingraum.

»Denk drüber nach, Tiffy!«, ruft sie unbeirrt über die Schulter. Sie erblickt Martin, der vom Drucker geradewegs auf sie zugeht. »Ich mache es nur, wenn sie mitkommt, mein lieber Martin! Also musst du mit ihr reden!«

Und dann ist sie verschwunden, eilt durch die schmutzigen Milchglastüren unseres Büros.

Martin wendet sich an mich. »Schöne Schuhe«, sagt er mit einem charmanten Lächeln. Ich erbebe. Ich kann Martin aus der PR nicht leiden. Er sagt in Meetings Sachen wie: »Go for it!« und kommandiert Ruby herum, unsere Marketingmanagerin, die Martin aber für seine persönliche Assistentin hält. Er ist erst dreiundzwanzig, hat aber entschieden, dass es seiner erbarmungslosen Jagd nach einer höheren Stelle zuträglich sei, wenn er älter wirke, deswegen spricht er immer in diesem furchtbaren, gewollt witzigen Tonfall und versucht, mit dem Geschäftsführer über Golf zu reden.

Die Schuhe sind aber *wirklich* grandios. Es sind lilafarbene Stiefel, ähnlich wie Doc Martens, auf die weiße Lilien gemalt sind, und das hat mich fast den ganzen Samstag beschäftigt. Seitdem Justin mich verlassen hat, bastele ich viel mehr und individualisiere meine Kleidung. »Danke, Martin«, sage ich und will wieder zurück zu meinem sicheren Schreibtisch schleichen.

»Leela hat erzählt, dass du eine Wohnung suchst«, sagt Martin.

Ich zögere. Ich weiß nicht, wohin das führt. Ich denke, in keine gute Richtung.

»Ich und Hana« – eine Frau aus der Marketingabteilung, die meinen Stil immer spöttisch belächelt – »haben ein Zimmer frei. Vielleicht hast du es auf Facebook gesehen, aber ich dachte, ich sollte es dir sagen, weißt du, *in real life*. Dort steht nur ein Einzelbett, aber ich denke, das ist gerade kein Problem für dich. Weil wir Freunde sind, dachten Hana und ich, wir könnten es dir für fünfhundert Pfund im Monat geben, plus Nebenkosten.«

»Das ist total lieb von dir!«, sage ich. »Aber ich habe gerade etwas anderes gefunden.« Also irgendwie zumindest. Fast. O Gott, falls L. Twomey mich nicht nimmt, werde ich dann bei Martin und Hana wohnen müssen? Ich meine, ich verbringe bei der Arbeit schon den ganzen Tag mit ihnen, das reicht mir. Ich weiß nicht, ob ich meinen (nicht sonderlich festen) Entschluss, Justins Wohnung zu verlassen, beim Gedanken an Martin durchziehe, der mir wegen der Miete hinterherläuft, und Hana, die mich jeden Morgen in meinem mit Porridge bekleckerten Adventure-Time-Pyjama sieht.

»Ach so, okay. Dann suchen wir jemand anderen.« Plötzlich liegt ein listiger Ausdruck auf Martins Gesicht. Er hat Schuldgefühle gewittert. »Du könntest es wieder gutmachen, indem du mit Katherin auf diese …«

»Nein.«

Er seufzt übertrieben laut. »Gott, Tiffy. Es handelt sich um einen kostenlosen Bootsausflug! Machst du das nicht sowieso ständig?«

*Früher* habe ich das ständig gemacht, als mein wunderbarer und inzwischen Exfreund mich mitnahm. Wir sind von einer karibischen Insel zur nächsten gefahren, im sonnigen Dunst einer romantischen Glückseligkeit. Wir entdeckten europäische Städte und waren dann wieder aufs Boot geeilt, um in unserer winzigen Schlafkoje unglaublichen Sex zu haben. Wir haben uns am All-you-can-eat-Buffet die Bäuche vollgeschlagen und uns dann aufs Deck begeben und die über uns kreisenden Möwen beobachtet, während wir faul dalagen und über unsere zukünftigen Kinder sprachen.

»Nein, nicht mehr«, sage ich und nehme mein Smartphone. »Wenn du mich jetzt entschuldigen würdest, ich muss telefonieren.«

# 2

## LEON

Mein Handy klingelt. Gerade schreibt Doktor Patel Medizin für Holly auf (kleines Mädchen mit Leukämie). Schlechter Moment. Sehr schlechter Moment. Doktor Patel mag nicht gestört werden und zeigt das auch. Hat wohl vergessen, dass ich als Nachtpfleger auch morgens um acht Uhr hätte heimgehen können. Und trotzdem noch hier bin, um mich um todkranke Menschen und miesepetrige Ärzte wie Doktor Patel zu kümmern.

Drücke den Anruf weg, logisch. Nachher werde ich die Mailbox abhören und einen Klingelton einstellen, der nicht so peinlich ist (dieser heißt »Jive« und ist viel zu flippig für ein Hospiz. Funkmusik hat auch an einem Ort mit kranken Menschen ihre Berechtigung, aber sie passt einfach nicht *immer*).

Holly: »Warum bist du nicht rangegangen? Ist das nicht unhöflich? Was, wenn das jetzt deine Freundin mit den kurzen Haaren war?«

Dr. Patel: »Unhöflich ist es, sein Smartphone während der Visite nicht auf lautlos zu stellen. Obwohl mich wundert, dass überhaupt jemand versucht, ihn um diese Uhrzeit anzurufen.«

Ein Blick zu mir, halb gereizt, halb amüsiert.

Dr. Patel: »Vielleicht hast du schon bemerkt, dass Leon nicht sehr gesprächig ist, Holly.«

Sie beugt sich verschwörerisch zu ihr.

Dr. Patel: »Einer der Assistenzärzte hat eine Theorie aufgestellt. Er meint, dass Leon nur über eine begrenzte Zahl an Wörtern für jede Schicht verfügt. Um diese Uhrzeit sind alle aufgebraucht.«

Würdige diesen Spruch nicht mit einer Antwort.

Apropos nette Freundin mit kurzen Haaren: Kay weiß noch nichts von der Sache mit dem Zimmer. Ich hatte noch keine Zeit. Und ich gehe dem unvermeidlichen Streit aus dem Weg. Aber nachher muss ich es ihr unbedingt sagen.

Die Nacht war gut. Mr. Priors Schmerzen hatten so weit nachgelassen, dass er mir von dem Mann erzählen konnte, in den er sich im Schützengraben verliebt hat: einen dunkelhaarigen Charmeur namens Johnny White. Mit dem markanten Kinn eines Hollywoodstars und einem Funkeln in den Augen. Sie verlebten einen aufregenden, romantischen Kriegssommer, dann wurden sie getrennt. Johnny White kam mit einem Granatentrauma ins Krankenhaus. Sie sahen sich nie wieder. Mr. Prior hätte eine Menge Ärger kriegen können (Homosexualität und Militär gleich Ärger).

Ich war müde (der Kaffeekick ließ nach), blieb aber nach der Übergabe noch bei Mr. Prior: Der Mann bekommt nie Besuch und redet gern, wenn er die Gelegenheit dazu bekommt. Hab's nicht geschafft, ohne einen Schal davonzukommen (mein vierzehnter von Mr. Prior). Kann nicht immer ablehnen, und bei Mr. Priors Stricktempo fragt man sich nach dem Sinn der industriellen Revolution. Bin ziemlich sicher, dass er schneller strickt als eine Maschine.

Esse todesmutig aufgewärmte Hähnchenpfanne und sehe dabei die letzte Folge von *Masterchef*. Dann höre ich die Mailbox ab.

Mailbox: »Hallo, ist da L. Twomey? Oh, Mist, du kannst ja nicht antworten – das passiert mir immer bei Mailboxen. Okay, ich gehe einfach mal davon aus, dass du L. Twomey bist. Ich heiße Tiffy Moore und rufe wegen der Anzeige im Internet an, wegen des Zimmers? Also, meine Freunde finden es merkwürdig, wir würden uns ja ein Bett teilen, aber mir macht es nichts aus, wenn es dir nichts ausmacht, und um ehrlich zu sein, würde ich so ziemlich alles tun, wenn ich für den Preis sofort in eine Wohnung im Zentrum von London einziehen kann. [Pause] O Gott, nicht alles. Es gibt einen Haufen Sachen, die ich nicht machen würde. Ich bin ja keine … Nein, Martin, *jetzt* nicht, siehst du nicht, dass ich telefoniere?«

Wer ist Martin? Ein Kind? Will diese Quasselstrippe mit Essex-Dialekt etwa ein Kind mit in die Wohnung bringen?

Weiter Mailbox: »Sorry, das war mein Kollege, er will mich mit einer mittelalten Dame auf ein Kreuzfahrtschiff schicken, um mit Rentnern übers Häkeln zu reden.«

Nicht gerade die Erklärung, die ich erwartet hatte. Eindeutig besser, wirft aber einige Fragen auf.

Weiter Mailbox: »Also, ruf mich an oder schick mir eine Nachricht, wenn das Zimmer noch frei ist. Ich bin superordentlich, ich komme dir nicht in die Quere, und ich bin es gewohnt, abends für zwei zu kochen. Wenn du selbst gekochtes Essen magst, kann ich dir was übrig lassen.«

Dann liest sie ihre Nummer vor. Denke gerade noch rechtzeitig ans Mitschreiben.

Sie ist nervig, das steht fest. Und sie ist eine Frau, was Kay womöglich stört. Aber es haben nur zwei andere Leute angerufen: Einer fragte, ob ich was gegen Igel als Haustiere hätte (Antwort: solange sie nicht in meiner Wohnung hausen), und der andere war ganz offensichtlich ein Drogendealer (und das bilde ich mir nicht nur ein – er hat mir während des Telefonats Drogen angeboten). Ich brauche 350 Pfund zusätzlich pro Monat, damit ich Sal weiterhin bezahlen kann, ohne Kays Hilfe in Anspruch zu nehmen. Eine andere Möglichkeit fällt mir nicht ein. Außerdem werde ich die nervige Frau nie zu Gesicht kriegen. Bin immer nur da, wenn sie weg ist.

Ich schreibe ihr eine Nachricht.

Hallo, Tiffy. Danke für deinen Anruf. Wäre toll, dich kennenzulernen und zu besprechen, wie wir das mit meiner Wohnung regeln. Wie passt Samstagmorgen? Gruß, Leon Twomey.

Eine nette, normale Nachricht. Kann mir gerade noch verkneifen, nach Martins Plan mit dem Kreuzfahrtschiff zu fragen, obwohl meine Neugier geweckt ist.

Sie antwortet sofort.

Hallo! Klingt super. Wie wär's um zehn Uhr früh in der Wohnung? x

Sagen wir 9 Uhr, sonst schlafe ich ein! Bis dann. Adresse steht in der Anzeige. Gruß, Leon.

Na also. Erledigt. Ganz einfach: 350 Pfund im Monat, schon so gut wie in der Tasche.

Jetzt mit Kay reden.

# 3

## TIFFY

Natürlich bin ich neugierig und googele ihn. Leon Twomey ist ein ziemlich ungewöhnlicher Name, und ich finde ihn auf Facebook, ohne die gruseligen Stalkingtechniken verwenden zu müssen, die ich mir für neue Schriftsteller vorbehalte, um sie von anderen Verlagen abzuwerben.

Ich bin erleichtert, als ich sehe, dass er gar nicht mein Typ ist, was die ganze Sache definitiv erleichtern wird – falls beispielsweise Justin Leon jemals kennenlernen würde, würde er ihn nicht als Bedrohung wahrnehmen. Er hat hellbraune Haut und dickes, lockiges Haar, das lang genug ist, um es hinter die Ohren zu streichen, und er ist viel zu schlaksig für mich. Nur Ellbogen und Hals, der Typ Mann. Er sieht aber wie ein netter Kerl aus, der auf jedem Foto dieses niedliche, schiefe Lächeln aufgesetzt hat, das nicht im Geringsten Furcht einflößend oder mordlüstern aussieht, obwohl man – wenn man sich mit diesem Hintergedanken Bilder anschaut – jeden für einen Axtmörder halten könnte, deswegen verdränge ich den Gedanken. Er sieht freundlich und nicht bedrohlich aus. Das ist gut.

Aber ich weiß nun zweifelsfrei, dass er ein Mann ist.

Bin ich wirklich bereit, mir ein Bett mit einem Mann zu teilen? Selbst mit Justin war das manchmal schrecklich, und wir hatten eine Beziehung. Seine Matratzenseite hing in der Mitte durch, und manchmal duschte er nicht zwischen Fitnessstudio und Bett, deswegen roch seine Seite der Decke irgendwie schwitzig … Ich musste immer aufpassen, dass sie nicht umgedreht wurde und ich die verschwitzte Seite bekam.

Aber dennoch. 350 Pfund pro Monat. Und er wäre nie wirklich *da*.

»Tiffany!«

Abrupt schaue ich auf. Mist, das ist Rachel, und ich weiß, was sie will. Sie will das Manuskript für dieses verdammte Backbuch mit Kinderreimen, das ich den ganzen Tag über ignoriert habe.

»Versteck dich nicht in der Küche oder tu so, als würdest du telefonieren«, sagt sie durch meine Blumentopfwand. Das ist das Problem, wenn man mit Freunden zusammenarbeitet: Man verrät ihnen im Pub betrunken seine Tricks und ist ihnen dann schutzlos ausgeliefert.

»Du warst beim Friseur!«, sage ich. Ein verzweifelter Versuch, die Unterhaltung früh in eine andere Richtung zu lenken, aber ihr Haar sieht an dem Tag *tatsächlich* echt cool aus. Sie hat es wie immer geflochten, aber diesmal mit leuchtenden türkisfarbenen Bändern, die sie wie die Riemen eines Korsetts eingeflochten hat. »Wie hast du das hinbekommen?«

»Versuche nicht, mich mit meinem Lieblingsthema abzulenken, Tiffany Moore«, sagt Rachel und tippt mit ihren Nägeln mit den perfekten Polka Dots auf den Tisch. »Wann bekomme ich das Manuskript?«

»Ich brauche nur … ein *wenig* länger …« Ich lege die Hände auf die Seiten vor mir, damit sie die einstelligen Seitenzahlen nicht sehen kann.

Sie verzieht die Augen zu Schlitzen. »Donnerstag?«

Ich nicke eifrig. Ja, warum nicht? Ich schaffe das zwar auf gar keinen Fall, aber »Freitag« klingt viel besser, wenn man es an einem Donnerstag hört, deswegen werde ich es ihr dann sagen.

»Gehst du morgen mit mir was trinken?«

Ich halte inne. Ich wollte brav sein und diese Woche wegen der drohenden Schulden gar kein Geld ausgeben, aber Ausgehen mit Rachel ist immer grandios, und ich könnte wirklich ein wenig Zerstreuung gebrauchen. Außerdem wird sie sich am Donnerstag nicht mit mir über das Manuskript streiten, wenn sie einen Kater hat.

»Yup.«

Betrunkener Mann Nr. 1 ist ein extrovertierter Typ. So ein betrunkener Mann, der die Arme weit auseinanderreißt, ohne darauf zu achten, was sich links und rechts neben ihm befindet (bislang hat er eine riesige Plastikpalme, ein Tablett mit Sambuca-Shots und ein recht berühmtes ukrainisches Model erwischt). Jede Bewegung ist überzeichnet, selbst sein ganz normaler Gang: Also ein Schritt mit dem linken Fuß, dann mit dem rechten, und wieder von vorne. Der Betrunkene Mann Nr. 1 geht wie ein Kleinkind, das bei der musikalischen Früherziehung einen Tanz aufführt.

Betrunkener Mann Nr. 2 ist eher arglistig. Sein Gesicht ist völlig emotionslos, wenn er einem zuhört, als würde der fehlende Ausdruck seine Nüchternheit verdeutlichen. Er nickt von Zeit zu Zeit und ziemlich überzeugend, blinzelt aber nicht häufig genug. Seine Versuche, einem auf die Brüste zu starren, sind viel weniger subtil, als er vermutet.

Ich frage mich, was sie von mir und Rachel halten. Sie haben sich gleich auf uns gestürzt, aber das ist nicht zwangsläufig positiv. Als ich noch mit Justin zusammen war, erinnerte er mich bei jedem Ausgehabend mit Rachel daran, dass viele

Männer bei »schrägen Mädels« an »verzweifelt und leicht zu haben« denken. Er hat recht, wie immer. Ich frage mich tatsächlich, ob es einfacher ist, als »seltsames« Mädel flachgelegt zu werden oder als selbstbewusste Cheerleaderin: Man ist zugänglicher, und niemand denkt, man hätte schon einen Freund. Was vielleicht bei nachträglichem darüber Nachdenken noch ein Grund dafür ist, dass Justin meine Ausgehabende mit Rachel nicht gut fand.

»Also, Bücher darüber, wie man Kuchen backt?«, fragt Betrunkener Mann Nr. 2 und beweist damit seine Zuhörfähigkeiten und die oben erwähnte Nüchternheit. (Mal ehrlich jetzt: Warum trinkt man Sambuca-Shots, wenn man dann so tut, als hätte man *nicht* den ganzen Abend lang getrunken?)

»Yeah!«, antwortet Rachel. »Oder darüber, wie man Regale baut, Kleidung näht, und so weiter und so fort. Was machst *du* denn gerne?«

Sie ist betrunken genug, um Betrunkenen Mann Nr. 2 attraktiv zu finden, aber ich vermute, sie will ihn nur beschäftigen, damit ich mich auf Betrunkenen Mann Nr. 1 stürzen kann. Von den beiden ist Betrunkener Mann Nr. 1 ganz eindeutig besser: Zunächst einmal ist er groß genug. Das ist die erste Herausforderung. Ich bin eins achtzig, und obwohl ich kein Problem damit habe, mit kleineren Männern auszugehen, scheint es die Typen häufig zu stören, wenn ich ungefähr fünf Zentimeter größer bin als sie. Das ist in Ordnung für mich – ich habe kein Interesse an Kerlen, denen solche Dinge wichtig sind. Es ist ein nützlicher Filter.

»Was ich gerne mache?«, wiederholt Betrunkener Mann Nr. 2. »Ich tanze gerne mit schönen Frauen in Bars mit doofen Namen und überteuerten Getränken.« Plötzlich grinst er, was zwar ein wenig schwerfälliger und schiefer wirkt, als er es wahrscheinlich beabsichtigt, aber dennoch ziemlich attraktiv ist.

Ich sehe, dass Rachel dasselbe denkt. Sie wirft mir einen berechnenden Blick zu – also ist sie doch nicht so betrunken –, und ich sehe, dass sie die Situation zwischen mir und Betrunkenem Mann Nr. 1 evaluiert.

Ich schaue mir ebenfalls Betrunkenen Mann Nr. 1 an und begutachte ihn genauer. Er ist groß, mit schönen breiten Schultern und Haar, das an den Schläfen ergraut, was ich ziemlich sexy finde. Er ist wahrscheinlich Mitte dreißig – er erinnert ein ganz klein bisschen an George Clooney in den 1990er-Jahren, wenn man ein wenig die Augen zusammenkneift oder das Licht dimmt.

Finde ich ihn gut? Falls ja, könnte ich mit ihm schlafen. Das kann man machen, wenn man Single ist.

Seltsam.

Ich habe nach der Trennung von Justin noch nicht daran gedacht, mit jemandem zu schlafen. Als Single ohne Sex hat man so viel Zeit: nicht nur die Zeit, in der man tatsächlich miteinander schläft, sondern die Zeit, in der man sich die Beine rasiert, schöne Unterwäsche kauft, sich fragt, ob sich alle anderen Frauen die Bikinizone waxen lassen etc. Das ist ein großer Vorteil. Gut, da ist diese erdrückende Abwesenheit eines der bedeutendsten Aspekte des Erwachsenenlebens, aber man hat eben auch immer Zeit, seinen ganzen Kram zu erledigen.

Klar, ich weiß, dass wir uns vor drei Monaten getrennt haben. Ich weiß, dass ich theoretisch mit anderen Menschen schlafen kann. Aber … ich muss einfach daran denken, was Justin dazu sagen würde. Wie wütend er wäre. Offiziell wäre mir das alles erlaubt, aber irgendwie ist es eben doch noch nicht erlaubt. Nicht in meinem Kopf, noch nicht.

Rachel versteht es. »Tut mir leid«, sagt sie und tätschelt Betrunkenem Mann Nr. 2 den Arm. »*Ich* würde gern mit meiner Freundin tanzen.« Sie kritzelt ihre Nummer auf eine Serviette – Gott weiß, wo sie diesen Stift her hat, die Frau ist eine Zauberin – und dann liegt meine Hand in ihrer, und wir bahnen uns den Weg zur Mitte der Tanzfläche, wo mir die Musik von beiden Seiten gegen den Kopf wummert und meine Trommelfelle erzittern lässt.

»Welche Art von betrunken bist du?«, fragt Rachel, während wir uns unangemessen sexy zu einem Klassiker von Destiny's Child aneinander reiben.

»Ich bin ein wenig … *nachdenklich*«, rufe ich ihr zu. »Zu analytisch, um mit diesem netten Mann zu schlafen.«

Sie nimmt sich einen überteuerten Shot vom Tablett, das eine Kellnerin herumträgt, und reicht der Frau Bargeld.

»Also nicht betrunken genug«, sagt sie und reicht mir den Drink. »Du bist vielleicht Lektorin, aber kein betrunkenes Mädel nimmt das Wort ›analytisch‹ in den Mund.«

»Juniorlektorin«, erinnere ich sie und stürze den Drink herunter. Jägermeister mit Red Bull. Kurios, wie etwas so abgrundtief Widerliches, bei dessen Nachgeschmack man am nächsten Tag kotzen will, auf einer Tanzfläche lecker schmeckt.

Rachel spendiert mir schon den ganzen Abend Drinks, flirtet mit jedem attraktiven Mann, der ihr unter die Augen kommt, und dirigiert ihn dann in meine Richtung. Sie sieht das vielleicht anders, aber ich bin ziemlich betrunken, deswegen denke ich nicht groß drüber nach – sie ist einfach eine grandiose Freundin. Die Nacht verfliegt inmitten von tanzenden Menschen und farbenfrohen Drinks.

Erst als Mo und Gerty kommen, frage ich mich, was das alles soll.

Mo sieht wie ein Mann aus, der kurzfristig herbeigerufen wurde. Sein Bart ist ein wenig zerdrückt, als hätte er komisch darauf gelegen, und er trägt ein ausgeleiertes T-Shirt, an das ich mich noch aus Unizeiten erinnern kann – obwohl es nun ein wenig enger sitzt. Gerty ist erhaben schön, wie immer, sie trägt kein Make-up, und ihr Haar ist zu einem Ballerinaknoten gebunden; es ist schwer zu sagen, ob sie ihr Kommen geplant hat, weil sie nie Make-up trägt und sowieso immer tadellos angezogen ist. Vielleicht hat sie auch einfach in letzter Minute ein Paar ein wenig höhere Schuhe zu ihrer Skinny-Jeans angezogen.

Sie gehen über die Tanzfläche. Mein Verdacht, dass Mo nicht hier sein wollte, wird bestätigt – er tanzt nicht. Wenn man mit Mo in einen Club geht, tanzt er immer. Warum sind sie denn bei meiner spontanen mittwöchlichen Ausgehaktion mit Rachel dabei? Sie kennen sie noch nicht einmal sonderlich gut – nur von den obligatorischen Treffen an meinem Geburtstag oder bei Einweihungspartys. Gerty und Rachel führen eine Art Kleinkrieg um die Position als Alphawolf und geraten meistens aneinander.

*Habe ich Geburtstag?*, frage ich mich betrunken. Bekomme ich aufregende Neuigkeiten?

Ich drehe mich zu Rachel. »Wa…?«

»Tisch«, sagt sie und zeigt auf die Nischen hinten im Club.

Gerty kann ihre Irritation über die Richtungsanweisung ganz gut verbergen, obwohl sie sich doch gerade erst den Weg zur Mitte der Tanzfläche gebahnt hat.

Ich spüre schlechte Stimmung. Ich bin gerade ungemein schön betrunken, deswegen bin ich dazu bereit, Sorgen zu verdrängen und zu hoffen, sie wollen mir erzählen, ich hätte eine vierwöchige Reise nach Neuseeland gewonnen oder so.

Aber nichts da.

»Tiffy, ich wusste nicht, wie ich dir das sagen soll«, sagt Rachel, »mir fiel kein besserer Plan ein. Dich nett abfüllen, dich daran erinnern, wie sich flirten anfühlt, dann dein Support-Team herrufen.« Sie nimmt meine beiden Hände. »Tiffy. Justin ist verlobt.«

# 4

## LEON

Gespräch zum Thema Wohnung lief ganz anders als erwartet. Kay war ungewöhnlich wütend. Schien sich über die Vorstellung aufzuregen, dass jemand außer ihr in meinem Bett schläft. Dabei kommt sie doch nie vorbei. Hasst die dunkelgrünen Wände und die ältlichen Nachbarn – das gehört zu ihrem Du-verbringst-zu-viel-Zeit-mit-alten-Leuten-Ding. Wir sind immer bei ihr (hellgraue Wände, coole, junge Nachbarn).

Der Streit endet mit einem anstrengenden Unentschieden. Sie will, dass ich die Anzeige lösche und der Essex-Frau absage. Doch ich bleibe dabei. Etwas Besseres ist mir nicht eingefallen, um jeden Monat leicht an Geld zu kommen. Von einem Lottogewinn mal abgesehen, aber den kann man schlecht in seine Finanzplanung einbeziehen. Hab keine Lust, mir die 350 Pfund wieder von ihr leihen zu müssen. Ist nicht gut für unsere Beziehung – waren Kays eigene Worte.

Wenn sie das findet – okay. Dann wird sie sicher auch noch einsehen, dass das hier eine gute Lösung ist.

Die Nacht zog sich. Holly konnte nicht schlafen. Wir haben Dame gespielt. Sie hebt die Finger und lässt sie über das Brett tanzen, als würde sie zaubern, bevor sie einen Stein berührt. Ist wohl so ein Psychospiel – der Gegner schaut auf die Finger, anstatt seinen nächsten Zug zu planen. Wo lernt eine Siebenjährige Psychospiele?

Das frage ich sie.

Holly: »Du bist ganz schön naiv, Leon, stimmt's?«

Spricht es »neif« aus. Hat es wahrscheinlich noch nie laut gesagt, nur in einem Buch gelesen.

Ich: »Ich kenne mich aus in der Welt, danke, Holly!«

Wirft mir einen herablassenden Blick zu.

Holly: »Schon okay, Leon. Du bist einfach zu nett. Ich wette, die Leute behandeln dich wie einen Fußabstreifer.«

Das hat sie irgendwo aufgeschnappt. Wahrscheinlich bei ihrem Vater, der alle vierzehn Tage in einem schicken grauen Anzug vorbeikommt, schlechte Süßigkeiten mitbringt und nach Zigarettenrauch stinkt.

Ich: »Nett zu sein ist eine gute Sache. Man kann stark *und* nett sein. Man muss sich nicht für eins entscheiden.«

Wieder dieser herablassende Blick.

Holly: »Pass auf. Es ist so … Kay ist stark, und du bist nett.«

Sie breitet die Hände aus, von wegen *so ist das nun mal*. Ich bin verdutzt. Wusste nicht, dass sie Kays Namen kennt.

Richie ruft an, als ich gerade heimkomme. Muss zum Festnetztelefon sprinten – ich weiß, dass er es ist, weil außer ihm niemand hier anruft – und stoße mir den Kopf an der tief hängenden Küchenlampe. Das ungeliebteste Teil in dieser großartigen Wohnung.

Reibe mir den Kopf. Schließe die Augen. Lausche aufmerksam, ob Richies Stimme zittert oder verrät, wie es ihm wirklich geht, und höre nichts als einen echten, lebenden, atmenden Richie, dem es anscheinend soweit gut geht.

Richie: »Erzähl mir eine gute Geschichte.«

Schließe die Augen noch fester. Dann hatte er ein schlechtes Wochenende. Die Wochenenden sind schlimm – da sind sie länger in den Zellen eingesperrt. Dass er nicht gut drauf ist, höre ich an dem Akzent, der für uns beide typisch ist – halb London, halb County Cork. Wenn er traurig ist, klingt er irischer.

Ich erzähle ihm von Holly. Ihrem Talent beim Damespiel. Ihrem Vorwurf, ich wäre neif. Richie hört zu, dann:

Richie: »Wird sie sterben?«

Das ist schwierig. Die Leute verstehen irgendwie nicht, dass es uns nicht darum geht, ob sie sterben wird. Eine Palliativklinik ist nicht nur ein Ort, an dem man langsam stirbt. Auf unseren Stationen gibt es mehr Leute, die überleben und entlassen werden, als Todesfälle. Es geht darum, dass man sich während eines Zeitraums wohlfühlt, der unumgänglich und leidvoll ist. Darum, schwere Zeiten leichter zu machen.

Aber Holly … könnte sterben. Sie ist sehr krank. Süß, altklug und sehr krank.

Ich: »Für leukämiekranke Kinder in ihrem Alter sieht die Statistik ganz gut aus.«

Richie: »Die Statistik interessiert mich nicht. Ich will eine gute Geschichte hören.«

Ich lächele und erinnere mich, wie wir als Kinder die Handlung von *Nachbarn* nachgespielt haben, als der Fernseher kaputt war. Richie stand schon immer auf gute Geschichten.

Ich: »Sie wird wieder. Wenn sie erwachsen ist, wird sie … Programmiererin. Bei ihrem Dametalent findet sie einen Weg, die Ernährungsprobleme der Menschheit zu lösen. Niemand muss mehr hungern, und Bono hat in der Weihnachtszeit nichts mehr zu tun.«

Richie lacht. Nicht laut, aber laut genug, um den Knoten in meinem Bauch zu lockern.

Eine Weile herrscht Schweigen. Vielleicht ist es einträchtiges Schweigen, vielleicht fällt uns auch nur nichts Passendes ein.

Richie: »Es ist die Hölle hier drin, Mann.«

Die Worte treffen mich wie ein Schlag in die Magengrube. Diese Faust habe ich im Laufe des letzten Jahres zu oft gespürt. Immer in Momenten wie diesem, in denen mich die Realität aufs Neue mit voller Wucht trifft, nachdem ich sie für ein paar Tage ausgeblendet hatte.

Ich: »Bald ist die Berufungsverhandlung. Wir schaffen das. Sal sagt …«

Richie: »Ach, Sal will seine Kohle. Ich weiß, wie die Chancen stehen, Lee. Das ist nicht zu schaffen.«

Er spricht schleppend, mit schwerer Zunge, fast unverständlich.

Ich: »Was soll das? Vertraust du deinem großen Bruder nicht mehr? Früher hast du mir immer erzählt, ich werde mal Milliardär!«

Ich höre ein zögerndes Lachen.

Richie: »Du hast schon genug für mich getan.«

Das ist nicht wahr. Für ihn kann ich nie genug tun. Wie oft habe ich mir schon gewünscht, ich könnte mit ihm tauschen und ihm das ersparen.

Ich: »Ich habe einen Plan. Um an Geld zu kommen. Er wird dir gefallen.«

Rascheln.

Richie: »Hey, Mensch, ah, einen Moment …«

Gedämpfte Stimmen. Mein Herz schlägt schneller. Wenn wir telefonieren, wenn ich nur seine Stimme höre, kann ich mir leicht vorstellen, dass er irgendwo ist, wo es ihm gut geht. Aber er steht in einem Gefängnishof, nachdem er sich entschieden hat, die halbe Stunde Freigang am Tag für ein Telefonat zu nutzen. Anstatt für die einzige Gelegenheit zu duschen. Und hinter ihm hat sich eine Schlange gebildet.

Richie: »Ich muss auflegen, Lee. Pass auf dich auf.«

Freizeichen.


Samstagmorgen, halb acht. Selbst wenn ich jetzt gehe, komme ich zu spät. Und allem Anschein nach werde ich jetzt nicht gehen. Dr. Patel möchte, dass ich schmutzige Laken auf der Dorsal-Station wechsele. Die Stationsschwester der Korallen-Station will, dass ich Mr. Prior Blut abnehme. Socha, die Assistenzärztin, braucht meine Hilfe bei dem sterbenden Patienten auf der Algen-Station.

Socha gewinnt. Rufe im Laufen Kay an.

Kay nimmt ab und sagt: »Du hängst bei der Arbeit fest, stimmt's?«

Mein Atem reicht nicht für eine anständige Erklärung. Wenn es eng wird, liegen die Stationen zu weit auseinander. Der Stiftungsrat des Hospizes sollte in kürzere Flure investieren.

Kay: »Ist okay. Ich übernehme dein Treffen mit dieser Frau.«

Ich stolpere. Bin überrascht. Darum wollte ich sie eigentlich bitten, klar – darum habe ich Kay angerufen und nicht gleich die Essex-Frau, um ihr abzusagen. Aber das war sehr … *einfach*.

Kay: »Pass auf, mir gefällt diese Mitwohnidee nicht. Aber ich weiß, dass du das Geld brauchst, und das verstehe ich. Doch wenn ich mich damit wohlfühlen soll, sollte alles über mich laufen. Ich treffe diese Tiffy und kümmere mich um die Organisation. So hast du mit dieser Frau, die zufälligerweise in deinem Bett schläft, gar nichts zu tun. Dann finde ich es nicht mehr *ganz* so schräg, und du musst dich nicht darum kümmern, wofür du, seien wir ehrlich, gar keine Zeit hast.«

Fühle mich auf einmal schwer verknallt. Obwohl sie mich

vielleicht auch nur kontrollieren will. Das ist in diesem Beziehungsstadium schwer zu sagen, aber trotzdem.

Ich:»Bist … bist du dir sicher?«

Kay, entschieden:»Ja. Das ist der Plan. Und keine Arbeit an den Wochenenden. Okay? Die Wochenenden gehören mir.«

Scheint mir fair.

Ich:»Danke. Vielen Dank. Und … würde es dir etwas ausmachen … ihr zu sagen … «

Kay:»Ja, ja, ich erzähle ihr von dem schrägen Typen in Nummer 5 und warne sie vor den Füchsen.«

Eindeutig schwer verknallt.

Kay:»Ich weiß, du meinst, ich höre nicht zu, aber das stimmt nicht.«

Noch über eine Minute bis zur Algen-Station rennen. Ich habe ein ungesundes Tempo vorgelegt. Anfängerfehler. Die furchtbare *Unmittelbarkeit* dieser Schicht mit all den sterbenden Menschen, Druckgeschwüren und unberechenbaren Demenzpatienten hat mich umgehauen, und ich vergesse die einfachsten Überlebensregeln in einem Hospiz. Gehen, nicht rennen. Immer wissen, wie spät es ist. Nie deinen Stift verlieren.

Kay:»Leon?«

Hab vergessen, laut zu sprechen. Nur schwer geatmet. Klingt wohl ziemlich unheimlich.

Ich:»Danke. Liebe dich.«

# 5

## TIFFY

Ich denke darüber nach, eine Sonnenbrille zu tragen, aber damit sähe ich wie eine Diva aus, weil Februar ist. Niemand will mit einer Diva zusammenwohnen.

Die Frage lautet natürlich, ob man lieber mit einer Diva oder einer emotional völlig am Boden liegenden Frau zusammenwohnen würde, die ganz klar die letzten beiden Tage nur geheult hat.

Ich erinnere mich daran, dass dies kein normales Vorstellungsgespräch für eine WG ist. Leon und ich müssen uns nicht verstehen – wir werden eigentlich gar nicht zusammenwohnen, wir werden uns nur zu unterschiedlichen Zeiten in derselben Wohnung aufhalten. Ihn stört es nicht, wenn ich meine gesamte Freizeit mit Heulen verbringe, oder?

»Jacke«, befiehlt Rachel und reicht sie mir.

Ich bin noch nicht so fertig, dass mich jemand anziehen muss, aber Rachel hat bei mir übernachtet, und wenn sie hier ist, kümmert sie sich um mich. Selbst wenn das bedeutet, mir morgens die Kleidung herauszusuchen.

Ich bin zu kaputt für Protest, nehme die Jacke und ziehe sie mir über. Ich mag diese Jacke sehr. Sie besteht aus einem riesigen Ballkleid, das ich in einem Secondhandladen aufgestöbert habe – ich habe das ganze Ding auseinandergenommen und den Stoff verwendet, aber die Perlenstickereien einfach gelassen, deswegen sind nun lilafarbene Pailletten und Verzierungen auf der rechten Schulter, dem Rücken und unter meinen Brüsten. Sie erinnert ein wenig an die Jacke eines Zirkusdirektors, passt aber wie angegossen, und seltsamerweise zaubern die Applikationen eine schmale Taille.

»Habe ich dir die nicht gegeben?«, frage ich stirnrunzelnd. »Irgendwann letztes Jahr?«

»Du würdest dich doch nie von dieser Jacke trennen!« Rachel verzieht das Gesicht. »Ich weiß, dass du mich liebst, aber ich bin mir ziemlich sicher, dass du *niemanden* so doll liebst.«

Richtig, natürlich. Ich stehe dermaßen neben mir, dass ich kaum klar denken kann. Zumindest ist es mir wichtig, was ich heute Morgen trage. Es steht schlecht um mich, wenn ich einfach anziehe, was oben in der Schublade liegt. Und es ist nicht so, als würden andere Leute das nicht bemerken – bei meinen Klamotten sticht ein nicht ausreichend geplantes Outfit gleich ins Auge. Am Donnerstag sorgten die senfgelbe Cordhose, die cremefarbene Rüschenbluse und die lange grüne Strickjacke bei der Arbeit ein wenig für Wirbel – Hana aus dem Marketing bekam einen schweren Hustenanfall, als ich in die Küche ging, während sie gerade ihren Kaffee trank. Zudem versteht niemand, warum ich plötzlich dermaßen traurig bin. Sie denken alle: Warum heult sie *jetzt*? Hat Justin sie nicht schon vor Monaten verlassen?

Sie haben recht. Ich weiß nicht, warum mich gerade diese Ebene von Justins neuer Beziehung so sehr stört. Ich hatte schon entschieden, dass ich dieses Mal wirklich ausziehen würde. Und es ist nicht so, dass *ich* ihn heiraten wollte oder so. Ich dachte nur … er würde zurückkommen. So wie früher immer – er haut ab, knallt die Tür, macht dicht, ignoriert meine Anrufe, doch dann wird ihm sein Fehler bewusst, und gerade, wenn ich denke, ich komme über ihn hinweg, ist er wieder da, hält mir die Hand hin und lädt mich auf ein großartiges Abenteuer ein.

Aber das war's dann, nicht wahr? Er wird heiraten. Das ist ... Das ist einfach ...

Rachel reicht mir wortlos ein Taschentuch.

»Ich werde mich noch einmal schminken müssen«, sage ich, als das Schlimmste vorbei ist.

»Wir haben eeeeecht keine Zeit«, sagt Rachel und zeigt mir ihr Handy.

Shit. Halb neun. Ich muss jetzt gehen, sonst werde ich zu spät kommen, und das wird einen schlechten Eindruck machen – wenn wir streng darauf achten, wer wann in der Wohnung ist, wird Leon von mir Pünktlichkeit verlangen.

»Sonnenbrille?«, frage ich.

»Sonnenbrille.« Rachel reicht sie mir.

Ich schnappe mir die Tasche und gehe zur Tür.

Während der Zug durch die Tunnel der Northern Line rattert, erblicke ich mein Spiegelbild im Fenster und richte mich ein wenig auf. Ich sehe gut aus. Die fleckige, zerkratzte Scheibe ist vorteilhaft – wie ein Instagram-Filter. Und ich trage eins meiner Lieblingsoutfits, mein Haar ist frisch gewaschen und kupferrot, und obwohl ich mir vielleicht den Eyeliner weggeheult habe, ist mein Lippenstift noch intakt.

Hier bin ich. Ich schaffe es. Ich komme gut allein zurecht.

Das Gefühl hält so lange, bis ich am Eingang der Haltestelle Stockwell ankomme. Dann schreit mir ein Typ aus einem Auto »Hol deine Muschi raus!« entgegen, und der Schock verwandelt mich gleich wieder in eine Tiffy, deren Zukunft nach der Trennung wenig lebenswert ist. Ich bin zu bestürzt, um ihm zu erklären, dass seine Forderung anatomisch nicht umzusetzen ist.

Ich werde in etwa fünf Minuten an dem Block mit der Wohnung angekommen sein – es ist ein Stück bis zur Haltestelle. In Vorfreude auf mein zukünftiges Zuhause trockne ich mir die Wangen und nehme die Gegend genau in Augenschein. Es handelt sich um gedrungene Häuser aus Backstein, vor denen sich ein kleiner Park mit traurig aussehendem Londoner Gras befindet, das eher wie gemähtes Heu aussieht. Für jeden Bewohner gibt es einen Parkplatz, ein Mieter verwendet ihn zur Lagerung einer befremdlich hohen Anzahl von Bananenkisten.

Während ich bei Wohnung 3 klingele, bewegt sich etwas: Ein Fuchs, der aus der Ecke hervorspaziert, wo wahrscheinlich die Mülleimer stehen. Er starrt mich frech an und bleibt dann mit angehobener Pfote stehen. Ich habe noch nie einen Fuchs aus dieser Nähe betrachtet – er ist viel räudiger als in Bilderbüchern. Füchse sind aber toll, oder? Sie sind so toll, dass man sie nicht mehr aus Spaß erschießen darf, selbst dann nicht, wenn man ein berittener Aristokrat ist.

Der Türöffner summt, ich trete ein. Es ist sehr ... braun. Brauner Teppich, keksfarbene Wände. Aber das macht eigentlich nichts – das Wohnungsinnere ist wichtig.

Als ich an die Tür von Wohnung 3 klopfe, merke ich, dass ich wirklich nervös bin. Nein – an der Grenze zur Panik. Ich mache das hier gerade wirklich, oder? Denke drüber nach, bei irgendeinem dahergelaufenen Fremden im Bett zu schlafen? *Tatsächlich* Justins Wohnung zu verlassen?

O Gott. Vielleicht hatte Gerty recht, und das ist alles ein wenig viel. Einen schwindelerregenden Moment lang denke ich darüber nach, zu Justin zurückzukehren, zurück zur Vertrautheit dieser in Weiß und Chrom gehaltenen Wohnung, zu der Möglichkeit, ihn wiederzubekommen. Aber der Gedanke fühlt sich nicht so gut an, wie ich vermutet hatte. Irgendwie – vielleicht gegen elf Uhr abends am vorletzten Donnerstag, als ich offiziell beschloss auszuziehen – begann die Wohnung ein wenig anders auszusehen und ich auch.

Ich weiß auf eine vage Art, dass das etwas Gutes ist, auch wenn ich nicht genau sagen kann warum. Ich bin so weit gekommen – ich kann nun keinen Rückzieher mehr machen.

Ich muss diesen Ort mögen. Das ist meine einzige Option. Als also jemand die Tür öffnet, der eindeutig nicht Leon ist, bin ich derart in der Stimmung, mich hier einzuquartieren, dass ich es einfach hinnehme. Ich reagiere noch nicht einmal überrascht.

»Hi!«

»Hallo«, sagt die Frau an der Tür. Sie ist zierlich, hat olivfarbene Haut und eine dieser Pixie-Frisuren, die einen französisch aussehen lassen, wenn der Kopf klein genug ist. Ich fühle mich direkt riesig.

Sie tut nichts, um dieses Gefühl zu zerstreuen. Als ich in die Wohnung komme, spüre ich, wie sie mich eingehend betrachtet. Ich versuche, mich auf die Einrichtung zu konzentrieren – ooh, dunkelgrüne Tapete, sieht echt nach den 1970er-Jahren aus –, aber nach einer Weile nerven ihre Blicke. Ich drehe mich um, damit sie mir ins Gesicht schauen muss.

Oh. Es ist die Freundin. Und ihr Gesichtsausdruck könnte nicht eindeutiger sagen: *Ich hatte mir Sorgen darüber gemacht, du könntest heiß sein und mir meinen Freund abspenstig machen, während du es dir in seinem Bett gemütlich machst, aber nun habe ich dich gesehen, und er würde sich nie von dir angezogen fühlen, deswegen: ja! Komm rein!*

Sie lächelt nun übers ganze Gesicht. Schön, egal – wenn ich so die Wohnung bekomme, kein Problem. Auch ihre Art schreckt mich nicht ab. Sie hat keine Ahnung, wie verzweifelt ich bin.

»Ich bin Kay«, sagt sie und streckt mir die Hand entgegen. Ihr Händedruck ist fest. »Leons Freundin.«

»Das habe ich mir gedacht.« Ich lächele, damit es nicht unfreundlich wirkt. »Schön, dich kennenzulernen. Ist Leon im …«

Ich strecke den Kopf ins Schlafzimmer. Hier muss er sein, oder im Wohnzimmer, wo in der einen Ecke die Küche untergebracht ist – viel mehr gibt es in der Wohnung nicht.

»… im Badezimmer?«, frage ich, als ich das leere Schlafzimmer sehe.

»Leon kommt nicht von der Arbeit weg«, sagt Kay und schiebt mich ins Wohnzimmer.

Es ist ziemlich minimalistisch und ein wenig in die Jahre gekommen, aber sauber, und mir gefällt diese 70er-Jahre-Tapete überall. Ich wette, die Leute gäben 80 Pfund pro Rolle aus, wenn Farrow & Bell sie verkaufen würde. In der Küche befindet sich eine niedrige Hängeleuchte, die nicht recht zur sonstigen Einrichtung passt, die aber irgendwie toll ist; das Sofa besteht aus ramponiertem Leder, der Fernseher ist nicht eingesteckt, sieht aber recht ordentlich aus, und der Teppich wurde erst kürzlich gesaugt. Das alles sieht vielversprechend aus.

Vielleicht wird das gut. Vielleicht wird es sogar *großartig*. Auf einmal habe ich bildlich vor Augen, wie ich hier auf dem Sofa herummümmele, mir in der Küche zu schaffen mache, und plötzlich will ich beim Gedanken, das alles für mich zu haben, auf der Stelle hüpfen. Ich bremse mich gerade noch rechtzeitig. Kay wirkt auf mich nicht wie eine spontane Tänzerin.

»Dann werde ich … Leon gar nicht kennenlernen?«, frage ich und erinnere mich erschaudernd an Mos erste WG-Regel.

»Also, das wirst du wohl irgendwann«, sagt Kay. »Aber du wirst alles Weitere mit mir besprechen. Ich kümmere mich für ihn um die Untervermietung. Ihr werdet nie gleichzeitig hier sein – du hast die Wohnung von sechs Uhr abends bis acht Uhr morgens für dich und während des ganzen Wochenendes. Wir machen einen Vertrag für sechs Monate. Ist das okay für dich?«

»Ja, das ist genau das, wonach ich suche.« Ich halte inne. »Und Leon wird nicht unerwarteterweise auftauchen? Außerhalb dieser Zeiten oder so?«

»Auf gar keinen Fall«, sagt Kay mit dem Gesichtsausdruck einer Frau, die dafür sorgen wird. »Von sechs Uhr abends bis acht Uhr morgens gehört die Wohnung dir und nur dir allein.«

»Großartig.« Ich atme langsam aus, beruhige das aufgeregte Flattern in meinem Bauch und schaue mir das Bad an – man kann jede Wohnung anhand ihres Badezimmers beurteilen. Alles ist sauber, strahlend weiß, es gibt einen dunkelblauen Duschvorhang, wenige ordentlich aufgereihte Flaschen mit geheimnisvoll männlich aussehenden Cremes und Flüssigkeiten und einen abgenutzten, aber benutzbaren Spiegel. Wunderbar. »Ich nehme die Wohnung. Falls du sie mir gibst.«

Ich bin mir sicher, dass sie Ja sagt, falls wirklich *sie* die Entscheidung fällt. Ich wusste es, als sie mich im Flur gemustert hat: Egal was Leons Kriterien für eine Mitbewohnerin sind, Kay hat nur dieses eine, und ich habe ganz eindeutig mit »angemessen unattraktiv« gepunktet.

»Wunderbar«, sagt Kay. »Ich rufe Leon an und sage ihm Bescheid.«

## 6

## LEON

Kay: »Sie ist optimal.«

Ich blinzele im Bus langsam vor mich hin. Wundervolles langsames Blinzeln, döse dabei immer wieder kurz weg.

Ich: »Echt? Nicht nervig?«

Kay klingt gereizt: »Spielt das eine Rolle? Sie mag es sauber und ordentlich und kann sofort einziehen. Wenn du das ernsthaft durchziehen willst, bekommst du niemand Besseren.«

Ich: »Der merkwürdige Typ in Nummer 5 stört sie nicht? Oder die Fuchsfamilie?«

Kurze Pause.

Kay: »Sie hat nicht gesagt, dass eins von beidem ein Problem ist.«

Wundervolles langsames Blinzeln. Ein wirklich langes. Muss aufpassen – will nicht an der Endstation aufwachen und den ganzen Weg wieder zurückfahren müssen. Nach einer langen Woche ist das immer die Gefahr.

Ich: »Wie ist sie?«

Kay: »Sie ist … skurril. Eine starke Persönlichkeit. Sie hatte so eine große Sonnenbrille mit Horngestell auf, obwohl wir doch eigentlich noch Winter haben. Und ihre Stiefel waren mit Blumen bemalt. Aber entscheidend ist, dass sie pleite ist und froh, eine so billige Wohnung zu finden!«

»Eine starke Persönlichkeit« ist Kays Ausdruck für Übergewicht. Wünschte, sie würde solche Sachen nicht sagen.

Kay: »Hör mal, du bist doch gerade auf dem Heimweg, oder? Wir können reden, wenn du da bist.«

Mein Plan sah eigentlich folgendermaßen aus: Kay mit dem gewohnten Kuss begrüßen, Arbeitsklamotten ausziehen, Wasser trinken, in Kays Bett fallen und ewig schlafen.

Ich: »Vielleicht heute Abend? Nachdem ich geschlafen habe?«

Schweigen. Überaus gereiztes Schweigen (ich bin ein Experte für Kays Schweigen).

Kay: »Dann gehst du direkt ins Bett, wenn du kommst?«

Ich beiße mir auf die Zunge. Unterdrücke den Drang, ihr einen detaillierten Bericht meiner Woche zu liefern.

Ich: »Wenn du reden willst, kann ich aufbleiben.«

Kay: »Nein, nein, du brauchst deinen Schlaf.«

Ich bleibe auf jeden Fall auf. Am besten hole ich alles aus diesen Blinzel-Schläfchen heraus, bis der Bus in Islington ist.

Kay begrüßt mich frostig. Mache den Fehler, Richie zu erwähnen, woraufhin die Temperatur noch weiter sinkt. Vermutlich meine Schuld. Ich kann ihr einfach nichts von ihm erzählen, ohne dass mir gleich wieder DER STREIT in den Ohren klingt. So als würde sie jedes Mal die Replay-Taste drücken, wenn sie Richies Namen ausspricht. Während sie Frabendessen macht (eine Kombination aus Frühstück und Abendessen, die sowohl für Tages- wie auch für Nachtmenschen passt), ermahne ich mich immer wieder, daran zu denken, wie DER STREIT ausgegangen ist. Dass sie sich entschuldigt hat.

Kay: »Und? Fragst du mich wegen der Wochenenden?«

Starre sie an und brauche Zeit für die Antwort. Nach einer langen Nacht fällt mir das Reden manchmal schwer. Schon den Mund zu öffnen und verständliche Gedanken zu formulieren ist so, als würde ich etwas Schweres heben. Oder wie in einem dieser Träume, in denen man wegrennen will, aber die Beine in Sirup feststecken.

Ich: »Was soll ich fragen?«

Kay hält inne, die Pfanne mit dem Omelett in der Hand. Sie sieht sehr hübsch aus im Wintersonnenlicht, das durchs Küchenfenster scheint.

Kay: »Wegen der Wochenenden. Wo willst du sie verbringen? Mit Tiffy in deiner Wohnung?«

Oh, verstehe.

Ich: »Ich habe gehofft, dass ich hierbleiben kann. Ich bin doch sowieso jedes Wochenende hier, wenn ich nicht arbeite.«

Kay lächelt. Habe das befriedigende Gefühl, das Richtige gesagt zu haben, aber dann wird mir mulmig.

Kay: »Ich weiß, dass du vorhattest, hier zu sein. Ich wollte es nur von dir hören.«

Sie sieht meine verwirrte Miene.

Kay: »Normalweise bist du an den Wochenenden nur *zufälligerweise* hier, nicht weil du es geplant hast. Nicht weil es zu unserem Lebensplan gehört.«

Das Wort »Plan« gefällt mir deutlich weniger, wenn das Wort »Leben« davorsteht. Auf einmal konzentriere ich mich eifrig auf das Omelett. Kay drückt mir die Schulter, streicht mit den Fingern über meinen Nacken und zupft an meinen Haaren.

Kay: »Danke.«

Ich habe ein schlechtes Gewissen, obwohl ich ihr eigentlich nichts vorgemacht habe – ich *bin* davon ausgegangen, dass ich jedes Wochenende hier sein werde. Das gehörte zu meinem Vermietungsplan. Ich habe es nur nicht … *so* gesehen. Lebensplanmäßig.

Zwei Uhr morgens. Am Anfang kamen mir die dienstfreien Nächte sinnlos vor. Saß herum und wartete auf den Sonnenaufgang. Doch jetzt ist das meine Zeit – es ist ruhig, und das übrige London schläft oder betrinkt sich. Übernehme mittlerweile jede Nachtschichtvertretung, die man mir anbietet, da verdient man am besten. Nur am Wochenende nicht – das habe ich Kay versprochen. Außerdem kann der Mitwohnplan nur so funktionieren. Ich bin mir nicht sicher, ob es sich überhaupt lohnt, mich jetzt an den Wochenenden umzustellen – ich arbeite fünf von sieben Nächten. Vielleicht bleibe ich einfach nachts auf.

Normalerweise schreibe ich um zwei Uhr morgens an Richie. Die Zahl seiner Telefonate ist begrenzt, aber er darf unbegrenzt Briefe empfangen.

Letzten Dienstag ist es drei Monate her, dass er verurteilt wurde. Wie begeht man so ein »Jubiläum« – stößt man darauf an? Ritzt man eine weitere Kerbe in die Wand? Richie hat es eigentlich gut verkraftet, doch als er reinging, hat Sal ihm gesagt, dass er ihn bis Februar wieder rausholen würde. Und das war ziemlich schlecht.

Vermutlich tut Sal sein Bestes, aber Richie sitzt unschuldig im Gefängnis. Darum bin ich automatisch ein bisschen sauer auf seinen Anwalt. Sal ist nicht *schlecht*. Redet hochtrabendes Zeug, hat eine Aktentasche, zweifelt nie an sich – alles klassische Merkmale, mit denen Anwälte einen beruhigen wollen. Aber es passieren immer wieder Fehler. Wie unerwartete Schuldsprüche.

Aber was sollen wir sonst machen? Kein anderer Anwalt hat ein Interesse daran, Richie zum ermäßigten Satz zu vertreten. Kein anderer Anwalt kennt sich mit seinem Fall aus. Kein anderer Anwalt hat schon alles klargemacht, um Richie im

Gefängnis besuchen zu können ... keine *Zeit,* einen neuen Anwalt zu finden. Mit jedem weiteren Tag, der vergeht, driftet Richie weiter weg.

Außerdem muss *ich* mich die ganze Zeit mit Sal rumschlagen, nicht Mam. Was bedeutet, dass ich endlos hinter ihm her telefoniere. Doch Mam schlägt Krach und ist ein einziger Vorwurf. Und Sal ist empfindlich. Es könnte leicht passieren, dass er die Lust verliert, an Richies Fall zu arbeiten, und wir können absolut nicht auf ihn verzichten.

Das Grübeln tut mir nicht gut. Zwei Uhr morgens ist ein schlechter Zeitpunkt, um über Rechtsfragen nachzudenken. Der schlechteste Zeitpunkt überhaupt. Wenn Mitternacht die Geisterstunde ist, ist zwei Uhr morgens die Grübelstunde.

Auf der Suche nach Ablenkung googele ich nach *Johnny White.* Mr. Priors lange verlorene Liebe mit dem Hollywoodgesicht.

Es gibt viele Johnny Whites. Einer ist eine große Nummer in der kanadischen Tanzmusikszene. Ein anderer ein amerikanischer Footballspieler. Beide waren ganz bestimmt nicht im Zweiten Weltkrieg und haben sich in charmante englische Gentlemen verliebt.

Trotzdem. Das Internet wurde für Situationen wie diese geschaffen, oder?

Versuche es mit *Johnny White Kriegsopfer* und fühle mich deshalb ein bisschen gemein. Johnnys Tod anzunehmen kommt mir wie ein Verrat an Mr. Prior vor. Doch es ist hilfreich, solche Möglichkeiten von vornherein auszuschließen.

Ich stoße auf eine Webseite mit dem Titel Kriegsopfersuche. Bin anfangs etwas entsetzt, beschließe dann aber, dass es eigentlich toll ist – hier wird eines jeden gedacht. Wie digitale Grabsteine, die man durchsuchen kann. Ich kann eingeben: Name,

Regiment, Krieg, Geburtsdatum … Ich tippe *Johnny White* und *Zweiter Weltkrieg*, mehr habe ich nicht.

Achtundsiebzig Johnny Whites aller Waffengattungen sind im Zweiten Weltkrieg gestorben.

Ich lehne mich zurück. Starre auf die Namen. John K. White. James Dudley Jonathan White. John White. John George White. Jon R. L. White. Jonathan Reginald White. John …

Okay. Auf einmal bin ich mir ganz und gar sicher, dass Mr. Priors attraktiver Johnny White tot ist. Wünschte, es gäbe eine ähnliche Datenbank für alle, die im Krieg gekämpft haben, aber nicht gestorben sind. Das wäre schön. Eine Liste der Überlebenden. Bin so geschockt, wie man es um zwei Uhr morgens sein kann – von der Menschheit und ihrem entsetzlichen Hang zu grausamen Massenmorden.

Kay: »Leon! Dein Pieper geht! *An meinem Ohr!*«

Gehe auf »Drucken« und lasse das Laptop auf dem Sofa liegen, dann öffne ich die Schlafzimmertür. Kay liegt auf der Seite, die Decke über den Kopf gezogen und hält mit einer Hand meinen Pieper hoch.

Schnappe mir den Pieper. Und das Telefon. Ich bin nicht im Dienst, natürlich nicht, aber das Team würde mich nicht anpiepen, wenn es nicht wichtig wäre.

Socha, Assistenzärztin: »Leon, es geht um Holly.«

Ziehe mir Schuhe an.

Ich: »Wie schlimm ist es?«

Schlüssel! Schlüssel! Wo sind die Schlüssel?

Socha: »Sie hat eine Infektion – es sieht *nicht* gut aus. Sie fragt nach dir. Ich weiß nicht, was ich tun soll, Leon, und Dr. Patel reagiert nicht auf ihren Pieper, und der Facharzt ist Ski laufen, und June konnte keinen Ersatz finden, darum kann ich niemand anderen anrufen … «

Habe die Schlüssel auf dem Boden des Wäschekorbs geortet. Auf dem Weg zur Tür gibt Socha mir die Anzahl weißer Blutkörperchen durch, Schnürsenkel sind noch offen ...

Kay: »Leon! Du hast noch deinen Pyjama an!«

Verdammt. Und ich dachte schon, ich hätte es heute schneller zur Tür geschafft als sonst.

# 7

## TIFFY

Okay, also, die neue Wohnung ist ziemlich … voll. Gemütlich.

»Vollgestopft«, bestätigt Gerty, die am so ziemlich einzigen nicht vollgestellten Ort im Schlafzimmer steht. »Sie ist einfach vollgestopft.«

»Du weißt ja, dass mein Stil recht vielseitig ist«, protestiere ich und streiche den hübschen gebatikten Bettüberwurf glatt, den ich letzten Sommer auf dem Brixton Market gefunden habe. Ich gebe mein Bestes, um weiterhin alles positiv zu sehen. In Justins Wohnung alles zusammenzupacken und zu gehen war schrecklich gewesen, die Fahrt hierher hat viermal so lange gedauert, wie von Google angekündigt, und alles die Treppen hinaufzutragen glich einer Folter. Dann musste ich mich lange mit Kay unterhalten, weil sie mir die Schlüssel übergeben hat, obwohl ich mich doch einfach nur irgendwo hinsetzen und mir den Schweiß von der Stirn wischen wollte, bis ich mit dem Keuchen aufhörte. Der Tag war nicht sonderlich lustig gewesen.

»Hast du das mit Leon besprochen?«, fragt Mo, der auf der Bettkante hockt. »Ich meine, dass du dein ganzes Zeug mitbringst?«

Ich runzele die Stirn. Natürlich würde ich meine ganzen Sachen mitbringen! Musste man darüber diskutieren? Ich ziehe ein, deswegen müssen meine Sachen mit. Wohin sollten sie denn bitte? Ich wohne doch nur hier und nirgendwo sonst.

Allerdings bin ich mir nun sehr darüber im Klaren, dass ich mir das Schlafzimmer mit einem anderen Menschen teile und dass dieser Mensch sein eigenes Zeug hat, das – bis zu diesem Wochenende – den Großteil dieses Zimmers eingenommen hat. Ich musste meine Sachen ganz schön hineinquetschen. Ich habe ein paar Probleme gelöst, indem ich Dinge in andere Teile der Wohnung verfrachtete – einige meiner Kerzenständer stehen nun beispielsweise auf dem Badewannenrand, und meine großartige Lavalampe hat einen tollen Platz im Wohnzimmer –, dennoch könnte Leon mal ein wenig ausmisten. Er hätte das vor meinem Einzug machen sollen, das wäre nur angemessen gewesen.

Vielleicht hätte ich *ein paar* Dinge bei meinen Eltern unterstellen sollen. Aber die meisten meiner Sachen waren bei Justin, und es hatte sich gestern Abend so gut angefühlt, die Sachen dort rauszuholen. Rachel witzelte, dass ich beim Finden der Lavalampe gewirkt habe wie Andy aus *Toy Story*, der wieder mit Woody vereint ist, aber um ehrlich zu sein, war es überraschend emotional. Ich hatte eine Weile im Flur gesessen und auf die bunte Masse meiner Lieblingssachen gestarrt, die aus dem Schrank unter der Treppe hinausquoll. Kurz fühlte ich mich so, als könnte ich wieder atmen, wenn auch meine Sachen wieder atmen könnten.

Mein Telefon klingelt, Katherin ist dran. Sie ist die einzige Autorin, bei der ich samstags ans Telefon gehe, hauptsächlich, weil sie mich wahrscheinlich wegen etwas total Witzigem anruft, das sie gemacht hat. Beispielsweise bei Twitter ein völlig unangemessenes Bild von sich selbst aus den 1980er-Jahren mit einem inzwischen sehr wichtigen Politiker zu posten oder ihrer alten Mutter die Haarspitzen bunt zu färben.

»Wie geht's meiner Lieblingslektorin?«, fragt sie.

»Bin gerade in meine neue Wohnung gezogen«, erkläre ich ihr und mache Mo ein Zeichen, den Wasserkocher anzustellen. Er sieht leicht genervt aus, aber macht es dennoch.

»Perfekt! Grandios! Was hast du am Mittwoch vor?«, fragt Katherin.

»Nichts, nur arbeiten«, erkläre ich ihr und gehe im Geiste meinen Kalender durch. Tatsächlich habe ich am Mittwoch ein ermüdendes Meeting mit unserer Leiterin des Lizenzgeschäfts, um über das neue Buch zu sprechen, das ich letzten Sommer bei einem aufstrebenden Ehemals-Maurer-jetzt-Designer in Auftrag gegeben habe. Es ist ihre Aufgabe, das Buch im Ausland zu verkaufen. Als ich es gekauft habe, habe ich viel (aber wirklich recht vage) über seine internationale Präsenz in den sozialen Medien gesprochen, die aber eigentlich gar nicht so groß ist. Sie emailt mir immer und möchte »weitere Details« und eine »genaue Aufgliederung der Reichweite«. Ich gelange langsam an einen Punkt, wo ich ihr nicht mehr aus dem Weg gehen, mich nicht mehr hinter meiner Topfpflanzenbarrikade verstecken kann.

»Großartig«, sagt Katherin, die verdächtig enthusiastisch klingt. »Ich habe wirklich gute Neuigkeiten für dich.«

»Oh, ja?« Ich hoffe auf eine frühe Manuskriptlieferung oder einen plötzlichen Sinneswandel wegen des Kapitels über Hüte und Schals. Sie hat damit gedroht, es zu entfernen, was verheerend wäre, weil es der einzige Teil ist, der das Buch in irgendeiner Form verkäuflich macht.

»Die Leute von Sea Breeze haben meinen Workshop *Wie man sich schnell selbst Kleidung häkelt* in letzter Minute auf eine Bootsfahrt am Mittwoch verschoben. Also kannst du mir doch dabei helfen.«

Hmm. Dieses Mal würde es in die Arbeitszeit fallen – und das Gespräch mit der Leiterin des Lizenzgeschäfts um mindestens eine Woche verschieben. Was würde ich bevorzugen: Mir von Katherin auf einem Ausflugsschiff selbst gehäkelte Westen anziehen zu lassen oder mir von der Leiterin des Lizenzgeschäfts in einem Meetingraum ohne Fenster einen Rüffel abzuholen?

»Alles klar, ich mach's.«

»Wirklich?«

»Wirklich«, sage ich und nehme den Tee von Mo entgegen. »Ich werde aber nicht reden. Und du darfst mich nicht so grob behandeln wie beim letzten Mal. Ich hatte noch tagelang blaue Flecken.«

»Die Prüfungen und Drangsale eines Modellebens, Tiffy«, sagt Katherin, und ich habe den leisen Verdacht, dass sie über mich lacht.

Alle sind weg. Nur ich bin noch übrig, in meiner Wohnung.

Selbstverständlich war ich den ganzen Tag über total aufgekratzt und habe darauf geachtet, Mo, Gerty und Kay nicht zu zeigen, dass der Einzug in Leons Wohnung weder seltsam noch bedrückend ist.

Aber es ist ein wenig seltsam. Und ich könnte heulen. Ich schaue mir meinen hübschen gebatikten Bettüberwurf an und kann nur denken, dass er wirklich gar nicht zu Leons Bettwäsche passt, die männlich schwarz-grau gestreift ist, und ich nichts dagegen unternehmen kann, weil es ebenso Leons Bett ist wie meins – wer immer dieser Leon auch sein mag – und dass sein halb nackter oder womöglich völlig nackter Körper unter dieser Decke schläft. Ich hatte die Logistik der Bettsituation bis zu diesem Augenblick nicht durchdacht, und nun, wo ich es tue, bin ich nicht begeistert.

Mein Telefon vibriert. Es ist Kay.

Ich hoffe, der Einzug hat gut geklappt. Nimm dir gern etwas zu essen aus dem Kühlschrank (bis du dich eingelebt hast und selbst einkaufen gehst). Leon bittet dich, auf der linken Bettseite zu schlafen. Kay xx

Das war's. Ich weine. Das ist wirklich sehr seltsam. Wer ist dieser Leon überhaupt? Warum habe ich ihn noch nicht kennengelernt? Ich denke darüber nach, ihn anzurufen – ich habe seine Nummer aus der Anzeige –, aber es ist ziemlich eindeutig, dass Kay sich um die Dinge kümmern will.

Ich schniefe, wische mir fest über die Augen und gehe zum Kühlschrank. Er ist überraschend voll dafür, dass Leon so viel arbeitet. Ich nehme mir Himbeermarmelade und Margarine und sehe das Brot über dem Toaster. Okay.

Hi, Kay. Alles gut gelaufen, danke – die Wohnung ist wirklich gemütlich! Danke für die Info wegen der Bettseite.

Es ist ein wenig sehr formell für ein Gespräch über Bettseiten, aber ich habe den Eindruck, Kay wäre es lieber, wenn wir nicht zu freundschaftlich miteinander umgehen.

Ich schreibe einige Fragen zur Wohnung auf – wo ist der Lichtschalter fürs Treppenhaus, darf ich den Fernseher einstecken und solche Sachen. Dann, mit dem Marmeladentoast in der Hand, gehe ich wieder ins Schlafzimmer und überlege, ob es zu passiv-aggressiv wäre, mein eigenes Betttuch aufzuziehen. Sicherlich hat Leon unter diesen Umständen ein frisch gewaschenes Laken aufgezogen. Aber ... vielleicht hat er es eben doch nicht gemacht. O Gott, nun ist der Gedanke da – ich muss es wechseln. Ich reiße es mit geschlossenen Augen herunter, weil ich Angst habe, etwas zu sehen, das ich nicht sehen will.

Gut. Das vielleicht sowieso saubere Laken ist in der Waschmaschine, mein wundervolles, auf jeden Fall sauberes ist aufgezogen, und ich bin von dieser ganzen Aktion ein wenig außer Atem. Auf den zweiten Blick fühlt sich das Zimmer mehr nach mir an als ganz am Anfang. Ja, der Bettdeckenbezug ist immer noch nicht richtig (ich hatte den Eindruck, dass es wohl ein wenig spitz wirken würde, ihn zu wechseln), und in den Regalen stehen seltsame Bücher (*keins* darüber, wie man sich Klamotten selbst macht! Das werde ich bald ändern), aber mit meinem Krimskrams im Zimmer und meinen Kleidern im Schrank und … genau, ich werde den Überwurf einfach ganz hoch ziehen, damit man die Decke nicht sieht, nur für jetzt. Viel besser.

Als ich die Decke richte, bemerke ich eine Plastiktüte unterm Bett, aus der etwas Wollenes auf den Boden quillt. Ich muss sie beim Auspacken vergessen haben; ich ziehe sie heraus, um den Inhalt zu begutachten.

Sie ist voller Schals. Großartiger Wollschals. Sie gehören mir nicht, aber sie sind wunderschön gearbeitet – man benötigt echtes Talent, um so zu stricken und zu häkeln. Sie *sollten* mir gehören. Ich würde viel Geld – das ich nicht habe – für diese Schals zahlen.

Zu spät bemerke ich, dass ich mich wahrscheinlich durch Leons Sachen wühle – zudem noch durch etwas, das er unter dem Bett aufbewahrt, von dem er wahrscheinlich nicht will, dass es jemand sieht. Ich betrachte das Muster noch einen Augenblick, dann stopfe ich die Tasche wieder an ihren Platz, achte darauf, sie so zu hinterlassen, wie sie vorher war. Ich frage mich, was diese ganzen Schals bedeuten. So viele selbst gemachte Schals bewahrt man doch nicht einfach so auf.

Mir fällt auf, dass Leon auf alle möglichen Arten seltsam sein könnte. Der Besitz von Schals ist streng genommen nicht seltsam, könnte aber die Spitze des Eisbergs sein. Außerdem waren dort ziemlich viele Schals drin – mindestens zehn. Und wenn er sie geklaut hat? Shit. Wenn sie ihn an alle Frauen erinnern, die er ermordet hat?

Vielleicht ist er ein Serienmörder? Der nur im Winter zuschlägt, wenn die Frauen Schals tragen.

Ich muss jemanden anrufen. Ich bin allein mit den Schals, bin wirklich ein wenig verängstigt und folglich ein wenig wahnsinnig.

»Was ist los?«, fragt Rachel.

»Ich mache mir Sorgen, dass Leon ein Serienmörder sein könnte«, verkünde ich.

»Warum? Wollte er dich umbringen oder so?«

Rachel hört sich ein wenig abgelenkt an. Ich mache mir Sorgen, dass sie das Ganze nicht ernst genug nimmt.

»Nein, nein, ich habe ihn noch nicht kennengelernt.«

»Aber du hast seine Freundin gesehen, oder?«

»Ja, warum?«

»Denkst du, sie weiß Bescheid?«

»Worüber?«

»Über die Morde.«

»Ähm. Nein? Würde ich nicht vermuten. Kay wirkt wirklich äußerst normal.«

»Dann ist sie eine ziemlich unaufmerksame Frau. Du hast die Zeichen bereits nach einem Abend allein in seiner Wohnung erkannt. Denk mal drüber nach, wie viel Zeit sie dort verbracht haben muss, genau dieselben Zeichen gesehen und nicht die einzige logische Schlussfolgerung gezogen hat!«

Pause. Rachels Argument ist täuschend einfach, aber sehr schlüssig.

»Du bist eine exzellente Freundin«, sage ich schließlich.

»Ich weiß. Gern geschehen. Ich muss nun aber auflegen. Ich bin gerade bei einem Date.«

»O Gott, sorry!«

»Nein, kein Problem, er findet es nicht schlimm, oder, Reggie? Er sagt, es sei ihm egal.«

Am anderen Ende ertönt ein gedämpftes Geräusch. Plötzlich frage ich mich, ob Rachel Reggie gerade irgendwo festgebunden hat.

»Ich lasse dich nun in Ruhe«, sage ich. »Hab dich lieb.«

»Ich dich auch, Babe. Nein, nicht dich, Reggie, pscht.«

# 8

## LEON

Hohlwangig und mit müden Augen sieht Holly vom Bett zu mir hoch. Sie wirkt kleiner. In jeder Beziehung – Handgelenke, das büschelweise nachwachsende Haar … alles, außer ihren Augen.

Sie grinst mich schwach an.

Holly: »Du warst am Wochenende hier.«

Ich: »Kurz, ja. Sie brauchten meine Hilfe. Personalmangel.«

Holly: »Warst du da, weil ich nach dir gefragt habe?«

Ich: »Ganz bestimmt nicht. Du weißt doch, dass du die Patientin bist, die ich am wenigsten mag.«

Breiteres Grinsen.

Holly: »Hattest du ein nettes Wochenende mit deiner Freundin mit den kurzen Haaren?«

Ich: »Ja, eigentlich schon.«

Sieht verschmitzt aus. Ich will mir keine falschen Hoffnungen machen, aber es geht ihr sichtlich besser – am Wochenende hat sie kein bisschen gelächelt.

Holly: »Und du musstest sie meinetwegen alleinlassen!«

Ich: »Personalmangel, Holly. Musste sie alleinlassen und zur Arbeit kommen, einfach nicht genug Leute hier.«

Holly: »Ich wette, sie war sauer, dass du mich lieber magst als sie.«

Socha, die Assistenzärztin, lugt durch den Vorhang, um mich auf sich aufmerksam zu machen.

Socha: »Leon.«

Ich, zu Holly: »Bin sofort zurück, Beziehungszerstörerin.«

Ich, zu Socha: »Und?«

Sie schenkt mir ein strahlendes, erschöpftes Lächeln.

Socha: »Die Laborergebnisse sind da. Die Antibiotika schlagen endlich an. Ich hab gerade mit dem Facharzt vom GOSH-Krankenhaus gesprochen. Weil es ihr besser geht, muss sie nicht wieder dorthin zurück, sagt er. Der Sozialdienst ist auch einverstanden.«

Ich: »Die Antibiotika wirken?«

Socha: »Yep. Der CRP-Wert und die Anzahl der weißen Blutkörperchen sinken. Kein Fieber mehr. Der Laktatwert normalisiert sich. Alles stabil.«

Die Erleichterung tritt sofort ein. Nichts geht über das Gefühl, wenn es jemandem besser geht.

Die gute Laune über Hollys Blutwerte hält den ganzen Heimweg an. Teenies, die an der Straßenecke einen Joint rauchen, kommen mir wie Engel vor. Der stinkende Mann im Bus, der die Socken auszieht, um sich an den Füßen zu kratzen, hat mein aufrichtiges Mitleid. Sogar der wahre Feind des Londoners, ein schlendernder Tourist, entlockt mir nur ein nachsichtiges Lächeln.

Als ich die Wohnung betrete, will ich mir ein hervorragendes Neun-Uhr-Morgen-Abendessen zubereiten. Das Erste, was mir auffällt, ist der Geruch. Es riecht … nach Frau. Nach würzigem Weihrauch und Blumenladen.

Als Nächstes registriere ich haufenweise Krempel in meinem Wohnzimmer. Ein Riesenberg Bücher auf dem Frühstückstresen. Ein Kissen in Kuhform auf dem Sofa. Eine Lavalampe – eine Lavalampe! – auf dem Couchtisch. Was soll das? Will die Essex-Frau in unserer Wohnung etwa einen Flohmarkt veranstalten?

Leicht verwirrt will ich meinen Schlüssel an den üblichen Platz legen (Alternative zum Wäschekorb). Stelle fest, dass dort eine Spardose in Gestalt des Hundes aus *Abenteuer mit Spot* steht. Das ist unglaublich. Wie in einer Gruselfolge von *Einsatz in 4 Wänden*. Die Wohnung wurde umgestaltet, um hinterher unermesslich viel schlechter auszusehen. Ich kann nur vermuten, dass sie das mit Absicht getan hat. Einen so schlechten Geschmack hat niemand aus Versehen.

Zermartere mir das Hirn, was Kay mir eigentlich über die Frau erzählt hat. Sie ist ... Lektorin? Der Beruf klingt nach einer vernünftigen Person mit Geschmack. Bin mir ziemlich sicher, dass Kay nicht erwähnt hat, dass die Essex-Frau bizarre Gegenstände sammelt.

Ich sinke auf einen Sitzsack und bleibe eine Weile darauf liegen. Denke an die dreihundertfünfzig Pfund, die ich Sal diesen Monat sonst nicht geben könnte. Beschließe, dass es nicht so schlimm ist. Der Sitzsack zum Beispiel ist klasse: Er hat ein Paisleymuster und ist erstaunlich bequem. Und die Lavalampe ist lustig. Wer hat heutzutage schon eine Lavalampe?

Ich bemerke, dass meine Bettwäsche über dem Wäscheständer in der Zimmerecke hängt – sie hat sie gewaschen. Ärgerlich. Weil ich sie extra noch gewaschen hatte, bin ich sogar zu spät zum Dienst gekommen. Darf nicht vergessen, dass mich die nervige Essex-Frau nicht kennt. Sie weiß nicht, dass ich Bettwäsche wasche, bevor ich Fremde darin schlafen lasse.

Halt. Wie sieht wohl das Schlafzimmer aus?

Wage mich mutig hinein. Und stoße einen erstickten Schrei aus. Es sieht aus, als hätte jemand Regenbogen und Baumwollstoff erbrochen. Überall Farben, die von Natur aus nicht zusammengehören. Über dem Bett eine entsetzliche, mottenzerfressene Decke. Eine riesige beige Nähmaschine nimmt den Großteil des Schreibtischs ein. Und Kleider … *überall* Kleider.

Diese Frau hat mehr Kleidung, als ein mittelgroßes Geschäft ins Lager nehmen würde. Mit der Hälfte des Kleiderschranks, die ich für sie freigeräumt hatte, ist sie eindeutig nicht ausgekommen. Also hat sie Kleider an der Wand hinter der Tür aufgehängt – an der alten Bilderschiene, ziemlich einfallsreich, und über der Lehne des jetzt kaum mehr sichtbaren Sessels unter dem Fenster.

Überlege ungefähr drei Sekunden lang, sie anzurufen und ein Machtwort zu sprechen, komme dann aber unweigerlich zu dem Schluss, dass das peinlich wäre. In einigen Tagen wird es mir nichts mehr ausmachen. Wahrscheinlich merke ich es dann überhaupt nicht mehr. Trotzdem. Im Moment ist meine Meinung von der Essex-Frau auf einen neuen Tiefpunkt gesunken. Will gerade zu dem äußerst einladenden Sitzsack zurückgehen, als ich bemerke, dass die Mülltüte mit den Schals, die Mr. Prior mir gestrickt hat, unter dem Bett hervorlugt.

Die habe ich ganz vergessen. Die Essex-Frau könnte mich für sonderbar halten, wenn sie eine Tüte mit vierzehn handgestrickten Schals unter dem Bett findet. Wollte sie schon ewig zum Secondhandladen bringen, aber das weiß die Essex-Frau natürlich nicht. Ich hab sie noch nicht kennengelernt. Will nicht, dass sie denkt, ich wäre ein Schalsammler oder so etwas.

Schnappe mir Stift und Papier und schreibe FÜR SECOND-HANDLADEN auf ein Post-it, dann klebe ich es auf die Tüte. So. Nur als Erinnerung für mich, falls ich es vergessen sollte.

Jetzt auf dem Sitzsack abendessen, dann ins Bett. Bin so müde, dass sogar die schreckliche Batikbettdecke einladend aussieht.

# 9

## TIFFY

Hier stehe ich nun also. Auf dem eiskalten Schiffsanleger. Ich trage »neutrale Kleidung, mit der ich arbeiten kann«, auf Katherins Anweisung, die mich frech anstrahlt, sich vom Wind das strohblonde Haar ins Gesicht wehen lässt, während wir darauf warten, dass das Ausflugsschiff anlegt, oder drei Segel zum Wind dreht oder was auch immer diese Schiffe machen, um Menschen an Bord zu lassen.

»Du hast die perfekten Proportionen für diese Workshops«, sagt Katherin. »Du bist mein Lieblingsmodel, Tiffy. Echt. Das wird der totale Wahnsinn.«

Ich ziehe eine Augenbraue hoch, schaue aufs Meer. Ich kann mir nicht vorstellen, dass Katherin sonst viele Models zur Verfügung hat. Außerdem ermüdet es mich so langsam, dass Menschen meine »Proportionen« loben. Es sieht so aus: Ich bin genau das Gegenteil von Gertys und Mos Wohnung: etwa zwanzig Prozent größer als die Durchschnittsfrau, in sämtlicher Hinsicht. Meine Mutter sagt gern, ich hätte »schwere Knochen«, weil mein Vater in seiner Jugend Holzfäller war (war er das wirklich? Ich weiß, dass er alt ist, aber gibt es Holzfäller nicht nur im Märchen?). Ich kann kaum einen Raum betreten, ohne dass mir jemand den hilfreichen Hinweis gibt, ich sei aber groß für eine Frau.

Manchmal nervt es Leute, als würde ich absichtlich mehr

Raum einnehmen, als mir zusteht, und manchmal schüchtert es sie ein, besonders wenn sie daran gewöhnt sind, auf Frauen herabzuschauen, mit denen sie reden, aber meistens machen sie mir viele Komplimente für meine »Proportionen«. Ich denke, sie wollen damit eigentlich: »Mann, bist du groß, dabei aber nicht sonderlich fett!«, sagen oder »gut gemacht, du bist groß, aber nicht schlaksig!« Oder vielleicht: »Du bringst meine Gender-Normen durcheinander, weil du weibliche Rundungen hast, obwohl du so groß und breit bist wie ein durchschnittlicher Mann.«

»Die Sowjets mochten Frauen wie dich«, spricht Katherin weiter, ohne meine hochgezogene Augenbraue zu beachten. »Du kennst doch ihre Poster, wo Frauen auf dem Feld arbeiten, während die Männer irgendwo kämpfen, so was halt.«

»Die sowjetischen Frauen trugen also viel Strick, oder?«, frage ich ziemlich gereizt. Es nieselt, und das Meer sieht von einem belebten Schiffsanleger ganz anders aus – es ist viel weniger glamourös als an einem Strand. Es ist im Grunde genommen nur eine große, salzige Wanne. Ich frage mich, wie warm es der Leiterin der Lizenzabteilung in ihrem Meeting zur internationalen Reichweite unserer Frühlingstitel gerade ist.

»Vielleicht, vielleicht«, grübelt Katherin. »Gute Idee, Tiffy! Was denkst du: Im nächsten Buch ein Kapitel über die Geschichte des Häkelns?«

»Nein«, sage ich fest. »Das wird den Lesern nicht gefallen.«

Bei Katherin muss man Ideen im Keim ersticken. Und bei dieser hier habe ich definitiv recht. Niemand will Geschichte – die Leser wollen nur eine Idee für ein neues gehäkeltes Teil, auf das der Enkel sabbern kann.

»Aber…«

»Ich vermittle dir nur die Brutalität des Marktes, Katherin«, sage ich. Das ist einer meiner Lieblingssätze. Guter alter Markt, auf den man es immer schieben kann. »Die Leute wollen keine Geschichte in ihren Häkelbüchern. Sie wollen niedliche Bilder und einfache Anleitungen.«

Nachdem unsere ganzen Unterlagen geprüft wurden, gehen wir an Bord. Man kann schlecht erkennen, wo der Anleger endet und das Boot anfängt – als ginge man in ein Gebäude und verspürte ganz leichten Schwindel, als würde sich der Boden unter einem ein wenig bewegen. Ich dachte, wir wären besondere Gäste und würden auf besondere Weise willkommen geheißen, aber wir gehen mit dem Pöbel aufs Schiff. Von dem jeder Einzelne mindestens zwanzigmal reicher ist als ich – und viel besser angezogen.

Für ein Passagierschiff ist es ziemlich klein – nur so groß wie, sagen wir mal, Portsmouth im Vergleich zu London. Wir werden höflich in eine Ecke des »Unterhaltungsbereichs« geschoben, um auf unseren Einsatz zu warten. Wir sollen anfangen, wenn die Gäste mit dem Essen fertig sind.

Niemand bringt *uns* etwas zu essen. Katherin hat selbstverständlich ihre eigenen Sandwiches mitgebracht. Sie sind mit Sardinen belegt. Gut gelaunt bietet sie mir die Hälfte an, was wirklich lieb von ihr ist. Schließlich wird mein Magengrummeln so schlimm, dass ich meine Niederlage einräume und eins annehme. Ich bin nervös. Meine letzte Schiffsfahrt war mit Justin um die griechischen Inseln, ich glühte vor Liebe und Nach-dem-Sex-Hormonen. Nun sitze ich in Begleitung eines Ex-Hippies zusammengekauert in einer Ecke mit drei Alditüten voller Stricknadeln, Häkelnadeln und Wolle und esse ein Sardinensandwich, ich kann nicht mehr verleugnen, dass mein Leben eine Wendung zum Schlechten genommen hat.

»Wie lautet der Plan?«, frage ich Katherin, während ich die

Kruste von meinem Sandwich knabbere. Der Fischgeschmack ist am Rand nicht so schlimm. »Was muss ich machen?«

»Als Erstes zeige ich an dir, wie man Maß nimmt«, sagt Katherin. »Dann erkläre ich die Grundstiche für alle Anfänger, anschließend werde ich meine vorbereiteten Stücke dazu verwenden, um die Tricks zu zeigen, wie man sich selbst ein Outfit zusammenstellt, das perfekt sitzt! Und natürlich werde ich meine fünf besten Tipps zum flotten Abmessen zeigen.«

»Flottes Abmessen« – Katherins Schlagworte. Sie müssen aber noch einschlagen.

Als es endlich Zeit für unseren Auftritt ist, versammeln wir eine ziemliche Menschenmenge vor uns. Katherin weiß, wie man das anstellt – sie hat wahrscheinlich damals bei Demos geübt. Unser Publikum besteht zum Großteil aus alten Ladys und ihren Männern, aber auch jüngere Frauen zwischen zwanzig und dreißig sind dabei und sogar einige Schwule. Ich bin ziemlich ermutigt. Vielleicht hat Katherin recht damit, dass Häkeln auf dem aufsteigenden Ast ist.

»Ein großer Applaus für meine bezaubernde Assistentin!«, sagt Katherin, als würden wir eine Zaubershow aufführen. Und tatsächlich sieht der Zauberer in der anderen Ecke des Unterhaltungsbereichs ziemlich sauer aus.

Alle klatschen pflichtbewusst. Ich versuche, fröhlich und häkelbegeistert auszusehen, aber mir ist kalt, und ich fühle mich in meiner neutralen Kleidung farblos – weiße Jeans, hellgraues T-Shirt und ein hübscher pinkfarbener Cardigan, von dem ich dachte, ich hätte ihn letztes Jahr verkauft, den ich aber heute Morgen in meinem Schrank wiederentdeckte. Es ist das einzige bunte Element dieses Outfits, und ich sehe, dass Katherin gerade …

»Strickjacke aus!«, sagt sie und ist schon dabei, sie mir auszuziehen. Das ist so unwürdig. Und kalt. »Sind Sie alle bei der Sache? Handys weg, bitte! Wir haben während des Kalten Krieges auch nicht alle fünf Minuten Facebook gecheckt. Hmm? So soll es sein, denken Sie mal drüber nach! Telefone weg, das war's jetzt!«

Ich versuche, nicht zu lachen. So ist Katherin, wie sie leibt und lebt – sie sagt immer, wenn sie den Kalten Krieg erwähnt, sind die Leute so überrascht, dass sie gehorchen.

Sie beginnt, mich zu vermessen – Hals, Schulter, Brust, Taille, Hüften – und mir wird klar, dass meine Maße nun einer recht großen Menschenmenge vorgelesen werden, was meinen Lachdrang noch vergrößert. So ist es doch immer, oder? Man darf nicht lachen und will es mehr als alles andere auf der Welt.

Katherin wirft mir einen mahnenden Blick zu, während sie meine Hüften abmisst und über Plissieren spricht, um ausreichend »Platz für den Hintern« zu schaffen, und zweifellos spürt, wie mein Körper wegen des unterdrückten Lachens bebt. Ich weiß, dass ich professionell sein muss. Ich weiß, dass ich jetzt nicht einfach in Gelächter ausbrechen kann – das würde ihre Autorität völlig untergraben. Aber … Es ist zum Schießen. Die alte Lady dort drüben hat gerade die Maße meiner Oberschenkel in ihr Notizbuch geschrieben. Und der Typ da hinten schaut –

Der Typ da hinten … Das ist …

Das ist Justin.

Er geht weg, als ich merke, dass er es ist, verschwindet in der Menge. Aber bevor er geht, hält er meinem Blick stand. Ein Schock fährt mir durch den Körper, weil das kein gewöhnlicher Blickkontakt ist. Es ist ein sehr deutlicher Blickkontakt. Den man austauscht, bevor man einen Zwanziger auf den Tisch wirft, das Pub verlässt und auf dem Heimweg im

Taxi rummacht, oder in dem Augenblick, wenn man das Weinglas abstellt und nach oben ins Bett eilt.

Es ist Sex-Blickkontakt. Sein Blick sagt: Ich ziehe dich in meinem Kopf aus. Der Mann, der mich vor Monaten verlassen hat, der seitdem keinen Anruf von mir entgegengenommen hat, dessen Verlobte sich vielleicht mit ihm auf dem Schiff befindet … Er schaut mich so an. Und in diesem Augenblick fühle ich mich entblößter, als ältere Damen mit Notizbüchern es jemals schaffen könnten. Ich fühle mich völlig nackt.

# 10

## LEON

Ich: »Sie hätten sich wiederfinden können. Die Liebe findet einen Weg, Mr. Prior! Die Liebe findet einen Weg!«

Mr. Prior ist nicht überzeugt.

Mr. Prior: »Nichts für ungut, Junge, aber Sie haben das nicht erlebt – so lief das nicht. Natürlich gab es hübsche Geschichten von Mädchen, die glaubten, ihr Liebster sei schon lange tot, und dann kamen sie nach Hause, und er schlenderte wie aus dem Ei gepellt in seiner Uniform auf sie zu … Aber jeder kennt Hunderte von Geschichten, in denen der Geliebte nicht zurückgekehrt ist. Johnny ist wahrscheinlich tot. Und wenn er noch lebt, ist er seit Langem mit irgendeinem Herrn oder einer Dame verheiratet und hat mich vergessen.«

Ich: »Aber Sie sagten, er steht nicht auf dieser Liste.«

Ich deute auf die ausgedruckten Namen der Kriegsopfer, ohne zu wissen, warum ich so auf diesem Punkt herumreite. Mr. Prior hat mich nicht gebeten, Johnny zu suchen. Er war nur wehmütig. Hat in Erinnerungen geschwelgt.

Aber ich begegne hier vielen älteren Menschen. Ich kenne das Schwelgen in Erinnerungen, die Wehmut. Bei ihm schien es anders zu sein. Als hätte Mr. Prior noch etwas zu erledigen.

Mr. Prior: »Nein, ich glaube nicht. Andererseits bin ich ein vergesslicher, alter Mann, und Ihr Computersystem ist ein neumodisches Ding. Wir könnten uns also beide täuschen, stimmt's?«

Er lächelt mich nachsichtig an. Als würde ich das für mich tun, nicht für ihn. Betrachte ihn genauer und denke an all die Nächte, in denen ich mit Besuchern anderer Patienten geplaudert habe und Mr. Prior still in der Ecke saß – die Hände im Schoß, das Gesicht in nette Falten gelegt. Als würde er sich anstrengen, nicht traurig auszusehen.

Ich: »Tun Sie mir den Gefallen. Nennen Sie mir Fakten. Regiment? Geburtsort? Besondere Merkmale? Verwandte?«

Mr. Prior sieht mich aus seinen kleinen Knopfaugen an. Er zuckt die Schultern. Lächelt – die pergamentartige Haut mit den vielen Altersflecken in seinem Gesicht knittert. Die braunen Linien an seinem Hals, die durch jahrzehntelanges Tragen der exakt selben Kragenweite dort wie eintätowiert sind, verziehen sich.

Er schüttelt schwach den Kopf, als würde er später jemandem erzählen, wie bekloppt diese modernen Pfleger sind, fängt aber dennoch an zu reden.


Donnerstagmorgen. Rufe Mam an und führe im Bus ein kurzes, schwieriges Gespräch.

Mam, verschlafen: »Gibt es was Neues?«

So begrüßt sie mich seit Monaten.

Leon: »Tut mir leid, Mam.«

Mam: »Soll ich Sal anrufen?«

Leon: »Nein, nein. Das mach ich schon.«

Langes, bedrückendes Schweigen. Wir suhlen uns darin.

Dann Mam, bemüht: »Tut mir leid, Schatz, wie geht's dir?«


Als ich anschließend nach Hause komme, erwartet mich eine angenehme Überraschung: selbst gebackene Haferkekse auf dem Sideboard. Mit bunten Trockenfrüchten und Körnern, als müsste die Essex-Frau ihren Farbtick selbst beim Essen ausleben. Das stört mich allerdings nicht, als ich die Notiz neben dem Teller entdecke.

*Bediene dich! Hoffe, du hattest einen guten ~~Tag~~ Nacht. Tiffy x*

Eine hervorragende Entwicklung. Für dreihundertfünfzig Pfund im Monat *plus* freies Essen ertrage ich definitiv eine Menge Gerümpel und Lampenschnickschnack. Nehme mir einen großen Keks und setze mich hin, um an Richie zu schreiben. Will ihm berichten, wie es Holly geht. In meinen Briefen an ihn ist sie das »Neif-Mädchen« und eher eine Karikatur ihrer selbst – schärfer, bissiger, niedlicher. Ohne hinzusehen, nehme ich mir noch einen Haferkeks. Fülle die zweite Seite mit Beschreibungen von den Gegenständen der fremden Essex-Frau. Manche sind so lächerlich, dass Richie mir vermutlich nicht glauben wird. Ein Bügeleisen in Form von Iron Man. Richtige Clownsschuhe, die wie ein Kunstwerk an der Wand hängen. Cowboystiefel mit Sporen, die sie offenbar regelmäßig trägt, so abgelatscht, wie sie aussehen.

Als ich die Briefmarke aufklebe, merke ich, dass ich vier Haferkekse gegessen habe. Hoffe, dass sie das mit dem »Bediene dich« ernst meinte. Da ich den Kugelschreiber noch in der Hand habe, schreibe ich auf die Rückseite ihrer Nachricht:

*Danke. So lecker, dass ich aus Versehen fast alles aufgegessen habe.*

Ich zögere. Hab irgendwie das Gefühl, ich müsste ihr etwas zurückgeben. Es sind wirklich kaum noch Kekse übrig.

*Danke. So lecker, dass ich aus Versehen fast alles aufgegessen habe. Im Kühlschrank ist noch ein Rest Pilzpfanne Stroganoff, wenn du was zum Abendessen brauchst (weil ja kaum noch was von den Keksen übrig ist). Leon.*

Sollte jetzt schnell Pilzpfanne Stroganoff machen.

Das ist nicht die einzige Nachricht, die sie mir geschrieben hat. Eine andere hängt an der Badezimmertür.

*Hi, Leon,*
*würde es dir etwas ausmachen, die Klobrille runterzuklappen?*
 *Ich fürchte, ich kann das nicht so schreiben, dass es nicht passiv-aggressiv klingt – das liegt an diesen Notizzetteln. Man nimmt einen Stift und ein Post-it, und schon wird man zur Zicke – darum schmücke ich den Zettel etwas aus. Ich könnte ein paar Smileys malen, damit es wirklich ganz klar wird.*
 *Tiffy x*

Unter der Nachricht sind jede Menge Smileys.
 Ich pruste los. Einer der Smileys hat einen Körper und pinkelt in die Ecke des Post-it. Damit habe ich nicht gerechnet. Weiß nicht, warum – ich kenne die Frau ja nicht –, aber ich habe sie nicht für humorvoll gehalten. Vielleicht wegen all dieser DIY-Bücher.

## 11

## TIFFY

»Das ist lächerlich.«

»Ich weiß«, sage ich.

»Mehr nicht, oder was?«, schreit Rachel. Ich zucke zusammen. Gestern habe ich eine Flasche Wein getrunken, panisch Haferkekse gebacken und kaum geschlafen; ich bin zu dünnhäutig, um angeschrien zu werden.

Wir sitzen bei der Arbeit im »Creative Space« – der einzige Unterschied zu den anderen Meetingräumen bei Butterfinger Press ist, dass es hier nervigerweise keine vernünftige Tür gibt (um ein Gefühl von Offenheit zu vermitteln) und Whiteboards an den Wänden hängen. Irgendwann einmal hat jemand sie verwendet, nun haben sich die völlig unverständlichen Notizen auf ewig in das Whiteboard gefressen. Rachel hat die Layouts ausgedruckt, die wir beim Meeting besprechen wollen, und sie liegen zwischen uns auf dem Tisch ausgebreitet. Es ist das verdammte Kochbuch mit den Kinderreimen, und man merkt meinem Lektorat wirklich an, dass ich einen Kater und es eilig hatte bei diesem ersten Durchlauf.

»Du willst mir ernsthaft verklickern, dass du Justin auf einem Ausflugsboot gesehen hast und er dich so angeschaut hat, als würde er Sex mit dir wollen, und du dann einfach mit der Vorführung weitergemacht hast und ihn *nicht mehr gesehen hast?*«

»Ich weiß«, sage ich erneut und ziemlich kläglich.

»Lächerlich! Warum hast du ihn nicht gesucht?«

»Ich war mit Katherin beschäftigt! Die mich übrigens echt verletzt hat«, erzähle ich ihr, ziehe den Poncho hoch, um ihr die fiese rote Stelle zu zeigen, wo Katherin mir während der Vorführung in den Arm gepikst hat.

Rachel wirft einen flüchtigen Blick darauf. »Ich hoffe, dafür verlegst du ihren Abgabetermin vor«, sagt sie. »Bist du sicher, dass es Justin war? Und nicht irgendein anderer weißer Typ mit braunem Haar?«

»Rachel, ich weiß, wie Justin aussieht.«

»Gut, dann …«, sagt sie, reißt die Arme auseinander und schiebt damit die Entwürfe über den Tisch. »Das glaub ich nicht. Das ist dermaßen enttäuschend. Ich dachte, deine Geschichte würde mit Sex in einer Kabine enden! Oder auf dem Deck! Oder, oder … mitten auf dem Meer in einem Schlauchboot!«

Tatsächlich habe ich die restliche Vorführung wie paralysiert in panischer Anspannung verbracht und verzweifelt versucht, so zu wirken, als würde ich Katherins Anweisungen zuhören: »Arme hoch, Tiffy!«, »Pass auf dein Haar auf, Tiffy!« – und hatte gleichzeitig weiterhin den Blick auf das Publikum gerichtet. Ich habe mich gefragt, ob ich es mir eingebildet habe. Wie groß ist die Wahrscheinlichkeit? Ich meine, ich weiß, dass der Mann gerne mit dem Schiff fährt, aber wir leben in einem sehr großen Land. Um das viele Ausflugsschiffe herumfahren.

»Erzähl es mir noch einmal«, sagt Rachel, »das mit dem Blick.«

»Äh, ich kann es nicht erklären«, sage ich und lege die Stirn auf die Seiten, die vor mir ausgebreitet sind. »Aber … Ich kenne diesen Blick.« Mir zieht sich der Magen zusammen. »Er war so unangemessen. Ich meine – Gott – seine Freundin, ich meine, seine Verlobte …«

»Er hat dich in einem vollen Raum gesehen, halb bekleidet, dich wunderschöne Person, wie du mit einer mittelalten exzentrischen Autorin herumlaborierst ... und dann hat er sich daran erinnert, warum er dir gern die Klamotten vom Leib gerissen hat«, schlussfolgert Rachel. »Das ist passiert.«

»Das ist nicht ...« Aber was *war* passiert? Irgendetwas, ganz bestimmt. Dieser Blick war nicht nichts. Ich spüre den Anflug von Angst in meinem Bauch. Selbst nachdem ich eine ganze Nacht lang darüber nachgedacht habe, weiß ich immer noch nicht, wie ich mich fühle. Im einen Moment kommt es mir wie das Romantischste auf der Welt vor, dass Justin auf einem Ausflugsschiff auftaucht und mit mir Blickkontakt hält, dann wiederum fühle ich mich ein wenig zittrig und krank. Auf dem Nachhauseweg war ich auch ganz fahrig – es ist eine Weile her, seitdem ich ohne Begleitung London verlassen habe, um irgendwohin außer zu meinen Eltern zu fahren. Justin hatte recht damit, dass ich grundsätzlich den falschen Zug nehme, und er war so lieb und hat mich immer begleitet – nur für den Fall der Fälle; als ich allein in der dunklen Southampton Station wartete, war ich mir sicher, dass ich gleich in einem Zug zu den Äußeren Hebriden oder einem ähnlich abgelegenen Ort sitzen würde.

Ich nehme mein Handy – dieses »Meeting« mit Rachel soll nur eine halbe Stunde dauern, und dann muss ich wirklich die ersten drei Kapitel von Katherin überarbeiten.

Ich habe eine neue Nachricht.

War schön, dich gestern zu sehen. Ich war wegen der Arbeit dort, und als ich »Katherin Rosen und Assistentin« auf dem Programm sah, dachte ich, hey, das muss Tiffy sein.

Nur du kannst darüber lachen, dass jemand deine Maße vorliest – die meisten Mädchen würden das schrecklich finden. Aber ich glaube, das macht dich so besonders. J xx

Mit zitternden Händen reiche ich Rachel das Telefon. Sie schnappt nach Luft und legt sich die Hand auf den Mund.

»Er liebt dich! Dieser Mann liebt dich immer noch!«

»Beruhige dich, Rachel«, sage ich, obwohl mir das Herz gerade aus der Brust springen will. Ich fühle mich, als würde ich gleichzeitig ersticken und zu viel atmen.

»Kannst du zurückschreiben und ihm sagen, solche Kommentare seien der Grund dafür, dass Frauen sich so viele Gedanken über ihr Äußeres machen? Und indem er sagt, dass es ›die meisten Mädchen schrecklich finden würden‹, befeuert er das Problem, dass Frauen sich übermäßig über ihren Körper definieren, und spielt sie gegeneinander aus, was heutzutage eins der größten Probleme des Feminismus ist.«

Ich verziehe die Augen zu Schlitzen, und sie grinst mich breit an. »Oder man könnte einfach schreiben: ›Danke, komm rüber und zeig mir die ganze Nacht lang, wie besonders ich bin‹.«

»Bah. Ich weiß nicht, warum ich mit dir spreche.«

»Entweder ich oder Martin«, erklärt sie und sammelt die Entwürfe ein. »Ich kümmere mich um das hier. Du holst deinen Mann zurück, okay?«

»Nein«, sagt Gerty wie aus der Pistole geschossen. »Schreib ihm nicht zurück. Er ist das Letzte und hat dich wie Dreck behandelt, wollte dich von deinen Freunden trennen und hat dich ganz sicher betrogen. Er verdient keine nette Antwort.«

Dann folgt eine Pause.

»Warum wolltest du auf diese Nachricht antworten, Tiffy?«, fragt Mo, als würde er für Gerty dolmetschen.

»Ich wollte nur … mit ihm reden.« Ich spreche sehr leise. Die Müdigkeit breitet sich immer weiter aus. Ich habe mich mit einem Kakao auf meinem Sitzsack zusammengerollt, und Mo und Gerty starren mich vom Sofa aus an. In ihren Gesichtern spiegelt sich Sorge (um ehrlich zu sein, stimmt das bei Gerty nicht – sie sieht einfach wütend aus).

Gerty liest noch einmal meinen Entwurf vor: »*Hi, Justin. Schön, von dir zu hören. Es tut mir nur leid, dass wir uns nicht unterhalten konnten – obwohl wir auf demselben Ausflugsschiff waren!* Und dann zwei Küsschen.«

»Er hat auch mit zwei Küssen unterschrieben«, sage ich ein wenig defensiv.

»Die Küsse sind das Geringste, was ich an dieser Nachricht ändern würde«, sagt Gerty.

»Bist du sicher, dass du überhaupt wieder Kontakt mit Justin haben möchtest, Tiffy? Du wirkst viel stabiler, seitdem du aus seiner Wohnung ausgezogen bist«, sagt Mo. »Ich frage mich, ob das nicht womöglich miteinander zusammenhängt.« Er seufzt, als ich nicht antworte. »Ich weiß, dass es dir schwerfällt, schlecht von ihm zu denken, Tiffy, aber egal wie du auch alles andere entschuldigst, kannst selbst *du* die Tatsache nicht leugnen, dass er dich für eine andere Frau verlassen hat.«

Ich zucke zusammen.

»Sorry. Aber das hat er, und selbst wenn er inzwischen mit ihr Schluss gemacht hat, wofür wir keinerlei Beweise haben, hat er dennoch etwas mit ihr angefangen. Das kannst du nicht wegdiskutieren oder dich davon überzeugen, dass du es dir ausgedacht hast, weil du Patricia kennengelernt hast. Denk noch einmal an diese Facebook-Nachricht. Erinnere dich daran, wie es sich angefühlt hat, als er mit ihr in der Wohnung aufgetaucht ist.«

Puh. Warum sagen Menschen immer Dinge, die ich nicht hören will? Ich vermisse Rachel.

»Was glaubst du, was er gerade *macht*, Tiffy?«, fragt Mo. Plötzlich geht er in die Vollen, und ich winde mich.

»Er will freundlich sein. Wieder mit mir Kontakt aufnehmen.«

»Er hat nicht nach einem Treffen gefragt«, betont Mo.

»Und er hat dich mehr als freundschaftlich angeschaut, so wie es sich anhört«, sagt Gerty.

»Ich … Es stimmt. Es war kein Blick à la *hey, ich vermisse dich so sehr, es wäre so schön, wenn wir wieder miteinander reden könnten*. Sondern es war … etwas anderes. Klar, die Verlobte kann ich nicht ignorieren, aber diesen Blick auch nicht. Was hat er bedeutet? Wenn er – wenn er wieder mit mir zusammenkommen möchte …«

»Würdest du?«, fragt Gerty.

»Würde ich was?«, frage ich und verschaffe mir ein wenig Zeit.

Sie antwortet nicht. Sie weiß, wie ich ticke.

Ich denke darüber nach, wie schlecht es mir in den vergangenen Monaten gegangen ist, wie schlimm es war, aus der Wohnung auszuziehen. Wie häufig habe ich mir Patricia auf Facebook angeschaut und auf die Tastatur meines Laptops geweint, bis ich mir Sorgen über einen Stromschlag mit Todesfolge machte.

Ich hatte so ein großes Glück mit ihm. Justin war immer so … witzig. Alles war so aufregend mit ihm; wir flogen von Land zu Land, probierten alles aus, blieben bis vier Uhr wach und kletterten aufs Dach, um den Sonnenaufgang anzuschauen. Ja, wir haben gestritten und viele Fehler gemacht, aber hauptsächlich war ich einfach glücklich, bei ihm zu sein. Ohne ihn fühle ich mich … verloren.

»Ich weiß nicht«, antworte ich. »Aber ein großer Teil von mir will es.«

»Mach dir keine Sorgen«, sagt Gerty, steht schnell auf und tätschelt mir den Kopf, »das würden wir nicht zulassen.«

## 12

## LEON

*Hi, Leon,*

*okay, also — die Wahrheit ist, ich bin eine Panikbäckerin. Wenn ich traurig bin oder in einer schwierigen Lage, hilft Backen bei mir immer. Und was ist schon dabei? Ich verwandele meine negative Stimmung in etwas Positives — in etwas köstliches Kalorienreiches. Solange du mein Unglück nicht herausschmeckst, kann es dir vermutlich egal sein, warum ich diese Woche jeden Abend gebacken habe.*

*Was zufällig daran liegt, dass mein Exfreund auf meinem Kreuzfahrtschiff\* aufgetaucht ist, mir einen schmachtenden Blick zugeworfen und sich dann verzogen hat. Darum bin ich jetzt ganz durcheinander. Er hat mir eine süße Textnachricht geschickt, wie besonders ich sei, aber ich habe nicht geantwortet. Ich wollte, aber meine Freunde haben es mir ausgeredet. Sie sind nervig und haben meistens recht.*

*Darum hast du jedenfalls so viel Kuchen bekommen.*

*Tiffy x*

---

\* *Nicht mein Kreuzfahrtschiff. Nichts für ungut, aber wenn mir ein Kreuzfahrtschiff gehören würde, würde ich mir nicht das Bett mit dir teilen. Dann würde ich in einem schottischen Schloss mit filmreifen Türmchen wohnen.*

*Hi, Tiffy,*

*das mit deinem Ex tut mir leid. Aus der Reaktion deiner Freunde schließe ich, dass sie meinen, er wäre nicht gut für dich – findest du das auch?*

    *Ich gehöre zum Team Ex, wenn das Kuchen bedeutet.*

    *Leon*

*Hi, Leon,*

*ich weiß nicht – darüber habe ich eigentlich noch nie nachgedacht. Meine spontane Antwort lautet: Ja, er ist gut für mich. Aber ich weiß es nicht. Es war ein ziemliches Hin und Her mit uns, wir waren eins von diesen Paaren, über das alle ständig reden (wir haben uns schon ein paarmal getrennt und sind wieder zusammengekommen). Man erinnert sich immer leichter an die guten Zeiten – und davon gab es massig, und sie waren toll – aber ich glaube, seit wir uns getrennt haben, habe ich nur an die gedacht. Es hat Spaß gemacht, mit ihm zusammen zu sein. Aber war es auch gut für mich? Mmh. Ich weiß es nicht.*

    *Darum der Kuchen mit der selbst gemachten Marmeladenfüllung.*

    *Tiffy x*

Auf dem dicken, spiralgebundenen Ausdruck eines Buches mit dem Titel: *Aufgebaut: Mein Weg vom Maurer zum Spitzendesigner:*

*Ganz ehrlich – hab das vom Tisch genommen, weil es für mich so herrlich bescheuert klang. Konnte es nicht aus der Hand legen und habe erst mittags geschlafen. Ist dieser Typ dein Ex? Wenn nicht, darf ich ihn heiraten?*

    *Leon*

*Hey, Leon,*

*ich bin ja so froh, dass dir das Buch gefallen hat! Der attraktive Ehemals-Maurer-jetzt-Designer ist nicht mein Ex, und ja, er würde dich sehr wahrscheinlich viel lieber heiraten wollen als mich. Ich könnte mir aber vorstellen, dass Kay etwas dagegen hat.*

   *Tiffy x*

*Kay sagt, ich darf den attraktiven Ehemals-Maurer-Jetzt-Designer nicht heiraten. Schade. Sie lässt dich grüßen.*

*Nett, dass ich sie gestern getroffen habe! Sie sagt, ich mäste dich mit all dem Kuchen. Ich musste ihr versprechen, meine Gefühlsturbulenzen von jetzt an mit gesünderen Sachen zu überwinden, darum habe ich uns Johannisbrot-Dattel-Brownies gemacht. Sorry, schmecken widerlich.*

   *Ich klebe dieses Post-it jetzt auf* Sturmhöhe*, weil ich* Aufgebaut *wieder mit ins Büro nehmen muss!*

   *x*

Auf dem Schrank über dem Mülleimer in der Küche:

*Wann wird noch mal der Müll abgeholt?*

   *Leon*

*Ist das ein Witz? Ich wohne hier seit fünf Wochen! Du seit Jahren! Wie kannst du mich fragen, wann der Müll abgeholt wird?!*

   *... aber ja, gestern, und wir haben es vergessen. x*

*Oh, hab ich mir gedacht ... Kann mir nicht merken, ob es Dienstag oder Donnerstag ist. Hab ein Problem mit den D-Tagen. Schwierig.*

   *Was von deinem Ex gehört? Du hast aufgehört zu backen. Ist* okay, hab mir genug eingefroren, um eine Weile zurechtzukommen. Ich hoffe aber, dass du wieder eine Krise bekommst, sagen wir ... Mitte Mai.

    Leon

Hey,

totale Funkstille. Er aktualisiert noch nicht mal seinen Twitter- oder Facebook-Account, sodass ich ihn nicht stalken kann – also ist er wahrscheinlich noch mit seiner Verlobten zusammen (ich meine, warum auch nicht, er hat mich ja nur ein bisschen komisch angesehen), und bestimmt habe ich den Kreuzfahrt-Moment völlig falsch interpretiert, und er ist wahrscheinlich ein abscheulicher Mensch, genau wie meine Freundin Gerty behauptet. Jedenfalls habe ich ihm alles Geld zurückgezahlt, das ich ihm schulde. Jetzt schulde ich stattdessen der Bank einen erschreckenden Betrag.

    Danke für das Risotto, es war köstlich – du kannst wirklich gut kochen für jemanden, der immer zu den falschen Tageszeiten isst!

    Tiffy x

Neben dem Backblech:

Gott. Wusste nichts von der Verlobten. Oder dem Geld.

    Bedeutet Karamell-Shortbread, dass du was gehört hast?

Neben dem Backblech, jetzt voller Krümel:

Nichts. Er hat mir nicht einmal eine Nachricht geschickt, dass er das Geld erhalten hat. Es ist wirklich tragisch, aber gestern habe ich mich bei dem Wunsch ertappt, ich hätte ihm jeden Monat nur ein paar Hunderter zurückgezahlt – dann wären wir in gewisser Weise *noch in Kontakt. Und ich hätte mein Konto nicht ganz so heftig überzogen.*

*Im Grunde habe ich seit der Kreuzfahrt-Nachricht kein Wort mehr von ihm gehört. Ich bin echt ein Idiot. x*

*Hallo. Die Liebe macht uns alle zu Idioten – als ich Kay kennenlernte, habe ich ihr erzählt, ich sei Jazzmusiker (Saxofon). Dachte, das würde ihr gefallen.*

*Auf dem Herd steht Chili für dich.*

*Leon x*

# APRIL

# 13

## TIFFY

»Ich glaube, ich habe Palpitationen, mein Herz klopft wie verrückt.«

»Seit Urzeiten hat niemand mehr Palpitationen«, informiert mich Rachel und nimmt einen unzumutbar großen Schluck von dem Latte, den mir der Cheflektor gebracht hat (ab und zu fühlt er sich schuldig, weil Butterfingers mir nicht genug zahlt, und spendiert großzügig einen Kaffee für zwei Pfund zwanzig, um sein Gewissen zu beruhigen).

»Dieses.Buch.Bringt.Mich.Um«, sage ich.

»Die gesättigten Fettsäuren in deinem Mittagessen bringen dich um.« Rachel pikst in das Bananenbrot, durch das ich mich gerade mampfe. »Mit dem Backen wird's immer schlimmer bei dir – also, du wirst ganz offensichtlich dauernd besser darin. Warum wirst du nicht dicker?«

»Werde ich, aber ich bin einfach größer als du, deswegen fällt der Unterschied nicht so auf. Ich verstecke meine neuen Kuchenpfunde an Orten, die du nicht gleich erkennst. Wie beispielsweise am Oberarm. Oder an den Wangen. Ich bekomme rundere Wangen, findest du nicht?«

»Du solltest lektorieren, Mädel«, sagt Rachel und klopft auf die Entwürfe zwischen uns. Aus unseren wöchentlichen Zusammenkünften wegen Katherins Buch sind bis Ende März ganz schnell tägliche Zusammenkünfte geworden, nun haben wir mit Erschrecken festgestellt, dass schon *April* ist und unser Druckdatum nur wenige Wochen in der Zukunft liegt, deswegen sind wir inzwischen zu täglichen Zusammenkünften *und* gemeinsamen Mittagessen übergegangen. »Und wann besorgst du mir die Bilder von den Hüten und Schals?«, fragt Rachel noch.

O Gott. Die Hüte und Schals. Ich wache mitten in der Nacht auf und denke an Hüte und Schals. So kurzfristig finde ich niemanden, der sie für uns herstellen könnte, und Katherin hat wirklich keine Zeit. Laut Vertrag muss sie alle Muster selber machen – ein Fehler, den ich nie wieder in der Verhandlungsphase begehen werde –, deswegen habe ich kein Druckmittel gegen sie in der Hand. Ich hab es tatsächlich mit Betteln versucht, aber sie hat mir – gar nicht unfreundlich – mitgeteilt, dass ich mich zum Deppen machen würde.

Traurig starre ich auf mein Bananenbrot. »Es gibt keine Lösung«, sage ich. »Das Ende ist nahe. Das Buch wird ohne Bilder in dem Kapitel über Hüte und Schals in Druck gehen.«

»Nein, das wird es auf gar keinen Fall«, sagt Rachel. »Zunächst einmal hast du gar nicht genügend Wörter, um den Platz aufzufüllen. Lektorier das Ding. Und dann denk dir etwas aus! Und zwar schnell!«

Pffft. Warum mag ich sie noch mal?

Als ich nach Hause komme, schalte ich gleich den Wasserkocher ein – es ist ein Teetrinkabend. Daran klebt ein alter Zettel von Leon. Sie sind einfach überall, diese Post-its.

Leons Tasse steht immer noch in der Spüle, sie ist halb voll mit Milchkaffee. Er trinkt ihn immer so, immer aus derselben angeschlagenen weißen Tasse mit einem Cartoon-Kaninchen darauf. Jeden Abend steht diese Tasse entweder halb ausgetrunken auf dieser Seite der Spüle – was ich als Zeitdruck interpretiere – oder abgewaschen auf dem Abtropfbrett, was wohl bedeutet, dass er rechtzeitig aufgestanden ist.

Die Wohnung ist nun ziemlich gemütlich. Ich musste Leon wieder etwas Platz im Wohnzimmer machen – irgendwann letzten Monat hat er die Hälfte meiner Kissen entfernt, sie im Flur aufgestapelt und einen Zettel mit der Aufschrift *»Ich muss endlich ein Machtwort sprechen (sorry)«* daraufgelegt – aber vielleicht hatte er recht, es waren wirklich zu viele. Man konnte kaum noch auf dem Sofa sitzen.

Das Bett ist immer noch das Seltsamste an dieser ganzen WG. Während der ersten Wochen habe ich meine eigenen Laken aufgezogen, sie jeden Morgen wieder abgenommen und mich ganz auf meine linke Bettseite gequetscht, mein Kissen von seinem weggezogen. Nun wechsele ich die Wäsche nicht mehr täglich – ich liege sowieso nur auf meiner Seite. Alles ist wirklich ziemlich normal. Klar, ich habe meinen Mitbewohner immer noch nicht kennengelernt, was streng genommen ein bisschen seltsam ist, aber wir haben angefangen, uns immer häufiger Zettel zu hinterlassen – manchmal vergesse ich, dass wir noch nie miteinander gesprochen haben.

Ich schmeiße die Tasche auf den Boden und lasse mich auf den Sitzsack fallen, während der Tee zieht. Wenn ich ehrlich mit mir bin, warte ich. Ich warte nun seit Monaten, seitdem ich Justin gesehen habe.

Er wird mich ganz sicher kontaktieren. Okay, ich habe nie auf seine Nachricht geantwortet – ich hasse Gerty und Mo immer noch dafür, dass sie es unterbunden haben –, aber er hat mich auf dem Ausflugsboot mit diesem besonderen Blick angeschaut. Klar, das ist inzwischen so lange her, dass ich den Blick selbst fast völlig vergessen habe; er ist inzwischen eine

Zusammenstellung verschiedener Gesichtsausdrücke von Justin, an die ich mich erinnere (oder – vielleicht realistischer, an die ich mich von seinen Facebook-Bildern erinnere) ... aber dennoch. Damals fühlte ich mich sehr ... Okay, ich weiß immer noch nicht, wie es sich angefühlt hat. Aber irgendwie intensiv.

Nachdem mehr Zeit vergangen war, habe ich darüber nachgedacht, wie seltsam es war, dass Justin am selben Tag wie Katherin und ich auf dem Schiff auftauchte. So sehr mir der Gedanke auch gefallen mag, Justin ist sicher nicht extra gekommen, um mich zu sehen – unser Workshop *Wie man sich schnell seine eigenen Klamotten häkelt* wurde in allerletzter Minute vorverlegt, deswegen konnte er nichts von unserer Anwesenheit wissen. Außerdem hat er mir in seiner Nachricht geschrieben, er sei beruflich dort gewesen, was absolut plausibel ist – er arbeitet bei einer Veranstaltungsfirma, die Auftritte und Shows für Ausflugsfahrten und Touristentouren in London organisiert. (Um ehrlich zu sein, weiß ich nicht ganz genau, was er macht. Es wirkte alles immer sehr stressig, und er schien viel zu planen und zu organisieren.)

Wenn er also nicht absichtlich gekommen ist, könnte das Schicksal nicht seine Hände im Spiel gehabt haben?

Ich nehme mir meinen Tee und gehe ratlos ins Schlafzimmer. Eigentlich *will* ich doch gar nicht wieder mit Justin zusammenkommen, oder? Wir waren noch nie so lange getrennt wie jetzt, und es fühlt sich anders an als die Male zuvor. Vielleicht, weil er mich für eine Frau verlassen hat, der er dann gleich einen Heiratsantrag gemacht hat. Daran könnte es liegen.

Eigentlich sollte es mir schnurz sein, ob er sich bei mir meldet. Was lässt es für Rückschlüsse auf mich zu, dass ich auf den

Anruf eines Mannes warte, der mich höchstwahrscheinlich betrogen hat?

»Das bedeutet, dass du loyal und vertrauensvoll bist«, sagt Mo, als ich ihn anrufe und genau das frage. »Und genau wegen dieser Eigenschaften wird Justin sich wahrscheinlich wieder melden.«

»Glaubst du?« Ich bemerke, dass ich fahrig bin, nervös und nach Bestätigung giere, was mich noch mehr nervt. Ich fange an, meine Gilmore-Girls-DVDs zu sortieren, bin zu aufgedreht zum Stillsitzen. Zwischen Staffel eins und zwei liegt noch ein weiterer Zettel; ich ziehe ihn heraus und überfliege ihn. Ich habe versucht, Leon davon zu überzeugen, unseren Fernseher auch zu benutzen, und ihm für den Anfang meine qualitativ äußerst hochwertige DVD-Sammlung angeboten. Sie hat ihn nicht überzeugt.

»Ziemlich sicher«, sagt Mo. »So scheint Justin es zu machen. Aber ... bist du sicher, dass du das willst?«

»Ich fände es schön, wenn er mit mir redet. Oder sich zumindest meldet. Ich weiß nicht, was er gerade denkt. Er schien so böse auf mich wegen der Wohnung, aber dann kam die Nachricht, nachdem wir uns auf dem Schiff gesehen haben, und sie war wirklich süß, deswegen ... Keine Ahnung. Ich will, dass er mich anruft. Mann!«, ich kneife die Augen zu. »Woran liegt das?«

»Vielleicht wurde dir lange gesagt, dass du es ohne ihn nicht schaffen kannst«, erklärt Mo sanft. »Das würde erklären, warum du ihn zurückwillst, obwohl du ihn *nicht* zurückwillst.«

Auf der Suche nach einem Themenwechsel gerate ich ins Schwimmen. Die letzte Folge von *Sherlock?* Eine neue Assistentin bei der Arbeit? Aber mir wird klar, dass ich noch nicht mal genug Energie habe, um mich ablenken zu lassen.

Mo wartet ruhig. »Aber es ist wahr, oder?«, fragt er. »Ich meine, hast du darüber nachgedacht, mit jemand anderem auszugehen?«

»Ich könnte mit jemand anderem ausgehen«, protestiere ich.

»Hmm.« Er seufzt. »Welche Gefühle hat der Blick auf dem Schiff tatsächlich in dir ausgelöst, Tiffy?«

»Ich weiß nicht. Das ist inzwischen ewig her. Ich glaube … es war irgendwie … sexy? Und schön, begehrt zu werden?«

»Hattest du keine Angst?«

»Was?«

»Hattest du Angst? Hast du dich unter dem Blick kleiner gefühlt?«

Ich runzele die Stirn. »Nun mal locker, Mo. Es war nur ein Blick. Er wollte mir ganz sicher keine Angst machen – außerdem habe ich dich angerufen, um darüber zu sprechen, ob er mich jemals wieder anrufen würde, und dank dir fühle ich mich ein wenig besser damit, also sollten wir hier einen Schlussstrich ziehen.«

Eine ganze Weile Schweigen am anderen Ende der Leitung. Aber ich bin auch ein wenig erschüttert.

»Diese Beziehung hat Spuren bei dir hinterlassen, Tiffy«, sagt Mo sanft. »Er hat dafür gesorgt, dass du dich schlecht fühlst.«

Ich schüttele den Kopf. Ich weiß zwar, dass Justin und ich gestritten haben, aber wir haben uns immer wieder vertragen, und alles wurde romantischer nach einem Streit, deswegen zählt das eigentlich nicht. Wir haben uns von anderen streitenden Paaren unterschieden – es war alles nur Teil der wundervollen, verrückten Achterbahnfahrt, aus der unsere Beziehung bestand.

»Irgendwann wird sich alles setzen, Tiff«, sagt Mo. »Wenn es so weit ist, rufst du mich an, okay?«

Ich nicke, weiß aber nicht, wozu genau ich zustimme. Von

meinem Blickwinkel aus habe ich gerade die perfekte Ablenkung in meiner momentanen Gefühlslage gefunden: die Tüte mit den Schals unter Leons Bett. Die ich in meiner ersten Nacht hier gefunden habe und die mich davon überzeugte, dass Leon wahrscheinlich eine Art Serienmörder ist. Auf dem Beutel klebt ein Zettel mit der Aufschrift FÜR SECONDHANDLADEN, der garantiert noch nicht darauf war, als ich zum ersten Mal nachgeschaut habe.

»Danke, Mo«, sage ich ins Telefon. »Wir sehen uns am Sonntag zum Kaffeetrinken.« Ich lege auf, schaue mich dabei nach einem Stift um.

*Hey,*

*also, es tut mir leid, dass ich unter deinem (unserem) Bett rumgeschnüffelt habe. Ich weiß, dass man das nicht macht. Aber diese Schals sind UNGLAUBLICH. Wie von einem Designer. Und ich weiß, dass wir noch nie darüber oder über irgendetwas anderes gesprochen haben, aber ich glaube, dass du – weil du irgendeine Fremde (mich) in deinem Bett schlafen lässt – wenig Kohle hast und nicht einfach nur ein wirklich netter Mann bist, der jemandem helfen will, eine bezahlbare Wohnung in London zu finden.*

*Und auch, wenn ich TOTAL DAFÜR bin, alte Klamotten in einen Secondhandladen zu bringen (ich kaufe dort schließlich fast alles ein – Leute wie ich brauchen Leute wie dich), denke ich, du solltest darüber nachdenken, diese Schals zu verkaufen. Du wirst pro Stück wahrscheinlich etwa 200 Pfund bekommen.*

*Wenn du deiner wunderbaren Mitbewohnerin davon 90 % abgeben möchtest, habe ich nichts dagegen.*

*Tiffy x*

*PS: Wo hast du sie überhaupt her? Wenn ich das fragen darf.*

# 14

## LEON

Die Arme ausgebreitet, die Beine gespreizt. Eine streng blickende Justizvollzugsbeamtin tastet mich mit *großer* Begeisterung ab. Vermutlich entspreche ich ihrer Vorstellung von jemandem, der Drogen und Waffen in den Besucherraum schleppt. Stelle mir vor, wie sie im Geiste ihre Checkliste durchgeht. Geschlecht: männlich. Herkunft: unbestimmt, aber etwas dunklerer Typ als wünschenswert. Alter: jung genug, um es nicht besser zu wissen. Erscheinung: ungepflegt.

Versuche auf eine nicht bedrohliche, staatsbürgerliche Art zu lächeln. Bei genauerer Betrachtung kommt es wahrscheinlich großspurig rüber. Allmählich ist mir ein bisschen mulmig zumute. Die Realität dieses Ortes dringt zu mir durch, obwohl ich mich entschieden bemüht habe, den Stacheldraht auf den massiven Stahlzäunen zu ignorieren. Die fensterlosen Gebäude, die aggressiven Schilder, die davor warnen, Drogen ins Gefängnis zu schmuggeln. Und das, obwohl ich seit November mindestens einmal im Monat hier gewesen bin.

Der Gang von der Sicherheitsschleuse zum Besucherraum ist vielleicht der schlimmste Teil. Ein Labyrinth aus Beton und Stacheldraht, durch das man von permanent wechselnden Gefängniswärtern begleitet wird. Sie tragen die Schlüssel an die Hüfte gekettet. Schließen Tore und Türen hinter einem zu, kaum dass man hindurchgetreten ist. Es ist ein wunderschöner

Frühlingstag. Ein Stück blauer Himmel lugt höhnisch über den Stacheldraht.

Im Besucherraum ist es besser. Kinder tapsen zwischen den Tischen herum oder werden kreischend von muskulösen Papas in die Luft gehoben. Damit man sie von uns anderen unterscheiden kann, tragen die Häftlinge knallige Westen. Männer in nicht zu übersehendem Orange rücken näher an ihre sie besuchenden Freundinnen heran, als sie eigentlich dürfen, die Finger fest verschränkt. Hier geht es emotionaler zu als in der Ankunftshalle eines Flughafens. Da hat sich *Tatsächlich … Liebe* etwas entgehen lassen.

Sitze am zugewiesenen Tisch. Warte. Als man Richie hereinführt, fühlt sich mein Magen an, als wollte er sich von innen nach außen stülpen. Richie sieht müde und ungewaschen aus, die Wangen hohl, der Kopf hastig rasiert. Er trägt seine einzige Jeans – wollte bestimmt nicht, dass ich ihn in der Jogginghose vom Gefängnis sehe –, aber sie schlackert jetzt um seine Taille. Schrecklich, schrecklich, schrecklich.

Lächelnd stehe ich auf und strecke die Arme aus, um ihn zu begrüßen. Warte, dass er zu mir kommt. Darf den zugewiesenen Bereich nicht verlassen. Gefängniswärter mit ausdruckslosen Gesichtern stehen an den Wänden und passen genau auf.

Richie schlägt mir auf den Rücken: »Alles klar, Bruder, du siehst gut aus!«

Ich: »Du auch.«

Richie: »Du Lügner. Ich sehe wie aufgewärmte Scheiße aus. Nach irgendeinem Vorfall in Flügel E haben die das Wasser abgestellt. Keine Ahnung, wann sie es wieder anstellen, aber bis dahin würde ich niemandem empfehlen, die Toiletten zu benutzen.«

Ich: »Alles klar. Wie geht's dir?«

Richie: »Toll. Hast du was von Sal gehört?«

Dachte, ich könnte das Thema zumindest für einen Augenblick umgehen.

Ich: »Ja. Es tut ihm leid, dass sich die Berufung wegen dieser Unterlagen verzögert, Richie. Er arbeitet dran.«

Richies Miene verschließt sich.

Richie: »Ich kann nicht länger warten, Lee.«

Ich: »Wenn du willst, dass ich dir einen anderen Anwalt suche, mache ich das.«

Bedrückende Stille. Richie weiß genauso gut wie ich, dass das die Sache noch weiter verzögern würde.

Richie: »Hat er das Filmmaterial aus der Aldi-Kamera bekommen?«

Hat er das Material aus der Aldi-Kamera überhaupt *angefordert*, das ist die Frage. Allmählich kommen mir Zweifel, obwohl er es mir gesagt hat. Reibe mir den Nacken, betrachte meine Schuhe und wünsche mir mehr denn je, Richie und ich wären überall, nur nicht hier.

Ich: »Noch nicht.«

Richie: »Das ist der Schlüssel, Mann, das sag ich dir. Auf dem Filmmaterial sieht man, dass ich das nicht war.«

Ich wünschte, es wäre wahr. Aber wie gut ist die Qualität dieses Materials? Wie wahrscheinlich ist es, dass die Bilder scharf genug sind, um die Zeugenaussage zu widerlegen?

Fast die ganze Stunde sprechen wir über die Berufungsverhandlung. Kann ihn einfach nicht von dem Thema abbringen. Spurensicherung, übersehene Beweise, immer wieder die Überwachungskamera. Hoffnung, Hoffnung, Hoffnung.

Als ich gehe, zittern mir die Knie. Steige in ein Taxi zum Bahnhof. Ich brauche Zucker. Habe Tiffin-Kuchen von Tiffy dabei. Nehme ungefähr dreitausend Kalorien zu mir, während der Zug durch die Landschaft rollt, vorbei an unendlich vielen flachen Feldern. Fort von meinem Bruder. Zurück an den Ort, an dem ihn alle vergessen haben.

Als ich nach Hause komme, liegt die Mülltüte mit den Schals in der Mitte des Schlafzimmers, daran eine Nachricht von Tiffy.

Mr. Prior strickt Zweihundert-Pfund-Schals? Und er braucht noch nicht einmal besonders lange! Ahhhh. Denke an all die Male, die ich sein Angebot, mir noch einen Schal, eine Mütze, Handschuhe oder Teewärmer zu stricken, abgelehnt habe. Ich könnte inzwischen Milliardär sein.

An der Schlafzimmertür:

*Hi, Tiffy,*
*DANKE für die Nachricht wegen der Schals. Ja, ich brauche*
*Geld. Werde sie verkaufen – kannst du mir sagen wo/wie?*
*Ein Herr bei der Arbeit strickt sie. Er schenkt sie jedem/allen, die*
*sie haben wollen (sonst hätte ich ein schlechtes Gewissen, das Geld*
*zu nehmen …)*
*Leon*

*Hey,*
*ja, klar – du solltest sie über Etsy oder Preloved verkaufen. Die*
*haben haufenweise Kunden, die bestimmt auf die Schals abfahren.*
*Mhh. Komische Frage, aber wäre dieser Herr bei deiner Arbeit*
*vielleicht daran interessiert, gegen Bezahlung zu häkeln?*
*Tiffy x*

*Keine Ahnung, warum? Apropos häkeln, nimm dir deinen Lieblingsschal – ich stelle den Rest heute Nacht ins Netz.*
    *Leon*

Auf den Boden vor der Schlafzimmertür gefallen (ziemlich schwer zu finden):

*Morgen,*
*ich arbeite an einem Buch mit dem Titel* Häkele dich frei *(ich weiß – einer meiner besten Titel), und wir brauchen jemanden, der uns sehr schnell vier Schals und acht Mützen häkelt, damit wir sie für das Buch fotografieren können. Er müsste sich an die Anleitung meiner Autorin halten (was Farbe und Muster etc. angeht). Ich kann ihm etwas dafür bezahlen, aber nicht viel. Kannst du mir seine Kontaktdaten geben? Ich bin wirklich verzweifelt, und er ist offensichtlich enorm begabt.*
    *O mein Gott. Ich werde diesen Schal nicht mehr ablegen (es ist mir egal, dass theoretisch Frühling ist). Ich liebe ihn. Danke!*
    *Tiffy x*

Wieder an der Schlafzimmertür:

*Wüsste nicht, warum das nicht klappen sollte. Obwohl ich es mir vielleicht von der Oberschwester genehmigen lassen muss. Schreib mir einen Brief, dann gebe ich ihn erst ihr und wenn sie einverstanden ist, dem Strickherrn.*
    *Wenn du den Schal die ganze Zeit trägst, kannst du dich dann nicht von den fünfhundert Schals trennen, die derzeit deine Kleiderschrankseite besetzen?*
    *Noch was: Habe gerade den ersten Schal für 235 Pfund verkauft. Verrückt. Und der ist noch nicht mal schön!*
    *Leon*

Auf der Frühstückstheke, neben einem unverschlossenen Umschlag:

*Hey,*
meine Seite *ist das Entscheidende an diesem Satz, Leon. Meine Seite, und ich möchte sie mit Schals füllen.*

*Hier ist der Brief — sag mir Bescheid, wenn du meinst, dass ich noch etwas ändern sollte. Irgendwann müssen wir unsere Nachrichten übrigens vielleicht mal aufräumen. Die Wohnung sieht allmählich aus wie eine Szene aus* Genie und Wahnsinn.

*Tiffy x*

Ich zeige der Oberschwester Tiffys Brief. Sie gibt mir grünes Licht, Mr. Prior zu fragen, ob er für Tiffys Buch stricken würde. Oder häkeln. Unterschied ist mir völlig unklar. Tiffy wird mir aber bestimmt irgendwann ungebeten eine lange Nachricht mit einer detaillierten Erklärung schreiben. Sie liebt ausführliche Erklärungen. Warum einen Absatz schreiben, wenn man fünf schreiben kann? Eine merkwürdige, verrückte, lustige Frau.

Eine Nacht später hat Mr. Prior schon zwei Mützen fertig. Sie sehen aus wie Mützen und sind aus Wolle, also nehme ich an, dass alles passt.

Der einzige Nachteil an dieser Vereinbarung ist, dass Mr. Prior jetzt von Tiffy fasziniert ist.

Mr. Prior: »Sie ist also Lektorin.«

Ich: »Ja.«

Mr. Prior: »Was für ein interessanter Beruf.«

Pause.

Mr. Prior: »Und sie wohnt bei Ihnen?«

Ich: »Mmm.«

Mr. Prior: »Wie interessant.«

Während ich mir Notizen mache, werfe ich ihm einen Seitenblick zu. Er blinzelt mit unschuldigen Knopfaugen zurück.

Mr. Prior: »Ich hätte nur nicht gedacht, dass Sie gern mit jemandem zusammenwohnen. Sie legen doch so viel Wert auf Ihre Unabhängigkeit. Ist das nicht der Grund, warum Sie nicht mit Kay zusammenziehen wollten?«

Muss aufhören, mit Patienten über mein Privatleben zu sprechen.

Ich: »Das ist etwas anderes. Tiffy muss ich nicht sehen. Wir hinterlassen uns eigentlich nur Nachrichten.«

Mr. Prior nickt nachdenklich.

Mr. Prior: »Die Kunst des Briefeschreibens. Eine überaus … *intime* Angelegenheit, so ein Brief, nicht wahr?«

Ich sehe ihn misstrauisch an. Weiß nicht, worauf er hinauswill.

Ich: »Post-its am Kühlschrank, Mr. Prior, keine handgeschriebenen Briefe auf parfümiertem Papier.«

Mr. Prior: »Oh, ja, da haben Sie recht. Natürlich. Post-its. Das ist sicher keine Kunst.«

Am nächsten Abend hat sogar Holly schon von Tiffy gehört. Erstaunlich, wie schnell sich uninteressante Nachrichten zwischen den Stationen verbreiten. Und das, obwohl ein beträchtlicher Teil der Menschen im Gebäude bettlägerig ist.

Holly: »Ist sie hübsch?«

Ich: »Das weiß ich nicht, Holly. Ist das wichtig?«

Holly schweigt. Nachdenklich.

Holly: »Ist sie nett?«

Ich, nachdem ich meinerseits einen Augenblick nachgedacht habe: »Ja, sie ist nett. Ein bisschen neugierig und merkwürdig, aber nett.«

Holly: »Was soll das bedeuten, sie ist deine ›Mitbewohnerin‹?«

Ich: »Mitbewohnerin heißt, dass man sich die Wohnung teilt. Wir wohnen dort zusammen.«

Holly macht große Augen: »Wie Freund und Freundin?«

Ich: »Nein, nein. Sie ist nicht meine Freundin. Sie ist nur *eine* Freundin.«

Holly: »Dann schlaft ihr in verschiedenen Zimmern?«

Zum Glück geht mein Pieper, ehe ich darauf antworten muss.

# MAI

# 15

## TIFFY

Während ich die Post-its von Schranktüren, Tischen, Wänden und (in einem Fall) dem Mülleimerdeckel abpule, bemerke ich mein Grinsen. Es ist seltsam, Leon so kennenzulernen, mit diesen ganzen Zetteln in den letzten Monaten, und es ist passiert, ohne dass ich es bemerkt habe – mit einer kurzen Nachricht über übrig gebliebenes Essen fing alles an, plötzlich hatten wir eine richtige, tägliche Korrespondenz.

Aber als ich auf dem Sofa unsere intime Konversation noch einmal durchgehe, bemerke ich, dass ich für gewöhnlich etwa fünfmal so viel schreibe wie Leon. Und dass meine Post-its viel persönlicher sind und mehr von mir preisgeben als seine. Es ist seltsam, das alles noch einmal zu lesen – zunächst einmal merke ich, wie unzuverlässig mein Gehirn ist. Wie ich beispielsweise in einer der Notizen erwähnte, wie unglaublich merkwürdig es ist, dass ich letztes Jahr vergessen hatte, Justin zu Rachels Geburtstagsfeier einzuladen, mich nun aber erinnere: Ich *habe* ihn eingeladen. Wir hatten am Ende einen riesigen Streit darüber, ob ich hingehen könnte. Justin meinte, mein Erinnerungsvermögen sei schrecklich, und es ist sehr ärgerlich, dafür schriftliche Beweisstücke zu finden.

Es ist nun halb sechs. Ich bin früher von der Arbeit abgehauen, weil alle anderen bei einer Abschiedsparty sind, die ich mir nicht leisten kann. Deswegen habe ich ohne meine Chefs die bedeutende Entscheidung getroffen, nach Hause zu gehen. Ich bin mir sicher, dass sie das gewollt hätten.

Ich dachte, ich könnte Leon heute Abend persönlich über den Weg laufen, weil ich gegen fünf in die Wohnung kam. Es fühlte sich ein wenig seltsam an. Ich darf eigentlich gemäß der offiziellen Vereinbarung nicht früher nach Hause kommen und ihm begegnen. Ich wusste, als ich mich für die Wohnung beworben hatte, dass wir nicht gleichzeitig in der Wohnung sein würden – deswegen war es so eine gute Idee. Aber mir war nicht klar, dass wir uns wirklich *nie* begegnen würden. Wirklich nie, vier ganze Monate lang.

Ich habe darüber nachgedacht, diese Stunde im Café um die Ecke abzusitzen, aber dann dachte ich … es wird langsam komisch, wir sind Freunde, haben uns aber noch nie gesehen. Und es fühlt sich wirklich so an, als *wären* wir Freunde – ich glaube, anders könnte es auch gar nicht sein, so sehr wie wir uns die ganze Zeit über einen Ort teilen. Ich weiß genau, wie er sein Spiegelei mag, obwohl ich ihn noch nie eins habe essen sehen (auf dem Teller ist immer viel flüssiges Eigelb). Ich könnte seinen Kleidungsgeschmack ziemlich genau beschreiben, obwohl ich ihn noch nie in einem der Kleidungsstücke gesehen habe, die auf dem Ständer im Wohnzimmer trocknen. Und – was am komischsten ist – ich weiß, wie er riecht.

Ich finde, es spricht nichts gegen ein Kennenlernen – es würde die Bedingungen unseres Zusammenlebens nicht verändern. Es würde nur bedeuten, dass ich meinen Mitbewohner erkenne, wenn ich ihm auf der Straße begegnen würde.

Das Telefon klingelt, was seltsam ist, weil ich gar nicht wusste, dass wir eins haben. Erst suche ich nach meinem Handy, aber bei mir ertönt immer ein fröhliches Gebimmel, das ich ganz unten aus den Samsung-Klingeltönen ausgewählt habe, nicht dieses retro *ring ring*, das irgendwo im Wohnzimmer erschallt.

Schließlich entdecke ich ein Festnetztelefon auf der Arbeitsfläche in der Küche, unter einem Schal von Mr. Prior und einer Reihe von Nachrichten, ob Leon nun die Butter aufgegessen hat oder nicht (das hat er definitiv).

Ein Festnetzanschluss! Wer hätte das gedacht! Ich dachte, Festnetztelefone wären nur Relikte, für die man zahlt, um Breitband zu bekommen.

»Hallo?«, frage ich zaghaft.

»Oh, hey«, sagt der Typ am anderen Ende. Er hört sich überrascht an (vermutlich bin ich weiblicher, als er erwartet hatte), und er hat einen seltsamen Akzent, irgendwie halb Irland, halb London.

»Hier ist Tiffy«, versuche ich es. »Leons Mitbewohnerin.«

»Ah! Hi!« Diese Tatsache scheint ihn sehr zu erfreuen. »Meinst du nicht eher *die Frau, die sich mit ihm das Bett teilt*?«

»Wir sagen lieber Mitbewohnerin«, sage ich und verziehe das Gesicht.

»Alles klar«, sagt er, und irgendwie höre ich sein Grinsen. »Na dann, schön, dich kennenzulernen, Tiffy. Ich bin Richie. Leons Bruder.«

»Sehr erfreut, Richie.« Ich wusste nicht, dass Leon einen Bruder hat. Aber dann fällt mir ein, dass ich wahrscheinlich sehr viel nicht über Leon weiß, auch wenn ich weiß, was er gerade vor dem Einschlafen liest (*Die Glasglocke*, sehr langsam). »Du musst Leon knapp verpasst haben, glaube ich. Ich bin vor einer halben Stunde nach Hause gekommen, da war er schon weg.«

»Der Mann arbeitet zu viel«, sagt Richie. »Ich wusste nicht, dass es schon halb sechs ist. Was ist eure Ein- und Auscheckzeit?«

»Normalerweise sechs, aber ich bin heute früher von der Arbeit nach Hause gekommen«, sage ich. »Du könntest es auf seinem Handy versuchen.«

»Ach, Tiffy, das kann ich nicht«, sagt Richie.

Ich runzele die Stirn. »Du kannst ihn nicht auf dem Handy anrufen?«

»Um ehrlich zu sein, ist es eine lange Geschichte.« Richie hält inne. »Kurzfassung: Ich bin in einem Hochsicherheitsgefängnis und darf nur auf Leons Festnetz anrufen. Telefonate aufs Handy sind außerdem doppelt so teuer, und ich verdiene bei meinem Putzjob im Trakt ungefähr vierzehn Pfund pro Woche. Musste übrigens jemanden dafür bezahlen, damit er mir diesen Job verschafft … Das bringt mich also nicht sehr weit.«

Ich bin verstört. »Scheiße!«, sage ich. »Das ist ja schrecklich. Geht es dir gut?«

Es rutscht mir einfach raus. Es ist sehr wahrscheinlich nicht das, was man unter diesen Umständen sagen sollte, aber nun ist's raus – ich habe es gedacht, und es kommt aus meinem Mund.

Zu meiner Überraschung – und vielleicht auch zu seiner – fängt Richie an zu lachen.

»Es geht mir ganz gut«, sagt er nach einer kurzen Pause. »Danke der Nachfrage. Ich bin nun seit sieben Monaten hier. Ich denke, ich … wie sagt Leon dazu? *Akklimatisiere* mich. Ich lerne, wie man hier lebt und ebenso, wie man einfach eine Minute nach der anderen rumkriegt.«

Ich nicke. »Nun, das ist zumindest etwas. Wie ist es dort? Auf einer Skala von Alcatraz bis zum Hilton?«

Er lacht wieder. »Definitiv irgendwo auf dieser Skala, ja. Hängt immer von meiner Stimmung ab. Aber im Vergleich zu vielen Menschen habe ich enormes Glück, das kann ich dir sagen. Ich habe nun eine eigene Zelle und kann zweimal im Monat Besuch empfangen.«

Aus meiner Sicht wirkt das nicht wie enormes Glück. »Ich will nicht weiter mit dir telefonieren, wenn es dich Geld kostet. Soll ich Leon etwas ausrichten?«

Am anderen Ende höre ich eine Art klappernde Stille, wie ein dröhnendes Hintergrundgeräusch.

»Willst du nicht fragen, warum ich sitze, Tiffy?«

»Nein«, antworte ich verblüfft. »Willst du es mir sagen?«

»Ja, schon. Aber normalerweise fragen die Leute danach.«

Ich zucke die Achseln. »Ich sollte nicht darüber urteilen – du bist Leons Bruder, und du hast *ihn* angerufen, um mit ihm zu sprechen. Und außerdem haben wir darüber gesprochen, wie schrecklich es im Gefängnis ist, und das ist nun mal so, egal was du getan hast. Alle wissen, dass so etwas wie Gefängnis nicht funktioniert. Oder?«

»Okay. Aber denken das echt alle?«

»Ja, klar.«

Mehr Schweigen.

»Ich sitze wegen bewaffneten Raubüberfalls. Aber ich habe es nicht getan.«

»Gott, das tut mir leid. Das ist dann echt beschissen.«

»Ja, genau«, sagt Richie. Er wartet. Und dann fragt er: »Glaubst du mir?«

»Ich kenne dich doch gar nicht. Warum spielt das eine Rolle für dich?«

»Ich weiß nicht. Tut es halt einfach.«

»Also, ich brauche Fakten, bevor ich sagen kann, ob ich dir glaube. Andernfalls wäre meine Meinung wertlos, oder?«

»Richte das bitte Leon aus. Sag ihm, ich fände es schön,

wenn er dir die Fakten mitteilt, damit du sagen kannst, ob du mir glaubst.«

»Warte«, ich nehme mir Post-its und einen Stift. »Hi, Leon«, sage ich beim Schreiben. »*Das hier ist eine Nachricht von Richie. Er sagt …*«

»Ich würde Tiffy gern wissen lassen, was mir passiert ist. Ich will, dass sie weiß: Ich war es nicht. Sie wirkt wie eine sehr nette Frau; zunächst einmal ist sie schön, das hört man einfach, sie hat diese besondere Stimme – tief und sexy, du kennst die …«

Ich lache. »Das schreibe ich nicht!«

»Wie weit bist du gekommen?«

»Bis *sexy*«, gebe ich zu, und Richie lacht.

»Gut. Du kannst die Nachricht nun beenden. Aber lass doch den letzten Satz, wenn es dir nichts ausmacht – er wird Leon zum Lachen bringen.«

Ich schüttele den Kopf, aber ich lächele auch. »Gut. Ich lasse ihn. Es war schön, dich kennengelernt zu haben, Richie.«

»Dich auch, Tiffy. Du passt für mich auf meinen Bruder auf, okay?«

Ich halte inne, diese Bitte überrascht mich. Zunächst einmal wirkt *Richie* wie derjenige, auf den aufgepasst werden muss, und außerdem bin ich eigentlich nicht die Richtige, um auf irgendjemanden aus der Familie Twomey aufzupassen, weil ich noch nie ein Mitglied persönlich kennengelernt habe. Als ich den Mund öffne, um zu antworten, hat Richie schon aufgelegt, und ich höre bloß das Freizeichen.

# 16

## LEON

Ich muss lachen, ich kann nicht anders. Typisch. Sogar vom Gefängnis aus probiert er es. Versprüht seinen Charme und versucht die Sympathie meiner Mitbewohnerin zu gewinnen.

Kay beugt sich über meine Schulter und liest die Nachricht.

Kay: »Offenbar ist Richie noch ganz der Alte.«

Ich erstarre. Sie spürt es und verspannt sich ebenfalls. Nimmt es aber nicht zurück oder entschuldigt sich.

Ich: »Er bemüht sich, locker zu bleiben. Jeden zum Lachen zu bringen. Das ist Richies Art.«

Kay: »Und? Ist Tiffy noch auf dem Markt?«

Ich: »Sie ist ein Mensch, keine Kuh, Kay.«

Kay: »Du bist immer so furchtbar *korrekt*, Leon! Das ist doch nur eine Redensart, ›noch auf dem Markt‹. Du weißt doch, dass ich die arme Frau nicht ernsthaft an Richie verkaufen will.«

An dem Satz stimmt noch etwas anderes nicht. Bin zu müde, um herauszufinden, was.

Ich: »Sie ist Single, aber noch in ihren Ex verliebt.«

Kay, jetzt interessiert: »Ach ja?«

Weiß nicht, warum sie das interessiert – sonst, wenn ich Tiffy erwähne, schaltet sie ab oder kriegt schlechte Laune. Es ist das erste Mal seit Monaten, dass wir in meiner Wohnung sind. Kay hat den Vormittag frei und ist zum Frabendessen vorbeigekommen, bevor ich ins Bett gehe. Aus irgendeinem Grund reagiert sie etwas gereizt auf die Notizzettel, die überall kleben.

Ich: »Der Ex scheint ziemlich durchschnittlich zu sein. Weit unter dem Ehemals-Maurer ...«

Kay verdreht die Augen.

Kay: »Hör doch mal auf mit diesem blöden Maurerbuch!«

Das würde sie nicht sagen, wenn sie es gelesen hätte.

Ein paar Wochen später und die Sonne scheint wie normalerweise nur anderswo. In England ist man diese Wärme nicht gewohnt. Vor allem nicht, dass sie so plötzlich kommt. Es ist erst Juni, noch gar nicht richtig Sommer. Pendler eilen mit gesenkten Köpfen um die Ecke, als würde es regnen, dunkle Schweißflecken auf den Rücken ihrer hellblauen Hemden. Teeniejungs reißen sich die T-Shirts vom Leib. Überall sieht man weiße Gliedmaßen, Oberkörper und knochige Ellbogen. Ich kann mich kaum bewegen, ohne mit sonnenverbrannter Haut und/oder unangenehmer Körperwärme in Berührung zu kommen, die ein Anzugträger abstrahlt.

Bin auf dem Rückweg von einem Besuch in der Forschungsabteilung des Imperial War Museum, wohin mich eine letzte Spur bei der Suche nach Johnny White geführt hat. In meinem Rucksack befinden sich acht Namen und Adressen. Die habe ich durch endlose Recherche im Archiv, Kontaktaufnahme mit Verwandten und Online-Forschungen gesammelt. Also nicht gerade hieb- und stichfest, aber immerhin ein Anfang – beziehungsweise acht Anfänge. Schließlich hat Mr. Prior mir jede Menge Informationen gegeben, um die Suche auszuweiten. Wenn man den Mann erst mal zum Reden bringt, erinnert er sich an viel mehr, als er behauptet.

Jeder Mann auf der Liste heißt Johnny White. Ich weiß

nicht, wo ich anfangen soll. Soll ich mir einen Lieblingsjohnny aussuchen? Den Johnny, der am nächsten wohnt?

Hole das Handy raus und schicke Tiffy eine Nachricht. Letzten Monat habe ich sie in die Suche nach Mr. Priors Johnny White eingeweiht. Nach einem langen Brief von ihr über die Hochs und Tiefs des Häkelbuchs. Offenbar war ich in Plauderlaune. Das ist merkwürdig. Als wäre Tiffys zwanghaftes Mitteilungsbedürfnis ansteckend. Es ist mir immer etwas peinlich, wenn ich mich im Hospiz daran erinnere, was ich ihr am Abend wieder bei einem Kaffee offenbart habe, bevor ich aufgebrochen bin.

Hi. Hab acht Johnnys zur Auswahl. Mit welchem soll ich anfangen? Leon

Die Antwort kommt ungefähr nach fünf Minuten. Sie arbeitet die ganze Zeit an diesem verrückten Häkelbuch, und anscheinend ist sie nicht sehr konzentriert. Das überrascht mich nicht. Häkeln ist seltsam und langweilig. Habe sogar versucht, in dem Manuskript zu lesen, als sie es auf dem Couchtisch zurückgelassen hat. Wollte sehen, ob es nicht wie das Maurerbuch ist, aber nein. Es ist nur ein Buch mit detaillierten Häkelanleitungen und mit Ergebnissen, die ziemlich kompliziert aussehen.

Das ist leicht. Ene Mini Emo und raus bist du … xx

Und dann zwei Sekunden später.

ENE, MENE, MUH. Autokorrektur. Ich glaube, mit irgendwelchen kleinen Emos kommst du nicht weit xx

Schräge Frau. Dennoch bleibe ich im Schatten einer Bushalte-
stelle stehen, um die Liste mit den Namen herauszuholen und
Ene, Mene, Muh zu machen. Ich lande bei Johnny White (klar).
Bei dem, der in der Nähe von Birmingham wohnt.

Guter Tipp. Kann ihn besuchen, wenn ich das nächste Mal zu Richie
fahre – er lebt bei Birmingham. Danke. Leon

Einige Minuten Schweigen. Laufe durch das geschäftige, verschwitzte London, das sich mit himmelwärts gerichteten Son-
nenbrillen in der Hitze aalt. Bin total kaputt. Hätte schon vor
Stunden im Bett sein müssen. Aber ich bin so selten bei Tageslicht draußen an der frischen Luft. Vermisse das Gefühl von
Sonne auf der Haut. Überlege träge, ob ich unter Vitamin-D-
Mangel leide, dann wandern meine Gedanken zu Richie. Wie
lange darf er diese Woche wohl an die frische Luft? Gesetzlich
stehen ihm täglich dreißig Minuten Freigang zu. Das kommt
selten vor. Es gibt nicht genug Vollzugsbeamte, sodass die Häftlinge sogar noch weniger Aufschluss als üblich bekommen.

Hast du übrigens mein Post-it über Richie gelesen? Und erzählst du
mir, was ihm passiert ist? Ich will ja nicht drängeln, aber es ist schon
über einen Monat her, und ich wollte dir nur mitteilen, dass ich es gern
hören würde, wenn du es mir erzählen willst. xx

Ich starre auf ihre Nachricht. Die Sonne scheint so hell auf das
Display, dass die Worte fast unleserlich sind. Halte schützend
eine Hand darüber und lese sie noch einmal. Merkwürdig, dass
sie gerade jetzt kam, als ich an Richie gedacht habe.

Ich wusste nicht, was von Richies Nachricht, dass ich es
Tiffy erzählen sollte, zu halten war. Nachdem ich von ihrem

Telefonat erfuhr, ertappte ich mich sofort bei der Überlegung, ob Tiffy ihn wohl für unschuldig hält. Dabei kennt sie ihn doch gar nicht. Sie weiß nichts über den Fall. Lächerlich. Selbst wenn sie alles wüsste, sollte es egal sein, was sie denkt. Ich habe sie ja noch nicht einmal getroffen. Aber das geht mir ständig so – immer nagt dieser Gedanke an mir. Bei jedem. Ganz egal. Man unterhält sich ganz normal, und im nächsten Moment denke ich dann: Würdest du meinen Bruder für unschuldig halten?

Ich kann die Leute aber nicht fragen. Es ist schrecklich, die Frage zu stellen und schrecklich, von ihr überrascht zu werden. Das kann Kay bezeugen.

Ich antworte per Post-it, als ich nach Hause komme. Ich schreibe Tiffy nicht oft Nachrichten vom Smartphone. Kommt mir schräg vor. Als würde ich Mam e-mailen. Die Notizen sind einfach … unsere Art, miteinander zu reden.

Am Kleiderschrank (hier endet die letzte Notizspur):

*Ich werde Richie bitten, dir zu schreiben, wenn das okay ist. Er kann es dir am besten erzählen.*

*Nur so ein Gedanke: Könnte deine Häkelautorin mal nach St. Marks kommen (wo ich arbeite)? Wir wollen den Patienten mehr Unterhaltung bieten. Könnte mir vorstellen, dass Häkeln, auch wenn es langweilig ist, kranke ältere Menschen interessiert. x*

*Na, klar. Wann immer Richie will.*

*Und ja! Bitte! Die PR sucht immer nach solchen Gelegenheiten. Ich muss sagen, das hast du gut getimt, denn Katherin ist gerade so eine Art PROMI geworden. Sieh dir diesen Tweet von ihr an.*

Unter der Nachricht sind ausgedruckte Screenshots von Twitter eingefügt:

Katherin Rosen@HäkelKatherin

Einer der fantastischen Schals, den ihr in meinem neuen Buch Häkele dich frei findet. Nehmt euch Zeit für Achtsamkeit und schafft etwas Wunderschönes!

117 Kommentare, 8 Tsd. Retweets, 23 Tsd. Likes

Neues Post-it darunter:

*Ja. ACHTTAUSEND RETWEETS (auch für einen von Mr. Priors Schals – das musst du ihm unbedingt erzählen!)*

Nächstes Post-it:

*Vermutlich kennst du dich mit Twitter nicht gut aus. Du hast dein Laptop schon seit Monaten nicht angerührt, geschweige denn geladen, aber das sind eine Menge Retweets, Leon. EINE MENGE. Und das alles nur wegen dieser tollen DIY-YouTuberin Tasha Chai-Latte. Die hat es retweetet und das dazu geschrieben:*

Ausgedruckter Screenshot von Twitter (jetzt so weit unten an der Schranktür, dass ich in die Hocke gehen muss, um ihn zu lesen):

*Tasha Chai-Latte@ChaiLatteDIY*
*    Häkeln ist absolut angesagt! Riesenrespekt vor @HäkelKatherin und ihren tollen Designs. #achtsamkeit #häkeldichfrei*

69 Kommentare, 23td Retweets, 67td Likes.

Darunter ein weiteres Post-it:

*Sie hat fünfzehn Millionen Follower. Die Marketing- und PR-Abteilung macht sich vor Aufregung ins Hemd. Leider bedeutet das, dass ich Katherin YouTube erklären muss, und sie kennt sich noch schlechter mit Technik aus als du (sie hat eins von diesen alten Nokias, die nur Drogendealer benutzen), und der widerliche Martin aus der PR-Abteilung twittert jetzt live von allen Katherin-Events, aber trotzdem. Es ist toll! Meine geliebte, kauzige Katherin könnte es mit einem Schlag auf die Bestsellerliste schaffen! Nicht auf die Bestsellerliste, klar, aber auf eine von diesen Unterlisten bei Amazon. Wie zum Beispiel Nummer eins in Handwerken und Origami oder so. xx*

… Werde erst schlafen und dann versuchen, darauf zu antworten.

# JULI

## 17

## TIFFY

Es ist noch hell, als ich nach Hause komme. Ich *liebe* den Sommer. Leons Turnschuhe sind weg, deswegen denke ich, er ist heute zu Fuß zur Arbeit gegangen – ich bin so neidisch auf ihn. Die Bahn ist bei Hitze noch fieser.

Ich schaue mich nach neuen Nachrichten um. Man findet sie nicht mehr so leicht – inzwischen kleben Post-its auf so ziemlich allem, es sei denn, einer von uns entfernt sie.

Schließlich entdecke ich etwas auf der Arbeitsfläche in der Küche: Ein Brief mit Richies Namen und Gefangenennummer auf einer und der Adresse auf der anderen Seite. Neben der Adresse befindet sich eine kurze Notiz in Leons Handschrift.

*Richies Brief ist angekommen.*

Und dann, im Umschlag:

*Liebe Tiffy,*
*es geschah in einer dunklen, stürmischen Nacht.*
*Na ja, eigentlich nicht. Es war eine dunkle und miese Nacht in Daffie's Nightclub in Clapham. Ich war schon hacke, als wir dort ankamen – vorher waren wir bei der Einweihungsparty eines Freundes.*
*Ich habe an jenem Abend mit einigen Mädels getanzt. Du wirst später verstehen, warum ich dir das erzähle. Das Publikum war*

ziemlich gemischt, viele Studenten, viele gruselige Typen, die darauf warten, dass die Mädchen völlig betrunken sind, damit sie ihr Glück versuchen können. Aber ganz hinten, an einem der Tische, standen einige Typen, die aussahen, als würden sie dort nicht hingehören.

Es ist nicht leicht zu erklären. Sie sahen aus, als wären sie aus anderen Gründen dort als alle anderen. Sie wollten niemanden abschleppen, sie wollten sich nicht betrinken, sie wollten nicht tanzen.

Inzwischen weiß ich, dass sie geschäftlich dort waren. Man kennt sie scheinbar unter dem Namen Bloods. Ich habe das erst sehr viel später herausgefunden, als ich im Knast war und den Typen hier meine Geschichte erzählte, deswegen glaube ich, dass du auch noch nie von ihnen gehört hast. Wenn du aus der Mittelschicht kommst, zufällig in London lebst und ganz normal arbeitest und so, wirst du womöglich nie erfahren, dass es solche Gangs gibt.

Aber sie spielen eine wichtige Rolle. Ich glaube, das habe ich damals schon gewusst, als ich sie anschaute. Aber ich war auch sehr betrunken.

Einer der Typen kam mit seiner Freundin an die Bar. In der Gruppe waren nur zwei Frauen, und die eine sah zu Tode gelangweilt aus, das konnte man einfach sehen. Sie erblickte mich und wirkte plötzlich viel interessierter.

Ich schaute zurück. Wenn ihr Kerl sie langweilt, ist das sein Problem, nicht meins. Ich werde mir die Gelegenheit nicht entgehen lassen, Blicke mit einer schönen Frau auszutauschen, nur weil der Typ neben ihr härter aussieht als der Durchschnittstyp in Daffie's, das sag ich dir.

Er hat mir später auf den Toiletten aufgelauert. Mich gegen die Wand gedrückt.

»Lass die Finger von ihr, hast du mich verstanden?«

Man kennt das. Er brüllte mir direkt ins Gesicht, auf seiner Stirn pulsierte eine Ader.

»Ich weiß nicht, wovon du sprichst«, entgegnete ich seelenruhig.

Er brüllte noch viel mehr. Schubste mich ein wenig. Ich hielt ihm stand, schubste oder schlug ihn aber nicht. Er meinte, er hätte mich mit ihr tanzen sehen, was nicht stimmte. Ich wusste, dass sie keins der Mädchen war, mit denen ich früher am Abend getanzt hatte. Ich hätte mich an sie erinnert.

Dennoch hatte er mich wütend gemacht, und als sie später auftauchte, kurz bevor der Club schloss, wollte ich wahrscheinlich gerade aus Trotz mit ihr sprechen, um ihn zu ärgern.

Wir haben geflirtet. Ich habe ihr einen Drink ausgegeben. Die Bloods standen irgendwo draußen, besprachen geschäftliche Dinge und schienen es nicht zu bemerken. Ich küsste sie. Sie küsste mich auch. Ich erinnere mich daran, dass ich so betrunken war, dass mir mit geschlossenen Augen schwindelig wurde, deswegen küsste ich sie mit offenen Augen.

Und das war's dann. Sie verschwand irgendwo im Club – alles ist verschwommen, ich war wirklich rotzevoll. Ich kann dir nicht mehr genau sagen, wann sie gegangen ist, wann ich gegangen bin …

Von diesem Punkt an kann ich nichts mehr mit Sicherheit sagen. Wenn ich es könnte, würde ich es dir ganz augenscheinlich nicht von hier aus schreiben, ich würde auf deinem berühmten Sitzsack mit einer Tasse von Leons milchigem Kaffee chillen, und das hier wäre wahrscheinlich nur eine witzige Anekdote, die ich im Pub erzählen würde.

Aber egal. Hier das, von dem ich glaube, dass es passiert ist:

Sie sind mir und meinen Kumpels gefolgt, nachdem wir den Club verlassen hatten. Die anderen haben den Nachtbus genommen, ich habe aber in der Nähe gewohnt, deswegen bin ich zu Fuß gegangen. Ich ging in das Wein- und Spirituosengeschäft auf der Clapham Road, das die ganze Nacht lang geöffnet ist, und kaufte Zigaretten und einen Sixpack Bier. Ich wollte das Bier eigentlich gar nicht – und gebraucht hab ich es ganz sicher nicht mehr. Es war fast vier Uhr morgens, und ich konnte wahrscheinlich nicht einmal mehr aufrecht gehen. Aber ich ging rein, zahlte bar und ging heim. Ich habe sie nicht einmal gesehen, aber sie können nicht weit weg gewesen sein, als ich herauskam, weil die Kamera in dem Laden aufzeichnete, dass ich zwei Minuten später »wieder reinkam«, mit Kapuze auf dem Kopf und Sturmhaube über dem Gesicht.

Wenn man sich das Bildmaterial anschaut, ist der Typ ein wenig so gebaut wie ich. Aber wie ich vor Gericht erklärt habe: Wer auch immer es war, er konnte viel besser aufrecht gehen als ich. Ich war viel zu betrunken, um um den Wühltisch mit den Sonderangeboten herumzugehen und gleichzeitig ein Messer aus der Hosentasche zu ziehen.

Ich hatte keine Ahnung, was passiert war, bis ich zwei Tage später bei der Arbeit festgenommen wurde.

Sie haben die Kleine an der Kasse dazu gebracht, den Safe zu öffnen. Dort waren viertausendfünfhundert Pfund drin. Sie waren schlau, oder vielleicht auch nur erfahren – sie sprachen nur das Nötigste, als die Kleine aussagte, hatte sie kaum etwas zu erzählen. Außer dass ihr ein Messer ins Gesicht gehalten wurde, klar.

Ich war auf der Überwachungskamera. Ich hatte schon Vorstrafen. Sie lochten mich ein.

Als ich verurteilt wurde, bekam ich keine Bewährung. Mein Anwalt hat mich als Mandanten angenommen, weil er Interesse an dem Fall hatte und zuversichtlich wegen der einzigen Zeugin war – dem Mädel hinter der Kasse –, aber die haben sie am Ende auch eingeschüchtert. Wir dachten, sie würde aufstehen und sagen, dass der Typ, der beim zweiten Mal hereingekommen ist, gar nicht ich gewesen sein konnte. Dass sie mich schon früher einmal im Laden gesehen habe und ich sehr nett gewesen sei und nichts mitgehen lassen wollte.

*Stattdessen zeigte sie vom anderen Ende des Gerichtssaals auf mich. Sagte, ich wäre es ganz sicher gewesen. Es war wie ein Albtraum, das kann ich dir sagen. Ich sah, wie es funktionierte und sich die Gesichter der Jurymitglieder veränderten, aber ich konnte nichts dagegen unternehmen. Ich versuchte, aufzustehen und etwas zu sagen, aber der Richter brüllte mich einfach an: Sie dürfen nur reden, wenn Sie an der Reihe sind. Aber ich kam nie an die Reihe. Als sie mich befragten, hatten sich alle schon ihre Meinung gebildet.*

*Sal stellte mir dämliche Fragen, und ich bekam nicht die Gelegenheit, etwas Gutes zu sagen, ich konnte keinen klaren Gedanken fassen, ich hatte einfach nicht gedacht, dass es so weit kommen würde. Die Staatsanwaltschaft berücksichtigte mein nicht einwandfreies Führungszeugnis von vor ein paar Jahren – ich war mit neunzehn Jahren beim Ausgehen einige Male in Schlägereien verwickelt gewesen, als ich völlig am Boden war (das ist eine andere Geschichte, und ich schwöre, dass sie nicht so schlimm ist, wie sie sich anhört). Sie stellten mich als gewalttätig dar. Sie haben sogar einen Typen aufgetrieben, mit dem ich damals in einem Café gearbeitet hatte und der mich von ganzem Herzen hasste – wir hatten uns wegen eines Mädchens zerstritten, das er im College nett fand und mit dem ich zum Abschlussball gegangen war, oder irgendein ähnlicher Mist. Es war irgendwie faszinierend, wie sie alles umdrehten. Ich verstehe, warum die Jury an meine Schuld glaubte. Diese Anwälte waren wirklich gut darin, alles so hinzustellen, als wäre es wahr.*

*Sie verurteilten mich wegen bewaffneten Überfalls zu acht Jahren.*

*Hier sitze ich nun. Ich fasse es nicht. Jedes Mal, wenn ich es aufschreibe oder jemandem sage, glaube ich es einfach nicht, falls das Sinn ergibt. Ich werde nur noch wütender.*

*Der Fall war nicht kompliziert. Wir dachten alle, Sal würde es bei der Berufung wieder hinbiegen. (Sal ist übrigens der Anwalt.)*

*Aber er hat die scheiß Berufung noch nicht eingelegt. Ich bin letzten November verurteilt worden, und die Berufung ist noch nicht einmal in Sicht. Ich weiß, dass Leon versucht, sich darum zu kümmern, ich liebe ihn dafür, aber Tatsache ist: Es geht allen am Arsch vorbei, ob ich hier rauskomme, außer ihm. Und Mam, glaube ich.*

*Ich bin ehrlich zu dir, Tiffy. Ich zittere. Ich will schreien. Diese Stunden sind am schlimmsten – ich kann nirgends hin. Liegestütze sind gut, aber manchmal muss man rennen, und wenn man zwischen Bett und Klo nur drei Schritte machen kann, hat man dafür nicht genug Platz.*

*Wie dem auch sei. Dieser Brief ist sehr lang, und ich weiß, dass ich eine Weile dafür gebraucht habe – vielleicht hast du unsere Unterhaltung inzwischen vergessen. Du musst mir nicht antworten, aber wenn du magst, kann Leon deine Nachricht vielleicht mit seinem nächsten Brief mitschicken – falls du schreibst, schicke bitte Briefmarken und Umschläge mit.*

*Ich hoffe, du glaubst mir, ich hoffe es noch mehr als bei anderen Leuten. Vielleicht, weil du meinem Bruder wichtig bist, und mein Bruder ist der einzige Mensch, der mir wirklich wichtig ist.*

*Dein*

*Richie xx*


Am nächsten Morgen lese ich den Brief noch einmal im Bett, in die Decke eingemummelt. Ich habe ein eisiges Gefühl im Bauch, und meine Haut fühlt sich kribbelig an. Ich will wegen dieses Mannes weinen. Ich weiß nicht, warum es mich so sehr trifft, aber was auch immer es ist, es hat mich um halb fünf an einem Samstagmorgen aufgeweckt. Dermaßen unerträglich ist es für mich. Es ist so *ungerecht*.

Ich schnappe mir mein Telefon, bevor ich wirklich durchdacht habe, was ich mache.

»Gerty, du bist gut in deinem Beruf, oder?«

»Ich kenn mich ein wenig aus, ja. Vor allem, weil ich fast jeden Morgen um sechs geweckt werde, außer an Samstagen.«

Ich schaue auf die Uhr. Sechs Uhr früh.

»Sorry. Aber auf welches Recht hast du dich noch mal spezialisiert?«

»Strafrecht, Tiffy. Ich mache Strafrecht.«

»Ach ja, klar. Aber was bedeutet das?«

»Ich gewähre dir einen Vertrauensvorschuss und gehe davon aus, dass es dringend ist«, sagt Gerty. Sie knirscht hörbar mit den Zähnen. »Wir befassen uns mit Verbrechen zum Nachteil von Menschen und deren Besitz.«

»Wie zum Beispiel bewaffnetem Raubüberfall?«

»Ja, das ist ein gutes Beispiel. Gut gemacht.«

»Du hasst mich, oder? Ich stehe gerade ganz oben auf deiner Hassliste.«

»Da kann ich einmal ausschlafen, und dann rufst du an, deswegen, ja, du hast Donald Trump und den Uber-Fahrer überholt, der manchmal die ganze Fahrt lang summt.«

Scheiße. Das läuft nicht gut.

»Gibt es besondere Fälle, die du umsonst übernimmst, oder für weniger Geld oder so?«

Gerty macht eine Pause. »Was soll das alles, Tiffy?«

»Hör mir zu. Wenn ich dir einen Brief von einem Mann gebe, der wegen bewaffneten Raubüberfalls verurteilt wurde, wirst du ihn dir ansehen? Du musst nichts unternehmen. Du musst ihn nicht als Mandanten vertreten oder so. Klar, ich weiß, dass du unendlich viele wichtigere Fälle hast. Aber kannst du den Brief einfach lesen und vielleicht eine Liste mit Fragen schreiben?«

»Woher hast du diesen Brief?«

»Das ist eine lange Geschichte, und es ist egal. Sei dir nur sicher, dass ich dich nicht fragen würde, wenn es nicht wichtig wäre.«

Am anderen Ende der Leitung höre ich lange, schläfrige Stille.

»Klar lese ich ihn. Komm zum Mittagessen und bring den Brief mit.«

»Ich liebe dich.«

»Ich hasse dich.«

»Ich weiß. Ich bring dir aber einen Latte von Moll's mit. Das würde Donald Trump nie machen.«

»Einverstanden. Ich werde meine Entscheidung über deine relative Platzierung auf der Hassliste von der Temperatur des Kaffees abhängig machen. Ruf mich nie wieder vor zehn an.« Sie legt auf.

Die Wohnung von Gerty und Mo ist völlig Gertyesk. Man sieht kaum, dass Mo auch dort wohnt. In seiner letzten Wohnung bestand sein Zimmer aus Haufen von gewaschener und ungewaschener Wäsche (ohne System) und Papierkram, der womöglich vertraulich war, aber hier ist jeder Gegenstand bewusst platziert. Die Wohnung ist winzig, aber das fällt mir viel weniger auf als bei meinem ersten Besuch – Gerty hat es irgendwie geschafft, die Aufmerksamkeit von den niedrigen Decken auf die riesigen Fenster zu lenken, die die Wohnküche mit sanftem Sommersonnenlicht erfüllen. Und es ist *so sauber* hier. Ich habe neuen Respekt vor Gerty und davor, was sie durch reine Willenskraft erreichen kann – oder vielleicht auch durch Schikane.

Ich gebe ihr den Kaffee. Sie nimmt einen Schluck und nickt dann zustimmend. Zaghaft recke ich die Faust in die Luft, ich bin nun offiziell ein weniger abscheuliches menschliches

Wesen als der Mann, der eine Mauer zwischen Mexiko und den USA bauen will.

»Brief«, sagt sie und streckt mir die freie Hand entgegen.

Gerty ist keine Freundin von Small Talk. Ich krame in meiner Tasche und reiche ihr den Brief, sie liest ihn direkt, nimmt sich ihre Brille vom Beistelltisch an der Wohnungstür, wo sie sie scheinbar immer ablegt.

Ich bin zappelig. Ich laufe hin und her. Ich bringe den Bücherstapel am Ende ihres Esstischs durcheinander, einfach um etwas zu tun.

»Geh weg«, sagt sie und wird nicht einmal laut. »Du lenkst mich ab. Mo ist im Café an der Ecke, wo es minderwertigen Kaffee gibt. Er wird dich unterhalten.«

»Okay. Gut. Also … Du liest ihn aber? Was denkst du?«

Sie antwortet nicht. Ich verdrehe die Augen und haue ab, nicht sicher, ob sie das überhaupt bemerkt.

Ich bin noch nicht beim Café angekommen, da klingelt mein Telefon schon. Es ist Gerty.

»Du kannst genauso gut wieder zurückkommen«, sagt sie.

»Oh?«

»Das Gerichtsprotokoll wird erst in achtundvierzig Stunden hier sein, selbst mit dem Expressdienst. Ich kann dir nichts Nützliches sagen, bis ich es gelesen habe.«

Ich lächele. »Du beantragst das Gerichtsprotokoll?«

»Menschen erzählen häufig äußerst überzeugende Geschichten über ihre Unschuld, Tiffy, und ich rate davon ab, ihren Versionen Glauben zu schenken. Sie sind verständlicherweise sehr voreingenommen und kennen sich zumeist nicht gut mit den Feinheiten des Gesetzes aus.«

Ich lächele immer noch. »Aber du willst das Gerichtsprotokoll lesen.«

»Du solltest niemandem Hoffnung machen«, sagt Gerty und hört sich nun ernst an. »Wirklich, Tiffy. Ich werde es nur durchlesen. Erzähle diesem Mann bitte nichts davon. Es wäre grausam, ihm unbegründete Hoffnung zu machen.«

»Ich weiß«, sage ich, und mein Lächeln vergeht mir. »Werde ich nicht. Und danke.«

»Gern. Der Kaffee war grandios. Und nun komm zurück – wenn ich schon an einem Samstag so früh aufstehe, würde ich zumindest gern unterhalten werden.«

# 18

## LEON

Bin auf dem Weg zum Treffen mit Johnny White dem Ersten. Es ist sehr früh – die Anreise dauert vier Stunden. Und von Johnny White dem Ersten zum Gefängnis in Groundsworth, wo ich um fünfzehn Uhr einen Besuchstermin bei Richie habe, muss ich dreimal den Bus wechseln. Meine Beine sind steif von dem beengten Platz im Zug, mein Rücken durchgeschwitzt von den Waggons ohne Klimaanlage. Als ich die Hemdsärmel weiter nach oben rolle, bemerke ich, dass ein altes Post-it von Tiffy im Ärmel klebt. Irgendetwas aus dem letzten Monat darüber, was der merkwürdige Mann in Wohnung Nummer 5 um sieben Uhr morgens treibt. Hmmm. Peinlich. Muss meine Kleidung auf Zettel überprüfen, bevor ich die Wohnung verlasse.

Greeton, die Heimat von Johnny White, ist eine überraschend hübsche Kleinstadt, die sich flach zwischen den mattgrünen Feldern der Midlands ausbreitet. Laufe von der Bushaltestelle zu JWs Adresse. Ich habe ihm ein paarmal gemailt, bin aber nicht sicher, was mich dort erwartet.

Als ich eintreffe, bellt mich ein sehr großer, einschüchternder Johnny White an, ich solle hereinkommen. Ich folge ihm brav durch die spärlich möblierte Wohnung. Das einzig auffällige Stück ist ein Flügel. Er ist geöffnet und sieht gepflegt aus.

Ich: »Spielen Sie?«

JW der Erste: »Ich war Konzertpianist. Jetzt spiele ich nicht mehr so viel, aber ich behalte das alte Mädchen. Ohne sie fühle ich mich nicht zu Hause.«

Ich bin begeistert. Konzertpianist! Der coolste Beruf der Welt! Und keine Bilder von Frau oder Kindern irgendwo – hervorragend.

JW der Erste bietet mir Tee an. Was ich bekomme, ist ein dicker, angeschlagener Becher mit einem starken, dunklen Aufguss. Er erinnert mich an den Tee bei Mam. Dann ein seltsamer Anflug von Heimweh – muss sie öfter besuchen.

JW der Erste und ich setzen uns vis-à-vis auf Sofa und Armsessel. Plötzlich wird mir klar, dass es womöglich heikel ist, das Thema anzusprechen. Hatten Sie im Zweiten Weltkrieg eine Liebesaffäre mit einem Mann? Das ist vielleicht nichts, über das dieser Mann mit einem Fremden aus London sprechen will.

JW der Erste: »Und was genau führt Sie her?«

Ich: »Ich habe mich gefragt. Ähm.«

Räuspern.

Ich: »Sie waren doch im Zweiten Weltkrieg beim Militär, oder?«

JW der Erste: »Zwei Jahre, mit einer kurzen Unterbrechung, um mir eine Kugel aus dem Bauch holen zu lassen.«

Ertappe mich dabei, dass ich auf seinen Bauch starre. JW der Erste grinst mich überraschend breit an.

JW der Erste: »Sie denken, da müssen die ja ganz schön gesucht haben, stimmt's?«

Ich: »Nein! Ich habe gedacht, dass sich in der Bauchgegend ziemlich viele lebenswichtige Organe befinden.«

JW der Erste kichert: »Die haben die deutschen Säcke nicht getroffen. Zum Glück. Jedenfalls habe ich mir mehr Sorgen um meine Hände als um meinen Bauch gemacht. Man kann zwar ohne Milz Klavier spielen, aber mit abgefrorenen Fingern geht das nicht.«

Blicke JW den Ersten erschrocken und ehrfürchtig an. Wieder kichert er.

JW der Erste: »Ach, meine alten Kriegsgeschichten wollen Sie gar nicht hören. Sie sagten, Sie wollen Ihre Familiengeschichte erforschen?«

Ich: »Nein, nicht meine eigene. Die eines Freundes. Robert Prior. Er hat im selben Regiment gedient wie Sie. Ich bin mir allerdings nicht sicher, ob zur selben Zeit. Erinnern Sie sich vielleicht an ihn?«

JW der Erste denkt angestrengt nach. Kraust die Nase. Legt den Kopf schief.

JW der Erste: »Nein. Da klingelt nichts bei mir. Tut mir leid.«

Tja, war auch nicht sehr wahrscheinlich. Einer weniger, sieben stehen noch auf der Liste.

Ich: »Danke, Mr. White. Ich werde Ihnen nicht länger Ihre Zeit stehlen. Nur noch eine Frage – haben Sie jemals geheiratet?«

JW der Erste, barscher als je zuvor: »Nein. Meine Sally ist 1941 bei einem Luftangriff ums Leben gekommen, und damit war das Thema für mich erledigt. Ich bin nie wieder jemandem wie Sally begegnet.«

Fast bekomme ich feuchte Augen. Richie würde mich auslachen. Er sagt immer, ich sei hoffnungslos romantisch. Oder auch unhöflichere Dinge in dieser Richtung.

Kay am anderen Ende der Telefonleitung: »Ehrlich, Leon. Ich glaube, wenn es nach dir ginge, wären alle deine Freunde über achtzig.«

Ich: »Er war interessant, das ist alles. Hat Spaß gemacht, sich mit ihm zu unterhalten. Und – ein Konzertpianist! Der coolste Beruf der Welt, stimmt's?«

Kay schweigt amüsiert.

Ich: »Also noch sieben.«

Kay: »Sieben was?«

Ich: »Sieben Johnny Whites.«

Kay: »Ach so, ja.«

Sie zögert.

Kay: »Willst du etwa jedes Wochenende durch die Gegend latschen, um den Freund eines alten Mannes zu finden, Leon?«

Diesmal zögere ich. Ja, so ungefähr hatte ich mir das vorgestellt. Wann soll ich Mr. Priors Johnny denn sonst suchen? Unter der Woche, wenn ich arbeite, geht das nicht.

Ich, vorsichtig: »… nein?«

Kay: »Gut. Ich sehe dich nämlich selten genug, bei deinen ganzen Gefängnisbesuchen und deinen Schichten. Das verstehst du doch, oder?«

Ich: »Ja. Tut mir leid. Ich bin …«

Kay: »Ja, ja, ich weiß, dein Job ist dir wichtig, und Richie braucht dich. Das weiß ich alles. Ich will nicht rumzicken, Leon. Ich finde nur … dass es dir mehr ausmachen sollte. So viel wie mir. Dass wir uns nicht sehen.«

Ich: »Es macht mir etwas aus! Aber ich habe dich doch heute Morgen gesehen.«

Kay: »Ungefähr eine halbe Stunde lang für ein sehr schnelles Frühstück.«

Kurzer Anflug von Gereiztheit. Ich habe eine halbe Stunde von ohnehin nur drei Stunden Schlaf geopfert, um mit Kay zu frühstücken. Tief durchatmen. Beim Blick aus dem Fenster fällt mir auf, wo ich bin.

Ich: »Ich muss Schluss machen. Bin gerade am Gefängnis angekommen.«

Kay: »Gut. Lass uns später reden. Schickst du mir eine Nachricht, welchen Zug du nimmst?«

Ich mag das nicht – dieses Überprüfen, dieses Nachrichtenschicken wegen Zügen, immer wissen, wo der andere ist. Aber … das ist irrational von mir. Ich darf nicht widersprechen. Kay meint sowieso schon, ich hätte Bindungsangst. Das ist momentan eins ihrer Lieblingswörter.

Ich: »Mach ich.«

Aber schließlich tue ich es doch nicht. Obwohl ich es vorhatte. So schlimm haben wir uns seit Ewigkeiten nicht gestritten.

## 19

## TIFFY

»Das ist der perfekte Ort für dich, Katherin«, sprudelt es aus Martin heraus, als er die Bilder auf dem Tisch ausbreitet.

Ich lächele ermutigend. Obwohl ich zunächst dachte, dieses ganze Getue um einen riesigen Veranstaltungsort wäre lächerlich, muss ich Martin langsam recht geben. Zwanzig Internetberühmtheiten haben YouTube-Videos gedreht, in denen sie nach Katherins Anleitung gehäkelte Kleidung tragen. Nach einem angespannten und ungeplanten Meeting mit dem Geschäftsführer – bei dem der Leiter der Marketingabteilung ziemlich überzeugend so tat, als wisse er, worum es bei diesem Buch geht und auch, als hätte er dafür ein Budget reserviert – gibt das ganze Butterfinger-Büro nun Gas und summt vor Aufregung. Alle scheinen vergessen zu haben, dass Häkeln sie vor einer Woche noch überhaupt nicht interessiert hatte; gestern hörte ich die Vertriebsleiterin sagen, sie hätte »immer schon gewusst, dass dieses Buch durch die Decke gehen würde«.

Katherin ist von all dem verwirrt, vor allem von Tasha Chai-Latte. Erst reagierte sie wie so ziemlich jeder, wenn er sieht, dass irgendwer mit YouTube viel Geld verdient (»Das könnte ich auch!«, erklärte sie. Ich meinte, sie sollte sich erst einmal ein Smartphone zulegen. Eins nach dem anderen.) Nun ist sie nur genervt, dass Martin ihren Twitter-Account übernommen hat (»Man kann ihr bei so etwas nicht trauen! Wir müssen die *Kontrolle behalten*!«, schrie Martin Ruby heute früh entgegen).

»Wie sieht denn eine normale Buchpräsentation aus?«, fragt Katherin. »Ich meine, normalerweise schlendere ich doch nur herum, trinke Wein und spreche mit jeder alten Lady, die sich zur Veranstaltung geschleppt hat. Aber wie macht man es, wenn so viele Leute da sind?« Sie zeigt auf das Bild der riesigen Islington Hall.

»Gut, dass du fragst, Katherin«, sagt Martin. »Tiffy und ich werden dich in zwei Wochen zu einer unserer großen Buchpräsentationen mitnehmen. Nur damit du sehen kannst, wie es abläuft.«

»Gibt es dort umsonst Alkohol?«, fragt Katherin und wird hellhörig.

»Ja, na klar, tonnenweise«, sagt Martin, der mir zuvor erklärt hat, es gebe keinen Alkohol.

Ich schaue kurz auf die Uhr, während Martin Katherin weiterhin die Vorzüge dieser riesigen Veranstaltungshalle anpreist. Katherin macht sich große Sorgen, dass die Leute ganz hinten sie nicht sehen können. Ich hingegen mache mir große Sorgen, ob ich es pünktlich zu Leons Hospiz schaffe.

Heute Abend werden wir dorthin fahren. Leon wird da sein, was bedeutet: Heute werden wir uns nach fünfeinhalb Monaten Zusammenleben endlich kennenlernen.

Ich bin seltsam nervös. Ich habe mich heute Morgen dreimal umgezogen, was ungewöhnlich ist – normalerweise kann ich mir den Tag nicht anders vorstellen als mit dem jeweiligen Outfit, für das ich mich einmal entschieden habe: Nun bin ich mir nicht sicher, ob ich es richtig gemacht habe. Ich habe das zitronengelbe Kleid mit dem Tüllrock mit einer Jeansjacke, Leggings und meinen Lilienstiefeln abgeschwächt, trage aber immer noch Kleidung, die ein sechzehnjähriges Mädchen zu einem Abschlussball anziehen würde. Tüll ist einfach sehr schwer zu kombinieren.

»Denkst du nicht, wir sollten nun los?«, frage ich und unterbreche Martins verbalen Durchfall. Ich will rechtzeitig zum Hospiz, Leon treffen und mich bedanken, bevor wir loslegen. Ich fände es gut, wenn er nicht wie Justin einfach reinkommt, während Katherin mich mit Stecknadeln durchlöchert.

Martin starrt mich an, dreht den Kopf, damit Katherin nicht sieht, welch bösen Blick er mir zuwirft. Sie sieht es natürlich trotzdem, es erheitert sie, sie kichert in ihre Kaffeetasse. Sie war bei meiner Ankunft stinkig auf mich, weil ich (ganz offensichtlich) ihre Anweisung, neutrale Kleidung zu tragen, wieder ignoriert hatte. Meine Entschuldigung, dass mir beige Kleidung sämtliche Energie aus dem Körper zieht, ließ sie nicht gelten. »Wir alle müssen für unsere Kunst Opfer bringen, Tiffy!«, sagte sie und wackelte mit dem Finger. Ich habe ihr erklärt, dass es sich nicht um meine Kunst handele, sondern um ihre, aber sie sah so verletzt aus, dass ich aufgegeben habe: Ich würde als Kompromiss den bauschigen Unterrock ausziehen.

Es ist gut, zu spüren, dass uns unsere beidseitige Abneigung gegen Martin wieder zusammengeführt hat.

Ich weiß nicht, warum ich zu wissen glaubte, wie ein Hospiz aussieht – ich bin noch nie in einem gewesen. Aber einige meiner Erwartungen werden erfüllt: Linoleumböden im Flur, medizinische Geräte, aus denen Drähte und Schläuche quellen, schlechte Kunst in schiefen Rahmen an den Wänden. Doch die Atmosphäre ist freundlicher, als ich erwartet hatte. Alle scheinen sich zu kennen, die Ärzte machen bissige Kommentare, wenn sie sich auf dem Flur begegnen, die Patienten kichern keuchend ihren Kumpels auf Station zu, und einmal höre ich, wie eine Krankenschwester leidenschaftlich mit einem älteren Mann aus Yorkshire darüber diskutiert, welche Sorte Reispudding beim heutigen Abendessen die beste sei.

Die Empfangsdame führt uns durch das verwirrende Gängelabyrinth zu einer Art Wohnzimmer. Dort steht ein wackeliger Kunststofftisch, wo wir alles aufbauen. Daneben befinden sich viele ungemütlich aussehende Stühle und ein Fernseher wie der im Haus meiner Eltern – er ist klobig und enorm tief, als würden in der Rückseite diese unendlich vielen Shopping-Sender versteckt.

Wir laden die Tüte mit der Wolle und den Häkelnadeln ab. Einige der mobileren Patienten schlurfen in den Raum. Offensichtlich hat sich unsere Häkelshow herumgesprochen, vielleicht haben die Schwestern und Ärzte davon erzählt, die ständig völlig willkürlich herumzuflitzen scheinen, wie Flipperkugeln. Wir haben noch eine Viertelstunde – genug Zeit für mich, um Leon zu finden und Hallo zu sagen.

»Entschuldigen Sie«, sage ich zu einer Schwester, die zufällig meinen Weg kreuzt, »ist Leon schon hier?«

»Leon?«, fragt sie und blickt mich abwesend an. »Ja. Er ist hier. Brauchen Sie ihn?«

»O nein, keine Sorge«, sage ich. »Ich habe kein medizinisches Problem. Ich wollte nur Hallo sagen und ihm dafür danken, dass wir hier sein dürfen.« Ich winke in Martins und Katherins Richtung, die mit unterschiedlichen Begeisterungsgraden Wolle entwirren.

Die Schwester horcht auf und schaut mich richtig an. »Sind Sie Tiffy?«

»Ähm. Ja?«

»Oh! Hi. Wow. Hallo. Sie finden ihn auf der Dorsal-Station, glaube ich – immer den Schildern nach.«

»Vielen Dank«, sage ich, da ist sie schon wieder weggehuscht.

Dorsal-Station. Okay. Ich schaue auf das Schild an der Wand: links, scheint mir. Dann rechts. Dann links, links, rechts, links, rechts, rechts – verdammt noch mal. Das Gebäude ist riesig.

»Entschuldigen Sie«, frage ich einen vorbeigehenden Menschen mit Krankenhauskittel, »bin ich hier richtig zur Dorsal-Station?«

»Ja, schon«, sagt er, ohne langsamer zu werden. Hmmm. Ich weiß nicht, wie sehr er über die Frage nachgedacht hat. Ich denke, wenn man hier arbeitet, ist man es sehr schnell leid, dass Besucher nach dem Weg fragen. Ich starre auf das nächste Schild. Die Dorsal-Station ist nun ganz verschwunden.

Der Typ im Kittel taucht plötzlich wieder neben mir auf, er ist zurückgekommen. Ich schrecke zusammen.

»Entschuldigen Sie, Sie sind nicht Tiffy, oder?«, fragt er.

»Doch? Hi?«

»Wirklich? Verdammt.« Er schaut ziemlich unverhohlen an mir rauf und runter, dann wird ihm bewusst, was er tut, und er verzieht das Gesicht. »Gott, Entschuldigung, es hat nur niemand von uns geglaubt. Leon ist auf der Algen-Station – die nächste links.«

»Was geglaubt?«, rufe ich ihm nach, aber er ist schon weg, Flügeltüren schlagen hinter ihm zu.

Das ist … seltsam.

Als ich zurückgehe, entdecke ich einen Pfleger mit hellbrauner Haut und dunklem Haar, dessen marineblauer Kittel schon von hier aus abgetragen aussieht – ich habe gesehen, wie fadenscheinig Leons Arbeitskleidung ist, wenn sie auf dem Wäscheständer trocknet. Wir schauen uns ganz kurz in die Augen, doch dann dreht er den Kopf zu seinem Piepser an der Hüfte und rennt zum Flur gegenüber. Er ist groß. Vielleicht war er es? Wir sind zu weit voneinander entfernt, als dass ich es mit Sicherheit sagen könnte. Ich gehe schneller, um ihm zu folgen, gerate ein wenig außer Atem, fühle mich ein bisschen wie ein Stalker und werde wieder langsamer. Scheiße. Ich glaube, ich habe die Abzweigung zur Algen-Station verpasst.

Mitten auf dem Flur mache ich eine Bestandsaufnahme. Ohne den Tüllrock ist mein Kleid in sich zusammengefallen und klebt am Stoff meiner Leggings; mir ist heiß, ich bin nervös und habe mich, um ehrlich zu sein, völlig verlaufen.

Auf dem nächsten Schild steht, dass es nach links zum Aufenthaltsraum geht, wo ich losgelaufen bin. Ich seufze, schaue auf die Uhr. Nur noch fünf Minuten, bis unsere Vorführung anfängt – ich sollte besser wieder rein. Ich werde Leon anschließend aufspüren, hoffentlich ohne noch mehr freakigen Fremden zu begegnen, die wissen, wie ich heiße.

Als ich wieder in den Raum komme, hat sich dort eine beachtliche Menschenmenge versammelt; Katherin ist erleichtert, als sie mich sieht, und fängt gleich mit der Vorführung an. Pflichtbewusst folge ich den Anweisungen, und während Katherin enthusiastisch die Vorzüge des geschlossenen Stichs anpreist, lasse ich den Blick durchs Zimmer schweifen. Die Patienten bestehen aus älteren Ladys und Gentlemen, von denen etwa zwei Drittel im Rollstuhl sitzen, und einigen mittelalten Damen, die ziemlich schlecht aussehen, aber viel mehr als alle anderen an Katherins Vortrag interessiert sind. Außerdem sind auch drei Kinder da. Ein kleines Mädchen, dessen Haar nach der Chemo gerade wieder nachwächst, glaube ich. Sie hat riesige Augen, und sie fallen mir auf, weil sie nicht wie jeder andere Katherin anstarrt, sondern mich, und dabei strahlt.

Ich winke ihr kurz. Katherin gibt mir einen Klaps auf die Hand.

»Du bist heute ein furchtbares Model!«, schimpft sie, und ich muss an die Situation auf dem Ausflugsschiff im Februar denken, als Katherin mich im Namen der Häkelei verschiedene unbequeme Positionen einnehmen ließ. Kurz erinnere ich mich an Justins Gesichtsausdruck, als unsere Blicke aneinander hängen blieben – nicht, als hätte ich es im Gedächtnis, verblichen und mit der Zeit verändert, sondern genau so, wie es tatsächlich war. Mich durchfährt ein Beben.

Katherin sieht mich neugierig an, und ich reiße mich mühevoll aus der Erinnerung, bekomme ein beruhigendes Lächeln hin. Als ich aufschaue, sehe ich einen großen, dunkelhaarigen Mann in Kittel, der die Tür zu einer anderen Station aufstößt, und mein Herz macht einen Sprung. Aber es ist nicht Leon. Ich bin fast froh. Ich bin verunsichert, aus dem Gleichgewicht, irgendwie will ich ihn nicht in diesem Moment kennenlernen.

»Arme hoch, Tiffy!«, trällert mir Katherin ins Ohr, und mit einem Kopfschütteln tue ich wieder das, was mir gesagt wird.

# 20

## LEON

Der Brief steckt zerknittert in meiner Hosentasche. Tiffy hat mich gebeten, ihn zu lesen, bevor ich ihn an Richie weiterleite. Aber das habe ich noch nicht gemacht. Es ist peinlich. Plötzlich bin ich mir sicher, dass sie es nicht versteht. Dass sie ihn für einen abgebrühten Kriminellen hält, genau wie der Richter. Dass sie sagt, seine Erklärungen seien nicht überzeugend. Und aufgrund seines Charakters und seiner Vorgeschichte sei nichts anderes von ihm zu erwarten gewesen.

Ich bin gestresst, meine Schultern sind verspannt. Habe sie nur ganz flüchtig gesehen, dennoch werde ich das Gefühl nicht los, dass sie die rothaarige Frau am anderen Ende des Flurs zur Dorsal-Station war. Falls sie es war, hoffe ich nur, dass sie nicht dachte, ich laufe weg. Das bin ich natürlich. Aber es wäre mir lieber, wenn sie das nicht wüsste.

Nur … ich will ihr nicht begegnen, ehe ich den Brief gelesen habe.

Also muss ich den Brief wohl lesen. Bis dahin kann ich mich vielleicht auf der Algen-Station verstecken, um ungeplante Begegnungen im Flur zu vermeiden.

Mein Weg führt am Empfang vorbei, wo ich von June angesprochen werde.

June: »Deine *Freundin* ist da!«

Ich habe nur einigen wenigen Leuten erzählt, dass meine

Mitbewohnerin diesen Häkelabend organisiert. Hat sich als unglaublich interessantes Gesprächsthema erwiesen. Dass ich eine Mitbewohnerin habe, schien alle so zu überraschen, dass es schon beleidigend war. Offenbar sehe ich wie ein Mann aus, der allein lebt.

Ich: »Danke, June.«

June: »Sie ist im Aufenthaltsraum!«

Ich: »Danke, June.«

June: »Sie ist ziemlich hübsch.«

Blinzeln. Habe über Tiffys Aussehen nie groß nachgedacht, höchstens überlegt, ob sie fünf Kleider gleichzeitig trägt (das würde die unfassbare Menge erklären, die in unserem Kleiderschrank hängt). Bin kurz versucht zu fragen, ob sie rote Haare hat, aber dann besinne ich mich eines Besseren.

June: »Nettes Mädchen. Wirklich nett. Ich bin ja *so* froh, dass du ein so nettes Mädchen gefunden hast, mit dem du zusammenlebst.«

Starre June misstrauisch an. Sie strahlt zurück. Mit wem hat sie nur gesprochen – mit Holly? Das Mädchen ist besessen von Tiffy.

Beschäftige mich auf der Algen-Station mit seltsamen Pflichten. Mache ausgiebig Kaffeepause. Ich kann es nicht länger hinauszögern. Es gibt noch nicht einmal irgendwelche ernsthaft kranken Patienten, um die ich mich kümmern muss. Mir bleibt nichts anderes zu tun, als diesen Brief zu lesen.

Ich falte ihn auseinander. Kann gar nicht hinsehen, Herzflattern. Das ist lächerlich. Warum ist das überhaupt so wichtig?

Genau. Blicke auf den Brief. Stelle mich der Sache wie ein Erwachsener der Meinung eines anderen Erwachsenen, den er gebeten hat, etwas zu lesen. Und dessen Meinung ihm gar nicht wichtig ist.

Sie ist mir aber wichtig. Ich sollte ehrlich mit mir sein: Ich freue mich auf Tiffys Nachrichten, die mich zu Hause erwarten. Und ich wäre traurig, wenn ich sie verliere, weil sie fies zu Richie ist. Nicht dass sie das sein wird. Aber … das habe ich auch schon andere Male gedacht. Und man weiß eben nie, wie die Leute reagieren.

*Lieber Richie,*
*vielen Dank für deinen Brief. Du hast mich zum Weinen gebracht, womit du dich in der Gesellschaft von »Ein ganzes halbes Jahr«, meinem Exfreund und Zwiebeln befindest. Das ist ziemlich beeindruckend. (Das sage ich, weil ich keine Heulsuse bin – um zu weinen, muss ich emotional schon sehr aufgewühlt sein, oder ich brauche die Enzyme dieses komischen Gemüses.)*

*Ich bin fassungslos, wie beschissen das ist. Ich meine, man weiß natürlich, dass so etwas passiert, aber ich glaube, es wird einem erst so richtig bewusst, wenn einem jemand seine Geschichte persönlich erzählt / schreibt. Du hast mir nichts darüber mitgeteilt, wie du dich in diesem Gerichtssaal gefühlt hast, wie es dir im Gefängnis geht … darum kann ich nur erahnen, dass mich die Teile, die du ausgelassen hast, noch mehr zum Weinen bringen würden.*

*Aber es bringt nichts, wenn ich dir nur sage, wie beschissen das alles ist (das weißt du ja schon), und wie leid es mir tut (das hörst du wahrscheinlich ziemlich oft von anderen Leuten). Das habe ich jedenfalls gedacht, als ich dir diesen Brief schreiben wollte, und kam mir deshalb ziemlich nutzlos vor. Ich dachte, ich kann dir nicht einfach schreiben und dir sagen: »Tut mir leid, das ist ja echt beschissen für dich«. Darum habe ich meine beste Freundin Gerty angerufen.*

*Gerty ist ein toller Mensch, obwohl man das auf den ersten Blick nicht meinen würde. Sie ist eigentlich fast zu jedem ziemlich fies, total besessen von ihrer Arbeit, und wenn man ihr querkommt, verbannt* sie einen komplett aus ihrem Leben. Aber sie steht auf ihre Art hundertprozentig zu ihren Prinzipien, sorgt sehr gut für ihre Freunde und schätzt Ehrlichkeit mehr als alles andere.

Zufällig ist sie Anwältin. Und ihrer unfassbaren Karriere nach zu urteilen, eine verdammt gute.

Ich will ehrlich sein: Sie hat sich deinen Brief mir zuliebe angesehen. Aber sie hat sich aus eigenem Interesse das Protokoll deiner Verhandlung besorgt und es gelesen – und ich glaube, auch um deinetwillen. Sie sagt nicht, dass sie deinen Fall übernimmt (das wirst du aus ihrer beiliegenden Nachricht sehen), aber sie hat ein paar Fragen an dich. Es steht dir frei, sie einfach zu ignorieren – wahrscheinlich hast du einen tollen Anwalt, der sich den Kram längst vorgenommen hat. Ich meine, vielleicht habe ich Gerty mehr meinetwegen hinzugezogen als deinetwegen, weil ich das Gefühl haben wollte, etwas zu tun. Darum hab keine Skrupel und sag einfach, wenn ich dich in Ruhe lassen soll.

Aber wenn du auf Gertys Fragen eingehen willst, schick die Antworten in deinem nächsten Brief an Leon mit, und wir geben sie ihr. Und vielleicht ... solltest du das deinem Anwalt gegenüber lieber nicht erwähnen. Ich weiß nicht, wie Anwälte es finden, wenn man mit anderen Anwälten spricht – ist das vielleicht wie Ehebruch?

Briefmarken liegen haufenweise bei (gehört auch zu dem Helfersyndrom, mit dem ich hier zu kämpfen habe).

Herzlich
Tiffy


Lieber Mr. Twomey,
ich heiße Gertrude Constantine. Vermutlich hat mich Tiffany in ihrem Brief bereits großartig vorgestellt, darum spare ich mir das Vorgeplänkel.

Erlauben Sie mir, eins vorab klarzustellen: Dies ist kein Angebot,

*Sie rechtlich zu vertreten. Dies ist ein inoffizieller Brief, keine Rechtsberatung. Wenn ich Ihnen meinen Rat anbiete, dann tue ich dies als Freundin von Tiffany.*

1. *Aus dem Gerichtsprotokoll geht nicht hervor, dass die Freunde, mit denen Sie an jenem Abend in Daffie's Nightclub in Clapham waren, als Zeugen vorgeladen wurden. Weder seitens der Anklage noch der Verteidigung. Ist das korrekt?*

2. *Die »Bloods« werden im Gerichtsprotokoll weder von Ihnen noch von jemand anderem erwähnt. Ihrem Brief entnehme ich, dass Sie den Namen der Gang erst im Gefängnis erfahren haben. Können Sie mir mitteilen, was Sie zu der Annahme veranlasst, dass die Gruppe, die Sie im Club gesehen haben, und der Mann, der Sie in der Toilette angegriffen hat, Mitglieder dieser Gang sind?*

3. *Haben Sie den tätlichen Angriff in der Toilette des Nachtclubs gemeldet?*

4. *Die Türsteher des Nachtclubs haben zu Protokoll gegeben, dass die Gang (wie wir sie im Folgenden bezeichnen werden) den Club kurz nach Ihnen verlassen hat. Dazu wurden sie nicht weiter vernommen. Könnten die Türsteher von ihrer Position aus vielleicht gesehen haben, ob Sie und die Gang dieselbe oder eine ähnliche Richtung eingeschlagen haben?*

5. *Anscheinend haben die Geschworenen ihre Entscheidung lediglich auf Basis der Videoaufzeichnungen aus den Innenräumen des Clubs getroffen. Wurden die Aufzeichnungen der Überwachungskameras in der Clapham Road, des Aldi Parkhauses und der benachbarten Wäscherei von Ihrem Rechtsbeistand angefordert?*

*Mit freundlichen Grüßen*
*Gertrude Constantine*

## 21

## TIFFY

Als wir zu dem Teil kommen, wo wir Häkelnadeln und Wolle ans Publikum verteilen, gehe ich zu dem Mädchen, das mich zuvor angestarrt hat. Die Kleine grinst, als ich näher komme, ihr Gesicht besteht aus riesigen Schneidezähnen und Frechsein.

»Hallo«, sagt sie. »Bist du Tiffy?«

Ich blicke sie irritiert an und beuge mich zu ihr hinunter, weil ich sie in ihrem Rollstuhl nicht überragen will. »Ja! Das werde ich heute den ganzen Tag über gefragt. Wie bist du darauf gekommen?«

»Du *bist* hübsch!«, sagt sie vergnügt. »Bist du auch nett?«

»Um ehrlich zu sein, bin ich ganz schrecklich«, erkläre ich ihr. »Warum dachtest du, dass ich Tiffy sein könnte? Und« – der Einfall kam mir später – »hübsch?«

»Am Anfang wurde dein Name erwähnt«, erklärt sie. Natürlich, sicher. Obwohl das nicht die ganzen unheimlichen Pfleger und Schwestern erklärt. »Du bist eigentlich nicht schrecklich. Ich glaube, du bist lieb. Es war lieb, dass du die Dame deine Beine abmessen hast lassen.«

»Das war es, nicht wahr?«, frage ich. »Ich denke, diese besondere Form der Nettigkeit wurde bislang nicht ausreichend gewürdigt, deswegen: Danke. Willst du lernen, wie man häkelt?«

»Nein«, sagt sie.

Ich lache. Zumindest ist sie ehrlich, anders als der Mann

hinter ihr, der sich unter Katherins Aufsicht tapfer an einer Schlinge abarbeitet. »Warum bist du dann hier?«

»Ich möchte mit dir über Leon sprechen«, sagt sie.

»Ah! Du kennst Leon!«

»Ich bin seine Lieblingspatientin.«

Ich lächele. »Das kann ich mir vorstellen. Also hat er mich erwähnt, oder?«

»Nicht besonders oft«, sagt sie.

»Oh. Okay, dann …«

»Aber ich habe ihm gesagt, ich würde herausfinden, ob du hübsch bist.«

»Das hast du nun! Hat er dich darum gebeten?«

Sie denkt drüber nach. »Nein. Aber ich denke, er wollte es wissen.«

»Das glaube ich nicht …« Mir fällt auf, dass ich nicht weiß, wie sie heißt.

»Holly«, sagt sie. »Das bedeutet Ilex. Den stellt man zu Weihnachten gern auf.«

»Also, Holly, Leon und ich sind nur Freunde. Freunde brauchen nicht zu wissen, ob der andere hübsch ist.«

Plötzlich ist Martin direkt hinter mir. »Können wir ein Foto von euch machen?«, murmelt er mir ins Ohr. Gott, der Mann weiß, wie man sich anschleicht. Er sollte ein Glöckchen tragen, wie Katzen, die Vögel fressen.

»Ein Bild machen? Mit Holly?«

»Dem Mädchen mit Leukämie, ja«, sagt Martin. »Für die Presseerklärung.«

»Ich kann dich hören, weißt du?«, sagt Holly laut.

Martins Anstand reicht gerade dazu aus, peinlich berührt auszusehen. »Hallo«, sagt er gestelzt, »ich heiße Martin.«

Holly zuckt die Schultern. »Also dann, *Martin*. Meine Mum

hat dir noch keine Erlaubnis für das Bild erteilt. Ich will nicht fotografiert werden. Alle Menschen haben immer Mitleid mit mir, weil ich wenig Haare habe und krank aussehe.«

Ich sehe, dass Martin denkt: Genau darum geht's ja. Und mich überkommt ein plötzlicher, aber schon häufig da gewesener Drang, ihn zu schlagen oder ihm zumindest vors Schienbein zu treten. Vielleicht könnte ich über Hollys Rollstuhl stolpern und es wie einen Unfall aussehen lassen.

»Gut«, murmelt Martin, der schon auf dem Weg zu Katherin ist und zweifellos hofft, dass sie einen ähnlich niedlichen Patienten mit weniger Bedenken ausfindig gemacht hat, der Martins Karriere vorantreiben wird.

»Der ist schrecklich«, sagt Holly sachlich.

»Ja«, antworte ich, ohne wirklich nachzudenken. »Ist er, oder?« Ich schaue auf die Uhr, in zehn Minuten sind wir fertig.

»Willst du nicht Leon suchen?«, fragt Holly und blickt mich ziemlich verschmitzt an.

Ich schaue kurz zu Katherin und Martin. Meine Arbeit als Model ist ja zu Ende, und ich kann noch nicht einmal sonderlich gut häkeln – mal ganz davon abgesehen, es anderen Menschen zeigen zu können. Sie werden ewig brauchen, um diese ganze Wolle wegzuräumen, und es wäre wirklich angenehm, wenn ich währenddessen nicht hier wäre.

Ich schreibe Katherin eine Nachricht. *Ich bin kurz weg und suche meinen Mitbewohner, um mich für die Organisation zu bedanken. Ich werde rechtzeitig zum Aufräumen wieder hier sein xx* (Werde ich ganz sicher nicht.)

»Hier lang«, sagt Holly, und dann, als ich es nicht schaffe, ihren Rollstuhl zu schieben, lacht sie und zeigt auf die Bremse. »*Jeder* weiß, dass man sie lösen muss.«

»Ich dachte nur, du wärst sehr schwer«, erkläre ich ihr.

Holly kichert. »Leon ist auf der Korallen-Station. Achte nicht auf die Schilder, sie zeigen dir den langen Weg. Geh nach links!«

Ich tue, wie mir geheißen. »Du kennst dich hier richtig gut aus, oder?«, frage ich, nachdem ich durch ein Dutzend Flure und einmal tatsächlich durch eine Abstellkammer gelotst wurde.

»Ich bin seit sieben Monaten hier«, sagt Holly. »Und ich bin mit Mr. Robbie Prior befreundet. Er liegt auf der Korallen-Station, und er war in einem der Kriege sehr wichtig.«

»Mr. Prior! Strickt er?«

»*Immer*, ja«, sagt Holly.

Sehr gut! Ich werde gleich meinen lebensrettenden Stricker *und* meinen nachrichtenschreibenden Mitbewohner kennenlernen. Ich frage mich, ob Leon so spricht, wie er schreibt, in kurzen Sätzen und ohne Pronomen.

»Hey, Dr. Patel!«, ruft Holly plötzlich einer vorbeigehenden Ärztin zu. »Das ist Tiffy!«

Dr. Patel hält an, schiebt sich die Brille auf die Nasenspitze und lächelt mich an. »Also ich hätte nie …«, sagt sie nur, dann verschwindet sie im Zimmer des nächsten Patienten.

»Okay, Miss Holly«, sage ich und drehe den Rollstuhl um, damit wir uns anschauen können. »Was ist hier los? Warum wissen alle, wie ich heiße? Und warum wirken sie so überrascht, mich zu sehen?«

Holly sieht schelmisch aus. »Niemand glaubt daran, dass du echt bist«, antwortet sie. »Ich habe *allen* erzählt, dass Leon mit einer Frau zusammenlebt, ihr Nachrichten schreibt und sie ihn zum Lachen bringt, aber *niemand* hat mir geglaubt. Sie haben alle gesagt, Leon würde …«, sie kräuselt die Nase, »eine Mitbewohnerin nicht *aushalten*. Ich denke, das heißt, er würde keine wollen, weil er so ruhig ist. Sie wissen aber nicht, dass er seine Worte für wirklich gute Menschen wie dich und mich aufhebt.«

»Ernsthaft?« Ich schüttele den Kopf, grinse und gehe weiter den Flur entlang. Es ist witzig, von jemand anderem etwas über Leon zu hören. Bislang war Kay mein einziger Referenzpunkt, und von ihr ist im Augenblick wenig die Rede.

Dank Hollys Anweisungen erreichen wir irgendwann endlich die Korallen-Station. Sie schaut sich um und stützt sich mit den Armen auf den Lehnen ihres Rollstuhls ab, um mehr zu sehen. »Wo ist Mr. Prior?«, ruft sie.

Ein älterer Gentleman auf einem Stuhl am Fenster dreht sich um und lächelt Holly an, sein Gesicht besteht nur aus tiefen Falten. »Hallo, Holly.«

»Mr. Prior! Das ist Tiffy. Sie ist hübsch, oder?«

»Ah, Ms. Moore«, sagt Mr. Prior, der versucht, aufzustehen und mir die Hand zu reichen. »Sehr erfreut.«

Ich eile zu ihm, will unbedingt, dass er sich schnell wieder hinsetzt. Es sieht so aus, als wäre es nicht klug, wenn er sich hinstellt. »Es ist eine große Ehre für mich, Sie kennenzulernen, Mr. Prior! Ich muss Ihnen sagen: Ich *liebe* Ihre Arbeiten – und ich kann Ihnen nicht genug dafür danken, dass Sie diese ganzen Schals und Hüte für Katherins Bücher gehäkelt haben.«

»Oh, das hat mir viel Spaß gemacht. Ich wäre gern zu Ihrer Vorführung gekommen, aber …« – er klopft sich abwesend an die Brust – »ich habe mich nicht gut genug gefühlt, es tut mir leid.«

»Kein Problem«, antworte ich. »Sie brauchen ja auch keinen Unterricht mehr.« Ich halte inne. »Ich gehe mal nicht davon aus, dass Sie …«

Mr. Prior lächelt. »Leon gesehen haben?«

»Ja, äh, ich wollte ihn nur kurz suchen, um Hallo zu sagen.«

»Mmm«, sagt Mr. Prior. »Sie werden bemerken, dass unser Leon schwer zu finden ist. Er war sogar gerade erst hier und ist nun verschwunden. Ich denke, jemand hat ihm gesagt, dass Sie kommen.«

»Oh.« Peinlich berührt blicke ich zu Boden. Ich wollte ihn nicht durchs Hospiz jagen. Justin hat immer gesagt, ich wüsste nicht, wann ich es gut sein lassen müsse. »Wenn er mich nicht sehen will, sollte ich vielleicht ...«

Mr. Prior winkt ab. »Sie verstehen mich falsch, meine Liebe«, sagt er. »So ist das nicht. Ich würde eher sagen, dass Leon wegen des Kennenlernens ziemlich nervös ist.«

»Warum das denn?«, frage ich, als wäre ich nicht auch schon den ganzen Tag lang nervös.

»Das kann ich nicht so genau sagen«, erklärt Mr. Prior, »aber Leon mag nicht, wenn sich Dinge ... verändern. Ich würde sagen, er findet es sehr schön, mit Ihnen zusammenzuwohnen, Ms. Moore, und ich frage mich, ob er das vielleicht einfach nicht zerstören will.« Er macht eine Pause. »Ich würde Ihnen Folgendes vorschlagen: Wenn Sie etwas an den gewohnten Abläufen verändern wollen, tun Sie das am besten sehr schnell und plötzlich, damit er keine Ausflüchte finden kann.«

»Überrasch ihn«, verkündet Holly feierlich.

»Okay«, sage ich. »Gut. Es war schön, Sie kennenzulernen, Mr. Prior.«

»Noch etwas, Ms. Moore«, sagt Mr. Prior. »Leon sah ein wenig aufgewühlt aus. Und er hatte einen Brief in der Hand. Ich gehe davon aus, dass Sie nichts darüber wissen, oder?«

»O Gott, ich hoffe, ich habe nichts Falsches geschrieben«, seufze ich und versuche verzweifelt, mich an den Inhalt meines Briefes an Richie zu erinnern.

»Nein, nein, er war nicht verstimmt. Nur unruhig.« Mr. Prior nimmt die Brille von der Nase und reibt sie mit seinen knorrigen Fingern zittrig am Hemd sauber. »Ich würde vermuten, er war vielmehr …« Er setzt sich die Brille wieder auf die Nase. »… überrascht.«

# 22

## LEON

Das ist zu viel. Ich zittere. So voller Hoffnung bin ich seit Monaten nicht gewesen. Weiß gar nicht, wie ich damit umgehen soll – fühle mich wacklig, und meine Haut ist kalt und heiß zugleich. Mein Herz rast schon seit über einer Stunde. Ich kann mich nicht beruhigen.

Sollte zu Tiffy gehen und mich persönlich bei ihr bedanken. Sie sucht mich, und ich verstecke mich, was zweifellos albern und kindisch ist. Ich habe eben nur ein merkwürdiges Gefühl dabei. Als würde alles anders, wenn wir uns begegnen, und könnte anschließend nie mehr so werden, wie es war. Und es gefällt mir, wie es war. Ist.

Ich: »June, wo ist Tiffy?«

June: »Deine reizende Mitbewohnerin?«

Ich, geduldig: »Ja. Tiffy.«

June: »Leon, es ist fast ein Uhr morgens. Sie ist nach der Veranstaltung gegangen.«

Ich: »Oh. Hat sie … eine Nachricht hinterlassen? Oder so was?«

June: »Tut mir leid. Sie hat dich aber gesucht, wenn dich das tröstet.«

Tut es nicht. Komme mir wie ein Idiot vor. Ich habe die Chance verpasst, mich bei ihr zu bedanken, und sie zusätzlich wahrscheinlich auch noch verärgert. Der Gedanke gefällt mir nicht. Aber – ich bin immer noch durcheinander wegen des Briefs, und das trägt mich durch den Rest der Nacht. Nur hin und wieder überkommt mich die peinliche Erinnerung daran, wie ich mich in den Fluren herumgedrückt habe, um einem Treffen zu entgehen. (Extrem asozial, selbst für meine Verhältnisse. Bei dem Gedanken, was Richie sagen wird, zucke ich innerlich zusammen.)

Am Ende der Schicht renne ich hinaus und zur Bushaltestelle. Kaum aus der Tür, rufe ich Kay an. Kann es nicht erwarten, ihr von dem Brief zu erzählen, der Strafverteidigerfreundin, der Liste mit Fragen.

Kay ist ungewöhnlich still.

Ich: »Ist das nicht toll?«

Kay: »Diese Anwältin hat im Grunde noch nichts getan, Leon. Sie übernimmt den Fall nicht – sie sagt ja noch nicht einmal, dass sie Richie für unschuldig hält.«

Beinahe wäre ich gestolpert, als hätte jemand die Hand ausgestreckt, um mich zu stoppen.

Ich: »Aber das ist doch immerhin etwas. Es ist so lange gar nichts passiert.«

Kay: »Und ich dachte, du würdest Tiffy nie treffen. Das war die Voraussetzung, damit ich diesem Mitwohnplan zustimme.«

Ich: »Wie … nie? Ich darf sie nie treffen? Sie ist meine Mitbewohnerin.«

Kay: »Tu nicht so, als würde ich Unsinn reden.«

Ich: »Ich wusste nicht, dass du meintest … das ist lächerlich. Ich habe sie aber sowieso nicht getroffen. Ich habe dich angerufen, um dir Neuigkeiten von Richie zu erzählen.«

Erneut langes Schweigen. Ich stutze und verlangsame meine Schritte.

Kay: »Ich wünschte, du würdest dich mit Richies Situation

abfinden, Leon. Das raubt dir so viel Energie – du hast dich in den letzten Monaten verändert. Ehrlich gesagt, halte ich es für das Vernünftigste, sich damit abzufinden. Und ich bin mir sicher, das wirst du … es ist ja schon einige Zeit vergangen. Und es ist eine große Belastung für dich. Für uns.«

Verstehe ich nicht. Hat sie nicht zugehört? Ich wiederhole doch nicht immer denselben alten Kram, klammere mich nicht an dieselben alten Hoffnungen – ich sage ja nur, es gibt neue Hoffnung. Es gibt Neuigkeiten.

Ich: »Worauf willst du hinaus? Dass wir einfach aufgeben? Aber es gibt neue Beweise. Wir wissen jetzt, wonach wir suchen!«

Kay: »Du bist kein Anwalt, Leon. Aber Sal ist Anwalt, und du hast selbst gesagt, dass er sein Bestes getan hat. Ich persönlich finde es nicht richtig, dass diese Frau sich da einmischt und dir und Richie Hoffnungen macht, wenn der Fall so klar ist. Die Jury hat ihn einstimmig für schuldig befunden, Leon.«

Tief aus meinem Bauch steigt ein eisiges Gefühl auf. Wieder rast mein Herz, doch diesmal aus den völlig falschen Gründen. Ich werde wütend. Es ist diese unterdrückte, hasserfüllte Wut, die in einem aufwallt, wenn man jemanden, den zu lieben man sich wirklich alle Mühe gibt, derart furchtbare Sachen sagen hört.

Ich: »Was soll das, Kay? Ich verstehe nicht, was du von mir willst.«

Kay: »Ich will dich wiederhaben.«

Ich: »Was?«

Kay: »Ich will dich zurückhaben, Leon. Dass du da bist. In deinem Leben. Mit mir. Es ist, als … würdest du mich nicht mehr wahrnehmen. Du schneist hier rein und raus. Du verbringst zwar deine Freizeit mit mir, aber du bist nicht wirklich da. Du bist immer bei Richie. Ständig kümmerst du dich um Richie – mehr als um mich.«

Ich: »Natürlich kümmere ich mich mehr um Richie als um dich.«

Die Pause klingt wie die Stille nach einem Schuss. Schlage mir die Hand vor den Mund. Das wollte ich nicht sagen. Weiß nicht, wo das herkam.

Ich: »So habe ich das nicht gemeint. Ich meinte das nicht so. Es ist nur … Momentan braucht mich Richie … dringender. Er hat sonst niemanden.«

Kay: »Kannst du dich überhaupt noch um jemand anderen kümmern? Um dich?«

Sie meint, um mich?

Kay: »Bitte. Denk wirklich darüber nach. Denk wirklich mal an dich und mich.«

Jetzt weint sie. Ich fühle mich elend, aber dieses simmernde heiß-kalte Gefühl brennt noch immer tief in meinem Bauch.

Ich: »Du denkst immer noch, er hat es getan, stimmt's?«

Kay: »Verdammt, Leon, ich versuche, mit dir über uns zu sprechen. Nicht über deinen Bruder.«

Ich: »Ich muss es wissen.«

Kay: »Hörst du mir nicht zu? Ich sage, das ist der einzige Weg, wie es dir wieder besser gehen wird. Du kannst ja von mir aus weiter daran glauben, dass er es nicht getan hat. Aber du musst dich damit abfinden, dass er im Gefängnis sitzt und dort ein paar Jahre bleiben wird. Du darfst nicht weiter kämpfen. Das macht dein Leben kaputt. Du arbeitest nur noch und schreibst an Richie und steigerst dich in Sachen hinein – egal, ob es um den Freund von irgendeinem alten Typen geht oder um ein neues Detail bei Richies Berufung. Früher hast du was unternommen. Geh aus. Verbring Zeit mit mir.«

Ich: »Ich hatte nie viel freie Zeit, Kay. Und wenn, dann habe ich sie immer mit dir verbracht.«

Kay: »Du besuchst ihn zurzeit alle zwei Wochen.«

Ist sie wirklich sauer, weil ich meinen Bruder im Gefängnis besuche?

Kay: »Ich weiß, deshalb darf ich nicht böse auf dich sein. Das ist mir klar. Aber ich … ich will sagen, du hast sowieso so wenig Zeit, und ich habe das Gefühl, dass ich jetzt noch weniger davon abbekomme und …«

Ich: »Meinst du immer noch, Richie wäre schuldig?«

Schweigen. Glaube, jetzt weine ich auch. Meine Wangen sind ganz nass. Der nächste Bus rauscht heran, doch ich kann jetzt nicht einsteigen.

Kay: »Warum kommen wir immer wieder an diesen Punkt? Warum ist das so wichtig? Dein Bruder sollte keine so große Rolle in unserer Beziehung spielen.«

Ich: »Richie ist ein Teil von mir. Wir sind eine Familie.«

Kay: »Tja – und wir sind zusammen. Bedeutet das gar nichts?«

Ich: »Du weißt, dass ich dich liebe.«

Kay: »Komisch. Da bin ich mir nicht so sicher.«

Das Schweigen dehnt sich. Der Verkehr rast vorbei. Scharre mit den Schuhen, mustere das sonnenverbrannte Pflaster. Es kommt mir alles so unwirklich vor.

Ich: »Sag es einfach.«

Sie wartet. Ich warte. Ein weiterer Bus wartet und fährt dann weiter.

Kay: »Ich glaube, dass Richie es getan hat, Leon. So haben die Geschworenen geurteilt, und die hatten alle Informationen. Ich traue es ihm zu.«

Langsam schließe ich die Augen. Es fühlt sich nicht so an wie erwartet – es ist sonderbar, aber ich bin fast erleichtert.

Auch wenn sie es nicht ausgesprochen hat, habe ich schon seit Monaten vermutet, dass sie so denkt. Seit DEM STREIT. Das permanente Magengrummeln, weil ich ahnte, was zwischen uns ungesagt blieb, es aber nicht wahrhaben wollte, hat jetzt ein Ende.

Kay schluchzt. Ich höre mit geschlossenen Augen zu, und es ist, als würde ich auf dem Wasser treiben.

Kay: »Das war's, oder?«

Ganz plötzlich ist es klar. Das war's. Ich kann das nicht mehr. Kann dieses Herumnörgeln an meiner Liebe zu Richie nicht mehr ertragen, kann nicht mehr mit einer Person zusammen sein, die ihn nicht auch liebt.

Ich: »Ja. Das war's.«

# 23

## TIFFY

Am Tag nach meinem Besuch im Hospiz komme ich nach Hause, und die längste und konfuseste Nachricht, die ich je von Leon bekommen habe, liegt neben einem unberührten Teller mit Spaghetti auf der Küchenarbeitsfläche.

*Hi, Tiffy,*
*bin ein bisschen durch den Wind, aber vielen Dank für die Nachricht an Richie. Kann dir nicht genug danken. Wir brauchen definitiv jede Hilfe, die wir bekommen können. Er wird begeistert sein.*
*Sorry, dass wir uns bei der Arbeit nicht gesehen haben. Lag einzig und allein an mir – habe zu spät nach dir gesucht, wollte zuerst deinen Brief an Richie lesen, wie du mich gebeten hast, aber das hat ewig gedauert, dann habe ich es vermasselt und zu lange gewartet, ich brauche immer eine Weile, um Dinge zu verarbeiten – sorry, ich gehe einfach ins Bett, wenn das okay ist, bis später x*

Ich starre den Zettel eine Weile lang an. Also zumindest ist er mir nicht den ganzen Abend über aus dem Weg gegangen. Aber … ein nicht angerührtes Abendessen? Diese ganzen langen Sätze? Was bedeutet das?

Ich lege ein Post-it neben seine Nachricht, klebe es sorgfältig auf die Arbeitsfläche.

*Hey, Leon,*
*alles okay mit dir?! Ich mache Tiffin-Kuchen, nur um sicherzu-*
*gehen.*

*Tiffy xx*


Der ungewöhnliche Wortreichtum von Leons Nachricht war
ziemlich einmalig. In den nächsten zwei Wochen sind seine
Botschaften noch einsilbiger und mit weniger Personalprono-
men versehen als sonst. Ich will ihn nicht drängen, es mir zu
erzählen, aber irgendetwas hat ihn ganz eindeutig aus dem
Konzept gebracht. Haben er und Kay Streit? Sie war nicht
mehr hier, und er hat sie seit Wochen nicht erwähnt. Ich weiß
aber nicht, wie ich helfen soll, wenn er mir nichts erzählt, deswegen backe ich etwas zu häufig und beschwere mich nicht
darüber, dass er nicht vernünftig sauber macht. Gestern stand
seine Kaffeetasse nicht links oder rechts auf der Spüle – sie war
immer noch im Schrank, er muss also ganz ohne Koffein zur
Arbeit gegangen sein.

Einer plötzlichen Eingebung folgend, lasse ich Leon das
nächste Manuskript von meinem Ehemals-Maurer-jetzt-Designer auf dem Tisch liegen, der auch *Mein Weg vom Maurer
zum Spitzendesigner* geschrieben hat. Buch Nummer zwei –
*Himmelhoch* – ist vielleicht noch besser, und ich hoffe, es wird
ihn aufheitern.

Ich komme nach Hause und sehe seine Nachricht auf dem
Manuskript:


*Dieser Mann. Was für ein Typ!*
*Danke, Tiffy. Sorry, dass die Wohnung so chaotisch ist. Putze am*
*Wochenende, versprochen.*

*Leon x*

Ich werte das Ausrufezeichen als deutlichen Hinweis auf eine Verbesserung seines Zustands.

Heute findet die Buchpräsentation statt, zu der wir Katherin mitnehmen, damit die PR sie überzeugen kann, dass eine solch riesige Vorführung genau das ist, was sie immer schon gewollt hat.

»Keine Strumpfhose«, sagt Rachel bestimmt. »Es ist August, verdammt noch mal.«

Wir machen uns auf den Bürotoiletten fertig. Immer wenn jemand reinkommt, schreit er auf, weil sich das WC in eine Garderobe verwandelt hat. Der Inhalt unserer beiden Make-up-Taschen liegt in den Waschbecken verstreut; Parfum- und Haarspraywolken hängen in der Luft. Wir haben beide jeweils drei Outfits zur Auswahl an die Spiegel gehängt, zusätzlich zu denen, die wir gerade anhaben (unsere endgültige Auswahl: Rachel trägt ein limettengrünes Wickelkleid aus Seide und ich ein Tea-Kleid im Stil der Vierzigerjahre mit riesigen Motiven aus Alice im Wunderland – ich habe den Stoff in einem Secondhandladen in Stockwell gefunden und einen meiner kulantesten freien Mitarbeiter bestochen, damit er daraus ein Kleid näht).

Ich zappele herum und ziehe die Strumpfhose aus. Rachel nickt zustimmend.

»Besser. Mehr Bein ist gut.«

»Wenn es nach dir ginge, würde ich einen Bikini anziehen.«

Sie grinst mich im Spiegel frech an, während sie sich Lippenstift auftupft.

»Na ja, du könntest einen gut aussehenden nordischen Mann kennenlernen«, sagt sie.

Heute Abend dreht sich alles um *Ein Mann, ein Wald,* die

letzte Errungenschaft unseres Lektors für Holzarbeiten. Der Autor ist ein norwegischer Eremit. Es ist eine ziemlich große Sache, dass er sein Baumhaus für einen Besuch in London verlassen hat. Rachel und ich hoffen, dass er völlig zusammenbricht und Martin anmault, der diese Veranstaltung organisiert hat und wirklich das einsame Leben des Autors als Hinweis hätte nehmen sollen, dass er wahrscheinlich nicht gern in einem Raum voller fanatischer Holzarbeitsfreaks einen Vortrag hält.

»Ich weiß nicht, ob ich schon bereit bin für einen gut aussehenden nordischen Mann. Ich weiß es einfach nicht.« Ich denke wieder daran, was Mo mir vor einigen Monaten über Justin gesagt hat, als ich ihn anrief und mich fragte, ob Justin sich jemals wieder bei mir melden würde. »Ich bin noch nicht wieder bereit für ein Date. Obwohl Justin mich vor Ewigkeiten verlassen hat.«

Rachel hält beim Tupfen inne und starrt mich besorgt an. »Alles in Ordnung mit dir?«

»Ich denke schon«, sage ich. »Ja, ich glaube schon.«

»Also liegt es an Justin?«

»Nein, nein. Das meine ich nicht. Vielleicht brauche ich das gerade einfach nicht in meinem Leben.« Ich weiß, dass das nicht stimmt, aber ich sage es dennoch, weil Rachel mich anschaut, als wäre ich krank.

»Tust du wohl«, erklärt mir Rachel. »Du hattest einfach schon zu lange keinen Sex mehr. Du hast vergessen, wie außergewöhnlich das ist.«

»Ich glaube nicht, dass ich vergessen habe, wie sich Sex anfühlt, Rachel. Das ist doch so wie Radfahren, oder?«

»So ähnlich«, gibt Rachel zu, »aber du hast seit Justin mit keinem Mann mehr geschlafen, und das war wann zu Ende? Im

November letzten Jahres? Also, das bedeutet, es ist mehr als ...«
Sie zählt es an den Fingern ab: »Neun Monate her.«

»*Neun Monate?*« Wow. Das ist wirklich lang. In der Zeit
wächst ein ganzes Baby heran. Nicht in mir, klar, andernfalls
würde mir das Kleid *nicht* passen.

Verunsichert trage ich mir ein wenig zu großzügig Rouge
auf und sehe am Ende aus, als hätte ich einen Sonnenbrand.
Uff. Also die ganze Schminkerei noch mal von vorn.

Martin aus der PR ist zwar eine absolute Zumutung, aber der
Mann kann eine Party zum Thema Holzarbeiten ausrichten.
Wir sind in einem Pub in Shoreditch mit freigelegten Balken
und niedrigen Decken, kleine Holzstapel schmücken alle Tische, und die Bar ist mit Kiefernzweigen dekoriert.

Ich schaue mich um, tue so, als wollte ich Katherin finden,
halte aber eigentlich nach dem norwegischen Autor Ausschau,
der seit sechs Monaten keinen Menschen mehr gesehen hat.
Ich vermute, dass er in einer Ecke kauert.

Rachel schleppt mich zur Bar, um ein für alle Mal herauszufinden, ob die Getränke umsonst sind. Anscheinend sind sie
nur in der ersten Stunde gratis – wir verfluchen uns, weil wir
zwanzig Minuten zu spät sind, und bestellen Gin Tonic. Rachel
freundet sich mit einem Gespräch über Fußball mit dem Barmann an, was überraschend häufig klappt, obwohl es doch
wohl das am wenigsten originelle Thema ist, das einen Mann
interessieren könnte.

Wir trinken schnell, klar, das ist die einzige vernünftige
Reaktion auf ein einstündiges Zeitfenster mit Gratisdrinks. Als
Katherin schließlich ankommt, umarme ich sie deswegen be-
sonders überschwänglich. Sie sieht erfreut aus.

»Das ist ein wenig dekadent«, sagt sie. »Wird der Gewinn aus dem Buch dieses Mannes das alles decken?« Sie denkt zweifellos an ihren letzten Tantiemenscheck.

»Oh, nein«, sagt Rachel unbekümmert, und bittet ihren neuen besten Freund, der ebenfalls Arsenal-Fan ist (Rachel mag eigentlich West Ham), mit einer Handbewegung um einen Nachschank. »Unwahrscheinlich. Aber man muss so etwas von Zeit zu Zeit machen, sonst bringen alle ihre Bücher im Selfpublishing raus.«

»Pscht«, zische ich. Ich will nicht, dass Katherin auf dumme Gedanken kommt.

Noch einige Gin Tonics später gehen Rachel und der Barmann mehr als freundschaftlich miteinander um, und andere Menschen werden kaum noch bedient. Ich hätte nicht damit gerechnet, aber Katherin ist in ihrem Element. Im Augenblick lacht sie über etwas, das der Chef der PR-Abteilung gesagt hat, obwohl ich weiß, dass das gespielt ist, weil dieser Typ wirklich niemals witzig ist.

Diese Veranstaltungen sind perfekt zum Leutebeobachten. Ich drehe mich auf meinem Barhocker, um einen besseren Überblick über den Raum zu bekommen. Tatsächlich sind ziemlich viele gut aussehende Männer anwesend. Ich überlege, ob ich mich einfach ins Geschehen stürze, bis mich jemand pflichtbewusst einem dieser schönen Typen vorstellt, aber ich schaffe es nicht.

»Als würde man Ameisen zuschauen, oder?«, sagt jemand neben mir. Ich drehe mich um: Zu meiner Linken lehnt ein elegant angezogener Geschäftsmann an der Bar. Er lächelt mich zerknirscht an. Sein hellbraunes Haar ist kurz geschoren, hat dieselbe Länge wie seine Bartstoppeln, und er hat niedliche blaugraue Augen mit Lachfältchen. »Das hörte sich laut ausgesprochen viel schlimmer an als in meinem Kopf.«

Ich schaue auf die Menge. »Ich weiß, was du meinst«, sage ich. »Sie sehen alle so … beschäftigt aus. Und als wüssten sie, was sie tun.«

»Nur er nicht«, sagt der Mann und nickt in Richtung eines Typen in der gegenüberliegenden Ecke, der gerade von der jungen Frau stehen gelassen wurde, mit der er gesprochen hatte.

»Er ist eine verlorene Ameise«, stimme ich zu. »Was meinst du, ist er der norwegische Eremit?«

»Oh, ich weiß nicht«, sagt der Mann und taxiert ihn. »Er sieht nicht gut genug aus. Ich glaube nicht.«

»Warum, hast du ein Bild des Autors gesehen?«, frage ich.

»Ja. Gut aussehender Typ. Attraktiv, könnte man sagen.«

Er lächelt, und seine Augenfältchen verwandeln sich in Krähenfüße. »Schuldig.«

»Für einen Eremiten bist du sehr gut angezogen«, sage ich ein wenig anklagend. Ich fühle mich in die Irre geführt. Er hat noch nicht einmal einen norwegischen Akzent, verdammt.

»Wenn du das gelesen hättest«, sagt er und wedelt mit einer Broschüre, die am Eingang lag, »würdest du wissen, dass ich – bevor ich mich für ein einsames Leben in Nordmarka entschied – als Investmentbanker in Oslo gearbeitet habe. Diesen Anzug habe ich zum letzten Mal an dem Tag getragen, als ich gekündigt habe.«

»Wirklich? Was hat dich dazu gebracht?«

Er schlägt die Broschüre auf und liest: »*Ken war die Arbeit im Finanzsektor leid und hatte an einem Wochenende eine Offenbarung, als er mit einem alten Schulfreund wandern war, der nun sein Geld mit Holzarbeiten verdient. Ken hatte es immer schon geliebt, mit den Händen zu arbeiten*« – nun wirft er mir einen eindeutigen Blick zu – »*und als er wieder in die Werkstatt seines alten*

*Freundes zurückkehrte, fühlte er sich plötzlich wie daheim. Es war nach wenigen Augenblicken klar, dass er ein außerordentlich begabter Holzarbeiter war.«*

»Wenn man doch immer eine vorgeschriebene Biografie für Treffen mit neuen Leuten dabeihätte«, sage ich und ziehe eine Augenbraue hoch. »Macht die Prahlerei viel leichter.«

»Erzähl mir deine«, sagt er dann und klappt die Broschüre lächelnd zu.

»Meine Biografie? Hmm. Moment. *Tiffy Moore entkam der Enge ihres dörflichen Elternhauses und floh, sobald es ging, nach London. Dort erwartete sie das Leben, von dem sie immer schon geträumt hatte: überteuerter Kaffee, heruntergekommene Wohnungen und ein außerordentlicher Mangel an Stellen für Uniabsolventen, bei denen man sich nicht mit Tabellen herumschlagen muss.«*

Ken lacht. »Du bist gut. Bist du auch in der PR?«

»Im Lektorat«, erkläre ich ihm. »Wenn ich in der PR wäre, müsste ich dort mit den Ameisen herumwuseln.«

»Ich bin froh, dass du das nicht tust«, sagt er. »Ich bleibe Menschenmengen lieber fern, aber ich konnte einfach nicht anders, als der schönen Frau im Lewis-Carroll-Kleid Hallo zu sagen.«

Er blickt mich an. Sehr intensiv. Mir wird flau im Bauch. Aber … Ich schaffe das. Warum auch nicht?

»Willst du kurz an die frische Luft?«, höre ich mich fragen. Er nickt, und ich schnappe mir meine Jacke vom Stuhl und gehe zur Tür, die in den Garten hinausführt.

Es ist ein perfekter Sommerabend. Die Luft ist noch warm, obwohl die Sonne vor Stunden untergegangen ist; die Mitarbeiter des Pubs haben Lichterketten zwischen den Bäumen aufgehängt, die ein sanftes gelbes Licht auf den Garten werfen. Hier sind nur wenige Menschen unterwegs, hauptsächlich

Raucher – sie haben diesen finsteren Blick, den Raucher bekommen, als wäre die Welt gegen sie. Ken und ich nehmen auf einer Bank Platz.

»Wenn du nun ›Eremit‹ sagst …«, setze ich an.

»Was ich nicht getan habe«, erklärt Ken.

»Okay. Aber was beinhaltet das genau?«

»Alleine leben, irgendwo abgeschieden. Sehr wenige Menschen.«

»Sehr wenige?«

»Der alte Freund, die Frau, die Lebensmittel liefert.« Er zuckt die Schultern. »Es ist nicht so ruhig, wie es sich viele Menschen vorstellen.«

»Die Lebensmittelfrau, hm?« Dieses Mal werfe ich ihm einen eindeutigen Blick zu.

Er lacht. »Ich gebe zu: Das ist ein Nachteil der Einsamkeit.«

»Oh, bitte. Du musst nicht allein in einem Baumhaus leben, um keinen Sex zu haben.«

Ich presse die Lippen aufeinander. Ich weiß nicht genau, woher das kam – vielleicht vom letzten Gin Tonic –, aber Ken lächelt nur, ein langsames, wirklich sexy Lächeln, und dann lehnt er sich zu mir hinüber und küsst mich.

Ich schließe die Augen und beuge mich zu ihm, mir wird schwindelig, als mir bewusst wird, was alles passieren könnte. Nichts würde mich davon abhalten, mit diesem Mann nach Hause zu gehen, und der Moment gleicht einem Augenblick, in dem das Sonnenlicht durch die Wolken dringt und mit einem Mal alles klar zu erkennen ist. Ich kann nun machen, was ich will. Ich bin frei.

Und dann, als der Kuss stürmischer wird, erinnere ich mich mit verwirrender Plötzlichkeit an etwas.

Justin. Ich weine. Wir hatten gerade Streit, und es war alles meine Schuld. Justin war auf einmal eiskalt, hatte mir in unserem riesigen weißen Bett mit der ganzen hippen Bettwäsche aus gebürsteter Baumwolle und den unendlich vielen Kissen den Rücken zugedreht.

Mir geht es elend. Elender als jemals zuvor, und dennoch fühlt es sich nicht ungewohnt an. Justin dreht sich zu mir um, und plötzlich spüre ich wie durch Watte seine Hände auf mir, und wir küssen uns. Ich bin konfus, durcheinander. Ich bin so dankbar, dass er nicht mehr böse auf mich ist. Er weiß einfach, wo er mich anfassen muss. Das Elend ist nicht verschwunden, es ist noch da, aber er will mich jetzt, und wegen meiner Erleichterung wirkt alles andere nichtig.

Ich bin wieder hier, im Garten in Shoreditch, Ken löst sich aus unserem Kuss. Er lächelt. Er wird kaum merken, dass meine schwitzige Haut und mein rasendes Herz nicht auf ihn zurückzuführen sind.

Fuck. *Fuck*. Was zum Teufel war das?

# AUGUST

## 24

## LEON

Richie: »Wie geht's dir, Mann?«

Wie's mir geht? Ich fühle mich haltlos. Als wäre etwas aus meiner Brust entfernt worden und mein Körper würde nicht mehr richtig funktionieren. Als wäre ich allein.

Ich: »Traurig.«

Richie: »Du warst seit Monaten nicht mehr in Kay verliebt. Ich sag dir, ich bin total froh, dass du da raus bist. Das war nur noch Gewohnheit, keine Liebe.«

Richie hat recht. Frage mich, warum es dadurch nicht deutlich weniger wehtut. Vermisse Kay eigentlich ständig. Es ist wie ein nagender Schmerz. Er wird stärker, wenn ich das Telefon nehme, um sie anzurufen, und dann niemanden anrufen kann.

Ich: »Egal. Irgendwelche Neuigkeiten von Tiffys Anwaltsfreundin?«

Richie: »Noch nicht. Ich denke ständig darüber nach. Weißt du, bei allem, was sie geschrieben hat, ging mir durch den Kopf: O ja, Mist, warum ist *uns* das nicht eingefallen?«

Ich: »Ging mir genauso.«

Richie: »Du hast ihr meine Antwort doch gegeben? Du bist sicher, dass sie sie bekommen hat?«

Ich: »Tiffy hat sie ihr gegeben.«

Richie: »Ganz sicher?«

Ich: »Ganz sicher.«

Richie: »Okay. In Ordnung. Sorry. Ich bin nur …«
Ich: »Ich weiß. Ich auch.«

Die letzten zwei Wochenenden bin ich auf der Suche nach Mr. Priors Freund durchs ganze Land gereist und habe in Airbnb-Unterkünften geschlafen. Das hat mich hervorragend abgelenkt. Habe zwei völlig unterschiedliche Johnny Whites kennengelernt – einer verbittert, wütend und bedenklich rechts. Der andere lebt in einem Wohnwagen und rauchte am Fenster Gras, während wir uns über sein Leben nach dem Krieg unterhielten. Zumindest hat Tiffy sich darüber amüsiert – auf Nachrichten über Johnny White bekomme ich immer gute Antworten. Diese hier zum Beispiel auf meinen Bericht über die Reise zu Johnny White dem Dritten:

*Wenn du nicht aufpasst, beauftrage ich dich, ein Buch darüber zu schreiben. Damit es in mein Verlagsprogramm passt, muss ich allerdings irgendein DIY-Element einfügen: Könntest du nicht von jedem Johnny ein anderes Handwerk lernen oder so? Johnny White der Erste könnte dir spontan beibringen, wie man ein Bücherregal baut, dann fährst du zu Johnny White dem Zweiten, der zufällig gerade eine perfekte Eiweißspritzglasur macht, und da steigst du einfach mit ein … O mein Gott, ist das etwa die beste Idee, die ich jemals hatte? Oder vielleicht die schlechteste? Ich weiß es absolut nicht. xx*

Ich denke oft, wie anstrengend es sein muss, Tiffy zu sein. Selbst ihre Nachrichten stecken voller Energie. Aber sie muntern mich ziemlich auf, wenn ich nach Hause komme.

Der Besuchstermin bei Richie am Wochenende wurde abgesagt – nicht genug Gefängniswärter. Dann liegen fünf

Wochen zwischen den Besuchen. Das ist zu lange für ihn, und wie ich merke, auch für mich. Nachdem Kay weg ist und Richie mich noch weniger als sonst anrufen kann – zu wenig Personal bedeutet mehr Zeit in der Zelle, weniger Zugang zum Telefon –, stelle ich fest, dass selbst ich leide, wenn ich nicht genug reden kann. Nicht dass ich keine Freunde hätte, die ich anrufen könnte. Aber das sind irgendwie nicht … die Leute, mit denen ich reden kann.

Hatte eine Unterkunft in der Nähe von Birmingham für den Besuch bei Richie gebucht, das Zimmer jetzt aber storniert und stehe nun vor dem Problem, dass ich das nächste Wochenende irgendwo unterkommen muss. Es war eindeutig selbstgefällig, mich auf meine Beziehung zu verlassen, als ich diese Wohnungsgeschichte eingefädelt habe. Nun bin ich an den Wochenenden wohnungslos.

Zermartere mir das Hirn nach einer Lösung. Finde keine. Bin auf dem Weg zur Arbeit. Sehe auf dem Smartphone nach der Zeit. Es ist die einzige Chance, tagsüber meine Mutter anzurufen. Ich steige eine Station früher aus dem Bus und rufe sie im Gehen an.

Mam meldet sich: »Du rufst mich nicht oft genug an, Lee.«

Schließe die Augen. Atme tief durch.

Ich: »Hallo, Mam.«

Mam: »Richie ruft mich öfter an als du. Aus dem *Gefängnis.*«

Ich: »Tut mir leid, Mam.«

Mam: »Weißt du, wie schwer das für mich ist? Dass meine Jungs mich nie anrufen?«

Ich: »Jetzt rufe ich dich doch an, Mam. In ein paar Minuten muss ich bei der Arbeit sein, ich will etwas mit dir besprechen.«

Mam, plötzlich aufmerksam: »Geht es um die Berufung? Hat Sal dich angerufen?«

Ich habe Mam nichts von Tiffys Anwaltsfreundin erzählt. Will ihr keine Hoffnungen machen.

Ich: »Nein. Es geht um mich.«

Mam, skeptisch: »Um dich?«

Ich: »Kay und ich haben uns getrennt.«

Mam wird weich. Plötzlich ist sie voller Mitgefühl. Das braucht sie: Einen Sohn, der sie anruft und um Hilfe bei etwas bittet, mit dem sie sich auskennt. Meine Mutter kann gut mit Liebeskummer umgehen. Hat viel eigene Erfahrung.

Mam: »Oh, Schätzchen. Warum hat sie Schluss gemacht?«

Ich, etwas beleidigt: »Ich habe Schluss gemacht.«

Mam: »Ach was? Warum?«

Ich: »Ich …«

Oh. Es fällt mir erstaunlich schwer, selbst bei Mam.

Ich: »Sie kam nicht mit meinen Arbeitszeiten klar. Hat mich nicht so akzeptiert, wie ich bin. Ich war ihr nicht gesellig genug. Und … sie glaubt nicht, dass Richie unschuldig ist.«

Mam: »Sie … *was?*«

Warten. Stille. Magenkrämpfe. Es fühlt sich auch jetzt noch schrecklich an, Kay zu verpetzen.

Mam: »Diese Kuh. Sie hat immer auf uns herabgesehen.«

Ich: »Mam!«

Mam: »Okay, es tut mir nicht leid. Gut, dass wir sie los sind.«

Es kommt mir irgendwie vor, als würde man etwas Schlechtes über einen Toten sagen. Ich bemühe mich, das Thema zu wechseln.

Ich: »Kann ich dieses Wochenende bei dir bleiben?«

Mam: »Übernachten? Hier? Bei mir?«

Ich: »Ja. Sonst war ich am Wochenende immer bei Kay. Das ist Teil von dieser … Wohnungsvereinbarung. Mit Tiffy.«

Mam: »Du willst nach Hause kommen?«

Ich: »Ja. Nur für …«

Ich beiße mir auf die Zunge. Es ist nicht nur für dieses Wochenende. Sondern bis ich eine Lösung gefunden habe. Aber ich will es automatisch begrenzen. Nur so habe ich das Gefühl, entkommen zu können. Wenn ich nach Hause fahre, gehöre ich Mam, dann lässt sie mich nicht mehr los.

Mam: »Du kannst kommen, solange du willst und wann immer du willst, klar?«

Ich: »Danke.«

Ein Moment Stille. Ich höre, wie zufrieden sie ist. Wieder krampft sich mein Magen zusammen. Sollte sie öfter besuchen.

Ich: »Darf ich fragen … Lebst du … Ist noch jemand anders da? Wohnt noch jemand bei dir?«

Mam, verlegen: »Niemand, Schatz. Ich bin jetzt schon seit ein paar Monaten allein.«

Das ist gut. Ungewöhnlich und gut. Mam hat immer einen Mann, und er scheint immer bei ihr zu wohnen, wer es auch ist. Fast immer jemand, den Richie verachtet und ich lieber nicht sehen möchte. Mam hat eindeutig einen schlechten Geschmack. Sie fällt immer auf Scheißkerle rein, schon unzählige Male.

Ich: »Bis Samstagabend dann.«

Mam: »Ich freue mich schon. Ich hole uns was vom Chinesen, in Ordnung?«

Stille. Das würden wir tun, wenn Richie nach Hause käme: Samstagabend chinesisches Essen vom Happy Duck in Mams Straße holen.

Mam: »Oder wir nehmen was Indisches. Mir ist zur Abwechslung mal nach etwas anderem, dir nicht auch?«

## 25

## TIFFY

»Alles in Ordnung mit dir?«, fragt Ken.

Ich bin wie eingefroren. Mein Herz pocht wie verrückt.

»Ja. Sorry, ja, alles okay.« Ich versuche zu lächeln.

»Willst du weg von hier?«, fragt er vorsichtig. »Ich meine, die Party ist fast vorbei ...«

Will ich das? Vor einer Minute wollte ich noch. Jetzt würde ich gern wegrennen, obwohl ich den Kuss noch ganz warm auf meinen Lippen spüre. Ich kann keinen klaren Gedanken fassen – mein Gehirn produziert nur dieses wenig hilfreiche eintönige Panikpiepsen, wie ein lautes *Uuuhhhh*, das zwischen meinen Ohren hin und her schwirrt.

Jemand ruft mich. Ich erkenne die Stimme, aber ich weiß nicht, wer es ist, bis ich mich umdrehe und Justin sehe.

Er steht in der Tür zwischen Garten und Pub, trägt ein weit aufgeknöpftes Hemd und eine alte Ledertasche über der Schulter. Er sieht schmerzlich vertraut aus, aber er hat sich auch verändert: Sein Haar ist länger als früher, und er trägt neue schicke Büroschuhe. Ich habe den Eindruck, als hätte ich ihn durch meine Gedanken heraufbeschworen – wie könnte er sonst hier sein?

Er blickt zu Ken und dann wieder zu mir. Er kommt über die Wiese zu uns. Ich bin wie am Boden festgewachsen, meine Schultern sind angespannt, und ich kauere mich auf die Bank mit Ken neben mir.

»Du siehst schön aus.«

Das ist unglaublicherweise das Erste, was er zu mir sagt.

»Justin.« Mehr bringe ich nicht heraus. Ich schaue wieder zu Ken, und ich sehe zweifelsohne wie ein Häufchen Elend aus.

»Lass mich raten«, sagt Ken unbeschwert. »Dein Freund?«

»Ex«, sage ich. »Ex! Ich würde nie – ich …«

Ken lächelt mich gut gelaunt und sexy an und dreht sich dann ebenso freundlich zu Justin. »Hi«, sagt er und hält Justin die Hand hin. »Ken.«

Justin würdigt ihn kaum eines Blickes, schüttelt ihm etwa eine halbe Sekunde lang die Hand, bis er sich wieder an mich wendet. »Kann ich mit dir reden?«

Ich schaue zwischen ihm und Ken hin und her. Ich kann nicht mehr verstehen, dass ich mit Ken nach Hause gehen wollte. Das kann ich nicht machen.

»Es tut mir leid«, sage ich, »ich wollte wirklich nicht …«

»Hey, das ist nicht schlimm«, sagt Ken und steht auf. »Du weißt, wie du mich erreichen kannst, solange ich noch in London bin.« Er winkt mir, den Flyer hält er immer noch in der Hand. »War schön, dich kennengelernt zu haben«, sagt er extrem höflich in Justins Richtung.

»Yeah«, entgegnet Justin nur.

Als Ken weggeht, wird das *Uuuhhh* leiser, und mir ist, als würde ich langsam aufwachen, aus einer Art Trance herausfinden. Ich erhebe mich mit zitternden Knien und stehe Justin gegenüber.

»Was. Zum. Teufel. Machst. Du. Hier?«

Justin ignoriert meine giftige Frage. Stattdessen legt er mir die Hand auf den Rücken und führt mich zum Seitentor. Ich bewege mich mechanisch, denke nicht nach. Als ich schließlich verstehe, was Sache ist, schüttele ich ihn ab.

»Hey, mal langsam.« Er schaut mich an, als wir am Tor stehen bleiben. Die Abendluft ist warm, fast schon drückend. »Alles okay mit dir? Tut mir leid, dass ich dich überrascht habe.«

»Und mir den Abend versaut hast.«

Er lächelt. »Komm schon, Tiffy. Du musstest gerettet werden. Du würdest doch niemals mit so einem Typen nach Hause gehen.«

Ich öffne den Mund, will etwas sagen und schließe ihn wieder. Ich wollte sagen, dass er nichts mehr über mich weiß, aber irgendwie kommt es mir nicht über die Lippen: »Was machst du hier?«, schaffe ich stattdessen.

»Ich bin nur auf einen Drink vorbeigekommen. Ich komme häufig hierher.«

Also das ist einfach nur lächerlich. Ich glaube es einfach nicht. Die Begegnung auf dem Ausflugsboot hätte Zufall sein können – ein sehr komischer Zufall, aber irgendwie noch plausibel – aber das hier?

»Findest du das nicht seltsam?«

Er ist verwirrt. Er schüttelt den Kopf, als wollte er *häh?* sagen. Mir krampft sich der Magen zusammen – ich mochte dieses leichte Kopfschütteln früher sehr.

»Wir sind uns in sechs Monaten zweimal über den Weg gelaufen. Einmal auf einem *Ausflugsboot.*«

Ich brauche eine Erklärung dafür, die nicht lautet: »Justin taucht auf, wenn man schlecht über ihn denkt«, was im Augenblick der einzige Erklärungsansatz meines halb gefrorenen Gehirns ist. Ich mache mir selbst ein wenig Angst.

Er lächelt nachsichtig. »Tiffy. Komm schon. Was willst du mir damit sagen? Dass ich auf dieses Ausflugsschiff gegangen bin, um dich zu sehen? Dass ich heute Abend gekommen bin, um dich zu sehen? Wenn ich das wollte, warum würde ich dich nicht einfach anrufen? Oder in deinem Büro aufkreuzen?«

Oh. Ich … ich glaube, das ergibt Sinn. Ich erröte, plötzlich ist mir alles peinlich.

Er drückt meine Schulter. »Aber es ist schön, dich zu sehen. Und ja, es ist ein ziemlich verrückter Zufall. Schicksal, vielleicht? Ich habe mich gefragt, warum ich auf einmal genau heute Abend ein Bier trinken gehen wollte.« Er zieht ein übertrieben geheimnisvolles Gesicht, und ich muss einfach lächeln. Ich hatte vergessen, wie niedlich er ist, wenn er Quatsch macht.

Nein. Nicht lächeln. Ich denke daran, was Gerty und Mo sagen würden, und sammele mich.

»Worüber wolltest du mit mir sprechen?«

»Ich bin froh, dass wir uns begegnet sind«, sagt er. »Ich wollte dich wirklich anrufen. Aber ich weiß nicht, wo ich anfangen soll.«

»Auf das Icon mit dem Telefon drücken, würde ich sagen, dann die Kontakte nach meinem Namen durchsuchen?«, schlage ich vor. Meine Stimme zittert ein wenig, und ich hoffe, er hört es nicht.

Er lacht. »Ich habe vergessen, wie witzig du bist, wenn du sauer bist. Nein, ich meine, ich wollte es dir nicht am Telefon sagen.«

»Mir was sagen? Lass mich raten. Dass du dich von der Frau getrennt hast, für die du mich verlassen hast?«

Ich habe ihn überrascht. Es verschafft mir einen kleinen Kick, als ich sein wahnsinnig selbstbewusstes Lächeln bröckeln sehe und etwas anderes hineinspielt – das an Angst erinnert. Ich will ihn nicht verärgern. Ich atme tief ein. »*Ich* will dich nicht sehen, Justin. Das alles verändert nichts. Du hast mich trotzdem für sie verlassen, du hast …«

»Ich habe dich nie betrogen«, sagt er umgehend. Wir sind losgegangen. Ich weiß nicht wohin, er bringt mich wieder zum Stehen und legt mir die Hände auf die Schultern, dreht mich, damit ich ihm ins Gesicht blicken muss. »Das würde ich dir nie antun, Tiffy. Du weißt, wie verrückt ich nach dir bin.«

»War.«

»Was?«

»Wie verrückt du nach mir *warst,* wolltest du sagen.« Ich wünsche mir bereits, dass ich die Gelegenheit ergriffen hätte, ihm zu sagen, dass Patricia nicht der Grund ist, warum ich ihn nicht sehen will. Obwohl ich nicht weiß, *was* der Grund ist. Es geht um … all das andere Zeug, was immer das auch heißen mag. Ich bin plötzlich völlig durcheinander. Justins Anwesenheit versetzt mich immer in diesen Zustand – macht mich völlig konfus, lässt mich nicht mehr klar denken. Das war ein Teil unserer Liebesgeschichte, glaube ich, aber im Augenblick fühlt es sich überhaupt nicht gut an.

»Sag mir nicht, was ich sagen will und was ich nicht sagen will.« Er sieht kurz weg. »Schau mal, jetzt bin ich hier. Können wir uns einfach irgendwo einen Drink holen und darüber sprechen? Komm schon. Wir können zu dieser Champagnerbar um die Ecke gehen, wo man seine Getränke in Farbdosen serviert bekommt. Oder wir können ganz oben auf den Shard fahren, wo ich dich einmal hin eingeladen habe? Was meinst du?«

Ich starre ihn an. Seine großen braunen Augen, die immer so ernsthaft blicken, in denen sich immer diese verrückte Spannung spiegelt, die mich jedes Mal verzaubert hat. Sein perfekter Kiefer. Sein selbstbewusstes Lächeln. Ich gebe mir die größte Mühe, nicht an diese schreckliche Erinnerung beim Knutschen mit Ken zu denken, aber sie scheint sich bei mir eingebrannt zu haben, wird mit Justin neben mir noch schlimmer. Meine Haut kribbelt davon.

»Warum hast du mich nicht angerufen?«

»Das habe ich dir gesagt«, sagt er, langsam ungeduldig, »ich wusste nicht, wie ich es dir sagen soll.«

»Und warum bist du hier?«

»Tiffy«, sagt er scharf, »komm einfach mit mir etwas trinken.«

Ich zucke zusammen und atme noch einmal tief ein. »Wenn du mit mir reden willst, rufst du mich vorher an, und wir machen was aus. Jetzt geht es nicht.«

»Wann denn dann?«, fragt er und runzelt die Stirn, seine Hände liegen mir immer noch schwer auf den Schultern.

»Ich brauche nur ... Zeit.« Mir ist schwummerig. »Ich will gerade nicht mit dir sprechen.«

»Bedeutet Zeit so viel wie ein paar Stunden?«

»Eher ein paar Monate«, sage ich, ohne darüber nachzudenken und beiße mir dann auf die Lippe, weil ich uns nun eine Deadline verpasst habe.

»Ich will dich *jetzt* sehen«, erklärt er, und plötzlich sind seine Hände von meinen Schultern zu meinem Haar und den Oberarmen gewandert.

Wieder dieses Flashback vor meinem inneren Auge. Ich schüttele ihn weg. »Versuch's mal mit Belohnungsaufschub, Justin. Etwas anderes bekommst du nicht, und ich habe den Eindruck, es wird dir guttun.«

Und damit drehe ich mich um, bevor ich es mir anders überlegen kann, und stolpere in die Bar zurück.

## 26

## LEON

Holly hat jetzt fast überall auf dem Kopf wieder Haare. Sie sieht aus wie ein weiblicher Harry Potter – das Haar steht in alle Richtungen ab, egal wie sehr ihre Mum sich bemüht, es zu glätten.

Auch das Gesicht hat sich verändert, wirkt voller, lebendiger. Die Augen passen größenmäßig jetzt irgendwie besser zum Rest.

Sie grinst mich an.

Holly: »Bist du gekommen, um dich zu verabschieden?«

Ich: »Ich bin gekommen, um dir Blut abzunehmen.«

Holly: »Ein letztes Mal?«

Ich: »Kommt auf das Ergebnis an.«

Holly: »Du bist brummig. Du willst nicht, dass ich gehe.«

Ich: »Natürlich will ich das. Ich will doch, dass es dir gut geht.«

Holly: »Nein, willst du nicht. Du magst keine Veränderungen. Du willst, dass ich hierbleibe.«

Sage nichts. Bin irritiert, dass mich eine so kleine Person dermaßen durchschaut.

Holly: »Ich werde dich auch vermissen. Besuchst du mich mal zu Hause?«

Ich blicke zu ihrer Mum, die müde, aber sehr glücklich lächelt.

Ich: »Du wirst viel zu sehr mit der Schule und deinem ganzen Freizeitkram beschäftigt sein. Du willst keinen Besuch haben.«

Holly: »Doch, will ich.«

Hollys Mum: »Ich würde mich freuen, wenn Sie zum Abendessen kommen würden. Ganz bestimmt – und Holly auch. Nur, um Danke zu sagen.«

Das pure Glück umweht Hollys Mutter wie eine Parfumwolke.

Ich: »Gut, vielleicht. Danke.«

Hollys Mum steigen Tränen in die Augen. Mit derartigen Situationen kann ich nicht gut umgehen. Werde leicht panisch. Dränge Richtung Tür.

Sie umarmt mich, ehe ich entkommen kann. Fühle mich plötzlich sehr wackelig. Bin mir nicht sicher, ob mir wegen Holly oder wegen Kay zum Weinen zumute ist, aber dass mich jemand umarmt, macht etwas mit meinen Tränendrüsen.

Wische mir über die Augen und hoffe, Holly merkt es nicht. Wuschle ihr durch das strubbelige braune Haar.

Ich: »Sei brav.«

Holly grinst. Habe den Eindruck, sie hat andere Pläne.


Komme gerade rechtzeitig von der Arbeit, um die letzten Spuren eines äußerst prächtigen Sonnenaufgangs hinter Londons Wolkenkratzern zu sehen. Er spiegelt sich im stahlgrauen Wasser der Themse und lässt es bläulich-rosa schimmern. Ohne Kay scheine ich sehr viel Zeit zu haben. Frage mich, ob ich ihr wirklich so wenig Zeit gewidmet habe, wie sie behauptet. Wenn das stimmt, woher kommen dann diese ganzen Stunden?

Beschließe, irgendwo einen Tee zu trinken und dann nach

Hause zu laufen – dauert nur eineinhalb Stunden, und heute Morgen möchte man einfach draußen sein. Einen Kaffeebecher fest in der Hand, eilen die Leute in alle Richtungen zur Arbeit. Ich lasse sie vorbeiströmen und nehme so viele Nebenstraßen wie möglich. Die sind ein bisschen verschlafener als die Hauptstraßen.

Ohne dass ich es gemerkt habe, lande ich in der Clapham Road. Als ich das Spirituosengeschäft sehe, wird mir kalt. Aber ich bleibe stehen. Kommt mir irgendwie angemessen vor. Wie die Mütze abzunehmen, wenn ein Leichenwagen vorbeifährt.

Stelle unwillkürlich fest, dass die Überwachungskameras der Aldi-Filiale tatsächlich in alle Richtungen zeigen, einschließlich dieser. Wehmut überkommt mich. Ich weiß wieder genau, warum Kay und ich uns getrennt haben. Über meine ganze Traurigkeit habe ich völlig vergessen, dass es Hoffnung für Richie gibt.

Vielleicht hat Gerty Richie inzwischen geantwortet. Ich gehe weiter, schneller jetzt, begierig, nach Hause zu kommen. Vielleicht versucht er, mich anzurufen und erwartet, dass ich um die übliche Zeit da bin. Habe das sichere Gefühl, dass er angerufen hat, und bin wütend auf mich, weil ich ihn verpasst habe.

Tief durchatmen. Ich fummele mit dem Schlüssel im Schloss herum, doch merkwürdigerweise ist die Tür nicht doppelt verschlossen – das hat Tiffy noch nie vergessen. Als ich hereinkomme, überprüfe ich rasch, ob eingebrochen wurde, aber Fernseher und Laptop sind noch da. Gehe dann direkt zum Telefon und sehe nach, ob ich Anrufe verpasst habe oder jemand aufs Band gesprochen hat.

Nichts. Atme aus. Bin verschwitzt vom Powerwalken in der Morgensonne. Werfe die Schlüssel an den üblichen Platz (der sich jetzt unter der Abenteuer-mit-Spot-Spardose befindet) und reiße mir auf dem Weg zum Bad das T-Shirt vom Leib. Schiebe die bunten Kerzen vom Rand der Wanne, damit ich richtig duschen kann. Dann drehe ich das warme Wasser auf und wasche mir eine weitere Woche vom Körper.

## 27

## TIFFY

O Gott.

Ich glaube, ich habe mich noch nie so schlecht gefühlt. Es ist schlimmer als nach Rachels fünfundzwanzigstem Geburtstag. Es ist schlimmer als damals an der Uni, als ich zwei Flaschen Wein getrunken und vor das Sekretariat des Dekanats gekotzt habe. Es ist schlimmer als Schweinegrippe.

Ich trage immer noch das Alice-im-Wunderland-Kleid. Ich habe auf der Bettdecke geschlafen, nur unter dem Brixton-Überwurf. Zumindest war ich vorausschauend genug, um meine Schuhe auszuziehen und sie an der Tür stehen zu lassen.

O Gott.

In Blickrichtung der Schuhe steht auch der Wecker. Er gibt eine Zeit an, die einfach nicht stimmen kann: 08:59.

Ich sollte in einer Minute bei der Arbeit sein.

*Wie* ist das passiert? Ich richte mich mühsam auf, mein Magen rebelliert, und als ich mich nach meiner Tasche umschaue – o Gott, zumindest habe ich sie nicht verloren – und, o ja, Aspirin – erinnere ich mich, wie alles angefangen hat.

Ich war wieder reingegangen, nachdem ich Justin stehen gelassen hatte, und hatte Rachel dem Barmann entrissen, weil ich sie eine Zeit lang vollheulen wollte. Sie war nicht die beste Gesprächspartnerin – sie ist die einzige, die Justin noch die Stange hält. (Ich habe diese seltsame Erinnerung beim Küssen nicht erwähnt. Und ich will auch jetzt nicht darüber nachdenken.) Zuerst meinte Rachel, ich sollte wieder rausgehen und mir anhören, was Justin zu sagen hat, aber dann fand sie doch meine Strategie des Belohnungsaufschubs gut, die Katherin auch befürwortete – o Gott, ich habe es Katherin erzählt ...

Ich schlucke ein paar Aspirin und versuche, nicht zu kotzen. Habe ich mich gestern übergeben? Ich habe ungenaue und unerfreuliche Erinnerungen daran, dass ich auf der Toilette der Bar einer Kloschüssel viel zu nah gekommen bin.

Ich schreibe eine kurze Entschuldigungsnachricht an den Cheflektor, Panik steigt in mir auf. Ich komme nie dermaßen zu spät zur Arbeit, und alle werden wissen, dass es an meinem Kater liegt. Wenn sie es nicht wissen, bin ich sicher, dass Martin es ihnen liebend gern unterbreitet.

Ich kann so nicht arbeiten, bemerke ich in meinem ersten klaren Augenblick heute Morgen. Ich muss mich duschen und umziehen. Ich öffne den Reißverschluss des Kleides und strampele es ab, nehme mir mein Handtuch, das an der Tür hängt.

Ich höre das Wasser nicht laufen. In meinen Ohren erklingt ein konstantes Summen, das bereits wie eine angestellte Dusche klingt, und ich habe solche Panik, dass ich denke, ich würde es noch nicht mal bemerken, wenn der Stoffelefant plötzlich lebendig würde und zu mir sagt, ich müsste detoxen.

Ich verstehe erst, dass Leon duscht, als ich ihn sehe. Unser Duschvorhang ist ziemlich undurchsichtig, aber ein wenig scheint dennoch durch. Also Umrisse, meine ich.

Er reagiert, wie jeder reagieren würde: bekommt Panik und reißt den Vorhang auf, um zu sehen, wer im Bad ist. Wir starren uns an. Die Dusche läuft weiter.

Er kommt schneller wieder zu Sinnen als ich und schiebt den Vorhang wieder zu.

»Ahhh«, sagt er. Es ist eher ein gurgelndes Geräusch als ein Wort.

Ich trage meine sehr knappe Ausgehspitzenunterwäsche. Ich habe mir noch nicht einmal ein Handtuch umgebunden – es hängt mir über dem Arm. Irgendwie fühlt sich das viel schlimmer an, als wenn ich gar nichts hätte, um mich zu bedecken – ich war so nah dran, mich nicht zu entblößen, und doch so weit davon entfernt.

»O Gott«, quietsche ich. »Es tut mir so … so leid.«

Er stellt das Wasser aus. Er kann mich wegen des Lärms wahrscheinlich nicht hören. Er dreht mir den Rücken zu, die Tatsache, dass ich das bemerke, bringt mich zu der Erkenntnis: Ich sollte wirklich aufhören, den Umriss hinter dem Duschvorhang anzustarren. Ich drehe ihm ebenfalls den Rücken zu.

»Ahhh«, sagt er wieder.

»Ich weiß«, antworte ich. »O Gott. So habe ich mir unser Kennenlernen nicht vorgestellt.«

Ich zucke zusammen. Das klingt ein wenig verwegen.

»Hast du …«, setzt er an.

»Ich habe nichts gesehen«, lüge ich rasch.

»Gut. Okay. Ich auch nicht«, sagt er.

»Ich sollte … Ich bin viel zu spät dran für die Arbeit.«

»Oh, willst du duschen?«

»Also, ich …«

»Ich bin fertig«, sagt er. Wir haben uns immer noch den Rücken zugedreht. Ich nehme das Handtuch vom Arm und wickele mich hinein – etwa fünf Minuten zu spät.

»Gut, wenn du meinst«, sage ich.

»Ähm, ich brauche mein Handtuch«, entgegnet er.

»Oh, sicher«, sage ich, nehme es von der Stange und drehe mich um.

*»Augen zu«,* ruft er.

Ich erstarre und schließe die Augen. »Sie sind zu! Sie sind zu!«

Ich spüre, wie er mir das Handtuch abnimmt.

»Okay, du kannst sie wieder öffnen.«

Er kommt aus der Dusche. Also, nun ist alles züchtig, dennoch trägt er nicht viel. Ich kann zum Beispiel seine ganze Brust sehen. Und ziemlich viel von seinem Bauch.

Leon ist einige Zentimeter größer als ich. Obwohl sein lockiges Haar nass ist, liegt es nicht eng am Kopf an; er hat es hinter die Ohren gestrichen, Tropfen fallen ihm auf die Schultern. Er hat feine Gesichtszüge, und seine Augen sind dunkelbraun, einige Nuancen dunkler als seine Haut. Er hat Lachfalten, und seine Ohren stehen ein wenig ab, vielleicht, weil er immer die Haare dahinterstreicht.

Er dreht sich um, will an mir vorbei. Er gibt sein Bestes, aber für uns beide ist wirklich nicht genug Platz, und als er sich an mir vorbeischiebt, berührt sein warmer Rücken meine Brust. Ich atme ein, mein Kater ist wie weggeblasen. Trotz des Spitzen-BHs und des Handtuchs zwischen uns kribbelt meine Haut, und ganz unten in meinem Bauch braust etwas auf, dort, wo meistens die besten Gefühle sind.

Er sieht mich über die Schulter hinweg an, ein intensiver, halb nervöser, halb neugieriger Blick, bei dem mir nur noch wärmer wird. Ich kann nichts dagegen tun. Als er sich zur Tür dreht, schaue ich nach unten.

Hat er … Das sieht aus wie …

Das kann nicht sein. Das Handtuch muss Falten werfen.

Er schließt die Tür hinter sich, und ich breche vor dem Waschbecken zusammen. Die Realität der letzten beiden Minuten ist dermaßen schmerzhaft peinlich, dass mir ein lautes »O Gott«

rausrutscht und ich mir die Handballen gegen die Augen presse. Das ist nicht gut für meinen Kater, der nun wieder zurückkehrt, wo dieser nackte Mann mein Badezimmer verlassen hat.

Gott. Ich bin rot vor lauter Hitze, total nervös, meine Haut kribbelt, und ich bin auch außer Atem – nein, ich bin *scharf* auf ihn. Ich habe das nicht kommen sehen. Die Situation war doch viel zu unangenehm für meine Reaktion, oder? Ich bin eine erwachsene Frau! Kann ich nicht damit umgehen, einen Mann nackt zu sehen? Vielleicht liegt es daran, dass ich schon so lange keinen Sex mehr hatte. Es ist etwas Biologisches, wie das Sabbern, wenn man Bacon riecht, oder wenn man ein fremdes Baby auf dem Arm hat und gleich seine Karriere an den Nagel hängen und sich fortpflanzen will.

Ich bin plötzlich in Panik, drehe mich um, um mich im Spiegel anzuschauen, wische das Kondenswasser von der Oberfläche, und sehe mein blasses, eingefallenes Gesicht. Mein Lippenstift hat sich in die trockene Haut meiner Lippen eingegraben, und Lidschatten und Eyeliner sind um die Augen zu einer schwarzen Masse verschmolzen. Ich sehe aus wie ein Kleinkind, das sich an Mamas Make-up vergriffen hat.

Ich stöhne. Das ist eine Katastrophe. Es hätte nicht schlimmer laufen können. Ich sehe *schrecklich* aus, und er sah wirklich erstaunlich gut aus. Ich denke an den Tag zurück, als ich ihn mir auf Facebook angeschaut hatte – ich erinnere mich nicht daran, dass er attraktiv war. Wie konnte mir das entgehen? O Gott, warum spielt das überhaupt eine Rolle? Es ist Leon. Mein Mitbewohner Leon. Leon-mit-einer-Freundin-Leon.

Richtig, ich muss duschen und dann arbeiten gehen. Ich werde mich morgen mit meinen Hormonen und meiner enorm seltsamen Lebenslage beschäftigen.

O Gott. Ich komme echt viel zu spät.

## 28

## LEON

Ahhh.

Ahhh.

Liege auf dem Rücken im Bett, kann mich nicht rühren vor lauter Scham. Ich kann keine Worte denken. *Ahhh* ist der einzige Laut, der meinen Schock angemessen ausdrückt.

Hat Kay nicht gesagt, Tiffy sei unattraktiv? Ich habe es einfach angenommen. Oder … oder … eigentlich habe ich gar nicht darüber nachgedacht. Aber, Herrgott. Sie ist … Ahhh.

Eine spärlich bekleidete Frau darf einen Mann unter der Dusche nicht überraschen. Das geht nicht. Das ist nicht fair.

Bekomme die Frau in der roten Unterwäsche aus dem Bad nicht mit der Frau zusammen, der ich Nachrichten schreibe und hinter der ich her räume. Ich hätte einfach nie …

Das Festnetztelefon klingelt. Erstarre. Das Telefon befindet sich in der Küche. Chance, wieder auf Tiffy zu stoßen: hoch.

Löse mich aus meiner Starre und schüttele mich. Ich muss ans Telefon gehen – das ist Richie. Schieße aus dem Schlafzimmer, umklammere das Handtuch um meine Taille und orte das Telefon unter einem Stapel von Mr. Priors Mützen auf dem Sideboard in der Küche. Hebe ab, während ich zurück ins Schlafzimmer rase.

Ich: »Hallo.«

Richie: »Alles in Ordnung?«

Stöhne.

Richie, alarmiert: »Was ist los? Was ist passiert?«

Ich: »Ach, nichts. Nichts Schlimmes. Bin nur … Tiffy begegnet.«

Richie jubelt: »Oh! Ist sie scharf?«

Stöhne erneut.

Richie: »Sie ist scharf! Ich *wusste* es.«

Ich: »Das darf sie nicht sein. Ich dachte, Kay hätte sichergestellt, dass sie es nicht ist!«

Richie: »Ist sie ein ähnlicher Typ wie Kay?«

Ich: »Hä?«

Richie: »Kay findet keine Frau scharf, die nicht aussieht wie Kay.«

Verziehe das Gesicht, ahne aber, was er meint. Bekomme das Bild von Tiffy nicht aus dem Kopf. Wild zerzaustes rotes Haar, als wäre sie gerade aufgestanden. Hellbraune Sommersprossen auf blasser Haut, auf Armen und Brust. Roter Spitzen-BH. Unglaublich perfekte Brüste.

Ahhh.

Richie: »Wo ist sie jetzt?«

Ich: »Unter der Dusche.«

Richie: »Und wo bist du?«

Ich: »Verstecke mich im Schlafzimmer.«

Pause.

Richie: »Dir ist schon klar, dass sie dort als Nächstes hinkommen wird, oder?«

Ich: »Mist!«

Schieße nach oben. Suche kopflos nach Klamotten. Finde nur ihre. Sehe ihr Kleid, das mit offenem Reißverschluss auf dem Boden liegt.

Ich: »Warte. Muss mich anziehen.«

Richie: »Moment, was?«

Lege das Telefon aufs Bett, ziehe mir Boxershorts und Trainingshose an. Bin mir überaus bewusst, dass mein Hintern dabei zur Tür zeigt, aber immer noch besser als die andere Seite. Finde ein altes Unterhemd und werfe es mir über. Durchatmen.

Ich: »Okay. Ich glaube, ich gehe am besten … in die Küche? Da kommt sie auf dem Weg vom Bad zum Schlafzimmer nicht durch. Und dann kann ich mich im Bad verstecken, bis sie geht.«

Richie: »Was zum Teufel ist passiert? Warum hast du nichts an? Hast du sie gevögelt, Mann?«

Ich: »*Nein!*«

Richie: »Okay. Das war eine naheliegende Frage.«

Gehe durchs Wohnzimmer in die Küche. Drücke mich so weit wie möglich hinter den Kühlschrank, sodass ich auf dem Weg vom Bad zum Schlafzimmer nicht zu sehen bin.

Ich: »Wir sind uns zufällig unter der Dusche begegnet.«

Richie lacht aus vollem Hals, woraufhin ich gegen meinen Willen auch ein bisschen lächeln muss.

Richie: »Sie war nackt?«

Stöhnen.

Ich: »Fast. Aber ich.«

Richie lacht noch etwas lauter.

Richie: »Oh, Mann, das versüßt mir den Tag. Was hatte sie an? Ein Handtuch?«

Ich: »Unterwäsche.«

Jetzt stöhnt Richie.

Richie: »Gute?«

Ich: »Darüber spreche ich nicht!«

Richie: »Du hast recht. Kann sie dich hören?«

Pause. Lausche. Ahhh.

Ich, zischend: »Die Dusche ist aus!«

Richie: »Willst du nicht sehen, wie sie im Handtuch rauskommt? Warum gehst du nicht einfach zurück ins Schlafzimmer? Sie denkt sicher nicht, dass du das mit Absicht machst. Ich meine, es wäre dir ja aus Versehen fast passiert. Ihr begegnet euch noch mal, das wirst du nie …«

Ich: »Ich werde nicht *auf der Lauer liegen* und auf die arme Frau warten, Richie! Sie hat mich schon nackt gesehen. Wahrscheinlich ist sie traumatisiert.«

Richie: »Hat sie traumatisiert ausgesehen?«

Ich überlege. Sie sah … Ahhh. So viel Haut. Und große blaue Augen, Sommersprossen auf der Nase. Dieses kleine Einatmen, als ich mich viel zu nah an ihr vorbei zur Tür geschoben habe.

Richie: »Du wirst mit ihr reden müssen.«

Ich höre, wie die Badezimmertür aufgeht.

Ich: »Mist!«

Verkrieche mich noch weiter hinter dem Kühlschrank, dann, als ich nichts mehr höre, spähe ich um die Ecke.

Sie sieht nicht in meine Richtung und hat das Handtuch fest unter die Arme geklemmt. Ihr langes Haar ist jetzt dunkler und tropft auf ihren Rücken. Sie verschwindet im Schlafzimmer.

Und atmen.

Ich: »Sie ist im Schlafzimmer. Ich gehe ins Bad.«

Richie: »Warum verlässt du nicht einfach die Wohnung, wenn du dir solche Sorgen machst?«

Ich: »Dann kann ich nicht mehr mit dir sprechen! Ich kann das nicht allein, Richie!«

Ich höre Richie grinsen.

Richie: »Irgendwas verschweigst du mir, stimmt's? Nein, lass mich raten ... warst du etwa ein bisschen erregt ...?«

Ich stöhne so laut und gedemütigt wie nie zuvor. Richie brüllt vor Lachen.

Ich: »Sie ist aus dem Nichts aufgetaucht! Ich war nicht vorbereitet! Ich hatte seit Wochen keinen Sex!«

Richie lacht hysterisch: »Oh, Lee! Meinst du, sie hat es gemerkt?«

Ich: »Nein. Bestimmt nicht. Nein.«

Richie: »Wäre schon möglich.«

Ich: »Nein. Das darf nicht sein. Der Gedanke ist zu peinlich.«

Verschließe die Badezimmertür hinter mir und klappe den Toilettendeckel herunter, um mich zu setzen. Starre auf meine Beine, mein Herz hämmert.

Richie: »Ich muss Schluss machen.«

Ich: »Nein! Das darfst du nicht! Was mache ich denn jetzt?«

Richie: »Was willst du machen?«

Ich: »Abhauen!«

Richie: »Ach komm, Lee! Beruhige dich.«

Ich: »Das ist schrecklich. Wir *wohnen zusammen*. Ich kann doch nicht mit einem Ständer vor meiner Mitbewohnerin herumlaufen! Das ist ... das ist ... es ist obszön! Wahrscheinlich ein Verbrechen!«

Richie: »Wenn das so ist, dann gehöre ich eindeutig hierher. Komm, Alter. Mach dich nicht verrückt. Wie du schon sagst, du und Kay, ihr habt vor ein paar Wochen Schluss gemacht und davor schon eine ganze Weile nicht mehr miteinander geschlafen.«

Ich: »Woher weißt du das?«

Richie: »Na komm. Das war doch offensichtlich.«

Ich: »Du hast uns seit Monaten nicht zusammen gesehen!«

Richie: »Entscheidend ist, das mit Tiffy ist keine große Sache. Du hast ein nacktes Mädel gesehen und hast einen … Warte, lass mich noch …«

Er seufzt.

Richie: »Ich muss auflegen. Aber komm runter. Sie hat nichts gesehen, es bedeutet nichts, entspann dich einfach.«

Er legt auf.

# 29

## TIFFY

Rachel vibriert vor Aufregung.

»Du machst Witze! Du machst doch Witze«, sagt sie und hüpft auf ihrem Stuhl auf und ab. »Ich glaube einfach nicht, dass er einen Ständer hatte.«

Ich stöhne auf und reibe mir die Schläfen, wie ich es manchmal im Fernsehen bei müden Menschen gesehen habe, und hoffe, dass es mir anschließend besser geht. Es funktioniert nicht. Warum ist Rachel so verdammt munter? Ich bin sicher, dass sie fast so viel getrunken hat wie ich.

»Das ist nicht witzig«, erkläre ich ihr. »Und ich habe gesagt, er hatte *vielleicht* einen Ständer. Ich sage nicht, dass er ganz sicher einen hatte.«

»Oh, bitte«, entgegnet sie. »Du bist dermaßen außer Übung, dass du vergessen hast, wie so etwas aussieht. Drei Männer in einer Nacht! Du lebst den Traum.«

Ich ignoriere sie. Der Cheflektor fand es glücklicherweise witzig, dass ich zu spät gekommen bin, aber ich muss heute noch viel erledigen, und die gute Stunde Verspätung ist dem Abarbeiten meiner To-do-Liste nicht gerade zuträglich.

»Hör auf, so zu tun, als würdest du diese Entwürfe durchgehen«, sagt Rachel. »Wir brauchen einen Aktionsplan!«

»Wofür?«

»Wie, wofür? Wirst du Ken, den Eremiten, anrufen? Mit

Justin etwas trinken gehen? Oder mit Leon unter die Dusche hüpfen?«

»Ich werde wieder an meinen Schreibtisch zurückkehren«, erkläre ich ihr und schnappe mir den Stapel Druckfahnen. »Das war keine produktive Sitzung.«

Sie singt »Maneater«, als ich weggehe.

Dennoch hat Rachel recht mit dem Aktionsplan. Ich muss herausfinden, wie zum Teufel ich mit der Leon-Situation umgehen werde. Wenn wir nicht bald miteinander sprechen, besteht ein ernst zu nehmendes Risiko, dass dieser Morgen alles kaputt machen wird – keine Nachrichten mehr, kein Resteessen mehr, nur stille, schmerzhafte Unbeholfenheit. Demütigung ist wie Schimmel: Wenn man sie ignoriert, wird der ganze Raum muffig und grün.

Ich muss … Ich muss ihm schreiben.

Nein. Ich muss ihn anrufen, entscheide ich. Es muss drastisch sein. Ich schaue auf die Uhr. Gerade wird er wohl schlafen – es ist zwei Uhr nachmittags –, also habe ich noch vier herrliche Stunden oder so, in denen ich nichts an der Situation verändern kann. Ich denke, ich sollte diese Zeit nutzen, um mir Katherins Druckfahnen anzuschauen, vor allem, weil die reale Gefahr besteht, dass einige Menschen das Buch tatsächlich kaufen werden – bei diesem Social-Media-Hype ums Häkeln.

Stattdessen denke ich nach einer langen Nacht und einem Morgen, an dem ich es sehr angestrengt verdrängt habe, an Justin.

Und dann, weil ich nicht gut darin bin, allein zu denken, rufe ich Mo an, um über Justin zu sprechen. Er hört sich ein wenig groggy an, als er drangeht, als wäre er gerade erst aufgewacht.

»Wo bist du?«, frage ich.

»Zu Hause. Warum?«

»Du hörst dich seltsam an. Hat Gerty nicht auch frei?«

»Ja, sie ist auch hier.«

»Oh.« Es ist seltsam, dass die beiden einfach ohne mich rumhängen. Es … passt einfach nicht in dieser Konstellation. Seit der Ersti-Woche an der Uni waren Gerty und ich unzertrennlich; wir haben Mo am Ende des ersten Jahrs unter unsere Fittiche genommen, nachdem wir ihn allein sehr enthusiastisch zu »Drop it Like it's Hot« tanzen gesehen und entschieden haben, dass jeder mit solchen Moves bei unseren Ausgehabenden dabei sein muss. Danach haben wir alles zu dritt gemacht, und falls es mal zu einer seltenen Paarbildung gekommen ist, hieß das entweder ich plus Gerty oder ich plus Mo. »Machst du den Lautsprecher an?«, frage ich und versuche, nicht bockig zu wirken.

»Warte. So, nun kann's losgehen.«

»Lass mich raten«, sagt Gerty, »du hast dich in Leons Bruder verliebt.«

Ich halte inne. »Normalerweise hast du ein gutes Gespür, aber diesmal liegst du weit daneben.«

»Verdammt. Dann in Leon?«

»Kann ich nicht einfach mal so anrufen?«

»Das ist nicht einfach mal so«, sagt Gerty. »Du rufst mich nicht um zwei Uhr nachmittags an, um zu plaudern. Dazu benutzt du WhatsApp.«

»Deswegen«, erkläre ich ihr, »habe ich Mo angerufen.«

»Also, was ist los?«, fragt Gerty.

»Justin«, sage ich und bin zu müde, um mich mit ihr zu streiten.

»Ooh! Ein zeitloses Thema.«

Ich verdrehe die Augen. »Kannst du Mo zumindest ab und zu mit etwas Unterstützendem zu Wort kommen lassen?«

»Was ist passiert, Tiffy?«, fragt Mo.

Ich erzähle ihnen alles. Oder zumindest eine Kurzfassung von allem – ich erwähne den grauenvollen Kussversuch nicht. Es ist so schon viel Drama für einen Anruf, vor allem, wenn man beim Reden Seitenzahlen überprüft.

Und zudem gibt es noch das ganze Ich-versuche-verzweifelt-nicht-darüber-nachzudenken-Ding.

»Das hört sich nach typischem Justinverhalten an, Tiffy«, sagt Mo.

»*Sehr gut*, dass du Nein gesagt hast«, sagt Gerty überraschend inbrünstig. »Es ist verdammt unheimlich, dass er auf dem Ausflugsboot war, und nun das? Ich wünschte, du könntest sehen, wie …« Ein gedämpftes Geräusch ertönt, und Gerty hört auf zu reden. Ich denke, Mo hat sie geknufft.

»Ich habe eigentlich nicht Nein gesagt«, erkläre ich und starre mir auf die Füße. »Ich habe ›in einigen Monaten‹ gesagt.«

»Das ist immer noch viel besser, als alles stehen und liegen zu lassen und wieder mit ihm abzuhauen«, sagt Gerty.

Lange Stille. Ich habe einen Kloß im Hals. Ich muss über diesen Kuss reden, ich weiß, dass ich das muss, aber irgendwie schaffe ich es nicht. »Gerty«, sage ich schließlich. »Wäre es okay, wenn ich kurz mit Mo spreche? Nur ganz kurz?«

Wieder gedämpfte Stille.

»Klar, sicher«, sagt Gerty. Sie versucht ganz hörbar, nicht eingeschnappt zu klingen.

»Ich bin jetzt alleine dran«, sagt Mo.

Ich schlucke. Ich will hier nicht darüber sprechen – ich gehe zur Bürotür, die Treppen hinunter und aus dem Gebäude.

Draußen bewegen sich alle ein wenig langsamer als sonst, als hätte die Hitze London beruhigt.

»Du hast mir mal gesagt, dass meine – dass ich und Justin … Spuren bei mir hinterlassen haben.«

Mo sagt nichts, er wartet nur.

»Du hast gesagt, das würde ich mit der Zeit verstehen. Und ich sollte anrufen, wenn es so weit wäre.«

Mehr Stille, aber es ist Stille à la Mo, also irgendwie unheimlich beruhigend. Wie eine Audio-Umarmung. Mo braucht keine Worte, er steht über ihnen.

»Gestern Abend ist etwas Seltsames passiert. Ich war – dieser Ken und ich haben uns geküsst und dann haben wir … also ich, ich habe mich daran erinnert …«

Warum kann ich es nicht aussprechen?

»Ich habe mich daran erinnert, wie ich nach einem Streit mit Justin geschlafen habe. Ich war so unglücklich.« Tränen steigen mir in die Augen, ich schniefe und versuche angestrengt, nicht zu weinen.

»Wie hast du dich gefühlt?«, fragt Mo. »Als dir die Gedanken gekommen sind, meine ich.«

»Erschrocken«, gebe ich zu. »Ich erinnere mich nicht daran, dass unsere Beziehung so war. Aber nun denke ich, dass ich sie vielleicht … schöngefärbt betrachte? Diese Episoden vergessen habe. Ich weiß nicht, geht das überhaupt?«

»Dein Hirn kann abgefahrene Dinge machen, um sich vor Schmerzen zu schützen«, erklärt mir Mo. »Ist es seit der Trennung von Justin häufig vorgekommen, dass du denkst, du würdest dich anders an Dinge erinnern?«

»Nicht häufig.« Aber eben ab und zu. Wie beispielsweise bei dieser Nachricht, in der ich geschrieben habe, dass ich Justin nicht zu Rachels Feier eingeladen habe, obwohl ich weiß, dass ich das gemacht habe. Es hört sich verrückt an, aber ich denke, Justin hat mich glauben lassen, ich hätte ihn nicht eingeladen, weil er mir dann mein Hingehen übel nehmen konnte. Und in letzter Zeit finde ich immer wieder Sachen – Kleidung, Schuhe, Schmuck –, bei denen ich mich erinnere, dass Justin meinte, ich hätte sie verkauft oder weggegeben. Ich würde es normalerweise auf mein schlechtes Gedächtnis zurückführen, aber ich habe seit Monaten schon ein nagendes Gefühl der Falschheit, gegen das Mos unbarmherziges und nervig-sanftes Auf-den-richtigen-Weg-Bringen bei jedem Gespräch über Justin nicht gerade hilft. Ich bin sehr gut darin, nicht über Dinge nachzudenken, deswegen habe ich einfach … absichtlich nicht drüber nachgedacht.

Mo spricht über psychologischen Missbrauch und Trigger. Ich winde mich unbehaglich, und schließlich läuft mir eine Träne über die Wangen. Ich weine nun ganz offiziell.

»Ich muss auflegen«, sage ich und putze mir die Nase.

»Denk nur darüber nach, was ich gesagt habe, okay, Tiffy? Und erinnere dich daran, wie gut du ihm gestern Abend standgehalten hast – du hast schon eine Million Meilen zurückgelegt. Drauf solltest du stolz sein.«

Ich gehe wieder rein und bin plötzlich erschöpft. Der Tag gestern war zu viel für mich. Auf und nieder und auf und nieder … Uhh. Und der Kater erdrückt mich.

Als ich endlich mit der Fahnendurchsicht von Katherins Buch fertig bin, habe ich die fiesen Gedanken an Justin wieder weggepackt und fühle mich viel ruhiger. Ich habe außerdem drei Packungen Erdnussflips gefuttert, die Rachel als ultimatives Heilmittel bei Kater empfiehlt und die mich von einem absoluten Zombie in ein halbwegs fühlendes Wesen verwandelt haben. Nachdem ich *Häkel dich frei* bei Rachel auf den

Schreibtisch gelegt habe, trippele ich zu meinem zurück und mache, was ich schon seit gestern Abend vorhabe: wieder auf Leons Facebook-Seite gehen.

Da ist er. Er lächelt in die Kamera und hat seinen Arm um jemanden gelegt, es sieht so aus, als wäre er bei einer Weihnachtsfeier – hinter ihm hängen Lichterketten, und das Zimmer ist voller Menschen. Ich klicke mich durch seine Profilbilder und erinnere mich daran, dass ich sie mir früher schon einmal angeschaut habe. Damals hatte ich ihn gar nicht attraktiv gefunden – und es stimmt, dass er zu schlaksig und langhaarig ist, worauf ich normalerweise nicht stehe. Aber er ist ganz sicher einer dieser Menschen, die plötzlich wegen ihrer Persönlichkeit anziehend wirken.

Vielleicht war es nur der anfängliche Schock und die Nacktheit. Vielleicht wird es beim zweiten Mal ganz nett und platonisch, ich kann alles vergessen und Ken, den sexy norwegischen Eremiten, anrufen. Obwohl ich das nicht bringen kann, nicht nachdem Justin mich vor ihm bloßgestellt hat. Argh, nein, nicht an Justin denken …

»Wer ist das denn?«, fragt Martin hinter mir. Ich springe auf, verschütte Kaffee auf meine äußerst wichtigen Post-its, die überall verteilt liegen.

»Warum schleichst du dich immer an?«, frage ich, klicke das Fenster schnell zu und tupfe den Kaffee mit einem Taschentuch weg.

»Du bist bloß schreckhaft. Und, wer war das?«

»Mein Freund Leon.«

»*Freund?*«

Ich verdrehe die Augen. »Seit wann interessierst du dich auch nur im Entferntesten für mein Leben, Martin?«

Er wirft mir einen seltsam selbstgefälligen Blick zu, als wüsste er etwas, das ich nicht weiß, oder vielleicht hat er einfach Magen-Darm-Probleme.

»Was brauchst du?«, frage ich durch zusammengebissene Zähne.

»Ach, nichts, Tiffy. Ich will dich nicht stören.« Dann geht er weg.

Ich lehne mich in meinem Stuhl zurück und atme tief ein. Rachels Kopf erscheint über ihrem Computer, und sie sagt stumm: »Ich glaub's immer noch nicht! Einen Ständer!«, und streckt dann beide Daumen in die Luft. Ich lasse mich tiefer in den Stuhl sinken, der Kater kehrt zurück, und ich entscheide, dass ich nie wieder Alkohol trinken werde.

# 30

## LEON

Zumindest lenkt Mam mich von dem schrecklich peinlichen Erlebnis von heute Morgen ab.

Sie gibt sich erstaunlich viel Mühe. Und anscheinend stimmt es, dass sie Single ist – keine verräterischen Hinweise auf einen Mann im Haus (Richie und ich waren als Kinder ziemlich gut darin, welche aufzuspüren). Außerdem hat sie weder eine neue Frisur, noch ihren Kleidungsstil verändert, seit ich sie das letzte Mal gesehen habe. Das bedeutet, dass sie nicht versucht, sich an jemand anderen anzupassen.

Ich spreche mit ihr über Kay. Was sich überraschend gut anfühlt. Sie nickt an den richtigen Stellen, tätschelt mir die Hand, bekommt gelegentlich feuchte Augen und macht mir dann Pommes mit Chicken-Nuggets im Ofen. Komme mir vor, als wäre ich wieder zehn Jahre alt. Gar nicht mal unangenehm. Ist nett, umsorgt zu werden.

Am merkwürdigsten fühlt es sich an, wieder in das Zimmer zu kommen, das ich mir mit Richie als Teenager geteilt habe, als wir nach London gezogen sind. Seit dem Prozess bin ich nur einmal hier gewesen, eine Woche lang. Dachte, Mam käme nicht allein zurecht. Sie brauchte mich allerdings nicht lange – dann lernte sie Mike kennen und wollte die Wohnung gern ganz für sie beide haben. Also zog ich zurück in meine Wohnung.

Das Zimmer ist unverändert. Wirkt irgendwie ausgehöhlt.

Überall sind Lücken, wo einmal Dinge gewesen sind. Blaue Klebestreifen an der Wand von lange abgenommenen Postern. Weil nicht mehr genügend Bücher im Regal stehen, sind sie umgekippt. Richies Zeug ist noch in Kartons verpackt, die seine ehemaligen Mitbewohner vorbeigebracht haben.

Es kostet mich enorme Kraft, nicht in ihnen herumzukramen. Regt mich nur unnötig auf, und er würde mich dafür hassen.

Ich lege mich aufs Bett, und meine Gedanken gleiten wieder zu Tiffy – zuerst sehe ich sie in der roten Unterwäsche, dann wie sie in ein Handtuch gewickelt zum Schlafzimmer tappt. Letzteres fühlt sich noch anzüglicher an, weil sie nicht einmal wusste, dass ich sie beobachte. Winde mich vor Scham. Es ist nicht richtig, dass ich sie so attraktiv finde. Wahrscheinlich ist das eine Folge der Trennung von Kay.

Mein Handy klingelt. Aufsteigende Panik: Tiffy.

Ich will nicht rangehen. Es klingelt und klingelt – kommt mir ewig vor.

Sie legt auf, ohne eine Nachricht zu hinterlassen. Ich habe ein seltsam schlechtes Gewissen. Richie hat gesagt, ich müsste mit ihr reden. Aber totale Funkstille ist mir lieber, oder höchstens eine kryptische Nachricht am Wasserkocher oder auf der Rückseite der Tür.

Das Handy vibriert. Eine Nachricht.

Hallo. Also. Hmm. Ich glaube, wir sollten über heute Morgen reden. Tiffy x

Sofort steigt die Erinnerung wieder in mir auf, und ich stöhne erneut. Ich sollte unbedingt antworten. Lege das Telefon weg. Starre an die Decke.

Wieder vibriert das Telefon.

Ich hätte mich unbedingt zuerst entschuldigen müssen. Laut unserer Vereinbarung hätte ich nicht dort sein dürfen. Und dann habe ich dich auch noch in der Dusche überfallen. Also ja, es tut mir sehr, sehr leid! xx

Komischerweise fühle ich mich nach dieser Nachricht deutlich besser. Es klingt nicht, als wäre sie traumatisiert, sondern ganz nach Tiffy. Es ist leichter, sich vorzustellen, dass diese Nachricht von der Tiffy kommt, die ich im Kopf hatte, bevor ich der echten begegnet bin. Die war irgendwie … nun ja, nicht gerade unscheinbar, aber sie befand sich im ungefährlichen Teil meines Kopfes. Jemand zum Reden. Locker und unverbindlich.

Jetzt befindet sich Tiffy eindeutig nicht mehr im ungefährlichen Bereich meines Hirns.

Ich bringe den Mut auf, eine Antwort zu tippen.

Entschuldigung ist nicht nötig. Irgendwann mussten wir uns ja mal über den Weg laufen! Keine Sorge – schon vergessen.

Lösche den letzten Teil. Das stimmt eindeutig nicht.

Entschuldigung ist nicht nötig. Irgendwann mussten wir uns ja mal über den Weg laufen! Keine Sorge – werde es gern vergessen, wenn du das auch tust. Leon x

Schicke die Nachricht ab und bedaure dann den Kuss. Schreibe ich immer ein x? Kann mich nicht erinnern. Scrolle durch die letzten Nachrichten und stelle fest, dass ich in dieser Hinsicht total inkonsequent bin, was wahrscheinlich das Beste ist. Ich lege mich wieder aufs Bett und warte.

Und warte.

Was macht sie? Normalerweise antwortet sie schnell. Sehe nach der Uhrzeit – elf Uhr abends. Ist sie eingeschlafen? Sie schien gestern Abend nicht lange aus gewesen zu sein. Dann endlich:

Vergessen wir es! Ich verspreche, es wird nie wieder vorkommen (weder der Überfall NOCH das Verschlafen, versteht sich). Ich hoffe, Kay ist nicht ausgerastet, weil ich gegen die Regeln verstoßen habe …? Und, na ja, ihren Freund in der Dusche belästigt habe … xx

Tief durchatmen.

Kay und ich haben uns vor ein paar Wochen getrennt. x

Die Antwort erfolgt umgehend.

Oh, Mist, das tut mir total leid. Ich dachte mir schon, dass etwas nicht stimmt – du warst so still in deinen Nachrichten (noch stiller als sonst, meine ich!). Wie kommst du klar?

Denke darüber nach. Wie komme ich klar? Ich liege in der Wohnung meiner Mutter auf dem Bett und träume von meiner nackten Mitbewohnerin – alle Gedanken an meine Exfreundin sind kurzzeitig aber vollständig verflogen. Ist wahrscheinlich nicht so gesund, aber … besser als gestern? Ich entscheide mich für:

Wird schon. x

Darauf folgt eine lange Pause. Hätte ich etwas mehr schreiben sollen? Nicht dass sich Tiffy davon jemals hätte abschrecken lassen.

Tja, vielleicht heitert dich das auf: Mit meinem Kater bin ich heute bei der Arbeit voll gegen den Drucker gerannt.

Ich schnaube. Kurz darauf erscheint ein Bild von dem Drucker. Er ist riesig. Wahrscheinlich würden vier Tiffys hineinpassen.

Hast du den nicht ... gesehen?

Ich glaube, ich konnte einfach nicht im richtigen Moment bremsen. Ich kam allerdings gerade von einem Telefonat mit meinem hinreißenden Ehemals-Maurer-jetzt-Designer, darum ...

Ah. Du hattest bestimmt noch weiche Knie.

Wahrscheinlich! Nach dem Tag ... xx

Starre auf die Nachricht, bis mein Display erlischt. Nach *dem* Tag. Was war denn heute? Hatte sie weiche Knie, weil sie ...

Nein, nein, bestimmt nicht meinetwegen. Das ist lächerlich. Nur ... was hat sie dann gemeint?

Hoffe, so wird das jetzt nicht immer, wenn ich mit Tiffy kommuniziere. Das ist schrecklich anstrengend.

## 31

## TIFFY

Mein Dad pflegt zu sagen: »Das Leben ist nie einfach.« Das ist einer seiner liebsten Aphorismen.

Ich denke eigentlich, dass das nicht stimmt. Das Leben ist häufig einfach, aber man bemerkt nicht, wie einfach es war, bis es unglaublich kompliziert wird, als würde man nie für seine Gesundheit dankbar sein, bis man krank wird, oder wie die Tatsache, dass man nie seine Schublade voller Strumpfhosen zu schätzen wusste, bis man ein Paar zerreißt und keinen Ersatz hat.

Katherin hat gerade auf der Seite von Tasha Chai-Latte ein Vlog darüber gemacht, wie man sich einen Bikini häkelt. Das Internet ist verrückt geworden. Ich kann nicht alle Influencer nachverfolgen, die sie retweetet haben – und weil Katherin Martin hasst, ruft sie immer mich an, wenn sie Angst bekommt oder Hilfe bei etwas benötigt. Ich, die nichts über PR weiß, muss zu Martin und dann wieder zu Katherin gehen. Wenn dies eine Scheidung und ich das Kind wäre, würde man das Jugendamt verständigen.

Gerty ruft mich an, als ich das Büro verlasse.

»Du bist gerade erst raus? Hast du schon nach einer Gehaltserhöhung gefragt?« Ich schaue auf die Uhr – es ist halb acht. Wie kann ich fast zwölf Stunden bei der Arbeit gewesen sein und dennoch so wenig geschafft haben?

»Keine Zeit«, erkläre ich ihr. »Und sie geben keine Gehaltserhöhungen. Sie würden mich für die Frage vielleicht rauswerfen.«

»Lächerlich.«

»Was gibt's denn?«

»Oh, ich dachte, es würde dich vielleicht interessieren, dass ich Richies Einspruch um drei Monate vorgezogen habe«, sagt Gerty lässig.

Ich bleibe abrupt stehen. Jemand hinter mir rennt in mich rein und flucht (in London einfach stehen bleiben ist ein abscheuliches Verbrechen und gibt Leuten um einen herum die Erlaubnis, einen zu treten).

»Du hast seinen Fall übernommen?«

»Sein vorheriger Anwalt war entsetzlich«, sagt Gerty. »Wirklich. Ich würde ihn am liebsten der Anwaltskammer melden. Wir müssen für Richie auch einen neuen Rechtsberater suchen, weil ich über den Kopf des jetzigen hinweggentschieden und ihn damit total angepisst habe, aber …«

»*Du hast seinen Fall übernommen?*«

»Gut kombiniert, Tiffy.«

»Vielen, vielen Dank. Gott, ich …« Ich kann einfach nicht aufhören zu lächeln. »Hat Richie Leon Bescheid gesagt?«

»Richie weiß es wahrscheinlich noch gar nicht«, sagt Gerty. »Ich habe es ihm gestern erst geschrieben.«

»Darf ich es Leon erzählen?«

»Das würde mir Arbeit ersparen«, sagt Gerty, »also ja, mach das.«

Mein Telefon brummt gleich nachdem ich aufgelegt habe. Es ist eine Nachricht von Leon, mein Herz krampft sich seltsam zusammen. Er hat mir seit den SMS am Wochenende weder elektronische noch Papiernachrichten hinterlassen.

Achtung: Riesiger Blumenstrauß von deinem Ex steht für dich im Flur. Bin nicht sicher, ob ich Überraschung verderbe (gute oder schlechte Überraschung?), aber ich für meinen Teil wäre in dem Fall gern vorgewarnt worden x

Wieder bleibe ich abrupt stehen; dieses Mal fährt mir ein Geschäftsmann mit einem Roller über den Fuß.

Ich habe seit Donnerstag nichts mehr von Justin gehört. Kein Anruf, keine Nachricht, nichts. Ich hatte mich gerade selbst davon überzeugt, dass er meine Botschaft ernst genommen hatte und mich nicht kontaktieren würde, aber ich hätte es besser wissen müssen – das hätte gar nicht zu ihm gepasst. Dies hier hingegen passt viel besser zu ihm.

Ich *will* keinen riesigen Blumenstrauß von Justin. Ich will nur, dass er verschwindet – es ist so schwer, sich besser zu fühlen, wenn er überall auftaucht. Als ich zu unserem Haus gehe, presse ich die Lippen aufeinander und bereite mich vor.

Es ist wirklich ein riesiger Blumenstrauß. Ich hatte vergessen, wie reich Justin ist und wie gern er Geld für lächerliche Sachen ausgibt. Für das Essen zu meinem Geburtstag letztes Jahr hat er mir ein wahnsinnig teures Designerkleid gekauft, ganz aus silberner Seide und Pailletten, in dem ich mich total verkleidet gefühlt habe.

Im Strauß steckt eine Karte, worauf steht: *Für Tiffy – wir sprechen im Oktober. In Liebe, Justin.* Ich hebe die Blumen hoch und suche nach einer richtigen Botschaft, finde aber keine. Eine Nachricht wäre viel zu geradeheraus – eine riesige, kostspielige Geste ist viel eher Justins Stil.

Irgendwie nervt mich das ziemlich. Vielleicht, weil ich Justin nie gesagt habe, wo ich wohne. Oder vielleicht, weil er damit so offenkundig missachtet, worum ich ihn am Dienstag gebeten habe, und weil er aus meinem »Ich brauche noch ein paar Monate« ein »Wir reden in zwei Monaten miteinander« gemacht hat.

Ich stopfe den Strauß in einen hübschen Blumentopf, in dem ich normalerweise meine Wollreste aufbewahre. Ich habe erwartet, dass Justin so etwas macht – mit seinen Erklärungen und kostspieligen Gesten auftaucht und mich wieder umschmeißt. Aber diese Facebook-Nachricht, dieser ganze Einsatz ... Er hat mich von der Klippe gestoßen, und ich bin nun in einer ganz anderen Position als beim letzten Mal, als er mich zurückwollte.

Ich sacke auf dem Sofa in mich zusammen und starre auf die Blumen. Ich denke daran, was Mo gesagt hat und wie anders ich viele Dinge in Erinnerung habe. Wie Justin mit mir geschimpft hat, wenn ich etwas vergessen habe, wie verwirrt ich dann war. Diese Mischung aus Aufregung und Angst jeden Tag, wenn er nach Hause kam. Wie sich mein Magen zusammenkrampfte, wenn er mir die Hand auf die Schulter legte und mich anranzte, ich sollte an einem Donnerstag mit ihm in den Pub gehen.

Dieses Flashback.

Gott. Ich will das alles nicht zurück. Ich bin nun glücklicher – ich wohne gern hier, in Sicherheit in dieser Wohnung versteckt, die ich zu meinem Zuhause gemacht habe. In zwei Wochen wird meine Zwischenmiete hier abgelaufen sein – Leon hat es nicht erwähnt, deswegen habe ich es auch nicht getan, weil ich nicht ausziehen *will*. Ich habe ausnahmsweise einmal Geld, selbst wenn der Großteil für die Abbezahlung meines Überziehungskredits draufgeht. Ich habe einen Mitbewohner, mit dem ich reden kann – ist doch egal, dass wir nicht persönlich miteinander sprechen, oder? Und ich habe ein Zuhause, das sich genau zu fünfzig Prozent wie *meins* anfühlt.

Ich nehme mein Handy und antworte Leon.

Schlechte Überraschung. Danke für die Warnung. Nun haben wir viele Blumen in der Wohnung xx

Er antwortet fast direkt, was ungewöhnlich ist.

Freut mich x

Und dann, etwa eine Minute später:

Also, die Blumen in der Wohnung, nicht die Überraschung, klar x

Ich lächele.

Ich habe gute Neuigkeiten für dich xx

Perfektes Timing – mache gerade Kaffeepause. Raus damit. x

Er versteht es nicht. Er denkt, es handele sich um kleine gute Neuigkeiten, denkt, ich hätte einen Crumble gemacht oder so. Ich halte inne. Das hier ist perfekt, um mich aufzuheitern – was ist denn bitte wichtiger: das Hin und Her um eine Beziehung, die längst vorbei ist, oder Richies Fall, der hier und jetzt vielleicht eine Wendung nimmt?

Kann ich dich anrufen? Und falls ja, würdest du auch drangehen? xx

Diesmal braucht die Antwort ein wenig länger.

Klar. x

Plötzlich bekomme ich ganz dolles Nervenflattern und habe einen Flashback vom nackten Leon, der tropfnass vor mir steht, das Haar aus dem Gesicht gestrichen. Ich drücke auf den Knopf mit dem Hörer-Icon, weil ich nun nicht mehr aus der Nummer rauskomme, oder nur mit einer sehr seltsamen und ausgeklügelten Entschuldigung.

»Hey«, sagt er leise, als wäre er irgendwo, wo er still sein muss.

»Hi«, antworte ich. Wir warten. Ich denke an ihn, wie er nackt ist, und dann versuche ich angestrengt, das nicht zu machen. »Wie läuft die Schicht?«

»Ruhig. Deswegen die Kaffeepause.«

Sein Akzent ist fast wie der von Richie und völlig anders als der von jedem anderen. Es ist, als hätten Südlondon und Irland eine Affäre gehabt. Ich sitze wieder auf dem Sofa, ziehe die Knie zum Bauch und drücke sie fest an mich.

»Also, äh«, setzt er an.

»Sorry«, sage ich fast gleichzeitig. Wir warten wieder, und dann lache ich kurz unbeholfen, wie ich es noch nie zuvor getan habe. Wirklich, genau der richtige Moment, um komisch zu lachen.

»Fang an«, sagt er.

»Also … Ich hab nicht angerufen, um über gestern zu sprechen«, setze ich an, »wir können also während dieses Gesprächs einfach so tun, als wäre diese Situation im Bad ein seltsamer Traum gewesen, damit ich dir meine guten Neuigkeiten mitteilen kann, ohne dass sich einer von uns total merkwürdig fühlt.«

Ich glaube, ich kann ihn lächeln hören. »Einverstanden.«

»Gerty wird Richie vor Gericht vertreten.«

Ich höre nur, wie er scharf Luft einzieht, dann Stille. Ich

warte, bis es mir fast Schmerzen bereitet, aber ich habe das Gefühl, Leon ist die Art Mensch, die Zeit braucht, um Sachen zu verarbeiten, genau wie Mo, deswegen widerstehe ich dem Drang, etwas zu sagen, bis er fertig ist.

»Gerty wird Richie vor Gericht vertreten«, wiederholt Leon erstaunt.

»Ja. Sie hat den Fall angenommen. Und das sind noch nicht mal die guten Neuigkeiten!« Ich merke, dass ich leicht auf dem Sofa auf und ab hüpfe.

»Was … sind denn die guten Neuigkeiten?«, fragt er und hört sich etwas matt an.

»Sie hat es geschafft, dass seine Berufung um drei Monate vorgezogen wird. Du hast mit Januar nächsten Jahres gerechnet, oder? Nun sprechen wir über … Moment …«

»Oktober. Oktober. Das ist …«

»Bald. Sehr bald!«

»Das ist in *zwei Monaten*! Wir sind nicht bereit dafür!«, sagt Leon und hört sich plötzlich panisch an. »Was ist, wenn – hat sie …?«

»Leon. Atmen.«

Wieder Stille. Ich höre, dass Leon tief und langsam atmet. Meine Wangen schmerzen langsam, weil ich ein riesiges Grinsen unterdrücke.

»Sie ist eine unglaubliche Anwältin«, erkläre ich ihm. »Und sie hätte den Fall nicht angenommen, wenn sie ihn für aussichtslos halten würde. Wirklich.«

»Ich würde es nicht verkraften, wenn sie einen Rückzieher macht, oder …« Er spricht gepresst, und mein Magen zieht sich vor Mitleid zusammen.

»Ich sage dir nicht, dass sie ihn definitiv aus dem Knast bekommt, aber ich glaube, dass es wieder Grund zu hoffen gibt.

Ich würde das nicht sagen, wenn ich es nicht auch so meinen würde.«

Er atmet halb lachend langsam aus. »Weiß Richie Bescheid?«

»Noch nicht, glaube ich. Sie hat ihm gestern geschrieben – wie lange benötigen Briefe zu ihm?«

»Kommt drauf an – sie werden normalerweise im Gefängnis erst einmal kontrolliert, bevor sie ihn erreichen. Das bedeutet, ich muss es ihm selbst sagen, wenn er das nächste Mal anruft.«

»Gerty wird auch bald über den Fall sprechen wollen«, sage ich.

»Eine Anwältin, die über Richies Fall sprechen will«, sagt Leon. »Anwältin. Die. Über ...«

»Ja«, unterbreche ich ihn lachend.

»Tiffy«, sagt er plötzlich ernst. »Ich kann dir nicht genug danken.«

»Nein, pscht ...«, setze ich an.

»Wirklich. Ich kann dir nicht sagen, wie viel das Richie bedeutet. Und mir.«

»Ich habe nur Richies Brief weitergegeben.«

»Das ist mehr, als jeder andere jemals von sich aus für meinen Bruder getan hat.«

Ich zappele herum. »Na, dann sag Richie, er ist mir einen Brief schuldig.«

»Er wird dir schreiben. Ich muss auflegen. Aber – danke. Tiffy. Ich bin so froh, dass ich mich für dich und nicht für den Drogendealer oder den Mann mit dem Igel entschieden habe.«

»Wie bitte?«

»Ach, nichts«, sagt er rasch. »Bis später.«

## 32

## LEON

Neue Nachrichtenfolge (Tiffy benutzt immer mehrere Zettel. Der Platz auf einem reicht nie):

*Leon, darf ich dich was fragen ... Was ist mit den Nachbarn los?! Ich sehe immer nur den seltsamen Mann aus Nummer 5 (Meinst du übrigens, er weiß von dem Loch in der Jogginghose? Er wohnt allein, vielleicht hat es ihm niemand gesagt?). Ich glaube, in Nummer 1 leben die zwei alten Damen, die immer an der Bushaltestelle an der Ecke sitzen und blutrünstige Geschichten über wahre Verbrechen lesen. Aber was ist mit den Wohnungen Nummer 4 und 2? xx*

*In Nummer 4 wohnt ein netter Mann mittleren Alters, bedauerlicherweise mit einem Crack-Problem. Hab immer gedacht, Nummer 2 gehört den Füchsen. x*

Auf dem Rücken eines Manuskripts auf dem Couchtisch:

*Ah, ja! Die Füchse. Na, ich hoffe, die zahlen Miete. Ist dir aufgefallen, dass Fatima Fox drei Junge hat?!*

Darunter:

*… Fatima Fox?*

*Und da wir gerade von Miete sprechen. Mein Handy meldet, dass seit deinem Einzug sechs Monate vergangen sind. Theoretisch das Ende deiner Mietzeit, oder? Willst du bleiben?*

Und noch am selben Abend nach dem Schlafen:

*Also ich meinte, ich hoffe, du willst bleiben. Brauche das Geld nicht mehr so dringend wegen der Schalverkäufe und der neuen, unglaublich tollen, kostenlosen Anwältin. Aber ich weiß nicht, wie die Wohnung jetzt ohne dich aussehen würde. Es fängt schon damit an, dass ich nicht mehr ohne Sitzsack leben könnte. x*

Darunter hat Tiffy sechs Füchse auf einem Sofa gezeichnet mit der Überschrift *Wohnung 2*. Jeder Fuchs ist sorgfältig beschrieben.

*Fatima Fuchs! Das ist die Fuchs-Mama. Die Oberfüchsin, wenn du so willst.*

*Florentina Fuchs. Ihre vorlaute Vertreterin. Ihr übliches Jagdgebiet ist die stinkende Ecke bei den Mülltonnen.*

*Fliss Fuchs. Der skurrile Bruder Leichtfuß. Er versucht meistens durchs Fenster ins Haus zu kommen.*

*Fabio Fuchs. Der Hausfuchs. (Als Pendant zum Haushund.)*

*Die neuen Babys, die von mir noch keine Namen bekommen haben. Willst du ihnen die Ehre erweisen?*

*Und: Ja, bitte, der Sitzsack und ich würden sehr gern noch eine Weile bleiben. Wollen wir sagen, noch einmal sechs Monate? x*

*Noch mal sechs Monate. Prima. Abgemacht x*

Neue Nachricht neben leerem Tiffin-Kuchen-Teller:

*Tut mir leid, WAS? Noggle, Stanley und Archibald?*
   *Die fangen ja noch nicht mal mit F an!*

Derselbe Zettel, jetzt neben einem großen Teller mit Shepherd's Pie:

*Was soll ich sagen. Fabio Fox gefiel Noggle. Die anderen zwei waren Fatimas Idee.*
   *Und, sorry, aber als ich heute den Recyclingmüll rausgebracht habe, habe ich unwillkürlich den Inhalt gesehen. Alles okay? x*

Shepherd's Pie ganz aufgegessen. Neue Nachricht:

*Ja, keine Sorge, mir geht es ziemlich gut. Ich hätte die Erinnerungsstücke an meinen Ex schon längst entsorgen sollen, und dadurch ist unter dem Bett viel Lagerraum für Schals frei geworden. (Falls du dich gefragt hast, wir sind wirklich nicht mehr Team Ex.) xx*

*Ach, nein? Muss sagen, dass ich sowieso nicht mehr so scharf auf den Ex war. Nun ja, mehr Platz für Schals ist eindeutig gut. Habe mich gestern mit dem Fuß in einem verfangen – er lag auf dem Schlafzimmerboden und wartete auf einen Trottel, der sich in ihm verheddert. x*

*Ups, sorry, sorry. Ich weiß, ich muss mir abgewöhnen, Kleidungsstücke auf dem Schlafzimmerboden liegen zu lassen! Außerdem, entschuldige, falls das viel zu persönlich ist, aber hast du deine GESAMTEN Boxershorts entsorgt und neue gekauft? Plötzlich hängen die alten mit den lustigen Comicfiguren gar nicht mehr auf*

*dem Wäscheständer, und wenn du gewaschen hast, ist die Wohnung
eine Hommage an Mr. Klein.*

    *Und apropos Ex … Hast du was von Kay gehört? x*

Neues Doppel-Post-it. Dass mir der Platz nicht reicht, kommt
äußerst selten vor. Aber über diese Nachricht habe ich auch
ziemlich intensiv nachgedacht.

*Habe sie letztes Wochenende auf der Hochzeit einer alten Freundin
getroffen. War komisch. Nett. Haben uns wie Freunde unterhalten,
fühlte sich gut an. Richie hatte recht: Die Beziehung war schon
lange vorbei, ehe Schluss war.*

    *Ja, habe meinen Kleiderschrank ausgemistet. Hab gemerkt, dass
ich mir seit ungefähr fünf Jahren keine neuen Klamotten gekauft
hatte. Außerdem wurde mir plötzlich bewusst, dass eine Frau in
der Wohnung lebt und meine Wäsche sieht.*

    *Sieht so aus, als wärst du auch shoppen gewesen. Das blau-weiße
Kleid auf der Rückseite der Tür gefällt mir. Sieht aus, als würde es
einer der Fünf Freunde tragen, um auf Abenteuer zu gehen. x*

*Danke ☺ Es scheint mir der perfekte Zeitpunkt für ein Aben-
teuerkleid zu sein. Es ist Sommer, ich bin Single, die Füchse tollen
über den Asphalt, die Tauben gurren von den Regenrinnen … Das
Leben. Ist. Schön. xx*

# 33

## TIFFY

Ich sitze auf dem Balkon und heule wie ein Kleinkind, das sein Eis fallen gelassen hat. Ich bin verrotzt, schluchze, und mir bleibt fast die Luft weg.

Die plötzlichen Erinnerungen kommen mir nun zu völlig willkürlichen Zeiten in den Sinn, tauchen einfach aus dem Nirgendwo auf und bringen mich völlig aus dem Konzept. Eine war besonders fies: Ich habe über mich nachgedacht, habe mir Suppe aufgewärmt und plötzlich, BÄMM, war sie da: Der Abend im Februar, als Justin vorbeigekommen ist und Patricia mitgebracht hat – vor der Facebook-Nachricht. Er hatte mich völlig angewidert angeschaut und kaum etwas gesagt. Als Patricia dann im Flur war, hat er mir einen Abschiedskuss auf die Lippen gegeben und mir dabei die Hand in den Nacken gelegt. Als würde ich ihm gehören. Als ich mich daran erinnere, spüre ich einen Augenblick lang, dass das auch stimmte.

Tja. Ich bin zwar eigentlich viel glücklicher, aber diese Erinnerungen kehren immer wieder zurück und zerstören alles. Es ist ganz klar, dass ich mich hier mit einigen Problemen auseinandersetzen muss und meine Ablenkungsmanöver nicht mehr funktionieren. Ich muss darüber nachdenken.

Wenn ich nachdenken muss, brauche ich Mo und Gerty. Sie kommen gemeinsam an, etwa eine Stunde nach meiner SMS.

Als Gerty Rotwein einschenkt, bemerke ich, dass ich nervös bin. Ich will nicht mit ihnen sprechen. Aber als ich dann einmal loslege, kann ich nicht mehr aufhören, und alles kommt als großes Chaos aus mir heraus: die Erinnerungen, das alte Zeug ganz vom Anfang, alles, bis hin zu den Blumen, die er mir letzte Woche geschickt hat.

Schließlich höre ich erschöpft auf. Ich stürze den Rest aus meinem Weinglas hinunter.

»Lasst uns nicht um den heißen Brei herumreden«, sagt Gerty, die in ihrem Leben noch nie um den heißen Brei herumgeredet hat. »Du hast einen verrückten Ex, und er weiß, wo du wohnst.«

Mein Herz schlägt schneller, es fühlt sich an, als würde etwas Schweres auf meiner Brust sitzen.

Mo wirft Gerty einen dieser Blicke zu, die normalerweise nur Gerty anderen Menschen zuwerfen darf. »Ich rede«, sagt er, »und du kümmerst dich um den Wein. Okay?«

Gerty sieht aus, als hätte ihr jemand gerade ins Gesicht geschlagen. Aber dann wendet sie sich kurioserweise von ihm ab und lächelt.

Seltsam.

»Ich wünschte, ich hätte mich nicht für Oktober mit ihm auf einen Drink verabredet«, sage ich und schaue in Mos Zuhörgesicht. »*Warum* habe ich das gesagt?«

»Ich weiß gar nicht genau, ob *du* das gesagt hast. Ich denke mal, *er* wollte es so verstehen«, sagt Mo. »Aber du musst ihn nicht treffen. Du bist ihm nichts schuldig.«

»Erinnert ihr beide euch an irgendetwas davon?«, frage ich abrupt. »Bilde ich es mir nicht ein?«

Mo hält einen Augenblick inne, aber Gerty legt direkt los.

»Natürlich erinnern wir uns. Ich erinnere mich an jede verdammte Minute. Er war schäbig zu dir. Er hat dir gesagt, wo du hingehen sollst und wie man dorthin kommt, und dann hat er dich hingebracht, weil du angeblich allein den Weg nicht gefunden hättest. Er hat dir die Schuld an jedem Streit gegeben und nicht eingelenkt, bis du dich entschuldigt hast. Er hat dich weggestoßen und im nächsten Moment wieder an sich gezogen. Er hat dir gesagt, du wärst übergewichtig und seltsam und dich würde sonst niemand wollen, obwohl du ganz eindeutig eine Göttin bist und er sich hätte glücklich schätzen sollen, dich in seinem Leben zu haben. Es war schrecklich, Wir haben ihn *gehasst*. Und wenn du es mir nicht verboten hättest, über ihn zu sprechen, hätte ich es dir jeden verdammten Tag gesagt.«

»Oh«, sage ich leise.

»Hat es sich für dich so angefühlt?«, fragt Mo mit dem Gesicht eines Handwerkers mit zu wenig Werkzeug, der nach einer Bombenexplosion Schäden reparieren will.

»Ich … ich erinnere mich daran, dass ich wirklich glücklich mit ihm war«, sage ich. »Und eben auch zutiefst unglücklich.«

»Er war nicht *immer* schrecklich zu dir«, setzt Gerty an.

»Er hätte es nicht die ganze Zeit über durchziehen können«, spricht Mo weiter. »Das wusste er. Er ist ein schlauer Typ, Tiffy. Er wusste, wie er …«

»Dich manipulieren kann«, spricht Gerty zu Ende.

Mo zuckt bei ihrer Wortwahl zusammen.

»Aber ich glaube, wir waren einmal glücklich miteinander.« Ich weiß nicht, warum sich das so wichtig für mich anfühlt. Ich mag den Gedanken nicht, dass mich jeder in dieser Beziehung gesehen hat und dachte, ich sei ein Idiot, weil ich mit jemandem zusammen war, der mich so behandelt.

»Sicher«, sagt Mo und nickt. »Besonders am Anfang.«

»Genau«, sage ich. »Am Anfang.«

Schweigend trinken wir unseren Wein. Ich fühle mich sehr eigenartig. Als sollte ich weinen, und irgendwie will ich weinen, aber meine Augen sind seltsam dicht, Tränen kommen nicht durch.

»Na dann. Danke. Vielen Dank für den Versuch. Und es tut mir leid, dass ich dir verboten habe, über ihn zu sprechen«, sage ich und betrachte meine Füße.

»Ist schon in Ordnung. So konnten wir uns zumindest weiter treffen«, sagt Mo. »Du musstest das selbst herausfinden, Tiff. Es wäre zwar sehr verführerisch gewesen, dich mit der Holzhammermethode von ihm wegzuhauen, aber du wärst zu ihm zurückgekehrt.«

Ich traue mich, Gerty anzuschauen. Sie blickt nicht weg, sie sieht grimmig aus. Ich kann mir gar nicht vorstellen, wie schwer es für sie gewesen sein muss, ihr Wort zu halten und Justin nicht zu erwähnen.

Ich frage mich, wie um alles in der Welt Mo sie überzeugen konnte, mich das selbst regeln zu lassen. Er hatte aber recht – ich hätte sie nicht mehr an mich herangelassen, wenn sie versucht hätten, mich dazu zu bringen, Justin zu verlassen. Bei dem Gedanken daran wird mir ein wenig schlecht.

»Du schlägst dich wacker, Tiff«, sagt Mo und schenkt mir Wein nach. »Behalte einfach im Kopf, was du herausfindest. Vielleicht ist es schwierig, sich die ganze Zeit über daran zu erinnern, aber es ist wichtig. Also streng dich an.«

Wenn Mo etwas sagt, wird es irgendwie wahr.

Es ist so schwer, sich zu erinnern. Eine Woche ohne plötzliche Erinnerungen oder zufälliges Auftauchen von Justin, und ich schwanke. Ich taumele. Ich kippe fast völlig um und denke, ich hätte mir das alles ausgedacht.

Glücklicherweise ist Mo da, mit dem ich reden kann. Wir sprechen über Ereignisse, wie ich sie in Erinnerung habe – laute Streits, subtile Spitzen, noch raffiniertere Arten, mit denen meine Unabhängigkeit ausgehöhlt wurde. Ich glaube einfach nicht, wie ungut meine Beziehung mit Justin war, aber noch schlimmer finde ich, dass ich es nicht *bemerkt* habe. Ich denke, alles braucht eine Weile, um sich zu setzen.

Gott sei Dank habe ich Freunde und einen Mitbewohner. Leon weiß natürlich nicht, was los ist, aber er scheint gespürt zu haben, dass ich Ablenkung benötige – er kocht häufiger, und wenn wir länger nicht miteinander gesprochen haben, schreibt er mir eine neue Nachricht. Früher habe immer ich mit dem Schreiben angefangen – ich habe den Eindruck, dass Leon generell nicht gerne Unterhaltungen beginnt.

Folgende Nachricht hängt am Kühlschrank, als ich mit Rachel, die ich zum Abendessen einlade, von der Arbeit komme (sie sagt, ich würde ihr unbegrenzte Gratismahlzeiten schulden, weil ich ihr Leben durch die geplante Veröffentlichung von *Häkel dich frei* ruiniert habe).

*Suche nach Johnny White läuft schleppend. Wurde von Johnny White dem Vierten in einem sehr schmuddeligen Pub in der Nähe von Ipswich untern Tisch getrunken. Fast hätte sich unsere denkwürdige Badezimmersituation wiederholt – habe verschlafen und war sehr spät dran x*

Rachel zieht eine Augenbraue hoch, als sie es mir vorliest. »*Denkwürdig* also?«

»Ach, halt den Mund. Du weißt, was er damit meint.«

»Ich glaube schon«, sagt sie. »Er will damit sagen: Ich denke an dich in Unterwäsche. Stellst du dir auch vor, wie ich nackt aussehe?«

Ich bewerfe sie mit einer Zwiebel. »Schneid sie klein und mach dich nützlich«, sage ich, muss aber lächeln.

# SEPTEMBER

# 34

## LEON

Schon September. Es wird langsam kühler. Hätte nie gedacht, dass die Zeit schnell vergehen könnte, solange Richie im Gefängnis ist, aber er sagt dasselbe. Seine Tage vergehen, wie sie sollten, anstatt sich hinzuziehen und unendlich zu dehnen, sodass er jede einzelne Minute spürt.

Das liegt alles an Gerty. Ich bin ihr nur ein paarmal begegnet, aber wir telefonieren alle paar Tage. Oft kommt auch der Rechtsberater dazu. Mit dem vorigen habe ich fast nie gesprochen. Dieser scheint sich unendlich zu engagieren. Toll.

Gerty ist schroff, an der Grenze zur Unhöflichkeit, aber ich mag sie – herumzuschwafeln ist anscheinend gar nicht ihr Ding (im Gegensatz zu Sal). Sie kommt oft in die Wohnung und schreibt mir jetzt ebenfalls Nachrichten. Zum Glück sind sie sehr leicht auseinanderzuhalten. Diese zwei liegen nebeneinander auf dem Frühstückstresen:

*Hey! Tut mir leid mit dem zweitägigen Kater – ich kann das Leid nachfühlen und empfehle Käseflips. Allerdings … ist es VÖLLIG UNMÖGLICH, dass dein Haar an verkaterten Tagen lockiger ist! Das kann nicht sein, weil es nichts Positives an einem Kater gibt. Und mit meinem – zugegebenermaßen – begrenzten Wissen über dein Aussehen wette ich, dass deine Haare umso cooler aussehen, je lockiger sie sind. xx*

*Leon – sag Richie, er soll mich anrufen. Er hat nicht auf die zehn-*
*seitige Liste mit Fragen reagiert, die ich ihm letzte Woche geschickt*
*habe. Bitte erinnere ihn daran, dass ich ein äußerst ungeduldiger*
*Mensch bin, der normalerweise ziemlich viel Geld dafür bekommt,*
*dass er etwas prüft. G*

Auf dem Rückweg von meinem letzten Besuch bei Richie bin
ich bei einem Johnny White vorbeigefahren. Er wohnt in einem Pflegeheim im Norden Londons, und ich war mir innerhalb von Minuten sicher, dass er nicht unser Mann ist. Eine
Ehefrau und sieben Kinder sprachen dagegen (allerdings nicht
zwingend, versteht sich). Nach einem äußerst schwierigen Gespräch fand ich heraus, dass er nur drei Wochen beim Militär
gedient hatte, dann wurde er mit Wundbrand am Bein nach
Hause geschickt.

Das führte zu einer langen Unterhaltung über Wundbrand.
Kam mir vor wie bei der Arbeit, nur dass es viel unangenehmer war.

In der folgenden Woche geht es Mr. Prior nicht gut. Was
mich überraschend mitnimmt. Mr. Prior ist ein sehr alter
Mann – damit war zu rechnen. Muss dafür sorgen, dass er sich
wohlfühlt. Das ist mein Job, seit ich ihm zum ersten Mal begegnet bin. Aber ich dachte immer, ich würde die Liebe seines Lebens für ihn finden, bevor er gehen muss, und keiner meiner
fünf Johnny Whites hat mich irgendwie weitergebracht. Noch
sind drei übrig, aber trotzdem.

Ich war naiv. Bin mir ziemlich sicher, dass Kay das damals
gesagt hat.

Am Boiler:

*Wenn du hier stehst, hast du wahrscheinlich gemerkt, dass der Boiler kaputt ist. Aber keine Sorge, Leon, ich habe großartige Neuigkeiten für dich! Ich habe schon eine Klempnerin angerufen, und sie kommt morgen Abend und kümmert sich darum. Bis dahin musst du mit EISKALTEM WASSER duschen, aber wenn du gekommen bist, um nach dem Boiler zu sehen, hast du das wahrscheinlich schon getan, was heißt, dass du das Schlimmste hinter dir hast. Ich empfehle dir, dich mit einer heißen Tasse würzigen Apfeltees auf dem Sitzsack einzurollen (ja, ich habe einen neuen Früchtetee gekauft. Nein, wir haben noch nicht zu viele im Schrank) und zwar mit unserer geliebten Brixton-Decke. Das habe ich gemacht, und es war sehr angenehm. xx*

Ich weiß ja nicht, wie ich das mit *unserer* Brixton-Decke finden soll – vermutlich meint sie das schäbige bunte Teil, das ich immer vom Bett werfen muss. Es gehört eindeutig zu den schlimmsten Dingen in der Wohnung.

Lasse mich mit der neuesten Früchteteesorte auf dem Sitzsack nieder und denke daran, dass Tiffy noch vor wenigen Stunden genau hier gelegen hat. Mit nassem Haar, nackten Schultern. In ein Handtuch und diese Decke gewickelt.

Die Decke ist gar nicht *so* schlecht. Sie hat … Charakter. Sie ist eigenwillig. Vielleicht ändere ich meine Meinung über sie noch.

## 35

## TIFFY

Dies ist meine erste Sitzung bei Jemand-anderem-als-Mo.

Mo selbst hat es vorgeschlagen. Er meinte, es würde mir guttun, mich vernünftig beraten zu lassen und mit einem Menschen zu sprechen, der mich noch nicht kennt. Und dann hat Rachel mir erzählt, dass jeder Angestellte von Butterfinger das Anrecht auf bis zu fünfzehn psychologische Beratungssitzungen hat. Ich habe keine Ahnung, warum sie einem *das* zugestehen, aber nicht den Mindestlohn zahlen – vielleicht sind sie es leid, Mitarbeiter wegen Stress zu verlieren.

Hier bin ich nun also. Es ist sehr seltsam. Jemand-anderes-als-Mo heißt Lucie und trägt einen riesigen Cricket-Pullover als Kleid, weswegen ich sie natürlich gleich mag und sie frage, wo sie einkauft. Wir haben eine Weile über Secondhandläden in Südlondon gesprochen, dann hat sie mir ein Wasser geholt, und nun sitzen wir uns in ihrem Büro in zueinander passenden Sesseln gegenüber. Ich bin extrem nervös, weiß aber nicht, warum.

»Nun, Tiffy, warum wollten Sie heute kommen und mit mir sprechen?«, fragt Lucie.

Ich öffne den Mund und schließe ihn wieder. Gott, ich muss so viel erklären. Wo fange ich an?

»Fangen Sie einfach damit an«, sagt Lucie. Sie kann ganz klar genauso wie Mo Gedanken lesen, das müssen sie ihnen bei der

Zulassung beibringen, »warum Sie mich anrufen und einen Termin ausmachen wollten.«

»Ich würde gerne mit dem klarkommen, was mir mein Ex-freund angetan hat – was auch immer es genau war«, sage ich und halte dann erstaunt inne. Wie kann es sein, dass ich einer völlig Fremden fünf Minuten nach dem Kennenlernen so etwas erzähle? Wie peinlich.

Aber Lucie verzieht keine Miene. »Klar«, sagt sie. »Würden Sie mir gern ein wenig mehr darüber erzählen?«

»Bist du nun geheilt?«, fragt Rachel und knallt einen Kaffee auf meinen Schreibtisch.

Ah, Kaffee, das Elixier der Überarbeiteten. In letzter Zeit mag ich ihn lieber als Tee – ein Zeichen für mangelnden Schlaf. Ich werfe Rachel einen Luftkuss zu, während sie zu ihrem Computer geht. Wie gewöhnlich führen wir die Unterhaltung per Messenger fort.

Tiffany [09:07]: Es war wirklich seltsam. Ich habe ihr die peinlichsten Dinge über mich erzählt, obwohl wir uns erst zehn Minuten lang kannten.

Rachel [09:08]: Hast du ihr erzählt, wie du dir im Nachtbus auf die eigenen Haare gekotzt hast?

Tiffany [09:10]: Das habe ich nicht erwähnt.

Rachel [09:11]: Und damals an der Uni, als du diesem Typen den Penis gebrochen hast?

Tiffany [09:12]: Das habe ich auch nicht erwähnt.

Rachel [09:15]: Na ja, wie auch immer. Ich bin jetzt beruhigt, dass ich mehr peinliche Geheimnisse von dir kenne als diese neue Seelenklempnerin. Okay. Weiter.

Tiffany [09:18]: Sie hat eigentlich gar nicht so viel *gesagt*. Noch weniger als Mo. Ich dachte, sie würde mir sagen, was mit mir nicht stimmt. Aber stattdessen habe ich einige Dinge ganz allein herausgefunden … Was ich ohne sie in meiner Gegenwart nicht geschafft hätte. Sehr seltsam.

Rachel [09:18]: Was denn für Dinge?

Tiffany[09:19]: Also zum Beispiel, dass Justin manchmal grausam war. Und einen Kontrollzwang hatte. Und andere schlechte Dinge.

Rachel [09:22]: Darf ich kurz anmerken – ich habe mich ganz offiziell in Justin getäuscht – Gerty hat recht. Er ist Abschaum.

Tiffany [09:23]: Du weißt schon, dass du gerade »Gerty hat recht« geschrieben hast?

Rachel: [09:23]: Ich verbiete dir, ihr das zu sagen.

Tiffany [09:23]: Hab ihr gerade einen Screenshot geschickt.

Rachel: [09:24]: Bitch. Aber gut, du wirst also wieder hingehen?

Tiffany [09:24]: Drei Sitzungen diese Woche.

Rachel: [09:24]: Wow.

Tiffany [09:25]: Ich habe Angst, weil es, als ich Ken geküsst habe, zum ersten Flashback gekommen ist …

Rachel: [09:26]: Ja?

Tiffany [09:26]: Was ist, wenn so was jetzt immer passiert? Was ist, wenn Justin mich umprogrammiert hat und ich NIE WIEDER EINEN MANN KÜSSEN KANN?!

Rachel: [09:29]: Also, das ist ganz schön erschreckend.

Tiffany [09:30]: Danke, Rachel.

Rachel: [09:31]: Da solltest du mit einem Fachmann drüber sprechen.

Tiffany [09:33]: [zorniges Emoji] Vielen Dank, Rachel.

Rachel: [09:34]: Ach, komm schon. Ich weiß, dass ich dich zum Lachen gebracht habe. Also ich habe gesehen, dass du gelacht hast und dann Husten vortäuschtest, als der Cheflektor vorbeigegangen ist.

Tiffany [09:36]: Hat es geklappt, glaubst du?

»Tiffy? Hast du kurz Zeit?«, ruft der Cheflektor.

Scheiße. »Hast du kurz Zeit« ist nie gut. Wenn es dringend, aber unproblematisch wäre, würde er es durch den Raum rufen oder mir eine Mail mit diesen passiv-aggressiven roten Ausrufezeichen schicken. Nein, »hast du kurz Zeit« bedeutet, dass es vertraulich ist, und das bedeutet fast ganz sicher, dass es schlimmer ist, als bloß an meinem Schreibtisch gekichert zu haben, weil ich mit Rachel über Knutschen hin- und herschreibe.

Was hat Katherin gemacht? Hat sie auf Twitter ein Bild von ihrer Vagina hochgeladen, womit sie mir fast jedes Mal droht, wenn ich sie im Auftrag von Martin um noch ein Interview bitte?

Oder geht es um eins der vielen, vielen Bücher, die ich in dem Hype um *Häkel dich frei* völlig vergessen habe? Ich kann mich nicht einmal mehr an die Titel erinnern. Ich habe Veröffentlichungsdaten verschoben, als würde ich *Das Verrückte Labyrinth* spielen, und habe den Cheflektor ganz sicher nicht darüber informiert. Das wird's sein, oder? Ich habe das Buch von jemandem so lange ignoriert, dass es völlig ohne Wörter in den Druck gegangen ist.

»Klar«, antworte ich und hoffe, dass ich mich schwungvoll und professionell vom Schreibtisch wegbewege.

Ich folge ihm ins Büro. Er schließt die Tür hinter mir.

»Tiffy«, setzt er an und hockt sich auf die Schreibtischkante. »Ich weiß, dass du in den letzten Monaten sehr beschäftigt warst.«

Ich schlucke. »Ach, alles in Ordnung«, antworte ich. »Aber danke!«

An diesem Punkt schaut er mich ein wenig seltsam an, was völlig verständlich ist.

»Du hast dich mit Katherins Buch fantastisch geschlagen«, sagt er. »Es ist wirklich ein außerordentlich gelungenes Werk. Du hast den Trend erkannt – nein, du hast ihn ins Leben gerufen. Wirklich, fantastisch.«

Ich blinzele verwirrt. Ich habe den Trend weder erkannt noch ins Leben gerufen – ich habe seit meiner Anfangszeit bei Butterfinger Häkelbücher herausgebracht.

»Danke?«, sage ich und fühle mich ein wenig schuldig.

»Wir sind von deiner Arbeit in der letzten Zeit dermaßen beeindruckt, dass wir dich gern zur Lektorin befördern würden«, sagt er.

Ich brauche einige Sekunden, bis mich der Sinn der Worte erreicht hat, und als ich sie verstehe, gebe ich einen seltsamen erstickten Laut von mir.

»Alles in Ordnung mit dir?«, fragt er stirnrunzelnd.

Ich räuspere mich. »Schön! Danke!«, quietsche ich. »Ich mein, ich habe einfach nicht erwartet ...«

... jemals befördert zu werden. Wirklich, niemals. Ich hatte die Hoffnung völlig aufgegeben.

»Du hast es dir wirklich verdient.« Er lächelt wohlwollend.

Ich schaffe es zurückzulächeln, ich weiß wirklich nicht, was ich mit mir anfangen soll. Ich *will* allerdings wissen, wie hoch die Gehaltserhöhung ausfällt, aber ich kann diese Frage nicht würdevoll loswerden.

»Vielen, vielen Dank«, sprudelt es aus mir hinaus, und ich fühle mich ein wenig armselig, weil, ganz ehrlich, sie hätten mich schon vor zwei Jahren befördern müssen, und es ist würdelos, so zu Kreuze zu kriechen. Ich richte mich zu voller Größe auf und lächele ihn entschlossen an. »Ich mache mich besser wieder an die Arbeit«, erkläre ich. Führungskräfte finden es immer gut, wenn man so etwas sagt.

»Natürlich«, sagt er. »Die Personalabteilung wird dir Einzelheiten zur Gehaltserhöhung und alles Weitere schicken.«

Das gefällt mir.

★

*Alles Gute zur Beförderung! Besser spät als nie, was? Habe dir zur Feier des Tages Pilzpfanne Stroganoff gemacht. x*

Ich lächele. Diese Notiz klebt am Kühlschrank, der bereits mit einer Lage Post-its bedeckt ist. Mein derzeitiger Favorit ist eine Kritzelei von Leon, die den Mann in Wohnung Nummer 5 auf unzähligen Bananenkisten zeigt. (Wir wissen immer noch nicht, warum er auf seinem Parkplatz so viele Bananenkisten aufbewahrt.)

Ich lehne den Kopf kurz gegen die Kühlschranktür, dann lasse ich die Finger über die Lagen aus Papierschnipseln und Post-its fahren. Da steckt so viel drin. Witze, Geheimnisse, Geschichten, das langsame Kennenlernen zweier Menschen, deren Leben sich parallel zueinander verändern – oder, ich weiß es nicht, synchron zueinander. Unterschiedliche Zeiten, derselbe Ort.

Ich nehme mir einen Stift.

*Danke ☺ Ich habe in der Wohnung etliche Freudentänze aufgeführt, nur damit du Bescheid weißt. Ziemlich uncool, ich habe versucht, den Moonwalk nachzumachen. Ich kann mir irgendwie nicht vorstellen, dass du ab und zu so etwas machst …*

*Darf ich dich fragen, was du dieses Wochenende vorhast? Ich denke mal, du schläfst wieder bei deiner Mum? Ich habe mich nur gefragt, ob du vielleicht etwas trinken gehen willst, um mit mir zu feiern. xx*

Als ich auf die Antwort warte, wünsche ich mir zum allerersten Mal, dass Leon und ich wie ganz normale Leute über WhatsApp kommunizieren. Ich würde gerade für die beiden blauen Häkchen morden. Als ich dann nach Hause komme, sehe ich eine Nachricht, die ordentlich unter mein Post-it auf den Kühlschrank geklebt wurde:

*Finde gelegentlichen Moonwalk von Küche zu Wohnzimmer gut.*
*Hab leider keine Zeit für einen Drink, weil ich Johnny Whites aufspüre. Der nächste wohnt in Brighton.*

Dann, gleich darunter, aber in einer anderen Farbe:

*Ist vielleicht eine doofe Idee, aber wenn du Lust auf einen Ausflug ans Meer hast, komm doch mit.*

Ich stehe in der Küche, schaue auf den Kühlschrank und strahle übers ganze Gesicht.

*Ich würde so gerne mitkommen! Ich liebe das Meer. Am Strand kann man einen Sonnenhut oder einen Sonnenschirm tragen. Beides finde ich wunderbar, und beides mache ich NICHT häufig genug. Wo wollen wir uns treffen? xx*

Für die Antwort braucht er zwei Tage. Ich frage mich, ob er die Nerven verliert, aber schließlich finde ich eine rasch hingekritzelte Nachricht in blauer Tinte:

*Victoria Station um halb elf am Samstag. Das ist ein Date! x*

## 36

## LEON

*Das ist ein Date? Das ist ein Date?!*

Was ist los mit mir? Ich hätte schreiben sollen: *Bis dann.* Stattdessen habe ich geschrieben: *Das ist ein Date.* Was es nicht ist. Wahrscheinlich nicht. Außerdem bin ich nicht der Typ, der solche Dinge sagt, selbst wenn es ein Date ist.

Reibe mir die Augen und trete unruhig von einem Fuß auf den anderen. Zusammen mit ungefähr hundert anderen Leuten stehe ich unter der Abfahrtstafel in der Londoner Victoria Station. Während die anderen alle nach oben auf die Tafel starren, fixiere ich allerdings den Ausgang der U-Bahn-Station. Frage mich, ob Tiffy mich angezogen wiedererkennt. Es ist ein außergewöhnlich warmer Tag für September. Ich hätte keine Jeans anziehen sollen.

Ich checke, ob die Wegbeschreibung vom Bahnhof in Brighton auf mein Smartphone geladen ist. Checke die Uhrzeit. Checke den Bahnsteig. Zappele noch etwas mehr herum.

Als sie schließlich auftaucht, ist sie nicht zu übersehen. Sie trägt eine kanariengelbe Jacke mit einer engen Hose. Das orangerote Haar hat sie nach hinten zurückgeschoben, es wippt beim Gehen auf ihren Schultern. Sie ist größer als die meisten der Leute, die an ihr vorbeiströmen, und sie trägt gelbe Sandalen mit Absätzen, die sie noch um ein Stück größer machen. Ihr scheint überhaupt nicht bewusst zu sein, wie viele

Blicke sie im Vorbeigehen auf sich zieht, was sie umso attraktiver macht.

Lächele und winke, als sie mich entdeckt. Lächele weiterhin verlegen, während sie auf mich zukommt, dann frage ich mich im allerletzten Moment, ob wir uns zur Begrüßung umarmen sollten. Darüber hätte ich mir die letzten zehn Minuten Gedanken machen können. Stattdessen habe ich gewartet, bis sie direkt vor mir steht, Auge in Auge, die Wangen gerötet von der stickigen Hitze im Bahnhof.

Sie zögert, jetzt ist es zu spät für eine Umarmung.

Tiffy: »Hey.«

Ich: »Hi.«

Und dann gleichzeitig:

Tiffy: »Tut mir leid, dass ich zu spät bin …«

Ich: »Diese Schuhe kenne ich noch gar nicht …«

Tiffy: »Sorry, erst du.«

Ich: »Keine Sorge, du bist fast pünktlich.«

Gott sei Dank hat sie gleichzeitig gesprochen. Warum sollte ich sie darauf aufmerksam machen, dass ich alle ihre Schuhe kenne? Das klingt ziemlich gruselig.

Wir gehen nebeneinander zum Bahnsteig. Ich blicke sie weiter an. Komme aus irgendeinem Grund nicht darüber hinweg, wie groß sie ist. In meiner Vorstellung war sie nicht groß.

Tiffy sieht mich von der Seite an, fängt meinen Blick auf und lächelt.

Tiffy: »Nicht das, was du erwartet hast?«

Ich: »Wie bitte?«

Tiffy: »Ich. Hast du dir mich so vorgestellt?«

Ich: »Oh, ich …«

Tiffy zieht eine Augenbraue hoch.

Tiffy: »Ich meine, bevor du mich letzten Monat gesehen hast.«

Ich: »Also, ich hatte nicht damit gerechnet, dass du so …«

Tiffy: »Groß bist?«

Ich: »Ich wollte nackt sagen. Aber auch groß, ja.«

Tiffy lacht.

Tiffy: »Ich war nicht so nackt wie du.«

Ich verziehe das Gesicht: »Erinnere mich nicht daran. Es tut mir leid …«

Ahhh. Wie bringe ich den Satz zu Ende? Vielleicht bilde ich es mir nur ein, aber ihre Wangen wirken ein bisschen rosiger.

Tiffy: »Ach was, es war meine Schuld. Du hast ganz unschuldig geduscht.«

Ich: »Nein. Jeder verschläft mal.«

Tiffy: »Vor allem nach fast einer ganzen Flasche Gin.«

Wir sind jetzt im Zug und unterbrechen die Unterhaltung, als wir den Gang hinuntergehen. Sie wählt einen Platz mit Tisch aus. Im Bruchteil einer Sekunde entscheide ich, dass es weniger peinlich ist, sich gegenüberzusitzen als nebeneinander, doch als ich mich auf den Sitz gleiten lasse, bemerke ich meinen Fehler. So haben wir vollen Augenkontakt.

Sie streift ihre Jacke ab. Darunter trägt sie eine Bluse mit überdimensional großen, grünen Blumen. Die Arme sind nackt, und der Ausschnitt ihrer Bluse bildet ein tiefes V über ihrer Brust. Mein innerer Teenager versucht sofort, die Kontrolle über meinen Blick zu erlangen, und ich kann mich gerade noch rechtzeitig beherrschen.

Ich: »Eine ganze Flasche Gin?«

Tiffy: »O ja. Tja, ich war auf einer Buchvorstellung, dann ist Justin aufgetaucht und – egal. Anschließend war ziemlich viel Gin im Spiel.«

Stirnrunzeln.

Ich: »Dein Ex? Das ist ja … merkwürdig?«

Tiffy schüttelt den Kopf und wirkt etwas verlegen.

Tiffy: »Das dachte ich zuerst auch. Ich habe mich gefragt, ob er mir irgendwie hinterherspioniert oder so. Wenn er mich sehen wollte, hätte er aber auch einfach zu mir ins Büro kommen können – oder, den Blumen nach zu urteilen, zu meiner Wohnung. Ich bin einfach paranoid.«

Ich: »Hat er das gesagt? Dass du paranoid bist?«

Tiffy, nach einem Augenblick: »Nein, das hat er nicht direkt gesagt.«

Ich, etwas verzögert: »Moment. Du hattest ihm nicht gesagt, wo du wohnst?«

Tiffy: »Nein. Ich weiß nicht, wie er mich gefunden hat. Über Facebook oder so wahrscheinlich.«

Sie verdreht die Augen, als wäre das etwas nervig, aber ich bin immer noch irritiert. Das hört sich nicht richtig an. Habe den üblen Verdacht, dass ich solche Männer aus dem Leben meiner Mutter kenne. Männer, die dir sagen, dass du verrückt bist, weil du ihnen gegenüber misstrauisch bist. Die wissen, wo du wohnst, auch wenn du gar nicht davon ausgehst.

Ich: »Wart ihr lange zusammen?«

Tiffy: »Zwei Jahre, aber es war sehr aufreibend. Wir haben uns mehrmals getrennt, viel Streit, Geschrei, Heulen und so.«

Sie wirkt ein bisschen überrascht über sich, öffnet den Mund, als wollte sie sich korrigieren, überlegt es sich dann jedoch anders.

Tiffy: »Ja. Alles in allem zwei Jahre.«

Ich: »Und deine Freunde mögen ihn nicht?«

Tiffy: »Eigentlich mochten sie ihn von Anfang an nicht. Gerty sagte, sie empfange schlechte Schwingungen, selbst wenn sie ihn nur von Weitem gesehen hat.«

Gerty gefällt mir immer besser.

Tiffy: »Jedenfalls ist er dort aufgetaucht und wollte mich überreden, mit ihm irgendwo was zu trinken, weil er mir alles erklären wollte.«

Ich: »Und du hast Nein gesagt?«

Tiffy nickt.

Tiffy: »Ich habe gesagt, er muss sich noch eine Weile gedulden. Mindestens ein paar Monate.«

Tiffy blickt aus dem Fenster und sieht blinzelnd zu, wie London an uns vorbeizieht.

Tiffy, leise: »Ich hatte einfach das Gefühl, dass ich nicht Nein sagen kann. Justin ist so. Er bringt einen dazu zu wollen, was er will. Er ist sehr ... Ich weiß nicht. Er beherrscht sofort den Raum, verstehst du? Er ist stark.«

Versuche die Alarmglocken in meinem Kopf zu ignorieren. Die Situation gefällt mir überhaupt nicht. So hatte ich die Lage, von dem, was aus den Notizzetteln hervorging, nicht eingeschätzt – aber vielleicht hat Tiffy sie selbst erst kürzlich verstanden. Manchmal dauert es, bis Menschen merken, dass sie manipuliert wurden.

Tiffy: »Egal! Sorry. Gott. Abgedreht.«

Sie lächelt.

Tiffy: »Das ist ein ziemlich persönliches Gespräch dafür, dass wir uns gerade erst kennengelernt haben.«

Ich: »Wir haben uns nicht gerade erst kennengelernt.«

Tiffy: »Stimmt. Da war der denkwürdige Zusammenstoß im Bad.«

Wieder zieht sie eine Augenbraue hoch.

Ich: »Ich meinte, es fühlt sich an, als würden wir uns schon ewig kennen.«

Daraufhin lächelt Tiffy.

Tiffy: »Ja, das stimmt. Darum ist es wohl so einfach, miteinander zu reden.«

Sie hat recht: Das Reden fällt uns leicht. Was wahrscheinlich erstaunlicher für mich als für sie ist. Für mich gibt es nämlich nur drei Leute auf der Welt, mit denen ich mich einfach so unterhalten kann.

## 37

## TIFFY

Ich verstehe nicht, warum ich so viel von Justin erzählt habe. Ich habe in meinen Nachrichten an Leon nie die Beratungsstunden und Flashbacks erwähnt – diese Post-its sorgen bei mir für ein warmes und weiches Gefühl, was ich nicht durch Justin-Kram ruinieren will – aber wo ich ihm nun gegenübersitze, fühlt es sich ganz normal an, mit ihm über das zu reden, was mich beschäftigt. Er hat eins dieser unvoreingenommenen Gesichter, man will ihm einfach … Dinge erzählen.

Wir schweigen, während der Zug über Felder und Wiesen rattert. Ich bekomme den Eindruck, dass Leon Stille mag; es fühlt sich nicht so seltsam an, wie ich gedacht hätte, eher, als wäre er einfach so. Es ist merkwürdig, denn wenn er redet, ist er wirklich fesselnd, wenn auch auf eine stille, intensive Art.

Er blickt aus dem Fenster, blinzelt ins Sonnenlicht, und ich nutze die Gelegenheit, um ihn zu betrachten. Er sieht ein wenig nachlässig aus, trägt ein abgetragenes graues T-Shirt und eine Kette, die wirkt, als würde er sie nie ausziehen. Ich frage mich, was sie für ihn bedeutet. Leon wirkt wie jemand, der Schmuck nur aus sentimentalen Gründen trägt.

Er merkt, dass ich ihn anschaue, und hält meinem Blick stand. Mir zieht sich der Magen zusammen. Plötzlich fühlt sich die Stille anders an.

»Wie geht's Mr. Prior?«, platze ich heraus.

Leon sieht verwundert aus. »Mr. Prior?«

»Ja. Der strickende Mann, der mir das Leben gerettet hat. Ich habe das letzte Mal im Hospiz mit ihm gesprochen.« Ich lächele ihn ironisch an. »Als du damit beschäftigt warst, mir aus dem Weg zu gehen.«

»Ah.« Er reibt sich den Nacken, blickt zu Boden und grinst mich schief an. Es geht so schnell, dass ich es fast nicht bemerke. »Da war ich nicht ganz auf der Höhe.«

»Mmm.« Ich tue so, als würde ich ernst gucken. »Ich mache dir Angst, oder?«

»Ein wenig.«

»Ein wenig! Warum?«

Er schluckt, sein Adamsapfel hüpft auf und ab, und er streicht sich das Haar aus dem Gesicht. Ich glaube, er zappelt aus Nervosität. Es ist absolut hinreißend.

»Du bist sehr …« Er macht eine Bewegung mit einer Hand.

»Laut? Aufdringlich? Anstrengend?«

Er zuckt zusammen. »*Nein*«, sagt er. »Nein, das meine ich nicht.«

Ich warte.

»Schau mal«, sagt er, »hast du dich schon einmal so auf ein Buch gefreut, dass du nicht anfangen konntest, es zu lesen?«

»Oh, klar. Schon ganz oft – wenn ich einen Funken Selbstbeherrschung hätte, hätte ich nie den letzten Band von *Harry Potter* lesen können. Die Vorfreude war *schmerzhaft*. Ich dachte die ganze Zeit: *Was ist, wenn es nicht so gut ist wie die Vorgänger?* Und: *Was ist, wenn es anders ist als erwartet?*«

»Ja genau.« Er macht eine Handbewegung in meine Richtung. »Ich glaube, es war vielleicht … so ähnlich.«

»Aber mit mir?«

»Ja, mit dir.«

Ich blicke auf die Hände in meinem Schoß und versuche angestrengt, nicht zu lachen.

»Und was Mr. Prior betrifft …«, spricht Leon nun in Richtung Fenster. »Tut mir leid. Ich darf nicht über Patienten sprechen.«

»Klar, natürlich nicht. Ich hoffe, wir finden diesen Johnny White. Mr. Prior ist *entzückend*. Er verdient ein schönes Ende.«

Während wir weiterrattern und Unterhaltungen und Gesprächspausen sich immer wieder abwechseln, schiele ich weiterhin unauffällig über den Tisch zu Leon. Einmal begegnen sich unsere Blicke im Fenster, und wir schauen beide schnell weg, als hätten wir etwas Verbotenes gesehen.

Ich habe gerade den Eindruck, dass die ganze Unbeholfenheit verflogen ist, als wir in Brighton ankommen, aber dann steht er auf, um seinen Rucksack aus dem Gepäckfach zu nehmen, sein T-Shirt rutscht hoch, und ich sehe den dunklen Gummizug seiner Calvin-Klein-Boxershorts über der Jeans und weiß wieder nicht, was ich mit mir anfangen soll. Ich tue so, als würde ich den Tisch enorm interessant finden.

Als wir Brighton erreichen, scheint die Septembersonne, der Herbst hat noch nicht begonnen. Vor dem Bahnhof sehe ich Straßen mit weißen Stadthäusern, zwischen denen sich Kneipen und Cafés befinden, die sich jeder Londoner in der Nähe wünschen würde.

Leon hat sich mit Mr. White am Pier verabredet. Als wir die Strandpromenade erreichen, lasse ich unfreiwillig einen Begeisterungsschrei los. Der Pier führt in das graublaue Meer wie auf einem Bild aus einem dieser alten Seebäder, wo die Menschen im viktorianischen Zeitalter in ihrer lächerlichen knielangen Schwimmbekleidung rumhingen. Es ist perfekt. Ich greife in meine Tasche, nehme den großen Sonnenschlapphut aus den 1950er-Jahren heraus und setze ihn mir auf.

Leon schaut mich amüsiert an.

»Krasser Hut«, sagt er.

»Krasser Tag«, kontere ich und öffne weit die Arme. »Keine andere Kopfbedeckung würde ihm gerecht werden.«

Er grinst. »Zum Pier?«

Mein Hut wippt beim Nicken. »Zum Pier!«

## 38

## LEON

Wir erkennen Johnny White problemlos. Ein sehr alter Mann sitzt am Ende des Piers. Buchstäblich ganz am Ende. Er hockt auf dem Geländer und lässt die Füße in Richtung Meer herunterbaumeln. Ich wundere mich, dass ihn dort noch niemand weggeholt hat. Es sieht ziemlich gefährlich aus.

Tiffy hingegen macht sich keine Sorgen. Sie hüpft, und ihr Sonnenhut wippt.

Tiffy: »Schau! Ein Johnny White wie für mich gemacht! Ich wette, das ist der Richtige. Das spüre ich.«

Ich: »Unmöglich. Du kannst nicht gleich beim ersten Mal Glück haben.«

Muss allerdings zugeben, dass die Chancen bei dem Brightoner besser stehen als bei dem Gras rauchenden Binnenländer.

Tiffy ist schon bei ihm, bevor ich dazu komme, mich zu sammeln oder mir zu überlegen, wie ich ihn am besten anspreche. Sie klettert auf das Geländer zu ihm.

Tiffy, zu JW dem Sechsten: »Hallo, sind Sie Mr. White?«

Der alte Mann drehte sich um. Er strahlt.

JW der Sechste: »In der Tat. Sind Sie Leon?«

Ich: »Ich bin Leon. Freut mich, Sie kennenzulernen, Sir.«

JW der Sechste: »Das Vergnügen ist ganz auf meiner Seite! Kommen Sie zu mir? Das ist mein Lieblingsplatz.«

Ich: »Ist das … sicher?«

Tiffy hat schon ihre Füße hinübergeschwungen.

Ich: »Machen sich die Leute keine Sorgen? Dass Sie springen oder fallen könnten?«

JW der Sechste: »Ach, hier kennt mich jeder.«

Fröhlich winkt er dem Mann in der Zuckerwattebude zu, der ihm ebenso fröhlich den Mittelfinger zeigt. JW der Sechste kichert.

JW der Sechste: »Was ist das für ein Familienprojekt, über das Sie mit mir reden wollen? Sind Sie mein lang verschollener Enkelsohn, junger Mann?«

Ich: »Unwahrscheinlich. Allerdings nicht unmöglich.«

Tiffy blickt mich neugierig an. Scheint mir nicht der richtige Zeitpunkt zu sein, sie über die vielen Lücken in meiner Familiengeschichte aufzuklären. Ich verlagere das Gewicht, mir ist unangenehm warm. Hier, wo die Sonne aufs Wasser scheint, ist es heißer, und Schweiß kribbelt an meinem Haaransatz.

Tiffy: »Wir sind wegen eines Freundes hier. Einem ... einem Mr. Prior?«

Hinter uns stößt eine Möwe einen heiseren Schrei aus, und Johnny White der Sechste zuckt leicht zusammen.

JW der Sechste: »Ich fürchte, Sie müssen mir etwas mehr erzählen.«

Ich: »Robert Prior. Ich glaube, er hat im selben Regiment gedient wie Sie. Während des ...«

Das Lächeln auf dem Gesicht von JW dem Sechsten erlischt. Er hebt eine Hand, um mich zu unterbrechen.

JW der Sechste: »Wenn Sie nichts dagegen haben, wäre es mir lieber, wenn Sie hier aufhören. Das ist nicht gerade ... mein Lieblingsthema.«

Tiffy, sanft: »Hey, Mr. White, wie wäre es, wenn wir uns

irgendwo ein bisschen abkühlen? Mein Teint ist nicht für diese Sonne gemacht.«

Sie streckt die Arme vor, um es ihm zu zeigen. Langsam kehrt sein Lächeln zurück.

JW der Sechste: »Eine englische Rose! Und was für eine schöne.«

Er wendet sich an mich.

JW der Sechste: »Sie sind ein Glückspilz, mit so einer Frau. Die gibt es heute nicht mehr.«

Ich: »Oh, sie ist nicht …«

Tiffy: »Ich bin nicht …«

Ich: »Wir sind eigentlich nur …«

Tiffy: »Mitbewohner.«

JW der Sechste: »Oh!«

Blickt zwischen uns hin und her. Wirkt nicht überzeugt.

JW der Sechste: »Wie dem auch sei. Hier kühlt man sich am besten mit einem Bad ab.«

Er deutet auf den Strand.

Ich: »Ich habe kein Badezeug dabei.«

Doch gleichzeitig sagt Tiffy: »Ich gehe, wenn Sie gehen, Mr. White!«

Ich starre sie an. Tiffy steckt voller Überraschungen. Das ist ziemlich verwirrend. Weiß nicht, ob mir die Idee gefällt.

JW der Sechste hingegen scheint von Tiffys Vorschlag begeistert zu sein. Sie hilft ihm bereits, über das Geländer zurückzusteigen. Ich eile ihr zu Hilfe, da dieser sehr alte Mann nur sehr knapp einem Sturz entgeht.

Wir gehen den Pier hinunter, vorbei an Fahrgeschäften und vollen Spielhallen – genug Zeit für mich, den Mut zu verlieren.

Ich: »Einer von uns sollte auf die Sachen aufpassen.«

JW der Sechste: »Machen Sie sich deshalb keine Gedanken. Die lassen wir bei Radley.«

Es stellt sich heraus, dass Radley der Mann mit dem bunten Turban ist, der das altmodische Kasperletheater betreibt. Tiffy wirft mir einen entzückten Blick zu, als wir uns vorstellen und unsere Taschen dort abstellen. *Ist das nicht großartig?,* formt sie mit den Lippen. Ich muss unwillkürlich lächeln. Muss zugeben, dass sich dieser Johnny White schnell zu meinem Favoriten entwickelt.

Ich folge Tiffy und Johnny, die sich einen Weg durch Sonnenbadende und Liegestühle zum Meer bahnen. Bleibe einen Moment stehen, um mir die Schuhe auszuziehen. Die Steine sind kühl unter meinen Füßen. Die Sonne steht tief über dem Wasser, und die nassen Kiesel leuchten silbern. Tiffys Haar ist feuerrot. Johnny White zieht sich im Gehen das Hemd aus.

Und jetzt … Ahhh. Tiffy ebenfalls.

# 39

## TIFFY

Ich habe mich schon viel zu lange nicht mehr so gefühlt. Wenn man mich vor einigen Monaten gefragt hätte, hätte ich gesagt, dass ich mich nur mit Justin so fühlen kann. Dieser Rausch der völligen Spontanität – diese totale Ausgelassenheit, seine Pläne über den Haufen zu werfen und sämtliche Bereiche des Gehirns zum Schweigen zu bringen, die einem erklären, warum das keine vernünftige Idee ist ... Gott, habe ich das vermisst. Lachen, stolpern, mit Haaren im Gesicht, ich winde mich aus meiner Jeans und weiche aus, als Mr. White seine Shorts auf unseren improvisierten Kleiderhaufen schmeißt.

Leon steht hinter uns; ich schaue zu ihm, und er grinst auch, das reicht mir. Mr. White hat sich bis auf die Unterhose ausgezogen.

»Bereit?«, rufe ich ihm zu. Es ist windig hier; das Haar peitscht mir ins Gesicht, und der Wind kitzelt mich auf dem nackten Bauch.

Mr. White muss man es nicht zweimal sagen. Er watet schon ins Meer – für einen mindestens Neunzigjährigen kann er sich *sehr* schnell bewegen. Ich blicke zu Leon, der immer noch angezogen ist und mich undurchdringbar konfus anschaut.

»Komm schon«, jauchze ich und renne rückwärts ins Wasser. Mir ist schwindelig, ich fühle mich fast wie betrunken.

»Das ist lächerlich«, ruft er.

Ich öffne die Arme weit. »Was hält dich zurück?«

Vielleicht bilde ich es mir ein, und er ist eigentlich zu weit weg, um es zu erkennen, aber sein Blick ist wohl nicht nur auf mein Gesicht gerichtet. Ich unterdrücke ein Lächeln.

»Komm schon!«, ruft Johnny White aus dem Meer, wo er bereits schwimmt. »Es ist herrlich!«

»Ich habe keine Badehose dabei«, sagt Leon und drückt sich im flachen Wasser herum.

»Ist doch egal«, rufe ich und zeige auf meine – diesmal einfarbig schwarze und nicht mit Spitze besetzte – Unterwäsche, die sich kaum von den Bikinis der anderen unterscheidet. Ich bin nun bis zu den Hüften im Meer und beiße mir wegen des eiskalten Wassers auf die Lippen.

»Vielleicht, wenn man eine Frau ist, aber als Mann …«

Vermutlich hat Leon seinen Satz beendet, aber ich höre den Rest nicht. Plötzlich bin ich unter Wasser und spüre nur noch einen brennenden Schmerz im Knöchel.

Ich schreie und schlucke Meerwasser, es ist so salzig und brennt im Hals; ich rudere mit den Armen, und einen Augenblick lang berührt mein gesunder Fuß den Boden, aber dann sucht der andere Fuß auch nach Halt, und der Schmerz bringt mich wieder zu Fall. Ich drehe mich, strauchele, Wasser und Himmel, immer abwechselnd. Ich muss mir den Knöchel verstaucht haben, bemerkt eine abgelegene Ecke meines Gehirns. *Keine Panik*, will es mir sagen, aber zu spät, ich spucke Wasser aus, Augen und Hals brennen. Ich kann mich nicht umdrehen, ich finde keinen Halt, ich versuche zu schwimmen, aber mein Knöchel brüllt bei jeder Bewegung vor Schmerzen …

Jemand versucht, nach mir zu greifen. Ich spüre starke Hände, die mich packen wollen, etwas schlägt gegen meinen schmerzenden Knöchel, und ich will schreien, aber meine Kehle ist wie zugeschnürt. Es ist Leon, er zerrt mich aus dem Wasser, zieht mich an sich; ich greife nach ihm, und er stolpert, fällt fast mit mir hin, aber dann fängt er sich und schwimmt, die Arme fest um meine Taille gelegt, und zieht mich näher an den Strand, bis er stehen kann.

Mir ist so schwindelig, alles dreht sich. Ich kann nicht atmen. Ich greife nach seinem tropfnassen T-Shirt und huste, während er mich auf die Strandkiesel legt. Ich bin so müde – so müde, wie man ist, wenn man sich die ganze Nacht lang übergeben hat und kaum die Augen offen halten kann.

»Tiffy«, sagt Leon.

Ich kann mit dem Husten nicht aufhören. In meinem Hals ist so viel Wasser – ich kotze es in großem Bogen auf den nassen Kies, immer noch dreht sich alles, mein Kopf ist so schwer, dass ich ihn kaum anheben kann. Weit weg, nahezu vergessen, pulsiert mein Knöchel.

Ich keuche. In mir kann einfach kein Wasser mehr sein. Leon hat mir das Haar aus dem Gesicht gestrichen und drückt mit den Fingern sanft auf die Haut auf meinem Hals, als suche er nach etwas, und dann wickelt er mich in meine Jacke und rubbelt mir mit dem Stoff über die Arme, das schmerzt mir auf der Haut, und ich versuche, mich von ihm wegzudrehen, aber er drückt mich fest an sich.

»Alles okay«, sagt er. Über mir bewegt sich sein Gesicht hin und her. »Ich glaube, du hast dir den Knöchel verstaucht, Tiffy, und du hast viel Wasser geschluckt, aber alles wird gut. Versuche, etwas langsamer zu atmen.«

Ich gebe mir Mühe. Hinter ihm erscheint das besorgte Gesicht von Johnny White dem Sechsten. Er zieht sich gerade umständlich seinen Pullover an, die Hose trägt er schon.

»Gibt es einen warmen Ort in der Nähe, wo wir sie hinbringen können?«, fragt ihn Leon.

»Das Bunny Hop Inn, gleich dort drüben«, antwortet Mr. White. Ich übergebe mich noch einmal und lege die Stirn auf die Kieselsteine. »Ich kenne die Hoteldirektorin. Sie wird uns ein Zimmer geben, alles kein Problem.«

»Wunderbar.« Leon hört sich völlig ruhig an. »Ich werde dich hochheben, Tiffy. Ist das okay?«

Langsam und mit hämmerndem Kopf nicke ich. Leon trägt mich mit beiden Armen. Ich atme langsamer und lasse den Kopf an seine Brust sinken. Der Strand zieht unscharf an mir vorüber; Köpfe drehen sich in unsere Richtung, schockierte rosafarbene und braune Flecken vor der bunten Kulisse aus Handtüchern und Sonnenschirmen. Ich schließe die Augen – wenn ich sie öffne, fühle ich mich kränker.

Leon flucht leise. »Wo sind die Stufen?«

»Hier lang«, sagt Johnny White irgendwo links neben mir.

Ich höre Bremsen kreischen und lauten Verkehr, als wir die Straße überqueren. Leon atmet schwer, seine Brust hebt und senkt sich an meiner Wange. Im Gegensatz dazu beruhigt sich meine Atmung – diese Enge in meinem Hals und die seltsame Schwere meiner Lungen haben sich ein wenig gelegt.

»Babs! Babs!«, ruft Johnny White der Sechste. Wir sind im Inneren, und bei der plötzlichen Wärme bemerke ich, wie sehr ich zittere.

»Danke«, sagt Leon. Um mich herum herrscht Unruhe. Einen Augenblick lang ist es mir peinlich, und ich versuche, mich aus Leons Armen zu winden und zu gehen, aber alles in meinem Kopf schlingert, und ich kralle mich wieder in sein T-Shirt, während er stolpert. »Ganz ruhig«, sagt er.

Ich schreie auf. Er hat meinen Knöchel gegen das Treppengeländer geschlagen. Er flucht, zieht mich enger an sich, sodass sich mein Kopf wieder an seine Brust schmiegt.

»Sorry, sorry«, sagt er, während er sich die Treppe hochbewegt. Ich sehe blassrosa Wände voller Gemälde in protzigen Rahmen, golden und verschnörkelt, dann eine Tür, dann Leon, der mich auf ein herrlich weiches Bett legt. Unbekannte Gesichter tauchen auf und verschwinden wieder. Eine Frau in Rettungsschwimmerkleidung ist hier, ich frage mich mit wattigem Kopf, ob sie schon die ganze Zeit über da war.

Leon stapelt die Kissen hinter mir übereinander, stützt meinen Rücken mit einem Unterarm.

»Kannst du dich aufsetzen?«, fragt er ruhig.

»Ich …« Ich fange an zu reden und huste, rolle mich auf die Seite.

»Vorsichtig.« Er streicht mir das nasse Haar nach hinten. »Gibt es hier noch mehr Decken?«

Jemand legt dicke, kratzige Decken über mich. Leon stützt mich immer noch und versucht, mich in eine aufrechte Position zu bringen.

»Mir wäre es lieber, wenn du sitzt«, sagt er. Sein Gesicht ist nah vor mir, ich sehe Bartstoppeln auf seinen Wangen. Er schaut mich direkt an. Seine Augen sind von einem weichen, dunklen Braun, bei dem ich an Lindt-Schokolade denken muss. »Kannst du das für mich machen?«

Ich setze mich ein wenig auf und greife mit meinen eisigen Fingern vergeblich nach der Decke.

»Wie wäre es mit einem Tee zum Aufwärmen?«, fragt er und schaut sich schon nach jemandem um, der einen holen könnte. Ein Fremder schlüpft aus dem Zimmer. Von Johnny White ist nichts mehr zu sehen – ich hoffe, er ist nach Hause gegangen, um sich warme Kleidung zu holen –, aber hier befinden sich immer noch etwa eine Million Menschen. Ich huste wieder und wende den Kopf ab von diesen ganzen starrenden Gesichtern.

»Sie braucht ein wenig Ruhe. Alle gehen jetzt bitte raus. Ja, keine Sorge«, sagt Leon und steht auf, um die Leute aus dem Zimmer zu scheuchen. »Ich will sie nur in Ruhe untersuchen.«

Viele Menschen bieten ihre Hilfe an, falls wir etwas brauchen. Einer nach dem anderen verlassen sie das Zimmer.

»Es tut mir leid«, sage ich, als sich die Tür schließt. Ich huste, reden fällt mir immer noch schwer.

»Quatsch«, sagte Leon. »Wie fühlst du dich jetzt?«

»Kalt und alles tut mir weh.«

»Ich habe dich nicht untergehen sehen. Erinnerst du dich noch, ob du dir den Kopf an einem Stein angeschlagen hast oder so?«

Er zieht sich die Schuhe aus und setzt sich im Schneidersitz ans Bettende. Ich bemerke endlich, dass er auch tropfnass ist und zittert.

»Scheiße, du triefst ja.«

»Du musst mir nur versichern, dass nicht irgendwo Hirnflüssigkeit aus dir rausläuft. Dann ziehe ich mich um, okay?«

Ich lächele zaghaft. »Sorry. Nein, ich glaube nicht, dass ich mir den Kopf angeschlagen habe. Ich habe mir nur den Knöchel verdreht.«

»Das ist gut. Und kannst du mir sagen, wo wir sind?«

»In Brighton.« Ich schaue mich um. »Hey, und dies ist der einzige Ort mit ebenso viel Blumentapete wie bei meiner Mutter daheim.« Nach diesem ganzen Satz muss ich husten, aber das ist es wert, weil Leons Blick etwas weniger finster wird und sein schiefes Grinsen wiederkehrt.

»Ich lasse das mal als richtige Antwort gelten. Kannst du mir deinen vollen Namen nennen?«

»Tiffany Rose Moore.«

»Ich wusste nichts von deinem zweiten Namen. Rose – passt zu dir.«

»Solltest du mir nicht lieber Fragen stellen, auf die du die Antworten kennst?«

»Ich glaube, ich mochte dich lieber, als du noch halb ertrunken und benebelt warst.« Leon beugt sich nach vorne, hält eine Hand in die Luft und legt sie mir auf die Wange. Das fühlt sich sehr intensiv und ein wenig unerwartet an. Ich blinzele, während er mich anstarrt und etwas überprüft. Glaube ich zumindest. »Fühlst du dich total schläfrig?«, fragt er.

»Ähm. Eigentlich nicht. Ich bin müde, aber nicht auf eine schläfrige Art.«

Er nickt und nimmt mit ein wenig Verspätung die Hand von meiner Wange. »Ich werde meine Kollegin anrufen. Sie ist Ärztin und gerade mit ihrer Schicht in der Notaufnahme fertig. Sie wird wissen, wie man einen Knöchel untersucht. Ist das okay? Ich bin mir ziemlich sicher, dass es nur eine Verstauchung ist, von dem, was du erzählst und wie du dich bewegst, aber wir sollten besser auf Nummer sicher gehen.«

»Ähm. Okay.«

Es ist seltsam, das Thema einer Unterhaltung zwischen Leon und einer Ärztin zu sein, mit der er arbeitet. Er ist nicht anders. Genauso ruhig und bedächtig, wie er mit mir spricht, mit genau demselben beschwingten Hauch eines irischen Akzents – aber er wirkt … erwachsener.

»Okay, die Untersuchung ist ziemlich einfach«, erklärt Leon und dreht sich wieder zu mir, nachdem er aufgelegt hat. Er hat die Stirn in Falten gelegt und hockt sich wieder aufs Bett, zieht die Decke weg, um an meinen Knöchel zu kommen. »Darf ich es versuchen? Wir werden sehen, ob du in die Notaufnahme musst.«

Ich schlucke und bin plötzlich ein wenig nervös. »Okay.«

Er hält inne, blickt mich kurz an, als würde er sich fragen, ob ich mich anders entscheide. Meine Wangen werden heiß. Dann legt er mir langsam die Hand auf den Knöchel, tastet sanft nach unterschiedlichen Punkten, bis ich vor Schmerz zusammenzucke.

»Sorry«, sagt er und legt mir eine kühle Hand aufs Bein. Ich bekomme direkt Gänsehaut und ziehe die Decke hoch, es ist mir ein wenig peinlich. Leon dreht meinen Fuß ganz sanft hin und her, sein Blick wandert von meinem Knöchel zu meinem Gesicht, während er versucht, meine Reaktion abzuschätzen.

»Wie schmerzhaft ist es auf einer Skala von eins bis zehn?«, fragt er.

»Ich weiß nicht, sechs vielleicht?« In Wahrheit denke ich *acht, acht, acht*, aber ich will nicht zu wehleidig wirken.

Leons Mundwinkel heben sich ein wenig, und ich glaube, er weiß genau, dass ich ihm etwas vorspiele. Als er mich weiter untersucht, betrachte ich seine Hände auf meiner Haut und frage mich, warum ich nie realisiert habe, wie sonderbar intim medizinisches Zeugs wie das hier ist, wie häufig es dabei um Berührungen geht. Ich glaube, normalerweise befindet man sich währenddessen in einer Hausarztpraxis und nicht spärlich bekleidet in einem großen Doppelbett.

»Gut.« Leon stellt meinen Fuß behutsam wieder ab. »Ich würde sagen, du hast dir ganz offiziell den Fuß verstaucht. Du musst dich wahrscheinlich nicht fünf Stunden in die Notaufnahme setzen, um ehrlich zu sein. Wir können das aber machen, wenn du magst?«

Ich schüttele den Kopf. Ich habe das Gefühl, in guten Händen zu sein.

Jemand klopft an die Tür, und dann erscheint eine mittelalte Lady mit zwei dampfenden Tassen und einem Kleiderstapel.

»Oh, perfekt. Danke.« Leon schnappt sich die Tasse und reicht mir eine. Es ist heiße Schokolade, die großartig riecht.

»Ich habe mir die Freiheit herausgenommen, dir einen Schuss Baileys reinzumachen«, sagt die Dame zwinkernd. »Ich bin Babs. Wie geht es dir?«

Ich atme tief und stockend ein. »Viel besser, nun, wo ich hier bin. Vielen Dank.«

»Könnten Sie kurz bei ihr bleiben, während ich mich umziehe?«, fragt Leon Babs.

»Ich brauche keine …«, sage ich und huste wieder.

»Bewachen Sie sie mit Argusaugen«, sagt Leon warnend und huscht dann ins Bad.

# 40

## LEON

Lehne mich mit geschlossenen Augen von innen gegen die Badezimmertür. Keine Gehirnerschütterung, nur ein verstauchter
Knöchel. Hätte wesentlich schlimmer sein können.

Merke erst jetzt, wie kalt mir ist. Streife die nassen Kleider
ab und drehe in der Dusche das heiße Wasser auf. Schicke
schnell eine Dankesnachricht an Socha. Zum Glück funktioniert
das Telefon noch, obwohl es ein bisschen feucht ist – es war in
meiner Hosentasche.

Ich stelle mich unter die Dusche und harre dort aus, bis das
Zittern aufhört. Sage mir, dass Babs bei ihr ist. Trotzdem ziehe
ich mich in Windeseile an und spare mir die Mühe, den Gürtel
um die lächerlich riesige Hose zu binden, die Babs mir besorgt
hat. Trage sie einfach tief auf den Hüften, wie in den 90ern.

Als ich zurück ins Zimmer komme, hat Tiffy ihr Haar zu
einem Dutt zusammengebunden. Ganz langsam kehrt die
Farbe in Lippen und Wangen zurück. Sie lächelt mich an, und
ich spüre, wie sich etwas in meiner Brust verschiebt. Es ist
schwer zu beschreiben. Vielleicht wie ein Schloss, das einrastet.

Ich: »Wie ist die heiße Schokolade?«

Tiffy schiebt mir über den Nachttisch den anderen Becher
zu.

Tiffy: »Probier selbst.«

Jemand klopft an die Tür. Ich nehme die heiße Schokolade

mit und öffne. Es ist Johnny White der Sechste, der äußerst besorgt aussieht und ebenfalls eine komische, viel zu große Hose trägt.

JW der Sechste: »Wie geht es unserem Mädchen?«

Ich habe das Gefühl, dass Tiffy schnell mal zu »unserem Mädchen« wird – sie ist ein Typ, den selbst entfernte Verwandte und ehemalige Nachbarn immer noch gern mit sich in Verbindung bringen.

Tiffy: »Mir geht es gut, Mr. White! Machen Sie sich um mich keine Sorgen.«

Unglücklicherweise überkommt sie gerade jetzt ein weiterer Hustenanfall. JW der Sechste tritt am Eingang unruhig von einem Fuß auf den anderen und sieht unglücklich aus.

JW der Sechste: »Es tut mir so leid. Ich fühle mich verantwortlich. Schließlich war es meine Idee, schwimmen zu gehen. Ich hätte nachfragen müssen, ob Sie beide schwimmen können!«

Tiffy, nachdem sie sich wieder erholt hat: »Ich kann schwimmen, Mr. White. Ich habe nur den Halt verloren und bin in Panik geraten, das ist alles. Wenn Sie einen Schuldigen brauchen, nehmen Sie den Felsen, an dem ich mir den Knöchel verstaucht habe.«

JW der Sechste wirkt etwas beruhigter.

Babs: »Na, ihr zwei bleibt heute Nacht hier. Keine Widerrede. Das geht aufs Haus.«

Tiffy und ich wollen beide protestieren, doch erneut muss Tiffy husten und würgen, womit sie unserem Argument, dass sie nicht im Bett bleiben muss, die Stichhaltigkeit nimmt.

Ich: »Zumindest ich sollte gehen – du brauchst mich jetzt nicht mehr, wo …«

Babs: »Unsinn. Das macht mir keine Umstände. Außerdem

muss sich jemand um Tiffy kümmern, und mein medizinisches Wissen reicht nicht über die Wirkung von Whisky hinaus. John, soll ich dich nach Hause bringen?«

JW der Sechste versucht ebenfalls, das Angebot auszuschlagen, doch Babs gehört zu jenen schrecklich netten Menschen, die kein Nein akzeptieren. Es dauert gut fünf Minuten, ehe sie sich einig sind und aus der Tür verschwinden. Als sie fort sind und die Tür ins Schloss fällt, atme ich erleichtert aus. Hatte gar nicht gemerkt, wie sehr ich mich nach Ruhe sehne.

Tiffy: »Alles in Ordnung?«

Ich: »Ja. Bin nur kein Fan von …«

Tiffy: »Aufruhr?«

Ich nicke.

Tiffy lächelt und zieht die Decke höher.

Tiffy: »Du bist Krankenpfleger. Wie kannst du dem da entgehen?«

Ich: »Bei der Arbeit ist das etwas anderes. Es strengt mich aber trotzdem an. Anschließend brauche ich Ruhe.«

Tiffy: »Du bist ziemlich introvertiert.«

Verziehe das Gesicht. Ich bin kein Freund von diesem Myer-Briggs-Typenindikator-Kram, der Menschen in Persönlichkeitstypen aufteilt. Das ist wie Horoskope für Geschäftsleute.

Ich: »Kann sein.«

Tiffy: »Ich bin das Gegenteil. Ich kann nichts verarbeiten, ohne Gerty anzurufen, oder Mo oder Rachel.«

Ich: »Willst du jetzt jemanden anrufen?«

Tiffy: »Oh, Mist, mein Telefon war in meiner …«

Sie blickt auf den Kleiderstapel, den einer der hundert fremden Helfer mitgenommen hat, die uns in einer Prozession vom Strand hierher gefolgt sind. Tiffy klatscht erfreut in die Hände.

Tiffy: »Kannst du mir meine Hose geben?«

Ich reiche sie ihr und beobachte, wie sie in den Taschen nach ihrem Telefon kramt.

Ich: »Ich besorge uns etwas zum Mittagessen. Wie lange brauchst du?«

Tiffy streicht sich ein paar lose Strähnen aus dem Gesicht und blickt mit dem Telefon in der Hand zu mir. Wieder spüre ich dieses Einrasten in meiner Brust.

Tiffy: »Eine halbe Stunde?«

Ich: »Alles klar.«

## 41

## TIFFY

»Alles in Ordnung mit dir?«, lautet Mos erste Frage. »Warst du in der Notaufnahme?«

Gerty hingegen konzentriert sich auf die wirklich wichtige Frage: »Warum hast du uns nicht schon früher etwas von dem Vorfall im Bad erzählt? Bist du in diesen Mann verliebt, mit dem du dir ein Bett teilst, und versteckst es, weil du mit ihm schlafen wirst und ich dir explizit klargemacht habe, dass die wichtigste Regel des Zusammenlebens lautet: Schlaf nicht mit deinem Mitbewohner?«

»Ja, mir geht es gut und nein, war ich nicht, aber Leon hat meinen Knöchel mithilfe einer Freundin untersucht, die Ärztin ist. Ich brauche wohl nur viel Ruhe. Und Whisky, je nachdem, welchen ärztlichen Rat man befolgt.«

»Und nun zu meiner Frage«, sagt Gerty.

»Nein, ich bin nicht in ihn verliebt«, erkläre ich ihr, lege mich im Bett anders hin und zucke zusammen, weil mein Knöchel schmerzt. »Und ich werde nicht mit ihm schlafen. Er ist ein Freund.«

»Ist er Single?«

»Ähm, ja, schon. Aber …«

»Sorry, ich will nur sichergehen, Tiffy, hat dich jemand untersucht, um …«

»Oh, Ruhe, Mo«, unterbricht Gerty ihn. »Sie hat einen examinierten Krankenpfleger bei sich. Der Frau geht's gut. Tiffy, bist du sicher, dass du nicht einfach am Stockholm-Syndrom leidest?«

»Wie bitte?«

»Ein Krankenpfleger in der Notaufnahme ist etwas ganz anderes als ein Pfleger auf der Palliativstation …«

»Stockholm-Syndrom?«

»Ja«, antwortet Gerty. »Dieser Mann hat dir Unterschlupf gewährt, als du obdachlos warst. Du musst in seinem Bett schlafen, und nun glaubst du, dass du in ihn verliebt bist.«

»Ich glaube nicht, dass ich in ihn verliebt bin«, erinnere ich sie geduldig. »Ich habe dir gesagt, dass er ein Freund ist.«

»Aber das war ein Date«, sagt Gerty.

»Tiffy, du wirkst wirklich, als wäre alles okay, aber ich will nur auf Nummer sicher gehen – ich bin gerade auf der Internetseite des Staatlichen Gesundheitsdienstes – kannst du den Knöchel belasten?«

»Du und Google, ihr seid nicht besser als ein Krankenpfleger mit einem Arzt am Telefon«, erklärt Gerty Mo.

»Es war kein Date«, erkläre ich, obwohl ich ziemlich sicher bin, dass es doch eins war. Ich fände es schön, wenn sich Mo und Gerty nicht diese blöde Angewohnheit zugelegt hätten, gemeinsam ans Telefon zu gehen. Ich habe Mo angerufen, weil ich mit Mo sprechen wollte. Es ist nicht so, dass ich nicht gern mit Gerty spreche, es ist nur völlig anders und nichts, was man gebrauchen kann, wenn man knapp dem Tod durch Ertrinken von der Schippe gesprungen ist.

»Du wirst mir diese ganze Angelegenheit mit Johnny White noch erklären müssen«, sagt Gerty.

Ich schaue auf meinem Handy nach der Zeit. In nur fünf Minuten wird Leon mit dem Mittagessen zurückkommen.

»Hör zu, ich muss auflegen«, sage ich. »Aber Mo, mir geht's gut. Und Gerty, du musst bitte deinen Beschützerinstinkt in den Griff bekommen. Er will nicht mit mir schlafen, mich verführen oder mich im Keller einsperren, okay? Tatsächlich habe ich wenig Grund zu der Annahme, dass er sich überhaupt für mich interessiert.«

»Aber du interessierst dich für ihn?« Gerty lässt nicht locker.

»Tschüss, Gerty!«

»Pass auf dich auf, Tiffy«, kann Mo noch rasch sagen, bevor Gerty auflegt (sie ist keine Freundin großer Verabschiedungen).

Gleich danach rufe ich Rachel an.


»Der wesentliche Punkt hier ist«, sagt Rachel, »dass du noch nicht in einer Situation mit Leon warst, in der du dich nicht bis auf die Unterwäsche ausziehen musstest.«

»Hmm.« Ich grinse.

»Von nun an lässt du am besten die Klamotten an. Er wird denken, du bist eine … wie heißen diese Männer, die sich gern im Park entblößen?«

»Hey!«, protestiere ich. »Ich mache doch gar nichts…«

»Ich sage doch nur, was alle denken, meine Liebe. Du bist also ganz sicher nicht kurz vorm Exitus?«

»Mir geht es wirklich gut so weit. Ich habe nur Schmerzen und bin erschöpft.«

»Gut dann. In diesem Fall solltest du deinen gratis Hotelaufenthalt genießen und mich anrufen, wenn du dir beim Abendessen zufällig den BH vom Leib reißt.«

Es klopft an der Tür.

»Scheiße. Ich muss auflegen, tschüss!«, zische ich ins Telefon. »Komm rein«, rufe ich. Ich schlüpfe schnell in den Pullover, den Babs mir hiergelassen hat, als Leon weg war, deswegen sehe ich zumindest von der Hüfte aufwärts vernünftig aus.

Leon lächelt mich an und hält eine sehr volle Tüte hoch, die nach Fish and Chips riecht. Ich schnappe verzückt nach Luft.

»Richtiges Meeressen!«

»Und …« Er greift in die Tüte und zieht einen weiteren Beutel hervor, den er mir reicht. Ich schaue rein: Red Velvet Cupcakes mit Frischkäseglasur.

»Kuchen! Die beste Art von Kuchen!«

»Auf Anweisung des Arztes.« Er hält inne. »Also, Socha hat gesagt: ›Besorg ihr was zu essen.‹ Der frittierte Fisch und die Cupcakes waren ein wenig künstlerische Freiheit.«

Sein Haar ist fast trocken; das Salz hat es noch lockiger gemacht, es bleibt nicht hinter den Ohren. Er sieht, dass ich ihn immer wieder beim Zurückstreichen beobachte, und grinst reumütig.

»Du solltest mich nicht so sehen«, sagt er.

»Oh, und du solltest mich genau so sehen«, antworte ich und zeige vage auf meinen riesigen Pullover, das bleiche Gesicht und mein wirres, verfilztes Haar. »Pitschnass sehe ich einfach am besten aus.«

»Wie eine Meerjungfrau?«, schlägt Leon vor.

»Witzig, dass du das sagst. Ich habe tatsächlich eine Flosse hier drunter«, erkläre ich und tätschele die Decke auf meinen Beinen.

Leon lächelt und legt die Packung mit Fish and Chips zwischen uns aufs Bett. Er zieht sich die Schuhe aus und setzt sich vorsichtig, um meinen geschwollenen Knöchel nicht zu berühren.

Das Essen ist großartig. Es ist genau das, was ich brauche, was ich aber nicht wusste, bis ich es gerochen habe. Leon hat so ziemlich alle Beilagen zu Fish and Chips gekauft, die man sich vorstellen kann: Erbsenpüree, Zwiebelringe, Currysauce, eingelegte Zwiebeln und sogar eines dieser nach Plastik aussehenden Würstchen, die in den Läden immer in der Auslage liegen – wir essen alles auf. Als wir bei den Cupcakes ankommen, brauchen wir für die letzten Bissen erhebliche Willenskraft.

»Fast-Sterben ist anstrengend«, erkläre ich und werde plötzlich von Schläfrigkeit überwältigt.

»Schlaf«, sagt Leon.

»Du machst dir keine Sorgen, dass ich schlafe und nie wieder aufwache?«, frage ich, und mir fallen schon die Augen zu. Warm und satt zu sein ist großartig. Ich werde diesen Zustand nie wieder als selbstverständlich betrachten.

»Ich werde dich alle fünf Minuten wecken, um sicherzugehen, dass du kein Hirntrauma hast«, sagt er.

Ich reiße die Augen auf: »Alle fünf Minuten?«

Er lacht in sich hinein, sammelt seine Sachen zusammen und geht zur Tür. »Bis in ein paar Stunden.«

»Oh. Krankenpfleger sollten keine Witze machen«, rufe ich ihm nach, aber ich glaube nicht, dass er mich hört. Vielleicht denke ich nur, dass ich es sage. Ich drifte in den Schlaf, noch während ich die sich hinter ihm schließende Tür höre.


Ich erwache von einem stechenden Schmerz im Knöchel. Ich schreie auf und schaue mich um. Blumentapete. Bin ich zu Hause? Wer ist der Mann in dem Stuhl an der Tür, der ein Buch …

»*Twilight*?«

Leon blinzelt mich an und legt das Buch in den Schoß. »Von bewusstlos zu wertend geht bei dir echt schnell.«

»Ich dachte kurz, das sei ein seltsamer Traum«, erkläre ich.

»Aber meine Traumversion von dir hätte einen viel besseren Buchgeschmack.«

»Was Besseres hatte Babs nicht. Wie geht es dir?«

Ich denke über die Frage nach. Mein Knöchel pulsiert, und mein Hals fühlt sich schrecklich rau und salzig an, aber die Kopfschmerzen sind weg. Ich spüre trotzdem, dass ich von dem ganzen Husten Bauchmuskelkater bekommen werde.

»Wirklich viel besser.«

Er lächelt. Er ist *sehr* niedlich, wenn er lächelt. Wenn er ernst ist, ist sein Gesicht ein wenig hart – sanft geschwungene Augenbrauen, Wangenknochen, Kiefer – aber wenn er lacht, besteht er nur aus weichen Lippen, dunklen Augen und weißen Zähnen.

Ich schaue auf meinem Telefon nach der Zeit, hauptsächlich, um den Blickkontakt zu unterbrechen – plötzlich wird mir klar, dass ich im Bett liege, mein Haar zerzaust ist und meine nackten Beine nur halb unter der Decke versteckt sind.

»Halb *sieben*?«

»Du warst müde.«

»Was hast du in der ganzen Zeit gemacht?«, frage ich ihn. Er zeigt mir sein Lesezeichen – er hat *Twilight* schon fast ausgelesen.

»Diese Bella Swan ist eine ganz schön begehrte Dame für jemanden, der sich selbst als dermaßen unattraktiv beschreibt«, erklärt er mir. »Es scheint so, als wäre – außer ihrem Vater – jeder einzelne Mann in dem Buch in sie verliebt.«

Ich nicke feierlich. »Bella hat es *wirklich* nicht leicht.«

»Ein glitzernder Freund ist bestimmt nicht einfach«, stimmt Leon zu. »Willst du versuchen, mit dem Knöchel aufzutreten?«

»Kann ich nicht einfach für immer im Bett liegen bleiben?«

»Abendessen und noch mehr Whisky, wenn du runterkommst.«

Ich werfe ihm einen kurzen Blick zu. Er schaut zurück, ist völlig gelassen, und mir wird klar, was für ein exzellenter Pfleger er sein muss.

»Gut. Aber du musst weggucken, damit ich meine Hose anziehen kann.«

Er erwähnt nicht, dass er bereits viel zu viel gesehen hat, um sich noch umzudrehen, er setzt sich nur im Sessel anders hin und schlägt *Twilight* wieder auf.

## 42

## LEON

*Auf keinen Fall wirst du dich betrinken.* Das sage ich mir unentwegt, kann aber trotzdem nicht aufhören, an meinem Drink zu nippen. Whisky auf Eis. Widerlich. Vielmehr wäre er das, wenn Babs nicht gesagt hätte, er ginge aufs Haus, wodurch er gleich besser schmeckt.

Wir sitzen an einem klapprigen Holztisch mit Blick aufs Meer und einer Teekanne, in der eine dicke Kerze steckt. Tiffy ist entzückt über den Teekannenkerzenhalter. Anlass für ein Gespräch mit dem Personal über Inneneinrichtung (oder »Interieur«, wie sie das nennen).

Tiffy hat den Fuß hochgelegt und auf ein Kissen gebettet, so wie Socha es angeordnet hat. Der andere Fuß liegt jetzt ebenfalls auf dem Stuhl – sie befindet sich quasi in der Horizontalen, das zurückgeworfene Haar leuchtet in der Sonne, die über dem Meer untergeht. Sie erinnert an ein Renaissancegemälde. Der Whisky hat die Farbe in ihre Wangen zurückgebracht und einen Hauch Röte auf ihre Brust gezaubert, und jedes Mal, wenn sie es nicht bemerkt, wandert mein Blick unwillkürlich dorthin.

Habe den ganzen Tag kaum an etwas anderes als an sie gedacht, schon bevor das mit dem Ertrinken passiert ist. Mr. Priors Suche nach Johnny White ist in den Hintergrund gerückt – letzte Woche war das Projekt das, was Kay meine »Fixierung«

nennen würde. Jetzt fühlt es sich an, als würde mich diese Sache interessieren, weil sie mich mit Tiffy verbindet.

Sie erzählt mir von ihren Eltern. Hin und wieder legt sie den Kopf zurück, wirft das Haar über die Stuhllehne und schließt halb die Augen.

Tiffy: »Aromatherapie ist das Einzige, was sich gehalten hat. Eine Zeit lang hat Mum selbst Kerzen gemacht, aber das bringt kein Geld. Nach einer Weile hat sie es aufgegeben und erklärt, sie würde jetzt wieder die von Poundland kaufen, und niemand durfte sagen, dass er es ihr ja gleich gesagt habe. Dann machte sie eine äußerst seltsame Phase durch, in der sie an Séancen teilnahm.«

Daraufhin reiße ich den Blick von ihr los.

Ich: »Séancen?«

Tiffy: »Ja, du weißt schon, wo man um einen Tisch sitzt und versucht, mit Toten zu reden?«

Der Kellner taucht neben Tiffys Fußstuhl auf. Mustert ihn leicht irritiert, sagt jedoch nichts. Man hat den Eindruck, dass sie hier einiges gewohnt sind, einschließlich tropfnasser Menschen, die beim Essen die Füße hochlegen.

Kellner: »Möchten Sie ein Dessert?«

Tiffy: »Oh, nein, ich bin satt. Danke.«

Kellner: »Babs sagt, das geht aufs Haus.«

Tiffy, sofort: »Sticky Toffee Pudding, bitte.«

Ich: »Für mich auch.«

Tiffy: »Alles umsonst. Als würde ein Traum wahr werden. Ich sollte öfters ertrinken.«

Ich: »Bitte nicht.«

Sie hebt den Kopf, sieht mich aus etwas müden Augen an und hält meinen Blick einige Sekunden länger fest als unbedingt nötig.

Räuspere mich. Schlucke. Suche verzweifelt nach einem Thema.

Ich: »Deine Mum hat an Séancen teilgenommen?«

Tiffy: »O ja. Als ich in die Mittelstufe ging, waren ein paar Jahre lang alle Vorhänge zu, wenn ich nach Hause kam, und ein Haufen Leute sagte: ›Bitte gib dich zu erkennen‹, und ›Klopf einmal für Ja, zweimal für Nein‹. Ich glaube, mindestens sechzig Prozent der Geisterkontakte bestanden im Grunde darin, dass ich nach Hause kam, meine Tasche in den Schrank unter der Treppe pfefferte und sie das als Klopfen interpretierten.«

Ich: »Und was kam nach den Séancen?«

Tiffy denkt nach. Der Sticky Toffee Pudding wird serviert. Eine Riesenportion, die in Toffeesauce ertrinkt. Tiffy gibt einen lustvollen Laut von sich, und mein Magen zieht sich zusammen. Lächerlich. Ich bin doch wohl nicht erregt, weil eine Frau über einen Pudding stöhnt. Muss mich zusammenreißen. Trinke noch mehr Whisky.

Tiffy, den Mund voll Pudding: »Eine Weile hat sie Vorhänge angefertigt. Aber die Vorlaufkosten waren enorm, darum hat sie sich auf Zierdeckchen verlegt. Und dann kam die Aromatherapie.«

Ich: »Haben wir darum so viele Duftkerzen?«

Tiffy lächelt.

Tiffy: »Ja – die im Bad sind alle sorgfältig ausgesucht. Die Düfte wirken entspannend.«

Ich: »Auf mich haben sie die gegenteilige Wirkung. Ich muss sie jedes Mal zur Seite räumen, wenn ich duschen will.«

Tiffy wirft mir über ihren Löffel hinweg einen frechen Blick zu.

Tiffy: »Manchen Menschen ist mit Aromatherapie nicht zu helfen. Weißt du, meine Mutter hat auch mein Parfum ausgewählt. Angeblich ›reflektiert und verstärkt es meine Persönlichkeit‹.«

Ich denke an jenen ersten Tag, als ich in die Wohnung kam und ihr Parfum gerochen habe – Blumen und Gewürze – und wie seltsam es sich angefühlt hat, dass die Wohnung nach jemand anderem roch. Jetzt ist es gar nicht mehr seltsam. Jetzt wäre es komisch, wenn es nicht mehr so wäre.

Ich: »Und was ist da drin?«

Tiffy sofort: »Die Kopfnote ist Rose, darunter Moschus und Nelke. Meine Mutter behauptet, das bedeutet ...«

Nachdenklich zieht sie die Nase kraus.

Tiffy: »Hoffnung, Feuer, Kraft«.

Wirkt belustigt.

Tiffy: »Das soll ich sein.«

Ich: »Hört sich treffend an.«

Sie verdreht die Augen, hält nichts davon.

Tiffy: »›Pleite, große Klappe, Sturkopf‹ trifft es wohl eher – wahrscheinlich hat sie das eigentlich auch gemeint.«

Ich, jetzt eindeutig angetrunken: »Was wäre ich?«

Tiffy legt den Kopf schief. Sie sieht mir wieder direkt in die Augen, so intensiv, dass ich den Blick abwenden muss. Zugleich möchte ich mich über den Tisch beugen und sie über den Teekannenkerzenleuchter hinweg küssen.

Tiffy: »Tja, da ist eindeutig Hoffnung. Darauf setzt dein Bruder.«

Das überrascht mich. Es gibt so wenige Menschen, die von Richie wissen. Und noch weniger, die ungebeten von ihm sprechen. Sie beobachtet mich und prüft meine Reaktion, als wollte sie aufhören, wenn mir das Thema wehtut. Ich lächele. Fühlt sich gut an, so über ihn zu sprechen. Als wäre es ganz normal.

Ich: »Dann kommt Rosenduft in mein Aftershave?«

Tiffy verzieht das Gesicht.

Tiffy: »Wahrscheinlich gibt es für Männer ganz andere Düfte. Ich fürchte, ich kenne mich nur mit der Parfumkunst für Frauen aus.«

Ich möchte sie zu den anderen Begriffen drängen – will hören, was sie über mich denkt –, aber es ist eingebildet, danach zu fragen. Darum schweigen wir stattdessen, zwischen uns flackert die Kerze in ihrer Teekanne, und ich trinke noch einen Schluck Whisky.

## 43

## TIFFY

Ich bin nicht betrunken, aber ich bin auch nicht mehr nüchtern. Man sagt immer, dass man vom Schwimmen im Meer Hunger bekommt – nun, wenn man fast ertrinkt, verträgt man dafür nicht sonderlich viel Alkohol.

Außerdem ist Whisky on the Rocks wirklich stark.

Ich kann nicht mehr aufhören zu kichern. Leon ist definitiv auch angeheitert; seine Schultern sehen lockerer aus, und das schiefe Grinsen verschwindet fast gar nicht mehr. Außerdem hat er es aufgegeben, sein Haar zu bändigen, deswegen löst sich ab und zu eine Locke und steht ab.

Er erzählt mir von seiner Kindheit, als er in Cork wohnte, und den ausgeklügelten Fallen, die er und Richie bauten, um den Freund ihrer Mutter zu ärgern (deswegen kichere ich).

»Moment, ihr habt Drähte durch den Flur gespannt? Sind nicht auch alle anderen darüber gefallen?«

Leon schüttelt den Kopf. »Wir sind rausgeschlichen, nachdem Mam uns ins Bett gebracht hat. Whizz blieb immer lange im Pub. Wir haben echt viele Schimpfwörter gelernt, wenn er sich wegen unserer Konstruktion hingelegt hat.«

Ich lache. »Er hieß *Whizz?*«

»Mmhmm. Aber ich glaube, das war nur ein Spitzname.« Er wirkt auf einmal nüchtern. »Er war einer der Schlimmsten für Mam. Hat sie furchtbar behandelt und ihr immer gesagt, wie dumm sie sei. Trotzdem ist sie immer bei ihm geblieben. Hat ihn jedes Mal wieder reingelassen, nachdem sie ihn rausgeschmissen hat. Sie hat einen Weiterbildungskurs gemacht, als sie zusammengekommen sind, aber er hat schnell dafür gesorgt, dass sie ihn nicht mehr geschafft hat.«

Ich mache ein böses Gesicht. Die Geschichte mit der Falle ist plötzlich nicht mehr so lustig. »Ernsthaft? Was für ein verdammtes Arschloch!«

Leon sieht ein wenig erschrocken aus.

»Habe ich etwas Falsches gesagt?«, frage ich.

»Nein.« Er lächelt. »Nein, überrascht mich nur. Schon wieder. Und beim Schimpfen könntest du es locker mit Whizz aufnehmen.«

Ich senke den Blick. »Danke«, sage ich. »Was ist mit deinem und Richies Dad? War er nicht da?«

Leon hängt fast ebenso horizontal da wie ich – er hat seine Beine mit gekreuzten Knöcheln auf meinen Hocker gelegt – und schwenkt das Whiskyglas im Kerzenlicht hin und her. Wir sind fast die einzigen, die Kellner räumen dezent am anderen Ende des Raums Tische ab.

»Er hat uns verlassen, als Richie geboren wurde, ist in die USA gezogen. Ich kann mich nicht mehr an ihn erinnern … nur noch ganz verschwommen und irgendwie …« Er winkt ab. »Ein seltsames Gefühl. Mam spricht fast nie über ihn – ich weiß nur, dass er ein Klempner aus Dublin war.«

Ich reiße die Augen auf. Ich kann mir nicht vorstellen, nur das über meinen Vater zu wissen, aber Leon sagt es ganz beiläufig. Er kann sehen, was ich denke, und zuckt die Schultern.

»Es war mir einfach nie wichtig, mehr über ihn zu wissen. Richie hat es als Teenager beschäftigt, aber ich weiß nicht, was er herausgefunden hat – wir sprechen nicht darüber.«

Es fühlt sich an, als gebe es noch mehr zu sagen, aber ich will ihn nicht bedrängen und uns den Abend ruinieren. Ich greife über den Tisch und lege kurz meine Hand auf seine; er wirft mir noch einen überraschten, neugierigen Blick zu. Der Kellner kommt näher, vielleicht spürt er, dass unsere ziellose Unterhaltung wohl nirgendwo hinführt, wenn er den Stein nicht ins Rollen bringt. Er fängt an, die letzten Kleinigkeiten von unserem Tisch abzuräumen, ich nehme verspätet meine Hand von Leons.

»Wir sollten ins Bett gehen, oder?«, frage ich.

»Wahrscheinlich«, antwortet Leon. »Ist Babs noch da?«, fragt er den Kellner.

Er schüttelt den Kopf. »Sie ist nach Hause gegangen.«

»Ah. Hat sie gesagt, welches Zimmer ich bekomme? Sie meinte, Tiffy und ich könnten hier übernachten.«

Der Kellner schaut mich an, dann Leon und dann wieder mich.

»Ähm«, sagt er. »Ich glaube, sie dachte … Sie beide wären …«

Leon braucht einen Moment, um zu verstehen. Als ihm alles klar wird, stöhnt er laut auf und wird rot.

»Ist schon o.k.«, sage ich schon wieder kichernd, »wir sind daran gewöhnt, uns ein Bett zu teilen.«

»Gut«, sagt der Kellner, schaut uns wieder an und sieht noch verwirrter aus. »Na, dann ist doch alles in Ordnung, oder?«

»Nicht *gleichzeitig*«, erklärt ihm Leon. »Wir teilen uns ein Bett, aber zu *unterschiedlichen Zeiten*.«

»Gut«, wiederholt der Kellner. »Ähm, soll ich …? Brauchen Sie mich noch?«

Leon sagt freundlich: »Nein, gehen Sie heim. Ich schlafe einfach auf dem Boden.«

»Das Bett ist groß«, erkläre ich ihm. »Es ist schon in Ordnung – wir teilen es uns einfach.«

Ich schreie kurz auf – ich war viel zu ehrgeizig, als ich beim Aufstehen versuchte, meinen gestauchten Knöchel zu belasten. Leon ist direkt an meiner Seite. Für einen Mann, der so viel Whisky getrunken hat, ist er sehr reaktionsschnell.

»Alles in Ordnung«, sage ich, aber ich lasse ihn einen Arm um mich legen, um mich zu stützen. Als wir bei der Treppe ankommen, sagt er »Scheiß drauf«, und trägt mich.

Ich kreische überrascht und bekomme dann einen Lachanfall. Ich bitte ihn nicht, mich runterzulassen – ich will es nicht. Wieder sehe ich das polierte Geländer und die sonderbaren Bilder in ihren verschnörkelten Goldrahmen an mir vorüberziehen, während er mit mir die Treppe hinaufläuft; wieder öffnet er mit dem Ellbogen die Tür zu meinem Zimmer – unserem Zimmer – und trägt mich hinein, tritt die Tür hinter sich zu.

Er legt mich aufs Bett. Das Zimmer ist fast dunkel, das Licht von der Straßenlaterne vorm Fenster wirft sanfte gelbe Dreiecke auf die Decke und lässt Leons Haar golden schimmern. Seine großen, braunen Augen sind fest auf mich gerichtet, sein Gesicht ist nur Zentimeter von meinem entfernt, als er sanft den Arm unter mir wegzieht, um meinen Kopf aufs Kissen zu legen.

Er bewegt sich nicht. Wir starren uns an, unsere Gesichter sind sich ganz nah. Die Atmosphäre knistert, alles ist möglich. Ein wenig Panik lodert irgendwo in meinem Hinterkopf auf – kann ich das machen, ohne durchzudrehen? –, aber ich will, dass er mich küsst, und die Panik verschwindet wieder, selig vergessen. Ich spüre Leons Atem auf meinen Lippen, sehe seine Wimpern im Halbdunkeln.

Dann schließt er die Augen und wendet sich mit einem kurzen Seufzer ab, als würde er den Atem anhalten.

*Uff.* Auch ich ziehe den Kopf zurück und bin plötzlich unsicher, dann ist diese gespannte Stille zwischen uns vorbei. Habe ich … diese Blicke, dieses Starren, unsere Lippen, die sich so nah waren, missverstanden?

Meine Haut ist heiß, mein Herz rast. Er starrt mich wieder an; in seinem Blick spiegelt sich Verlangen, er hat ein wenig die Stirn gerunzelt. Ich bin mir *sicher*, dass er darüber nachgedacht hat, mich zu küssen. Vielleicht habe ich etwas Falsches gemacht – ich bin schließlich ein wenig aus der Übung. Oder vielleicht hat sich der Justin-Fluch weiter ausgedehnt und ruiniert nun Küsse, die noch gar nicht angefangen haben.

Leon legt sich wieder aufs Bett; er sieht jämmerlich unbeholfen aus und fummelt an seinem Hemd herum, ich frage mich, ob ich die Initiative ergreifen und ihn küssen soll, ob ich mich neben ihm aufsetzen und sein Gesicht zu meinem drehen soll. Aber was ist, wenn ich die Situation falsch verstanden habe und dies einer der Momente ist, in dem ich es einfach bleiben lassen sollte?

Ich lege mich vorsichtig neben ihn. »Wir sollten wohl am besten schlafen gehen, oder?«, frage ich.

»Ja.« Seine Stimme klingt tief und ruhig.

Ich räuspere mich. Nun, das war's dann wohl.

Er rutscht ein wenig. Sein Arm streift meinen, ich bekomme Gänsehaut. Er atmet ein, als wir uns berühren, nur ein leises, überraschtes Schnaufen, dann steht er auf und geht ins Bad, und ich liege immer noch hier mit Gänsehaut und klopfendem Herzen und starre an die Decke.

# 44

## LEON

Tiffys Atem beruhigt sich. Riskiere einen Seitenblick zu ihr hinüber. Kann nur das sanfte Flattern ihrer Lider erkennen, sie träumt. Also ist sie eingeschlafen. Ich atme langsam aus, versuche mich zu entspannen.

Hoffe inständig, dass ich das hier nicht verdorben habe.

Es war äußerst untypisch für mich, sie einfach so hochzuheben und aufs Bett zu legen. Es war einfach ... ich weiß nicht. Tiffy ist so impulsiv, das ist ansteckend. Andererseits bin ich auch noch ich, logisch, darum verließ mich die Impulsivität genau im möglicherweise entscheidenden Moment und wich vertrauter, panischer Unentschiedenheit. Sie ist betrunken und verletzt – man küsst keine betrunkene, verletzte Frau. Oder? Vielleicht ja doch. Vielleicht wollte sie das?

Richie gilt als Romantiker, dabei war das immer ich. Als Teenager hat er mich eine Pussy genannt. Er jagte jeder hinterher, die ihm auch nur einen Blick zuwarf. Ich schmachtete derweil das Mädchen an, für das ich seit der Grundschule geschwärmt hatte, und war zu ängstlich, sie anzusprechen. Ich war immer jemand, der nachdenkt, bevor er stürzt – doch wir fallen beide gleich hart.

Ich schlucke. Denke daran, wie sich Tiffys Arm an meinem anfühlte, wie sich die Härchen auf meinem Unterarm bei der kleinsten Berührung ihrer Haut steil aufrichteten. Ich starre an die Decke. Merke erst jetzt, dass die Vorhänge noch offen sind, das Licht der Straßenlaterne wirft Streifen in unser Zimmer.

Während ich dort liege, nachdenke und beobachte, wie sich das Licht über den Boden bewegt, wird mir langsam klar, dass ich schon sehr lange nicht mehr in Kay verliebt gewesen bin. Ich mochte sie, fühlte mich ihr nah, hatte sie gern in meinem Leben. Es war sicher und einfach. Aber ich hatte ganz vergessen, wie es ist, wenn man jemanden gerade erst kennengelernt hat. Dieses brennende, wahnsinnige Gefühl, wenn man an nichts anderes mehr denken kann. Nicht ein Funke davon war bei Kay noch übrig seit … womöglich schon seit einem Jahr?

Wieder blicke ich zu Tiffy, ihre Wimpern werfen Schatten auf die Wangen, und ich denke daran, was sie mir über Justin erzählt hat. In ihren Nachrichten an mich hörte es sich an, als wäre er nicht besonders nett zu ihr – warum musste sie ihm plötzlich das ganze Geld zurückzahlen? Aber nichts klang so besorgniserregend wie das, was sie mir im Zug erzählt hat. Andererseits, so wichtig mir die Nachrichten auch waren, es waren nur Notizen. Es ist leichter, sich etwas vorzumachen, wenn man etwas schreibt und einen niemand dabei beobachtet.

In meinem Kopf wirbeln Panik, Reue und Whiskyrausch durcheinander – ich kann nicht schlafen. Starre zur Decke hoch. Lausche auf Tiffys Atem. Spiele alle Möglichkeiten durch, wie es hätte laufen können: Wenn wir uns geküsst hätten und sie mich aufgehalten hätte, wenn wir uns geküsst hätten und sie mich nicht …

Besser, ich denke nicht mehr darüber nach. Es führt nur zu völlig unangemessenen Gedanken.

Tiffy dreht sich um und zieht die Decke mit sich. Jetzt liege ich zur Hälfte in der kühlen Nachtluft. Doch ich gönne es ihr. Es ist wichtig, dass sie es warm hat, nachdem sie fast ertrunken wäre. Sie dreht sich erneut um. Noch mehr Decke. Jetzt ist nur noch mein rechter Arm bedeckt. So kann ich absolut nicht schlafen.

Ich muss sie mir einfach zurückholen. Versuche es zunächst sanft, aber es ist, als würde man Tauziehen spielen. Die Frau hält die Decke wie ein Schraubstock. Wie kann sie so stark sein, wenn sie nicht bei Bewusstsein ist?

Muss entschiedener daran ziehen. Vielleicht wacht sie ja nicht auf. Vielleicht ist sie einfach …

Tiffy: »Au!«

Sie ist mit der Decke herumgerollt, ich scheine ebenfalls in die Mitte gewandert zu sein, und jetzt liegen wir uns von Angesicht zu Angesicht gegenüber, aufreizend nah.

Mein Atem beschleunigt sich. Ihre Wangen sind gerötet, ihre Lider träge vom Schlaf.

Erst jetzt begreife ich, dass sie gerade *au* gesagt hat. Die Bewegung muss ihr am Knöchel wehgetan haben.

Ich: »Sorry! Sorry!«

Tiffy, verwirrt: »Hast du versucht, mir die Decke wegzuziehen?«

Ich: »Nein! Ich habe versucht, sie mir zurückzuholen.«

Tiffy blinzelt. Ich möchte sie wirklich gern küssen. Könnte ich sie jetzt küssen? Wahrscheinlich ist sie wieder nüchtern. Aber dann zuckt sie wegen der Schmerzen an ihrem Knöchel zusammen, und ich komme mir wie der schlechteste Mensch der Welt vor.

Tiffy: »Woher zurückholen?«

Ich: »Nun ja, du hast sie mir … ganz weggezogen.«

Tiffy: »Oh! Tut mir leid. Nächstes Mal weck mich einfach auf und sag es mir. Ich schlafe sofort wieder ein.«

Ich: »Oh, okay. Klar. Sorry.«

Tiffy wirft mir einen halb belustigten, halb verschlafenen Blick zu, rollt sich wieder herum und zieht die Decke bis zum Kinn hoch. Ich drehe den Kopf ins Kissen. Sie soll nicht sehen, dass ich wie ein liebeskranker Teenie grinse, nur weil sie »nächstes Mal« gesagt hat.

# 45

## TIFFY

Ich wache vom Sonnenlicht auf, was viel weniger angenehm ist, als es sich anhört. Wir haben gestern Abend nicht die Vorhänge zugezogen. Instinktiv drehe ich das Gesicht vom Fenster weg, rolle mich auf die andere Seite und bemerke, dass der Platz neben mir leer ist.

Zunächst fühlt es sich völlig normal an: Ich wache schließlich jeden Tag ohne Leon auf. Mein schläfriges Hirn sagt: *oh, klar, nee, warte …*

Auf seinem Kissen liegt ein Zettel.

*Ich hole uns etwas zum Frühstücken. Gleich wieder da, bringe Gebäck mit. x*

Ich lächele und rolle mich wieder auf die andere Seite, um mein Handy vom Nachttisch zu nehmen.

Scheiße. Siebenundzwanzig entgangene Anrufe, alle von einer unbekannten Nummer.

Ich krabbele mit pochendem Herzen aus dem Bett, dann heule ich vor Schmerz auf, weil ich mir den Knöchel stoße. Fuck. Ich höre meine Sprachnachrichten ab, in meinem Magen brauen sich ungute Gefühle zusammen. Irgendwie … war gestern zu schön, um wahr zu sein. Bestimmt ist etwas Schreckliches passiert – ich weiß, ich hätte nicht …

»Tiffy, alles okay mit dir? Ich habe Rachels Status auf Facebook gesehen. Wärst du wirklich fast ertrunken?«

Es ist Justin. Ich merke, wie mein Körper sich beim Weiterhören versteift.

»Ich weiß schon, dass du gerade nicht gut auf mich zu sprechen bist. Aber ich muss wissen, dass mit dir alles in Ordnung ist. Ruf mich zurück.«

Er hat noch weitere Nachrichten hinterlassen. Noch zwölf, um genau zu sein. Ich hatte seine Nummer nach einer besonders kraftspendenden Beratungssitzung gelöscht, deswegen kamen die Anrufe von einer unbekannten Nummer. Ich glaube, ich wusste dennoch, wer es sein würde. Niemand sonst hat mich je so häufig angerufen, nur Justin – normalerweise nach einem Streit oder einer Trennung.

»Tiffy. Das ist lächerlich. Wenn ich wüsste, wo du bist, würde ich hinkommen. Ruf mich an, okay?«

Ich erschaudere. Das fühlt sich … Ich fühle mich furchtbar. Als hätte das gestern mit Leon nicht passieren sollen. Wenn ich mir vorstelle, Justin wüsste, wo ich bin und was ich gemacht habe …

Ich schüttele mich. Ich spüre, dass es keinen Sinn ergibt, als ich darüber nachdenke. Ich mache mir selbst wieder Angst.

Ich tippe eine Nachricht.

Mir geht's gut, ich habe mir leicht den Knöchel verstaucht. Bitte ruf mich nicht mehr an.

Kurz darauf antwortet er:

Oh, Gott sei Dank! Was machst du denn für Sachen, wenn ich nicht auf dich aufpasse? Ich habe mir solche Sorgen gemacht. Ich halte mich an deine Regeln: Kein Kontakt bis Oktober. Ich wollte dich nur wissen lassen, dass ich an dich denke. xx

Eine Weile starre ich die Nachricht an. *Was machst du denn für Sachen.* Als wäre ich ein Trottel. Gestern hat Leon mich aus dem Meer gezogen, und dennoch fühle ich mich gerade zum ersten Mal an diesem Wochenende wie das Mädchen, das gerettet werden muss.

Scheiß drauf. Ich drücke auf Blockieren und lösche alle Sprachnachrichten von meinem Telefon.

Ich hoppele ins Bad. Das ist nicht die würdevollste Fortbewegungsmethode – die kitschigen Lampen an den Wänden vibrieren dabei ein wenig –, aber irgendetwas an diesem Getrampel ist ziemlich therapeutisch. *Stampf, stampf, stampf. Verdammter, dummer, Justin.* Ich knalle befriedigend laut die Badezimmertür zu.

Als ich geduscht und mir die Kleidung von gestern wieder angezogen habe – die voll mit grobem Sand ist, praktisch, muss ich mich auch nicht peelen –, hinke ich zum Bett zurück und werfe mich darauf, vergrabe mein Gesicht im Kissen. Puh. Gestern war so schön, und nun fühle ich mich total schrecklich, als hätten mich die Sprachnachrichten beschmutzt. Aber ich habe seine Nummer blockiert – das hätte ich vor einigen Monaten noch nicht übers Herz gebracht. Vielleicht sollte ich dankbar sein, dass mich die ganzen Sprachnachrichten dazu gebracht haben.

Ich stütze mich auf die Ellbogen und greife nach der Nachricht, die Leon mir hinterlassen hat. Sie ist auf Hotel-Briefpapier geschrieben, *The Bunny Hop Inn* steht in munteren Buchstaben unten auf der Seite. Die Handschrift ist aber wie immer:

Leons ordentliche, runde Buchstaben. In einem Augenblick peinlicher Sentimentalität falte ich das Stück Papier zusammen und will es in meine Handtasche stecken.

Es klopft leise an der Tür.

»Komm rein«, rufe ich.

Er trägt ein riesiges T-Shirt mit einem Bild von drei Röcken vorne drauf, darunter steht BRIGHTON ROCKT in Großbuchstaben. Meine Laune wird gleich zehnmal besser. Nichts versüßt einem so sehr den Morgen wie ein Mann in einem kuriosen T-Shirt – besonders wenn er eine vielversprechende Papiertüte mit dem Aufdruck *Pâtisserie Valerie* in der Hand hält.

»Eins von Babs schönsten Exemplaren?«, frage ich und zeige aufs T-Shirt.

»Meine neue persönliche Stylistin«, erklärt Leon.

Er reicht mir die Tüte mit dem Gebäck und setzt sich ans Fußende des Bettes, streicht sich das Haar zurück. Er ist wieder nervös. Warum finde ich sein Rumgehampel so hinreißend?

»Du hast es also in die Dusche geschafft?«, fragt er schließlich und deutet auf mein nasses Haar. »Mit deinem Fuß, meine ich.«

»Ich habe wie ein Flamingo geduscht.« Ich ziehe ein Knie hoch. Er lächelt. Wenn er mich so schief anlächelt, habe ich das Gefühl, ein Spiel zu gewinnen, von dem ich nicht einmal wusste, dass ich es spiele. »Die Tür lässt sich aber nicht abschließen. Ich dachte, du würdest vielleicht einfach reinkommen, aber es wirkt so, als wäre das Karma heute Morgen anderswo beschäftigt.«

Er würgt ein seltsames »Mmhmm« hervor und beschäftigt sich mit seinem Croissant. Ich unterdrücke ein Lächeln. Eine unerfreuliche Nebenwirkung meiner Schwäche für sein nervöses Gezappel ist, dass ich mir nicht verkneifen kann, Auslöser dafür auszusprechen.

»Aber egal, du hast mich im Grunde eh schon nackt gesehen«, spreche ich weiter. »Zwei Mal schon. Also hättest du ohnehin keine große Überraschung erlebt.«

Diesmal schaut er mich an. »›Im Grunde‹ ist nicht dasselbe wie ›tatsächlich‹. Dazwischen liegen genau genommen Welten.«

Mir zieht sich der Magen zusammen. Was auch immer es mit der Unbeholfenheit gestern Abend auf sich hatte, die sexuelle Spannung habe ich mir ganz sicher nicht eingebildet. Sie liegt deutlich in der Luft.

»Ich sollte mir keine Sorgen wegen mangelnder Überraschungen machen«, sagt er. »Du hast mich *tatsächlich* nackt gesehen.«

»Ich habe mich gefragt … als ich damals beim Duschen reingekommen bin, hattest du …«

Er verschwindet so schnell im Bad, dass ich kaum die Entschuldigung höre, die er auf dem Weg murmelt. Als er die Tür hinter sich schließt und die Dusche anstellt, grinse ich. Ich denke, das war meine Antwort. Rachel wird hocherfreut sein.

## 46

## LEON

Habe vorher nie so intensiv über die Nachrichtenzettel nachgedacht. Es war *deutlich* leichter, als ich einfach nur einer
Freundin, der ich noch nie begegnet war, schrieb, was mir
durch den Kopf ging. Jetzt formuliere ich ausgefeilte Nachrichten an eine Frau, die sich in beinahe all meinen Gedanken
eingenistet hat.

Es ist schrecklich. Ich setze mich mit Stift und Post-it hin
und vergesse plötzlich alle Worte. Ihre Nachrichten sind frech,
flirtig, klingen ganz nach ihr. Das war die erste nach dem Wochenende in Brighton, sie klebte an der Schlafzimmertür:

*Hallo, Mitbewohner.*
*Wie ist die Umstellung auf den Nachtrhythmus heute gelaufen? Ich*
*habe gesehen, dass Fatima und ihre Familie wieder die Müllcon-*
*tainer durchwühlt haben, während wir weg waren – diese kleinen*
*Luder.*
*Ich wollte mich noch mal bei dir dafür bedanken, dass du mich*
*aus dem Meer gefischt hast. Sorge dafür, dass du irgendwann in*
*einen großen Bottich mit Wasser fällst, damit ich mich revanchieren*
*kann. Du weißt schon, wegen der Gleichberechtigung. Und weil*
*du mich total an Mr. Darcy erinnert hast, der gerade aus dem See*
*kommt. xx*

Meine Nachrichten sind steif, ich denke viel zu viel über sie nach. Ich schreibe sie, wenn ich von der Arbeit nach Hause komme, dann schreibe ich sie noch mal neu, bevor ich gehe, dann bedauere ich die ganze Nacht im Hospiz, was ich geschrieben habe. Bis ich zu Hause eine Antwort von ihr vorfinde und mich sofort besser fühle. Dann geht das Ganze wieder von vorne los.

Am Mittwoch habe ich schließlich den Mut aufgebracht, ihr diese Nachricht auf der Küchenarbeitsfläche zu hinterlassen:

*Am Wochenende was vor? x*

War wie gelähmt von Selbstzweifeln, kaum dass ich das Gebäude verlassen hatte und zu weit weg war, um noch einmal umzukehren. Rückblickend war es eine sehr kurze Nachricht. Vielleicht zu kurz, um verständlich zu sein? Vielleicht beleidigend kurz? Warum ist das so schwer?

Jetzt geht es mir allerdings besser.

*Ich bin dieses Wochenende allein zu Hause. Hast du Lust vorbeizukommen und mir deine Pilzpfanne Stroganoff zu kochen? Ich habe es immer nur aufgewärmt gegessen, und ich wette, frisch gekocht schmeckt es sogar noch besser. xx*

Ich lange nach einem Post-it und schreibe eine Antwort.

*Tiffin-Kuchen zum Nachtisch? x*

Richie: »Du bist nervös, stimmt's?«

Ich: »Nein! Nein, nein.«

Richie schnaubt. Er hat gute Laune – er ist jetzt meistens gut gelaunt. Mindestens jeden zweiten Tag ruft er Gerty an, um sich über den Stand des Berufungsverfahrens zu informieren. Es gibt so viel zu besprechen, dass anscheinend jeden zweiten Tag Telefonate erforderlich sind. Das noch einmal gesichtete Beweismaterial. Die Zeugenvorladungen. Und schließlich das Material aus der Überwachungskamera.

Ich: »Okay. Ein bisschen nervös.«

Richie: »Das wird super, Mann. Du weißt doch, dass sie auf dich steht. Was hast du vor? Soll es heute Abend passieren?«

Ich: »Natürlich nicht. Viel zu früh.«

Richie: »Hast du dir für alle Fälle die Beine rasiert?«

Lasse mich nicht dazu herab, darauf zu antworten. Richie kichert.

Richie: »Ich mag sie, Kumpel. Da hast du jemand Gutes.«

Ich: »Bin mir nicht sicher, ob ich sie schon ›habe‹.«

Richie: »Wie? Du meinst – der Ex?«

Ich: »Sie liebt ihn nicht mehr. Aber es ist kompliziert. Ich mache mir ein bisschen Sorgen um sie.«

Richie: »War er ein Arsch?«

Ich: »Mm.«

Richie: »Hat er ihr wehgetan?«

Bei der Vorstellung verkrampft sich mein Magen.

Ich: »In gewisser Weise, glaube ich. Sie redet nicht richtig mit mir darüber, aber … habe ein schlechtes Gefühl bei ihm.«

Richie: »Mist. Haben wir es hier vielleicht mit irgendeiner posttraumatischen Geschichte zu tun?«

Ich: »Meinst du?«

Richie: »Du sprichst mit dem König des Nachtschweißes. Ich weiß nicht. Ich bin ihr noch nie begegnet, aber wenn sie noch irgendwelchen Mist verarbeiten muss, den sie erlebt hat, kannst du nur für sie da sein und ihr die Entscheidung überlassen, wann sie bereit ist. Für was auch immer.«

Das Trauma des Prozesses und der erste Monat im Gefängnis verfolgten Richie ungefähr sechs Wochen lang. Zitternde Hände, plötzliche Panik, verstörende Flashbacks, Zusammenzucken bei dem leisesten Geräusch. Letzteres störte ihn am meisten. Er schien zu denken, dass dieses Merkmal einer posttraumatischen Belastungsstörung Leuten wie Soldaten vorbehalten sein sollte, bei deren Traumatisierung tatsächlich laute Geräusche beteiligt waren.

Richie: »Und versuch nicht, ihr die Entscheidung abzunehmen. Bilde dir nicht ein, dass es ihr noch gar nicht besser gehen könnte. Das ist ihre Sache.«

Ich: »Du bist ein guter Kerl, Richard Twomey.«

Richie: »Merk dir das und sag das in drei Wochen den Richtern, Alter.«

Komme um fünf Uhr in die Wohnung. Tiffy ist heute tagsüber mit Mo und Gerty unterwegs. Merkwürdig, an einem Wochenende hier zu sein. Es ist jetzt ihre Wohnung.

Verkneife es mir gerade noch, mir die Beine zu rasieren, verbringe jedoch übermäßig viel Zeit damit, mich fertig zu machen. Kann nicht aufhören, darüber nachzudenken, wo wir beide heute Nacht schlafen werden. Fahre ich zurück zu Mam, oder übernachte ich hier? In Brighton haben wir uns schon einmal ein Bett geteilt …

Ich überlege, ihr zu sagen, dass ich heute Nacht bei Mam übernachte, um meinen guten Willen zu zeigen. Beschließe dann jedoch, dass ich mir die Sache damit früher als nötig verbaue. Außerdem würde ich ihr eine Entscheidung abnehmen, und davon hat Richie mir schließlich abgeraten. Also lasse ich es bleiben.

Schlüssel in der Tür. Will vom Sitzsack aufspringen, doch

das wäre selbst für einen Menschen mit Oberschenkeln aus Stahl unmöglich. Darum befinde ich mich in einer halben Kniebeuge, als Tiffy hereinkommt, und versuche, mich daraus hochzukämpfen.

Tiffy, lachend: »Das ist wie Treibsand, stimmt's?«

Sie sieht wunderschön aus. Enges blaues Oberteil und langer fließender, grauer Rock mit leuchtend pinken Schuhen, die sie, auf dem gesunden Bein balancierend, auszuziehen versucht.

Ich mache Anstalten, ihr zu helfen, doch sie winkt ab und setzt sich auf die Arbeitsfläche, um es sich einfacher zu machen. Ihr Knöchel wirkt schon beweglicher – gutes Zeichen. Scheint schnell zu heilen.

Sie sieht mich mit hochgezogener Augenbraue an.

Tiffy: »Begutachtest du meine Knöchel?«

Ich: »Aus rein medizinischem Interesse.«

Tiffy grinst mich an, lässt sich von der Arbeitsfläche gleiten und humpelt zum Herd, um den dort stehenden Topf zu untersuchen.

Tiffy: »Riecht herrlich.«

Ich: »Irgendetwas sagte mir, du würdest Pilzpfanne Stroganoff mögen.«

Sie lächelt mir über ihre Schulter zu. Möchte hinter sie treten, die Arme um ihre Taille legen und sie auf den Nacken küssen. Widerstehe dem Impuls, da es ziemlich dreist und unangemessen wäre.

Tiffy: »Das ist übrigens für dich gekommen.«

Sie zeigt auf einen kleinen weißen Umschlag auf der Arbeitsfläche, der an mich adressiert ist. Ich öffne ihn. Es ist eine Einladung, sorgfältig in leicht ungelenker Handschrift verfasst.

*Lieber Leon,*

*am Sonntag werde ich acht und mache eine Geburtstagsparty. Bitte komm!!! Bring deine Freundin Tiffy mit, die mit dem Stricken. Tut mir leid, dass die Einladung so spät kommt. Mum sagt, deine richtige Einladung hätte eine blöde Schwester in St Marks letzte Woche verbummelt, und dann wollten die uns deine Adresse nicht geben, aber sie haben gesagt, sie würden dir die Einladung für uns schicken. Also ich hoffe, das haben sie gleich getan. Bitte komm!!*

*Holly xoxoxoxoxox*

Lächele und zeige Tiffy die Einladung.

Ich: »Vielleicht nicht gerade das, was du dir für morgen vorgestellt hast?«

Tiffy, wirkt entzückt: »Sie erinnert sich an mich!«

Ich: »Sie war ganz versessen auf dich. Wir müssen aber nicht hingehen.«

Tiffy: »Machst du Witze? Natürlich gehen wir hin. Bitte. Man wird nur einmal acht, Leon.«

## 47

## TIFFY

Ich hätte nicht gedacht, dass Kuchenessen dermaßen sexuell aufgeladen sein könnte. Wir sitzen auf dem Sofa vor dem Fernseher (der im Grunde nur noch zur Zierde dasteht), haben Weingläser in den Händen, und unsere Beine berühren sich. Ich sitze fast bei ihm auf dem Schoß. Dort *würde* ich auf jeden Fall gern sitzen.

»Erzähl weiter«, sage ich und stoße ihn mit dem Knie an. »Sag mir die Wahrheit.«

Seine Miene verrät nichts. Ich starre ihn mit zusammengekniffenen Augen an, immer wieder wandert mein Blick zu seinen Lippen. Er macht dasselbe – dieses Augen-Lippen-Ding, das einen näher zum anderen zu ziehen scheint – und wir schweben im Augenblick, als wären wir ganz oben auf einer Schaukel und warten darauf, dass die Schwerkraft einsetzt, spüren den Zug, aber bewegen uns noch nicht. Dieses Mal habe ich keine Zweifel: Ich weiß, dass er darüber nachdenkt, mich zu küssen.

»Erzähl es mir«, sage ich.

Er neigt den Kopf zu mir, aber im letzten Moment ziehe ich mich nur ein wenig zurück, und er schnauft verärgert, halb amüsiert, halb frustriert, weil ich ihn necke.

»Viel kleiner«, sagt er widerwillig, entfernt sich auch ein wenig von mir und nimmt sich noch ein Stück Kuchen. Ich beobachte ihn, wie er sich Schokolade von den Fingern leckt. Großartig, wirklich – ich habe es immer seltsam gefunden, dass Menschen in Filmen an Sachen lecken, als wäre das sexy, aber jetzt zeigt mir Leon, dass ich unrecht hatte.

»Kleiner? Mehr nicht? Das hast du mir schon gesagt.«

»Und ... plumper.«

»Plumper!«, kreische ich. Das sollte ich wissen. »Du dachtest, ich wäre plump?«

»Ich habe es nur vermutet!«, sagt Leon, lehnt sich zu mir und zieht mich an sich, sodass ich fast schon an seiner Brust kauere.

Ich neige mich zu ihm, genieße das Gefühl. »Klein und plump. Was sonst noch?«

»Ich dachte, du würdest dich seltsam anziehen.«

»Das tue ich ja auch«, erkläre ich und zeige auf den Wäscheständer in der Ecke, wo meine leuchtend roten Pantalons und der regenbogenfarbene Strickpullover, den Mo mir letztes Jahr zum Geburtstag geschenkt hat, hängen (obwohl selbst ich die beiden Teile nicht gern gleichzeitig anziehen würde).

»Bei dir sieht es aber gut aus«, sagt er. »Als würdest du es absichtlich machen. Es gehört zu dir ... Das bist du.«

Ich lache. »Okay, danke.«

»Und du?«, fragt er und verlagert das Gewicht, um noch einen Schluck Wein zu trinken.

»Und ich was?«

»Wie hast du dir mich vorgestellt?«

»Ich habe geschummelt und dich auf Facebook angeschaut«, gebe ich zu.

Leon hat das Weinglas noch nicht zum Mund geführt und sieht schockiert aus. »Daran habe ich überhaupt nicht gedacht!«

»Natürlich nicht. Ich mein, ich hätte gern gewusst, wie jemand aussieht, wenn er einziehen und in meinem Bett schlafen würde, aber bei dir spielen Äußerlichkeiten keine große Rolle, oder?«

Er hält inne und denkt darüber nach.

»Als ich dich gesehen habe, war es mir nicht mehr egal. Aber was hätte es sonst für einen Unterschied gemacht? Unsere wichtigste WG-Regel lautete, dass wir uns nicht begegnen würden.«

Ich kann mir das Lachen nicht verkneifen. »Na, *unsere* wichtigste Regel haben wir schon mal gebrochen.«

»Wie, *unsere*?«

»Keine Sorge.« Ich winke ab. Ich habe keine Lust, *Gertys* wichtigste Regel zu erklären, oder wie lange ich darüber nachgedacht habe, sie zu brechen.

»Ahhh«, sagt Leon plötzlich, als er die Zeit auf meiner Peter-Pan-Uhr auf dem Kühlschrank sieht. Halb eins. »Es ist spät.« Er schaut mich besorgt an. »Hab die Zeit aus den Augen verloren.«

Ich zucke die Schultern. »Worin liegt das Problem?«

»Ich kann jetzt nicht zurück zu Mam – die letzte Bahn ist um zehn nach zwölf gefahren.« Er sieht gequält aus. »Ich schlafe einfach auf dem Sofa, okay? Also wenn das in Ordnung ist?«

»Auf dem Sofa? Warum?«

»Damit du das Bett haben kannst?«

»Das Sofa ist winzig. Du müsstest dich in Embryostellung zusammenrollen.« Mein Herz klopft wie verrückt. »Du hast deine Seite, ich habe meine. Wir haben uns bislang an die Linke-Seite-rechte-Seite-Regel gehalten. Warum sollten wir das jetzt ändern?«

Er beobachtet mich, sein Blick wandert über mein Gesicht, als versuche er, mich zu lesen.

»Es ist nur ein Bett«, sage ich und rücke wieder näher zu ihm. »Wir haben uns schon einmal ein Bett geteilt.«

»Bin mir nicht sicher, ob das genauso einfach ist«, sagt Leon ein wenig gepresst.

Aus einem Impuls heraus lehne ich mich nach vorne und drücke ihm die Lippen leicht auf die Wange, dann wieder und wieder, bis ich einen Pfad von seinen Wangenknochen bis zu seinen Mundwinkeln geküsst habe.

Ich lehne mich zurück und schaue ihm in die Augen. Meine Haut kribbelt bereits, aber sein Blick durchfährt mich wie ein Stromschlag, und inzwischen bestehe ich zu achtzig Prozent aus Herzklopfen. Ich schlucke. Wir sind so eng beieinander, wie es möglich ist, ohne sich zu küssen. Dieses Mal kommt keine Panik in mir auf, nur glückseliges, feuriges Verlangen.

Also küsse ich ihn schließlich.

Als ich ihn auf die Wange geküsst habe, wollte ich unseren ersten richtigen Kuss sanft und langsam angehen, die Art von Kuss, die einem durch Mark und Bein geht, aber als ich ihn tatsächlich küsse, wird klar, dass wir dafür viel zu lange gewartet und sexy Kuchen gegessen haben. Dies ist ein richtiger Kuss, der sehr baldiges Ausziehen verspricht, ein Kuss, den man normalerweise austauscht, wenn man zum Bett stolpert. Als wir nach Luft schnappen, bin ich nicht überrascht, dass ich mit zerzaustem Haar auf ihm sitze, mein langer Rock bis zu den Oberschenkeln hochgerutscht ist und er mich so eng an sich zieht wie nur irgendwie möglich.

Wir halten nicht lange inne. Ich drehe mich um, stelle kurzerhand mein Weinglas auf den Tisch und verlagere das Gewicht weg von meinem Knöchel, dann küssen wir uns gierig wieder, und mein Körper reagiert mit einer Hitze, die ich wirklich noch nie zuvor gespürt habe. Eine seiner Hände wandert zu meinem Nacken, streift auf dem Weg meine Brust, und ich schreie geradezu auf. Mein ganzer Körper steht unter Hochspannung.

Ich habe keine Ahnung, was als Nächstes passiert. Ich kann auch gar nicht darüber nachdenken. Das macht mich unglaublich dankbar – alle Gedanken an Flashbacks und Exfreunde haben sich in Luft aufgelöst. Leons Körper ist fest und warm, und ich denke nur daran, ihm alle Klamotten auszuziehen, damit ich so nah wie möglich bei ihm sein kann. Als ich sein Hemd aufknöpfen will, nimmt er die Hand von meiner Taille, um mir zu helfen, zieht es aus und wirft es neben das Sofa, wo es wie eine Fahne an der Lampe hängen bleibt. Ich fahre mit der Hand über Leons Brust, wundere mich darüber, wie eigenartig es ist, ihn so anfassen zu können. Ich löse mich gerade lang genug von ihm, um mich aus meinem Oberteil zu winden.

Er atmet scharf ein, und als ich mich zu ihm lehne, um ihn zu küssen, hält er mich davon ab, legt die Hände auf meine Oberarme, sein Blick ist auf meinen Körper gerichtet. Ich trage unter dem Top ein dünnes Unterhemd mit tiefem Ausschnitt.

»Gott«, sagt er heiser. »Wie schön du bist.«

»Es gibt nichts, was du noch nie gesehen hast«, erinnere ich ihn und wende mich ihm ungeduldig wieder zu, damit er mich weiter küsst. Er hält mich wieder zurück, starrt mich immer noch an. Ich mache ein frustriertes Geräusch, aber dann drückt er die Lippen auf mein Schlüsselbein, dann tiefer, küsst meine Brüste, und ich höre auf, mich dagegen zu wehren.

Ich kann keine Gedanken fassen, die länger als zwei Sekunden dauern. Sie verfliegen einfach. Ich spüre, dass große Bereiche meines Gehirns an Sex denken. Der Teil meines Hirns, der für Schmerzen zuständig ist, hat meinen Knöchel völlig vergessen und ist nun viel mehr daran interessiert, was Leons Lippen machen, als seine Küsse tiefer und tiefer zu meinem BH wandern. Der Bereich, der normalerweise damit beschäftigt ist, sich Gedanken darüber zu machen, ob ich fett aussehe, scheint völlig verschwunden. Ich stöhne nur noch, weil auch mein Sprachzentrum ganz eindeutig außer Gefecht gesetzt ist.

Leons Hände greifen unter das Bündchen meines Rocks, berühren meine Seidenunterwäsche. Natürlich trage ich schöne Unterwäsche. Ich habe das vielleicht nicht geplant, aber ich habe es auch nicht *nicht* geplant.

Ich löse mich von ihm und ziehe das Unterhemd aus – es ist gerade nur im Weg. Ich muss von ihm runtergehen, damit wir uns beide weiter ausziehen können, aber ich will nicht. Mein Gehirn versucht angestrengt, langfristig zu denken, doch das bringt anscheinend nichts, deswegen beschäftige ich mich nicht länger mit dem Problem und hoffe, dass Leon irgendeine Lösung hat.

»Bett?«, fragt Leon mit den Lippen auf meinem Hals.

Ich nicke, aber als er sich unter mir rührt, beschwere ich mich nuschelnd, senke den Kopf, um ihn wieder zu küssen. Ich fühle sein Lächeln auf meinen Lippen.

»Ich kann nicht ins Bett, ohne dass du dich bewegst«, erinnert er mich und versucht wieder, unter mir wegzurutschen.

Ich bringe noch einen unzusammenhängenden Einwand hervor. Er kichert, hat die Lippen immer noch gegen meine gedrückt.

»Sofa?«, schlägt er stattdessen vor.

Besser. Ich wusste, dass Leon eine Lösung haben würde. Widerwillig rutsche ich von seinem Schoß, damit er sich bewegen kann. Er zerrt an meinem Rock, seine Finger suchen nach einem Knopf oder Reißverschluss.

»Der Reißverschluss ist verdeckt«, sage ich und suche nach der Naht an der Hüfte.

»Teuflische Frauenbekleidung«, erklärt Leon und hilft mir dabei, anschließend den Rock auszuziehen. Wie zuvor bewege ich mich, um mich wieder gegen ihn zu drücken, aber er hält mich auf, damit er mich vernünftig anschauen kann. Sein Blick lässt meine Wangen glühen. Ich ziehe ihm den Gürtel aus, und er atmet scharf ein, schaut mir dann wieder ins Gesicht, als ich seine Jeans aufknöpfe.

»Hilfst du mir ein bisschen?«, frage ich mit hochgezogenen Brauen, als ich an den Knöpfen herumspiele.

»Den Teil überlasse ich dir«, sagt er. »Nimm dir so viel Zeit, wie du brauchst.«

Ich grinse, und er schlüpft aus seiner Jeans, dann zieht er mich zu sich aufs Sofa. Gliedmaßen und Kissen, alles ist ineinander verschlungen. Viel zu wenig Platz. Wir passen einfach nicht darauf. Wir lachen jetzt, aber nur zwischen den Küssen und immer wenn sein Körper meinen berührt, ist es, als hätte jemand meine Nerven so programmiert, dass sie fünfmal so viel spüren wie sonst.

»Wessen Idee war das Sofa?«, fragt Leon. Sein Kopf befindet sich an meiner Brust, er küsst sich nun unten an meinem BH entlang, und ich stöhne. Es ist unglaublich unbequem, aber diese Unbequemlichkeit nehme ich gern in Kauf.

Erst als er mir beim Versuch, sich aufzusetzen und mich zu küssen, den Ellbogen in den Bauch rammt, reicht es mir. »Bett«, sage ich nachdrücklich.

»Empfindliche Frau.«

Wir brauchen noch etwa zehn Minuten, bis wir uns tatsächlich bewegen. Er steht als Erstes auf, dann – als ich mich aufrichte – nimmt er mich in die Arme und trägt mich.

»Ich kann schon laufen«, protestiere ich.

»Das ist unser Ritual. Außerdem geht es schneller.« Er hat recht – er hat mich innerhalb von Sekunden aufs Bett gelegt, und dann ist er über mir, seine Lippen liegen heiß auf meinen, seine Hand streichelt meine Brust. Wir lachen nicht mehr. Ich kann kaum atmen, so scharf bin ich auf ihn. Es ist absurd. Ich kann unmöglich noch länger warten.

Und dann klingelt es an der Tür.

## 48

## LEON

Wir erstarren. Ich hebe den Kopf, um sie anzusehen. Ihre Wangen sind gerötet, die Lippen vom Küssen geschwollen, und ihr Haar liegt als orangefarbenes Wirrwarr auf den weißen Kissen. Unglaublich sexy.

Ich: »Für dich?«

Tiffy: »Was? Nein!«

Ich: »Aber von meinen Bekannten denkt niemand, dass ich am Wochenende hier bin!«

Tiffy stöhnt.

Tiffy: »Stell mir keine komplizierten Fragen. Ich kann jetzt nicht … denken.«

Wieder presse ich meine Lippen auf ihre, aber es klingelt wieder. Fluche. Rolle zur Seite und versuche, mich zu beruhigen.

Tiffy rollt mit und liegt nun auf mir.

Tiffy: »Der geht schon wieder.«

Das scheint mir plötzlich der mit Abstand beste Vorschlag zu sein. Ihr Körper ist unglaublich. Kann nicht aufhören, sie zu berühren – ich weiß, dass meine Bewegungen viel zu fahrig sind, meine Hände sind überall auf ihr, aber ich will nichts verpassen. Idealerweise hätte ich mindestens zehn Hände.

Wieder klingelt es. Und noch einmal. Im Abstand von fünf Sekunden. Stöhnend wirft sich Tiffy zurück auf ihre Seite des Bettes.

Tiffy: »Wer zum Teufel ist das?«

Ich: »Wir sollten aufmachen.«

Sie streckt die Hand aus und streicht mit einem Finger von meinem Bauchnabel zu meinen Boxershorts hinunter. Mein Kopf ist leer. Will sie. Will sie. Will sie. Will …

Klingeln, klingeln, klingeln, klingeln.

Tiffy: »Fuck! Ich gehe.«

Ich: »Nein, ich gehe. Ich kann mir ein Handtuch umbinden und so tun, als käme ich aus der Dusche.«

Tiffy sieht mich an.

Tiffy: »Wie zum Teufel kannst du jetzt an so etwas denken? Mein Hirn hat aufgehört zu funktionieren. Ganz offensichtlich verwirrst du mich mehr als ich dich.«

Sie liegt da, ohne Oberteil, nur ein Hauch von seidener Unterwäsche trennt sie vom Nacktsein. Es erfordert enorme innere Kraft und einen penetrant lauten Klingelton, mich zurückzuhalten.

Ich: »Glaub mir. Du verwirrst mich sehr.«

Tiffy küsst mich. Die Türklingel geht jetzt ununterbrochen. Jemand drückt permanent mit dem Finger auf den Knopf.

Wer immer es ist, ich hasse ihn.

Reiße mich von Tiffy los, fluche erneut und schnappe mir das Handtuch von der Heizung, während ich durchs Schlafzimmer in den Flur stolpere. Muss mich zusammenreißen. Werde die Tür öffnen, die Person niederschlagen, dann wieder ins Bett gehen. Ein guter, solider Plan.

Ich drücke den Summer, um denjenigen heraufzulassen, dann öffne ich die Tür und warte. Zu spät wird mir klar, dass ich mit trockenen Haaren nicht aussehe, als würde ich aus der Dusche kommen. Dem Mann, der in der Tür erscheint, bin ich noch nie zuvor begegnet. Ein Typ, den ich lieber nicht schlagen sollte. Er ist groß und sieht aus, als würde er einen Großteil seiner Zeit im Fitnessstudio verbringen. Braunes Haar, perfekt getrimmter Bart, teures Hemd. Wütender Blick.

Plötzlich habe ich ein ungutes Gefühl. Wünschte, ich hätte nicht nur ein Handtuch um.

Ich: »Ja, bitte?«

Er wirkt verwirrt.

Wütend aussehender Mann: »Ist das hier Tiffys Wohnung?«

Ich: »Ja. Ich bin ihr Mitbewohner.«

Diese Information scheint den wütend aussehenden Mann keineswegs zu freuen.

Wütend aussehender Mann: »Ist sie da?«

Ich: »Sorry, ich habe deinen Namen nicht verstanden?«

Starrt mich lange mit wütendem Blick an.

Wütend aussehender Mann: »Ich bin Justin.«

Ah.

Ich: »Nein, sie ist nicht da.«

Justin: »Ich dachte, sie würde hier am Wochenende wohnen.«

Ich: »Hat sie dir das erzählt?«

Justin wirkt einen Moment verunsichert. Bewahrt jedoch die Fassung.

Justin: »Ja, sie hat es erwähnt, als ich sie das letzte Mal gesehen habe. Eure Vereinbarung. Die ganze Sache mit dem Bett-Teilen.«

Das hat sie Justin ganz sicher nicht erzählt. Sie weiß ganz genau, dass ihm das nicht gefallen würde. Die extrem feindselige Körpersprache legt nahe, dass es ihm tatsächlich nicht gefällt.

Ich: »Wohnung-Teilen. Aber ja. Normalerweise hat sie die Wohnung am Wochenende, aber sie ist nicht da.«

Justin: »Wo ist sie?«

Zucke die Schultern. Sehe ihn gelangweilt an. Richte mich

gleichzeitig ein kleines bisschen mehr auf, damit er merkt, dass wir gleich groß sind. Ist ein bisschen neandertalermäßig von mir, aber es fühlt sich trotzdem gut an.

Ich: »Woher soll ich das wissen?«

Justin: »Kann ich die Wohnung sehen? Mich mal ein bisschen umschauen?«

Er tritt schon auf mich zu, als wollte er hereinkommen. Vermutlich macht er das immer so: Fordert unverschämte Dinge und nimmt sie sich dann einfach.

Rühre mich nicht von der Stelle. Schließlich muss er stehen bleiben, weil ich ihm den Weg versperre.

Ich: »Nein. Sorry. Das geht nicht.«

Er spürt jetzt meine Feindseligkeit. Er schäumt vor Wut. Er war schon wütend, als er herkam. Er ist wie ein angeleinter Hund, der die Zähne fletscht und beißen will.

Justin: »Warum nicht?«

Ich: »Weil es meine Wohnung ist.«

Justin: »Und Tiffys. Sie ist meine …«

Ich: »Deine was?«

Justin spricht die Lüge nicht aus. Vielleicht ist ihm klar, dass ich zumindest weiß, ob Tiffy Single ist oder in einer Beziehung lebt.

Justin: »Es ist kompliziert. Aber wir stehen uns sehr nah. Ich kann dir versprechen, dass sie nichts dagegen hätte, wenn ich mich umsehe und mich davon überzeuge, dass es ihrem Standard entspricht. Ich nehme an, ihr zwei habt einen Untermietvertrag? Alles vom Eigentümer unterschrieben?«

Darüber will ich mit diesem Mann nicht diskutieren. Aber ich habe keinen Untermietvertrag. Der Vermieter hat seit Jahren nicht mit mir gesprochen, darum habe ich … Tiffy nicht erwähnt.

Ich: »Du kannst nicht reinkommen.«

Justin baut sich vor mir auf. Ich trage nichts als ein Handtuch um die Hüfte. Wir stehen uns Auge in Auge gegenüber. Glaube nicht, dass es Tiffy gefallen würde, wenn wir uns prügeln.

Ich: »Hey, ich hab Damenbesuch.«

Justin reißt den Kopf zurück. Damit hat er nicht gerechnet.

Justin: »Ach ja?«

Ich: »Ja. Also wäre ich dir dankbar, wenn du ...«

Seine Augen werden schmal.

Justin: »Wer ist sie?«

Oh, Mann.

Ich: »Was geht dich das an?«

Justin: »Es ist aber nicht Tiffy, oder?«

Ich: »Warum sollte es Tiffy sein? Ich habe dir doch gerade gesagt ...«

Justin: »Ja. Dass sie dieses Wochenende nicht da ist. Nur weiß ich zufällig, dass sie nicht bei ihren Eltern ist, und Tiffy verlässt London nie allein, außer um nach Hause zu fahren. Also ...«

Er versucht, sich an mir vorbeizudrängeln, aber darauf bin ich vorbereitet. Ich stemme mich mit meinem ganzen Gewicht gegen ihn und bringe ihn aus der Balance.

Ich: »Raus hier. Sofort. Ich weiß nicht, was dein Problem ist, aber als du meine Wohnung betreten hast, hast du gegen das Gesetz verstoßen. Wenn du also nicht willst, dass ich die Polizei rufe – wenn die Frau in meinem Schlafzimmer es nicht bereits getan hat –, dann verschwindest du jetzt.«

Er bläht die Nasenflügel. Will sich prügeln. Es erfordert all seine Kraft, es nicht zu tun. Kein angenehmer Mann. Ich merke allerdings, dass auch ich bereit bin, mich zu prügeln. Fast hoffe ich, dass er mich schlägt.

Doch das tut er nicht. Sein Blick geht zur Schlafzimmertür, dann mustert er meine Jeans, die auf dem Boden liegt. Mein Hemd, das über Tiffys alberner Affenlampe hängt. Zum Glück sind Tiffys Kleider nicht zu sehen – er würde sie vermutlich erkennen. Was für ein unerfreulicher Gedanke.

Justin: »Ich komme wieder, um Tiffy zu besuchen.«

Dann ist er weg.

Ich: »Vielleicht rufst du das nächste Mal vorher an, ob sie da ist. Und dich sehen möchte.«

Dann schlage ich die Tür zu.

## 49

## TIFFY

Ich meine, niemand fände es schön, wenn der Ex auftaucht, während man gerade mit dem Neuen rummacht. Niemand würde sich so etwas wünschen, außer vielleicht aus seltsamen sexuellen Gründen.

Aber ganz sicher wäre niemand anderes dermaßen durcheinander.

Ich zittere – nicht nur meine Hände, auch meine Beine, bis hin zu den Knien. Ich versuche, mich so leise wie möglich anzuziehen, erstarre beim Gedanken, Justin könnte hereinkommen und mich nur im Slip sehen, aber ich schaffe es nur halb, bevor die Angst, er könnte mich hören, über diesen Impuls siegt und ich nur in Unterwäsche und einem riesigen Pullover mit einem Nikolaus darauf wieder aufs Bett sinke (den ich einfach auf gut Glück aus dem Schrank gefischt habe).

Als die Wohnungstür zuschlägt, springe ich auf, als hätte jemand geschossen. Das ist lächerlich. Mein Gesicht ist von Tränen bedeckt, und ich bin wirklich und zutiefst verängstigt.

Leon klopft sanft an die Schlafzimmertür.

»Ich bin's nur. Darf ich reinkommen?«

Ich nehme einen tiefen, zittrigen Atemzug und wische mir die Tränen von den Wangen. »Ja, komm rein.«

Er schaut mich kurz an und macht genau das, was ich getan habe – geht zum Schrank und zieht das Erstbeste an. Als er bekleidet ist, kommt er und setzt sich ans andere Ende des Betts. Ich bin dankbar dafür. Plötzlich will ich nicht neben jemand Nacktem sitzen.

»Ist er wirklich weg?«, frage ich.

»Ich habe gewartet, bis ich auch die Haustür gehört habe«, erklärt mir Leon. »Er ist weg.«

»Er wird aber zurückkommen. Und ich kann mir nicht vorstellen, ihn jemals wiederzusehen. Ich kann nicht … Ich hasse ihn.« Ich atme noch einmal tief und zitternd ein, merke, dass mir wieder Tränen die Wangen hinabrinnen. »Warum war er so *wütend*? War er immer schon so und ich habe es bloß vergessen?«

Ich strecke Leon eine Hand entgegen; ich will festgehalten werden. Er rutscht übers Bett und zieht mich an sich, legt mich hin und schmiegt sich an mich.

»Er spürt, dass du ihm entgleitest«, sagt Leon ruhig. »Er hat Angst.«

»Dieses Mal kehre ich nicht zu ihm zurück.«

Leon küsst mich auf die Schulter. »Soll ich Mo anrufen? Oder Gerty?«

»Kannst du einfach bei mir bleiben?«

»Natürlich.«

»Ich will nur schlafen.«

»Dann schlafen wir.« Er nimmt die Brixton-Decke, zieht sie über uns und löscht dann das Licht. »Weck mich auf, wenn du mich brauchst.«

Ich weiß nicht wie, aber ich schlafe durch und wache erst auf, als der Typ von oben das macht, was er immer um sieben Uhr macht (es hört sich wie äußerst dynamisches Aerobic an, bei dem viel gesprungen wird. Ich wäre eigentlich sauer, aber es ist viel besser als mein Wecker, der mich zum Arbeiten weckt).

Leon ist weg. Ich setze mich mit vom Weinen verquollenen Augen auf und versuche, wieder in die Wirklichkeit zurückzufinden. Gerade als ich den gestrigen Tag Revue passieren lasse – erst den guten Teil auf dem Sofa, und dann das jähe Ende durch Justins »Besuch« –, steckt Leon den Kopf durch die Tür.

»Tee?«

»Hast du ihn gemacht?«

»Nein, das hat die Hauselfe übernommen.«

Darüber lächele ich.

»Mach dir keine Sorgen. Ich habe ihr gesagt, sie soll deinen besonders stark machen«, sagt er. »Kann ich reinkommen?«

»Natürlich. Es ist auch dein Schlafzimmer.«

»Nicht wenn du hier bist.« Er reicht mir eine angemessen starke Tasse Tee. Dies ist der erste Tee, den er mir gemacht hat, aber – ebenso wie ich weiß, dass er viel Milch nimmt – muss er herausgefunden haben, wie ich meinen trinke. Es ist seltsam, wie einfach man jemanden anhand der Spuren kennenlernt, die er hinterlässt.

»Das mit gestern Abend tut mir total leid«, setze ich an.

Leon schüttelt den Kopf. »Muss es nicht. Es ist nicht deine Schuld, oder?«

»Na ja, ich war mit ihm zusammen. Freiwillig.«

Ich klinge unbeschwert, aber Leon runzelt die Stirn. »In solchen Beziehungen geht es ganz schnell nicht mehr um ›freiwillig‹. Es gibt viele Wege, wie jemand einen dazu bringen kann, bei ihm zu bleiben, oder zu denken, dass man das will.«

Ich neige den Kopf, schaue ihn an, wie er auf der Bettkante sitzt, die Unterarme auf den Knien aufstützt und die Teetasse mit beiden Händen festhält. Er redet halb über die Schulter mit mir, und jedes Mal, wenn er mich anschaut, möchte ich lächeln. Er hat sich das Haar anders frisiert – so ordentlich habe ich es noch nie gesehen, hinter den Ohren ist es glatt gestrichen, und im Nacken sieht man die Locken.

»Du wirkst sehr gut informiert«, sage ich vorsichtig.

Nun schaut er mich nicht an. »Mam«, sagt er als Erklärung. »Sie hat viel Zeit mit Männern verbracht, die sie misshandelt haben.«

Bei dem Wort zucke ich zusammen. Leon bemerkt es.

»Sorry«, sagt er.

»Justin hat mich nie geschlagen oder so«, erkläre ich schnell und werde rot. Ich mache eine riesige Welle wegen eines Exfreundes, der mich ein wenig gängelt, dabei wurde Leons Mutter …

»Ich meine nicht diese Art von Missbrauch«, sagt Leon. »Ich meine emotionalen Missbrauch.«

»Oh.« War das mit Justin der Fall?

Ja, denke ich gleich, bevor ich die Zeit habe, mich selbst zu hinterfragen. Natürlich war es das. Lucie und Mo und Gerty sagen das schon seit Monaten, oder? Ich nehme einen Schluck Tee und verstecke mich hinter meiner Tasse.

»Es war schwer mit anzusehen«, sagt Leon und starrt in seinen Tee. »Sie befindet sich inzwischen auf dem Weg der Besserung. Viele Therapiesitzungen. Gute Freunde. Sie hat die Ursache des Problems erkannt.«

»Mm. Ich mache dieses psychologische Beratungsding auch.«

Er nickt. »Das ist gut. Das wird dir helfen.«

»Tut es schon, glaube ich. Es war Mos Idee, und er hat wirklich immer recht.«

Ich könnte gerade eigentlich gut eine Audioumarmung von

Mo gebrauchen. Als ich mich nach meinem Telefon umschaue, zeigt Leon auf den Nachttisch, wo es liegt.

»Ich lass dich mal kurz allein. Und mach dir keine Gedanken wegen Hollys Geburtstag. Ich denke mal, das ist gerade so ziemlich das Letzte, was du …«

Als er meinen schockierten Gesichtsausdruck sieht, spricht er nicht weiter.

»Du denkst also, ich würde wegen gestern Abend nicht zu Hollys Geburtstag gehen?«

»Ich dachte nur, es hätte dich geschafft, und…«

Ich schüttele den Kopf. »Absolut nicht. Ich will auf keinen Fall, dass dieses … Zeug mit Justin mich von wichtigen Dingen abhält.«

Er lächelt, sein Blick bleibt auf mein Gesicht gerichtet. »Gut. Okay. Danke.«

»Wir müssen früh genug abhauen, um ein Geschenk zu kaufen!«, rufe ich ihm nach, als er geht.

»Ich habe ihr Gesundheit geschenkt!«, ruft er durch die Tür.

»Das reicht nicht — es muss etwas von Claire's Accessories sein!«

## 50

## LEON

Das Haus von Hollys Mum in Southwark ist winzig und ziemlich heruntergekommen. Überall blättert die Farbe ab, nicht aufgehängte Bilder stehen an den Wänden, aber es fühlt sich freundlich an. Nur ein bisschen erschöpft.

Als wir eintreffen, sausen Kinder am Eingang hinaus und hinein. Ich fühle mich etwas überfordert. Verarbeite noch die letzte Nacht, bin noch voller Adrenalin von der Auseinandersetzung mit Justin. Wir haben den Vorfall der Polizei gemeldet, aber ich möchte noch mehr tun. Tiffy sollte eine einstweilige Verfügung erwirken. Aber das darf ich ihr nicht vorschlagen. Das ist ihre Entscheidung. Ich bin hilflos.

Wir betreten das Haus. Dort treffen wir auf jede Menge Partyhüte und ein paar weinende Babys, möglicherweise wegen der tobenden Achtjährigen.

Ich: »Siehst du Holly?«

Tiffy stellt sich auf die Zehenspitzen (ihres gesunden Fußes).

Tiffy: »Ist sie das da? In dem Star-Wars-Kostüm?«

Ich: »Star Trek. Und nein. Vielleicht da drüben bei der Küche?«

Tiffy: »Das ist ziemlich sicher ein Junge. Hast du mir gesagt, dass es eine Kostümparty ist?«

Ich: »Du hast die Einladung doch auch gelesen!«

Tiffy geht nicht darauf ein, hebt einen herumliegenden Cowboyhut auf und setzt ihn mir auf den Kopf.

Ich wende mich dem Flurspiegel zu und begutachte mich. Der Hut sitzt wackelig auf meinen Haaren. Nehme ihn ab und setze ihn stattdessen Tiffy auf. Viel besser. Ein sexy Cowgirl. Total klischeemäßig, klar, aber trotzdem sexy.

Tiffy überprüft ihr Spiegelbild und zieht den Hut noch tiefer.

Tiffy: »Okay. Dann bist du ein Zauberer.«

Sie zieht einen mit Monden bedeckten Umhang von einer Stuhllehne, legt ihn mir um die Schultern und befestigt ihn mit einer Fliege an meinem Hals. Die Berührung ihrer Finger erinnert mich an letzte Nacht. Dies ist ein höchst unpassender Ort für diese Art von Gedanken, darum versuche ich, sie abzublocken, doch Tiffy verhält sich nicht gerade hilfreich. Sie lässt die Hände über meine Brust nach unten gleiten, was mich an die Szene auf dem Sofa erinnert.

Fasse ihre Hand.

Ich: »Das darfst du nicht tun.«

Tiffy hebt verschmitzt eine Augenbraue.

Tiffy: »Was denn?«

Wenn sie mich auf diese Weise quält, heißt das zumindest, dass es ihr ein bisschen besser geht.


Schließlich orte ich Holly auf der Treppe und verstehe, wieso sie so schwer zu finden war. Sie sieht völlig verändert aus. Strahlende Augen. Dickeres und gesünderes Haar, das ihr ins Gesicht fällt und das sie beim Reden ungeduldig fortbläst. Sie wirkt sogar ein bisschen rundlich.

Holly: »LEON!«

Sie schlittert die Treppe herunter und bremst unten im letzten Moment. Sie ist als Eisprinzessin Elsa verkleidet, wie seit 2013 fast jedes Mädchen, das in der westlichen Hemisphäre eine Geburtstagsparty veranstaltet. Sie ist ein kleines bisschen zu alt dafür. Aber schließlich hat sie auch einen Großteil ihres Kindseins verpasst.

Holly: »Wo ist Tiffy?«

Ich: »Sie ist auch da. Ist nur gerade im Bad.«

Holly wirkt beruhigt. Sie hakt sich bei mir ein und zerrt mich ins Wohnzimmer, wo sie mich mit kleinen Würstchenrollen füttern will, die schon von vielen unsauberen Kinderhänden angetatscht worden sind.

Holly: »Bist du schon mit Tiffy zusammen?«

Starre sie an und verharre, den Plastikbecher mit Tropic-Saft auf halbem Weg zu meinem Mund.

Holly verdreht auf die für sie typische Art die Augen, womit sie mich davon überzeugt, dass sie noch immer dieselbe ist und keine mollige Doppelgängerin.

Holly: »Na komm. Ihr zwei seid füreinander bestimmt!«

Unruhig blicke ich mich um und hoffe, dass Tiffy nicht in Hörweite ist. Aber irgendwie schmunzele ich auch. Denke flüchtig daran, wie ich auf ähnliche Bemerkungen über Kay und mich reagiert habe – war der Grund dafür, dass Kay mich als Beziehungsphobiker bezeichnet hat. Okay, diese Bemerkungen kamen selten aus dem Mund eines kleinen, altklugen Kindes, das einen falschen Zopf um den Hals trägt (vermutlich ist er ihr schon vor einer Weile vom Kopf gerutscht).

Ich: »Zufällig …«

Holly: »Ja! Ich wusste es! Hast du ihr gesagt, dass du sie liebst?«

Ich: »Dafür ist es noch ein bisschen zu früh.«

Holly: »Nicht wenn du schon ewig in sie verliebt bist.«

Pause.

Holly: »Was du übrigens bist.«

Ich, sanft: »Da bin ich mir nicht so sicher, Holly. Wir haben uns angefreundet.«

Holly: »Freunde, die sich lieben.«

Ich: »Holly …«

Holly: »Okay, hast du ihr gesagt, dass du sie magst?«

Ich: »Das weiß sie.«

Holly kneift die Augen zusammen.

Holly: »*Wirklich*, Leon?«

Bin etwas verunsichert. Ja. Das weiß sie. Der Kuss ist doch ein eindeutiger Beweis, oder nicht?

Holly: »Du bist äußerst schlecht darin, Leuten zu sagen, was du für sie empfindest. Mir hast du auch nie gesagt, dass du mich lieber mochtest als alle anderen Patienten. Aber ich weiß, dass es so war.«

Sie streckt die Hände aus, als wollte sie sagen: *Da hast du's*. Bemühe mich, nicht zu grinsen.

Ich: »Okay, ich sorge dafür, dass sie es erfährt.«

Holly: »Egal. Ich sage es ihr sowieso.«

Und schon ist sie weg, stiebt durch die Menge davon. Mist.

Ich: »Holly! Holly! Sag ihr nicht …«

Schließlich finde ich sie zusammen in der Küche. Ich platze eindeutig in das Ende von Hollys Mission. Tiffy beugt sich zu ihr hinunter und lächelt, ihr Haar glänzt rotgolden unter dem grellen Küchenlicht.

Holly: »Ich wollte dir nur sagen, dass er nett ist, *und* dass du nett bist.«

Sie stellt sich auf die Zehenspitzen und fügt flüsternd hinzu: »Das heißt, keiner ist der Fußabstreifer.«

Tiffy sieht fragend zu mir hoch.

Presse die Lippen zusammen, als sich etwas Warmes in

meiner Brust ausbreitet. Ich gehe hinein, ziehe Tiffy an mich und wuschele Holly durchs Haar. Seltsames, scharfsichtiges Kind.

## 51

## TIFFY

Mo und Gerty kommen am Nachmittag vorbei, als Leon sich auf den Weg zu seiner Mutter gemacht hat, und ich erzähle ihnen bei einer dringend benötigten Flasche Wein von dem nächtlichen Drama. Mo nickt empathisch und macht das sehr gut; Gerty hingegen schimpft einfach immer weiter. Sie hat sich wirklich einfallsreiche fiese Namen für Justin ausgedacht. Ich glaube, sie hat sie sich für den richtigen Zeitpunkt aufbewahrt.

»Willst du heute bei uns bleiben?«, fragt Mo. »Du kannst in meinem Bett schlafen.«

»Danke, aber nein, alles okay«, sage ich. »Ich will nicht weglaufen. Ich weiß, dass er mir nicht wehtun möchte oder so.«

Mo sieht da nicht so überzeugt aus. »Wenn du sicher bist«, sagt er.

»Ruf uns jederzeit an, und wir bestellen dir ein Taxi, um dich abzuholen«, erklärt mir Gerty und trinkt ihren Wein aus. »Und melde dich morgen früh. Du musst mir erzählen, wie der Sex mit Leon war.«

Ich starre sie an. »Wie bitte?«

»Ich wusste es! Ich habe es einfach kommen sehen«, sagt sie und sieht selbstzufrieden aus.

»Also, eigentlich haben wir es nicht getan«, erkläre ich ihr und strecke die Zunge raus. »Also hast du es doch nicht vorhergesehen.«

Sie verzieht die Augen zu Schlitzen. »Aber es gab Nacktheit. Und … Berührungen.«

»Genau hier auf dem Sofa.«

Sie springt wie von der Tarantel gestochen auf. Mo und ich kichern.

»Na dann«, sagt Gerty zu mir und klopft ihre Skinny-Jeans ab, »wir sehen Leon am Dienstag. Also solltest du ihm auf den Zahn fühlen und sicherstellen, dass seine Absichten mit dir so sind, wie sie sein sollten.«

»Moment, was?«

»Ich bespreche mit ihm, wo wir bei Richies Fall gerade stehen.«

»Und Mo kommt mit, weil …« Ich schaue Mo an.

»Weil ich Leon kennenlernen möchte«, sagt er unverfroren. »Was denn? Alle anderen haben ihn schon getroffen.«

»Ja, aber … aber …« Ich kneife die Augen zusammen. »Er ist *mein* Mitbewohner.«

»Und *mein* Mandant«, erklärt Gerty und schnappt sich ihre Handtasche von der Arbeitsfläche. »Schau mal, für dich mag es vielleicht eine komplizierte Geschichte gewesen sein, bis du Leon kennengelernt hast, aber wir können ihm einfach eine Nachricht schreiben und uns mit ihm zum Brunch treffen wie ganz normale Menschen.«

Ärgerlicherweise gibt es darauf nicht viel zu erwidern. Und ich kann es ihnen unter den Umständen auch nicht übel nehmen, dass sie überfürsorgliche Freunde sind – ohne sie würde ich mich wahrscheinlich immer noch in Justins Wohnung in den Schlaf weinen. Dennoch weiß ich nicht, ob ich mich bereits in der Wir-lernen-die-Freunde-des-anderen-kennen-

Phase mit Leon befinde, und ihre ungefragte Einmischung ärgert mich.

Alles ist hingegen vergessen, als ich am Dienstag von der Arbeit komme und diese Nachricht auf dem Couchtisch finde.

*ES SIND WIRKLICH SCHLIMME DINGE PASSIERT.*
*(Mo wollte, dass ich dich daran erinnere.)*
*Aber du hast diese schlimmen Dinge hinter dir gelassen und bist nun stärker. (Gerty meinte, ich solle dir das weiterleiten ... obwohl ihre Version mit mehr Schimpfwörtern gespickt war.)*
*Du bist großartig, und ich werde dir nie so wehtun wie er.*
*(Der Teil ist von mir.)*
*Leon xx*

»Du wirst mich lieben«, sagt Rachel und stellt sich auf Zehenspitzen, um mit mir über meine Topfpflanzenwand hinweg zu sprechen.

Ich reibe mir die Augen. Ich habe gerade erst mit Martin telefoniert, der mich neuerdings immer anruft und nicht mehr zu mir kommt. Ich glaube, er denkt, er würde dadurch beschäftigt und wichtig wirken – viel zu beschäftigt und wichtig, um seinen Hintern zu mir zu bewegen. Aber nun kann ich seine Anrufe ignorieren, und wenn ich wirklich mit ihm reden muss, dann kann ich gleichzeitig mit Rachel Grimassen schneiden, also gibt es Vorteile.

»Warum? Was hast du gemacht? Hast du mir ein Schloss gekauft?«

Sie starrt mich an. »Total *seltsam*, dass du das sagst.«

Ich starre zurück. »Warum? Hast du mir tatsächlich ein Schloss gekauft?«

»Natürlich nicht«, antwortet sie, »denn wenn ich mir ein

Schloss leisten könnte, würde ich mir erst selbst eins kaufen, sorry, aber hierbei geht's *tatsächlich* um ein Schloss.«

Ich nehme meine Tasse und stehe auf. Bei dieser Unterhaltung brauchen wir Tee. Wir nehmen unseren üblichen Weg in die Küche: Hinter dem Farbraum machen wir kehrt, um nicht an den Schreibtischen des Verlagsleiters und des Geschäftsführers vorbeigehen zu müssen, ducken uns hinter der Säule beim Kopierer, damit Hana uns nicht sieht, und gehen in einem Winkel in die Küche, aus dem wir eventuell dort herumlungernde Führungskräfte frühzeitig erblicken.

»Los jetzt, erzähl schon!«, fordere ich Rachel auf, als wir die sichere Küche erreichen.

»Okay. Du weißt, dass der Illustrator, den ich für unser zweites Buch des Ehemals-Maurer-nun-Designers beauftragt habe, ein Lord Irgendwer ist?«

»Klar, Lordy Lord Illustrator«, sage ich. So nennen Rachel und ich ihn.

»Nun, Lordy Lord hat echt die perfekte Lösung für Katherins Fotoshooting gefunden.«

Das Marketing will die Produkte aus Katherins Buch vorstellen. Die Mainstream-Medien haben gezögert, sich darauf einzulassen – sie wissen immer noch nicht, wie man mit YouTubern wie Tasha Chai-Latte Gewinn machen kann –, deswegen finanzieren wir das Shooting und »verbreiten es in den sozialen Medien«. Tasha hat versprochen, es auf ihrem Blog zu teilen, und weil uns nur noch gut eine Woche bis zum Veröffentlichungsdatum bleibt, haben Marketing und PR regelmäßige Nervenzusammenbrüche wegen der Organisation des Shootings.

»Ihm *gehört ein walisisches Schloss*«, erklärt Rachel. »In Wales. Das wir benutzen dürfen.«

»Ernsthaft? Umsonst?«

»Absolut. Dieses Wochenende. Und weil es so weit zu fahren ist, dürfen wir von Samstag auf Sonntag dort übernachten. *Im Schloss!* Und das Beste ist, dass Martin mich nicht ausladen kann, obwohl ich nur die Grafikerin bin ... weil Lordy Lord Illustrator darauf besteht, dass ich Katherin begleite!« Fröhlich klatscht sie in die Hände. »Und du kommst natürlich mit, weil Katherin nichts unternehmen wird, wenn du nicht dabei bist, um sie von den Schrecken – also Martin und Hana – zu bewahren. Ein Wochenende in einem walisischen Schloss! Ein Wochenende in einem walisischen Schloss!«

Ich mache »Pscht!« Sie hat angefangen, ziemlich laut zu singen und eine Art Schlosstanz aufzuführen (bei dem ziemlich viel Hüftschwung dabei ist), und obwohl wir uns versichert haben, dass keine Führungskräfte in der Küche sind, weiß man nie, wann sie auftauchen. Wie man auch über Ratten sagt: Irgendein Exemplar ist immer nur fünf Meter von einem entfernt.

»Nun müssen wir nur noch in zwei Tagen Models finden, die ohne Gage arbeiten«, sagt Rachel. »Ich will es Martin fast nicht sagen. Ich will nicht, dass er anfängt, mich zu mögen oder so. Das wird das ganze Gleichgewicht im Büro durcheinanderbringen.«

»Sag es ihm!«, erkläre ich. »Das ist eine tolle Idee.«

Und das stimmt. Aber Rachel hat recht. Katherin wird nicht ohne mich hinfahren, und das bedeutet, ich bin das ganze Wochenende nicht daheim. Ich hatte wirklich gehofft, ich könnte etwas Zeit mit Leon verbringen. Also, ähm, nackt.

Rachel zieht eine Augenbraue hoch, sie versteht meinen Gesichtsausdruck. »Ah«, sagt sie.

»Nein, nein, das ist toll.« Ich versuche mich zu sammeln. »Ein Wochenende mit dir und Katherin wird großartig. Außerdem können wir gratis in einem Schloss übernachten! Ich werde so tun, als würde ich mein zukünftiges Zuhause auskundschaften.«

Rachel lehnt sich an den Kühlschrank, wartet darauf, dass unser Tee fertig wird, und schaut mich genau an. »Du magst diesen Typen wirklich, oder?«

Ich beschäftige mich damit, Teebeutel rauszufischen. Ja, ich mag ihn *wirklich*. Es ist irgendwie unheimlich. Schön-unheimlich im Ganzen, aber auch ein wenig unheimlich-unheimlich.

»Bring ihn doch mit, dann kannst du ihn auch sehen.«

Ich schaue auf. »Ihn *mitbringen*? Wie werde ich das bei den höheren Mächten, die für die Fahrtkosten zuständig sind, durchkriegen?«

»Sag noch mal, wie dieser Hengst aussieht«, sagt Rachel und bewegt sich einen Schritt zur Seite, damit ich Milch aus dem Kühlschrank holen kann. »Groß, dunkelhaarig, gut aussehend, mit einem geheimnisvollen, sexy Lächeln?«

Nur Rachel kann ironiefrei »Hengst« sagen.

»Denkst du, er würde ohne Gage modeln?«

Ich spucke fast meinen ersten Schluck Tee wieder aus. Rachel grinst und reicht mir ein Papiertuch, damit ich meinen verunfallten Lippenstift korrigieren kann.

»Leon? Modeln?«

»Warum denn nicht?«

»Ähm … Weil …« Er würde es ganz sicher grauenhaft finden. Oder … vielleicht auch nicht – ihm ist so egal, was andere Menschen denken.

Aber wenn er wirklich mitkommen würde, würde das bedeuten, dass ich ihn zu einem richtigen gemeinsamen Wochenende woanders einlade – wenn auch zu einem ziemlich unkonventionellen. Und das wirkt definitiv … *ernst*. So beziehungsmäßig. Bei diesem Gedanken schnürt sich mir der Hals zusammen, und ich spüre ein wenig Panik im Bauch. Ich schlucke, und das Gefühl ist weg, ich ärgere mich über mich selbst.

»Komm schon. Frag ihn«, drängt Rachel. »Ich wette, er sagt Ja, weil er dann Zeit mit dir verbringen kann. Und ich werde es mit Martin regeln. Wenn ich ihm mit dem Schloss komme, wird er mir danach tagelang in den Hintern kriechen.«

Es ist ziemlich kompliziert, dieses Thema zur Sprache zu bringen. Erst dachte ich, es würde sich einfach beim Telefonieren ergeben, doch seltsamerweise kommt man nie einfach so auf Schlösser und/oder modeln, und nun ist es sieben Uhr vierzig, und ich habe nur noch fünf Minuten, bevor Leon zur Arbeit muss.

Ich mache aber keinen Rückzieher. Seit der Nacht, in der Justin aufgetaucht ist, hat sich die Sache mit Leon verändert; nun geht es um mehr als um sexuelle Spannung und flirty Post-it-Nachrichten, und aus irgendeinem Grund finde ich das ein wenig erschreckend. Wenn ich an ihn denke, gerate ich in einen Strudel aus unaufhaltsamer Freude und klaustrophobischer Panik. Aber ich denke, das ist nur eine Blockade durch Justin und ganz ehrlich: Davon will ich mich nicht mehr zurückhalten lassen.

»Also«, setze ich an und wickele mich enger in meine Strickjacke. Ich bin auf dem Balkon; er ist zu meinem Lieblingsort für abendliche Telefongespräche geworden. »Du hast doch am Wochenende Zeit, oder?«

»Mmhmm«, antwortet er. Er isst sein Frabendbrot im Hospiz, während er mit mir redet, deswegen ist er noch weniger gesprächig als sonst, aber ich glaube, dass das gerade eher zu meinem Vorteil ist. Ich denke, er muss den Vorschlag ganz hören, bevor wir darüber diskutieren können.

»Also, ich muss am Wochenende zu einem walisischen Schloss fahren, um dort mit Katherin ihre Häkelarbeiten zu fotografieren, weil ich ihre persönliche Betreuerin bin. Obwohl mir ein Hungerlohn gezahlt wird, geht man davon aus, dass ich am Wochenende arbeite, wenn ich muss, so ist es einfach.«

Es herrscht ein Augenblick Stille. »Mmmaha?«, fragt Leon. Er hört sich nicht genervt an. Was, wo ich nun drüber nachdenke, er auch nicht sein würde – es ist nicht so, als würde ich ihn versetzen, ich muss arbeiten. Und wenn das jemand versteht, dann Leon.

Ich entspanne mich ein wenig. »Aber ich will dich wirklich sehen«, rutscht mir raus. »Und Rachel hat sich etwas potenziell Furchtbares ausgedacht, was aber eigentlich wirklich witzig werden könnte.«

»Mh?«, sagt Leon und hört sich ein wenig nervös an. Er hat genug von Rachel gehört, um zu wissen, dass bei ihren Ideen häufig große Mengen Alkohol und Taktlosigkeit im Spiel sind.

»Was würdest du von einem Gratiswochenende in einem walisischen Schloss mit mir halten? Wir würden uns die ganze Zeit sehen ... Dafür müsstest du dich nur während des Aufenthalts als Model für Strickwaren zur Verfügung stellen, das ist alles.«

Ich höre ein lautes ersticktes Geräusch am anderen Ende der Leitung.

»Du findest die Idee grauenhaft«, sage ich und merke, dass ich erröte. Dann herrscht lange Stille. Ich hätte das nie vorschlagen sollen – Leon mag ruhige Nächte mit Wein und guten Gesprächen, er steht nicht gern im Mittelpunkt und wird dabei fotografiert.

»Ich finde die Idee nicht grauenhaft«, sagt Leon. »Ich … lasse sie nur sacken.«

Ich warte, gebe ihm ein wenig Zeit. Die Pause ist quälend, und gerade als ich denke, ich wüsste genau, wie diese ganze peinliche Unterhaltung endet:

»Na gut«, sagt Leon.

Ich blinzele. Unter dem Balkon streunt Fabio Fuchs umher, und dann fährt ein Polizeiauto mit schrillen Sirenen vorbei.

»Na gut?«, frage ich, als es ruhig genug ist und er mich hören kann. »Du kommst also mit? Auch wenn die Bilder auf den Social-Media-Kanälen von Butterfinger veröffentlicht werden?«

»Hört sich nach einem relativ geringen Preis für ein ganzes Wochenende mit dir an. Außerdem wäre der einzige Mensch, der sich wahrscheinlich darüber lustig machen würde, Richie, und der hat keinen Internetzugang.«

»Bist du dir echt sicher?«

»Modelst du auch?«

»Oh, Martin hält mich wahrscheinlich für zu groß. Ich werde nur Katherin begleiten.«

»Werde ich diesen Martin kennenlernen, den wir beide so sehr mögen? Und was wirst du dort machen?«

»Katherin betreuen. Sie ist wirklich zeitintensiv. Und ja, Martin wird die ganze Sache koordinieren. Er wird besonders unausstehlich sein, weil er für alles zuständig ist.«

»Super«, sagt Leon. »Dann werde ich das Wochenende nutzen, um seinen Untergang zu planen.«

# OKTOBER

## 52

## LEON

Also. Ich stehe in einem Wollpullover zwischen zwei Rüstungen und fixiere einen Gegenstand in mittlerer Entfernung.

Seit Tiffy in meinem Leben aufgetaucht ist, ist es ungewöhnlicher geworden. Habe immer Angst vor einem ungewöhnlichen Leben gehabt, aber in letzter Zeit fühlt es sich ziemlich ... gut an. Bin ein Gewohnheitstier, wie Kay immer gesagt hat.

Auf Dauer kann ich das bei Tiffy nicht bleiben.

Sie hilft Katherin, uns Models zu stylen. Die beiden anderen sind elfenhafte Teenies. Martin starrt sie an wie Leckerbissen, die er zu gern vernaschen würde. Sie sind nett, aber nachdem wir uns kurz über den diesjährigen TV-Backwettbewerb ausgetauscht haben, verebbt das Gespräch. Jetzt zähle ich die Minuten, bis Tiffy das nächste Mal zu mir kommt und meinen Wollpullover richtet, was man hinterher kaum sieht und was sie (davon bin ich überzeugt) nur tut, um mich zu berühren.

Lordy Lord Illustrator flitzt am Set herum. Er ist ein angenehmer, eleganter Herr. Sein Schloss ist ein bisschen baufällig, aber es hat viele Zimmer und eine wunderbare Aussicht, sodass alle glücklich zu sein scheinen.

Bis auf Martin. Ich habe mit Tiffy darüber gewitzelt, seinen Sturz zu planen. Wenn er nicht den anderen Models hinterhergeifert, wirkt er allerdings, als suche er nach dem einfachsten Weg, mich von den Zinnen zu stoßen. Versteh ich nicht. Niemand hier weiß von Tiffy und mir – wir dachten, das wäre das Einfachste. Doch ich frage mich, ob er es herausgefunden hat. Doch auch wenn er es weiß, verstehe ich nicht, warum es ihn so aufregt, dass er mir derart wütende Blicke zuwirft.

Wie auch immer. Ich tue, was man mir sagt und verändere leicht meinen Blickwinkel. Bin nur froh, dieses Wochenende aus der Wohnung entkommen zu sein. Hatte das dunkle Gefühl, dass Justin auftauchen würde. Irgendwann wird er das. Er war eindeutig noch nicht fertig, als er letzten Samstag gegangen ist. Doch seither hat er sich ruhig verhalten. Keine Blumen, keine Nachrichten, hat Tiffy nirgendwo aufgelauert, obwohl er eigentlich unmöglich wissen konnte, wo sie sich aufhält. Verdächtig. Ich mache mir Sorgen, dass er nur auf den richtigen Moment wartet. Männer wie er lassen sich nicht so leicht abschrecken.

Bemühe mich, nicht zu gähnen (bin seit vielen, vielen Stunden wach, nur unterbrochen von kleinen Nickerchen). Mein Blick wandert in Tiffys Richtung. Sie trägt Gummistiefel zu einer blauen Batik-Jeans und lümmelt seitwärts in einem riesigen Game-of-Thrones-artigen Sessel, der in der Ecke der Waffenkammer steht und wahrscheinlich nicht zum Sitzen gedacht ist. Erhasche einen Blick auf ein Stück nackter Haut, als sie sich bewegt und ihr Cardigan aufklappt. Schlucke. Schaue wieder auf einen bestimmten Gegenstand in mittlerer Entfernung, wie es mir der Fotograf aufgetragen hat.

Martin: »Okay, wir machen zwanzig Minuten Pause!«

Ich ergreife die Flucht, bevor er mich wieder mit etwas anderem beauftragt, das mich daran hindert, mit Tiffy zu reden. (Bislang musste ich meine Pausen damit verbringen, alte Waffen zu schleppen, herumliegendes Stroh aufzusaugen und eine winzige Schramme am Finger von einem der elfenhaften Models zu untersuchen).

Ich, während ich auf Tiffys Thronsessel zukomme: »Was hat der Mann für ein Problem mit mir?«

Tiffy schüttelt den Kopf und schwenkt zum Aufstehen die Beine herum.

Tiffy: »Ich habe echt keine Ahnung. Dich behandelt er ja sogar noch schlimmer als den Rest von uns.«

Rachel zischt hinter mir: »Lauft! Flieht! Er kommt!«

Das muss man Tiffy nicht zweimal sagen. Sie packt meine Hand und zieht mich in Richtung Eingangsbereich (gigantische steinerne Halle mit drei Treppenaufgängen).

Katherin ruft uns hinterher: »Lasst ihr mich mit ihm allein?«

Tiffy: »Verdammt, Katherin! Stell dir einfach vor, er ist ein Abgeordneter der Torys in den Siebzigern, okay?«

Ich drehe mich nicht um, um ihre Reaktion zu beobachten, höre jedoch, wie Rachel vor Lachen schnaubt. Tiffy zieht mich in eine Ecke, die aussieht, als könnte hier mal eine Statue gestanden haben, und küsst mich überschwänglich auf den Mund.

Tiffy: »Dich den ganzen Tag anzustarren ist unerträglich. Und ich bin brutal eifersüchtig auf jeden, der das auch tut.«

Es fühlt sich an, als würde ich etwas Warmes trinken – das Gefühl breitet sich in meiner Brust aus und zaubert ein Lächeln auf meine Lippen. Weiß nicht so recht, was ich sagen soll, also küsse ich sie stattdessen. Sie presst meinen Körper mit ihrem gegen die kalte Steinmauer und legt die Hände um meinen Nacken.

Tiffy, an meinem Mund: »Nächstes Wochenende.«
Ich: »Hmm?«
(Bin mit Küssen beschäftigt.)

Tiffy: »Gibt es nur uns beide. Allein. In unserer Wohnung. Und wenn uns jemand stört oder dich davonschleppt, damit du dich um den zerschrammten Finger einer Achtzehnjährigen kümmerst, werde ich ihn persönlich exekutieren.«

Pause.

Tiffy: »Tut mir leid. Dieses ganze Schlossambiente steigt mir zu Kopf.«

Rücke von ihr ab und blicke ihr ins Gesicht. Habe ich ihr das nicht erzählt? Ich muss es ihr doch erzählt haben.

Tiffy: »Was? Was ist?«

Ich: »Richies Berufungsverhandlung ist am Freitag. Tut mir leid. Anschließend verbringe ich das Wochenende bei Mam – hab ich dir das nicht gesagt?«

Spüre eine vertraute Angst. Das ist der Beginn einer unangenehmen Unterhaltung – habe vergessen, ihr etwas zu sagen, durchkreuze ihre Pläne …

Tiffy: »Nein! Im Ernst?«

Mein Magen verkrampft sich. Strecke die Hand aus, um sie wieder an mich zu ziehen, aber sie schlägt sie mit großen Augen weg.

Tiffy: »Das hast du mir nicht erzählt! Leon – das wusste ich nicht. Es tut mir so leid, aber – Katherins Buchvorstellung …«

Jetzt bin ich verwirrt. Warum tut es *ihr* leid?

Tiffy: »Ich wollte dabei sein, aber am Freitag ist Katherins Buchvorstellung. Ich fasse es nicht. Sagst du Richie, er soll anrufen, wenn ich in der Wohnung bin, damit ich mich richtig bei ihm entschuldigen kann?«

Ich: »Wofür?«

Tiffy verdreht ungeduldig die Augen.

Tiffy: »Weil ich nicht zu seiner Berufungsverhandlung kommen kann!«

Starre sie an. Blinzele etwas. Entspanne mich, als ich begreife, dass sie tatsächlich nicht sauer auf mich ist.

Ich: »Ich hab nicht erwartet ...«

Tiffy: »Machst du Witze? Du hast nicht gedacht, dass ich kommen würde? Es geht um Richie!«

Ich: »Du wolltest wirklich kommen?«

Tiffy: »Ja, Leon. Ich wollte auf jeden Fall kommen.«

Pike ihr mit dem Finger in die Wange.

Tiffy, lachend: »Au! Wofür war das?«

Ich: »Bist du echt? Eine Frau aus Fleisch und Blut?«

Tiffy: »Ja, ich bin echt, du Idiot.«

Ich: »Unwahrscheinlich. Wie kannst du so nett und auch noch so wunderschön sein? Du bist eine Märchenfigur, stimmt's? Um Mitternacht verwandelst du dich in ein Ungeheuer.«

Tiffy: »Hör auf. Verdammt, du hast echt zu niedrige Ansprüche! Warum sollte ich nicht zur Berufungsverhandlung von deinem Bruder kommen? Er ist doch auch mein Freund. Tatsächlich habe ich mit ihm schon gesprochen, bevor ich mit dir gesprochen habe.«

Ich: »Ich bin froh, dass du ihn nicht zuerst getroffen hast. Er ist deutlich attraktiver als ich.«

Tiffy wackelt mit den Brauen.

Tiffy: »Hast du den Termin deshalb nicht erwähnt?«

Scharre unruhig mit den Schuhen. Dachte, ich hätte es ihr erzählt. Sie drückt meinen Arm.

Tiffy: »Schon gut, ehrlich, ich mache nur Spaß.«

Denke an die Monate mit den Notizzetteln und zurückgelassenen Abendessen, als ich sie noch nicht kannte. Es fühlt sich jetzt, nachdem ich ihr begegnet bin, so anders an. Kann nicht glauben, dass ich so viel Zeit verschwendet habe – nicht nur die ganzen Monate, sondern auch die Zeit davor, die Jahre, die ich vertrödelt, herumgesessen, gewartet habe.

Ich: »Nein, ich hätte es dir erzählen sollen. Wir müssen besser in diesen Sachen werden. Wir können uns nicht weiter darauf verlassen, dass wir ab und an einen gemeinsamen Tag haben. Oder uns zufällig begegnen.«

Ich halte inne, mir kommt ein Gedanke. Könnte ich nicht ab und an in die Tagschicht wechseln? Eine Nacht in der Woche in der Wohnung bleiben? Ich öffne den Mund, um es Tiffy vorzuschlagen, doch ihre Augen sind groß und ernst, fast ängstlich, und ich erstarre. Plötzlich bin ich mir sicher, dass es nicht richtig wäre, das zu sagen. Dann, nach einem Moment:

Tiffy, strahlend: »Wie wäre es mit einem Kalender am Kühlschrank?«

Richtig. Das ist wahrscheinlich angemessener – ist ja alles noch frisch. Ich bin viel zu schnell.

Bin froh, dass ich noch nichts gesagt habe.

# 53

## TIFFY

Ich starre an die sehr hohe, sehr spinnwebige Decke. Es ist eisig hier drin, selbst unter einem Federbett, drei Decken und mit Rachels Körperwärme links neben mir, sie ist wie eine Heizung in Menschenform.

Heute war ein extrem frustrierender Tag. Es ist ungewöhnlich, dass man ganze acht Stunden lang den Menschen anstarren kann, auf den man steht. Wenn ich ehrlich bin, habe ich mir den ganzen Tag über vorgestellt, dass all die anderen Leute in diesem Schloss einfach verdampfen und nur Leon und ich nackt übrig bleiben (der Verdampfer hat auch unsere Klamotten zerstört), mit vielen aufregenden Orten, an denen wir Sex haben können.

Ich bin ganz eindeutig immer noch am Boden wegen Justin, und während die Dinge mit Leon voranschreiten, spüre ich, dass es von schön-schrecklich ein wenig häufiger zu schrecklich-schrecklich kippt. Als Leon beispielsweise darüber sprach, sich mehr Zeit füreinander zu nehmen, bekam ich ganz kurz wieder Panik. Aber abgesehen davon habe ich – wenn ich klar denken kann – ein gutes Gefühl mit Leon. An ihn denke ich, wenn ich mich gut fühle. Seinetwegen will ich über die Sache mit Justin hinwegkommen, weil ich Leon nicht damit belasten will. Ich möchte unbeschwert, frei und ungebunden sein. Und nackt.

»Hör auf«, murmelt Rachel in ihr Kissen.

»Was denn?« Ich wusste nicht, dass sie wach ist, sonst hätte ich meine ganzen Gedanken von Anfang an laut ausgesprochen.

»Deine sexuelle Frustration macht mich nervös«, sagt Rachel, dreht sich um und zieht so viel Decke mit zu sich hinüber wie möglich.

Ich klammere mich an die Decke und ziehe sie wieder ein Stück zu mir zurück. »Ich bin nicht frustriert.«

»Bitte. Ich wette, du wartest nur darauf, dass ich einschlafe, damit du dich an meinem Bein reiben kannst.«

Ich trete sie mit meinem sehr kalten Fuß. Sie schreit kurz auf.

»Meine sexuelle Frustration kann dich nicht am Schlafen hindern«, sage ich und gebe damit zu, dass sie recht hat. »Wenn das möglich wäre, hätte im viktorianischen Zeitalter niemand schlafen können.«

Sie schielt zu mir herüber. »Du bist seltsam«, sagt sie und rollt sich wieder auf die andere Seite. »Schleich dich raus und suche deinen Freund.«

»Er ist nicht mein Freund«, sage ich automatisch, wie man es schon mit acht Jahren lernt.

»Dein *besonderer* Freund. Dein Beau. Dein Süßer. Dein …«

»Ich geh schon«, zische ich ihr zu und schlage die Decke zurück.

Hana schnarcht sanft im anderen Bett. Wenn sie schläft, wirkt sie eigentlich wie ein ganz netter Mensch, aber es ist auch schwer, gemein auszusehen, wenn man auf sein Kissen sabbert.

Leon und ich haben den Plan gefasst, uns heute Nacht zu treffen. Martin hat Leon aus nicht nachvollziehbaren Gründen in ein Doppelzimmer mit dem Kameramann gesteckt, deswegen können wir nicht gemeinsam ins Bett schlüpfen. Aber weil Hana und der Kameramann fest schlafen, gibt es keinen Grund, warum wir uns nicht aus dem Zimmer stehlen und im Schloss Abenteuer erleben können. Wir wollten eigentlich beide ein wenig schlafen und uns um drei Uhr morgens treffen, aber ich habe vor Aufregung kein Auge zugekriegt. Dennoch ist dieses Gerade-aufgewacht-Gesicht nicht annähernd so gut, wie Hollywood einem einreden will, deswegen ist es wahrscheinlich vorteilhaft, dass ich hier seit Stunden wach liege und unangemessene Dinge denke.

Ich hatte aber nicht damit gerechnet, dass es so verdammt kalt werden würde. Ich hatte mir vorgestellt, ich würde nur in Unterwäsche und einen Morgenmantel gehüllt sein – ich habe mir ein sexy Negligé und alles gekauft –, aber im Augenblick trage ich eine Pyjamahose aus Fleece, Wollsocken und drei Pullover, und ich kann nichts davon ausziehen. Deswegen lege ich nur Lipgloss auf, fahre mir durchs Haar und öffne vorsichtig die Tür.

Sie knarrt so laut, dass jedes Klischee erfüllt ist, aber Hana wacht nicht auf. Ich schlüpfe zur Tür hinaus, und sobald der Spalt groß genug ist und ich sie hinter mir schließe, zucke ich wegen des ganzen Geächzes zusammen.

Leon und ich treffen uns in der Küche, denn dann haben wir bei ungebetenem Besuch eine gute Entschuldigung (ich esse bei der Arbeit so viele Kekse, dass mir jeder einen Mitternachtssnack abnimmt). Ich gehe zügig durch den mit Teppich ausgelegten Flur, behalte die Zimmer rechts und links im Auge, falls jemand auf den Beinen ist und mich sehen könnte.

Niemand. Die Bewegung wärmt mich ein wenig, deswegen jogge ich die Treppen hoch, und als ich in der Küche ankomme, bin ich ein wenig außer Atem.

Die Küche ist der einzige Teil des Schlosses, der jemandem wichtig zu sein scheint. Sie wurde kürzlich erst renoviert, und zu meiner großen Freude steht ein riesiger Ofen am hinteren Ende. Ich drücke mich dagegen, wie ein Mädchen, das in einem Nachtclub ein ehemaliges Mitglied von One Direction getroffen hat und nie und nimmer ohne diesen Mann nach Hause gehen würde.

»Muss ich eifersüchtig werden?«, fragt Leon hinter mir.

Ich schaue über die Schulter. Er hat mich von der Tür aus beobachtet, sein Haar hat er gerade erst zurückgelegt, er trägt ein weites T-Shirt und eine Jogginghose.

»Wenn deine Körpertemperatur höher ist als die des Ofens, gehöre ich dir«, erkläre ich ihm und drehe mich um, um meinen Hintern und die Rückseite meiner Beine zu wärmen und um ihn besser zu sehen.

Langsam kommt er zu mir. Er strahlt manchmal diese schlichte Zuversicht aus – nicht häufig, aber dann wirkt es unheimlich sexy. Er küsst mich, und mir wird noch wärmer.

»Hattest du Probleme damit, dich rauszuschleichen?«, frage ich und lehne mich zurück, um mir das Haar nach hinten zu streichen.

»Larry, der Kameramann, hat einen sehr tiefen Schlaf«, sagt Leon, legt wieder seine Lippen auf meine und küsst mich langsam.

Mein Herz schlägt wie verrückt. Mir ist ein wenig schwindelig, als würde sich das ganze Blut, das normalerweise in meinem Kopf zirkuliert, gerade zu anderen Orten bewegen. Leon hebt mich hoch – dabei trennen sich unsere Lippen nur für einen Augenblick – und setzt mich auf den wärmenden Ofen, ich schlinge die Beine um ihn, verschränke die Knöchel hinter ihm. Er presst sich an mich.

Langsam dringt die Wärme aus dem Ofen durch meine Pyjamahose und grillt meinen Hintern.

»Autsch. Heiß«, sage ich und drücke mich nach vorne. Leon hebt mich wie einen Koala hoch und trägt mich stattdessen zur Anrichte, langsam bewegen sich seine Lippen über meinen ganzen Körper – Hals und Brust, dann wieder Lippen, Hals, Schlüsselbein, Lippen. Mein Kopf dreht sich, ich kann kaum denken. Seine Hände finden die schmale Öffnung zwischen meinem Pulli und der Schlafanzughose, und dann fahren mir seine Finger über die Haut, und aus *kaum* denken wird *gar nicht mehr* denken.

»Ist es schlimm, auf einer Oberfläche Sex zu haben, auf der andere Menschen Essen zubereiten?«, fragt Leon und löst sich atemlos von mir.

»Nein! Das ist einfach … sauber! Hygienisch«, sage ich und ziehe ihn wieder an mich.

»Gut«, sagt er, und plötzlich sind alle meine Pullover auf einmal weg. Mir ist nicht mehr kalt. Tatsächlich ist es ohne Klamotten angenehmer. Warum zum Teufel habe ich nicht das Negligé angezogen?

Ich reiße Leon das T-Shirt vom Leib und zerre am Bund seiner Jogginghose, bis er sie auch auszieht. Als ich meinen Körper an seinen schmiege, hält er kurz inne.

»Okay?«, fragt er heiser. Ich merke, wie viel Selbstbeherrschung ihm diese Frage abverlangt, ich antworte mit noch einem Kuss. »Ja?«, fragt er und drückt seine Lippen auf meine. »Heißt das okay?«

»Ja. Nun hör auf zu reden«, erkläre ich ihm, und er gehorcht.

Wir sind uns so nah. Ich bin fast nackt, mein Kopf ist voll mit Leon. Nun also. Es passiert. Meine innere, sexuell frustrierte Viktorianerin heult fast vor Dankbarkeit, als Leon mich an den Hüften zu sich zieht, sodass ich mich gegen ihn drücke, sein Körper befindet sich wieder zwischen meinen Beinen.

Und dann kommt sie. Die Erinnerung.

Mein Körper verspannt sich mit einem Mal. Leon versteht es erst nicht, und in den drei ersten völlig grauenvollen Sekunden bewegen sich seine Hände noch über meinen Körper, seine Lippen pressen sich noch hart auf meine. Es ist sehr schwer, dieses Gefühl zu beschreiben. Panik, vielleicht, aber ich bin völlig bewegungslos und fühle mich seltsam passiv. Ich bin eingefroren, in der Falle und habe das seltsame Gefühl, dass sich ein entscheidender Teil von mir abgespalten hat.

Leons Hände werden langsamer, er umfasst mein Gesicht. Er hebt sanft meinen Kopf, damit ich ihn anschaue.

»Ah«, sagt er. Er löst sich von mir, und genau dann beginne ich zu zittern.

Ich bekomme diesen Teil von mir einfach nicht zurück. Ich weiß nicht, woher dieses Gefühl kommt – in einem Moment hätte ich fast den Sex gehabt, von dem ich seit über einer Woche fantasiere, und dann plötzlich erinnere ich mich an etwas. Ein Körper, der nicht Leons war, Hände, die dieselben Dinge machten, die ich aber nicht dort haben wollte.

»Möchtest du etwas Raum oder eine Umarmung?«, fragt er nur und steht nun ein Stück vor mir.

»Eine Umarmung«, bringe ich heraus.

Er zieht mich an sich und greift dabei nach dem Haufen mit den Pullovern auf der Arbeitsfläche. Er legt mir einen über die Schultern und zieht mich eng an sich, ich presse den Kopf an seine Brust. Das einzige Zeichen für seine Frustration ist das dumpfe Pochen seines Herzens in meinem Ohr.

»Es tut mir leid«, murmele ich an seiner Brust.

»Das sollte es nicht«, sagt er. »Es muss dir nicht leidtun. Okay?«

Ich lächele wackelig und drücke die Lippen auf seine Haut. »Okay.«

## 54

## LEON

Normalerweise bin ich kein aggressiver Mensch. Im Allgemeinen bin ich sanftmütig und nicht leicht aufzubringen. Bin immer derjenige, der Richie davon abhält, sich zu prügeln (normalerweise wegen einer Frau, die vielleicht Hilfe braucht, vielleicht aber auch nicht). Doch jetzt melden sich sehr ursprüngliche Gefühle in mir, und es kostet mich enorme Mühe, meinen Körper zu entspannen und mich ruhig zu bewegen. Eine feindselige, angespannte Haltung hilft Tiffy nicht.

Aber ich will ihm wehtun. Ernsthaft. Ich weiß nicht, was er Tiffy angetan hat, was diesmal der Auslöser für ihre Reaktion war, aber sie zittert am ganzen Leib wie ein Kätzchen, das aus der Kälte kommt.

Sie hebt den Kopf und wischt sich durchs Gesicht.

Tiffy: »Tut mir … Ich meine. Hi.«

Ich: »Hi. Willst du einen Tee?«

Sie nickt. Will sie nicht loslassen, aber sie festzuhalten, wenn sie erwartet, dass ich sie loslasse, ist wahrscheinlich keine gute Idee. Zieh mich wieder an und setze Wasser auf.

Tiffy: »Das war …«

Ich warte. Das Wasser beginnt zu kochen, nur ein leises Poltern.

Tiffy: »Das war schrecklich. Ich weiß gar nicht, was passiert ist.«

Ich:»War es eine neue Erinnerung? Oder etwas, über das du schon in der Therapie gesprochen hast?«

Nachdenklich schüttelt sie den Kopf.

Tiffy: »Es war nicht wie eine Erinnerung, es war nicht, als hätte ich etwas vor mir gesehen …«

Ich:»Eher als ob dein Körper sich an etwas erinnert?«

Sie blickt auf.

Tiffy: »Ja. Genau.«

Schenke uns Tee ein. Öffne den Kühlschrank, um Milch zu holen, und halte inne. Dort stehen Tabletts mit kleinen rosa Cupcakes, auf denen »F und J« steht.

Tiffy tappt neben mich und legt mir einen Arm um die Taille.

Tiffy:»Ooh. Die müssen für die Hochzeitsfeier sein. Die findet statt, wenn wir weg sind.«

Ich:»Was meinst du, wie genau sie die gezählt haben?«

Tiffy lacht. Kein ausgelassenes Lachen und noch ein bisschen verweint, aber trotzdem gut.

Tiffy: »Wahrscheinlich sehr genau. Aber es sind *so* viele.«

Ich:»Zu viele. Ich schätze … dreihundert.«

Tiffy: »Niemand lädt dreihundert Gäste zu seiner Hochzeit ein. Es sei denn, er ist berühmt, oder Inder.«

Ich:»Ist es die Hochzeit von berühmten Indern?«

Tiffy: »Das hat Lordy Lord Illustrator nicht explizit gesagt.«

Nehme zwei Cupcakes und reiche Tiffy einen. Ihre Augen sind noch leicht gerötet vom Weinen, aber jetzt lächelt sie und verschlingt den Cupcake in Windeseile. Braucht vermutlich Zucker.

Eine Weile kauen wir schweigend und lehnen uns nebeneinander gegen den warmen Ofen.

Tiffy:»Also … was ist deine professionelle Einschätzung …«

Ich: »Als Palliativkrankenpfleger?«

Tiffy: »Als medizinische Fachkraft …«

O nein. Solche Unterhaltungen verlaufen nie gut. Die Leute meinen immer, man würde uns in der Ausbildung alles Mögliche an medizinischem Fachwissen beibringen, an das wir uns fünf Jahre später noch erinnern.

Tiffy: »Flippe ich jetzt jedes Mal so aus, wenn wir Sex haben wollen? Denn das ist der frustrierendste Gedanke überhaupt.«

Ich, vorsichtig: »Ich glaube nicht. Vielleicht dauert es nur ein bisschen, herauszufinden, was die Auslöser sind und wie wir sie vermeiden, bis du dich sicherer fühlst.«

Sie sieht mich durchdringend an.

Tiffy: »Ich bin nicht … Ich will nicht, dass du denkst … Er hat mir nie, du weißt schon. Er hat mir nie *wehgetan.*«

Das möchte ich bezweifeln. Er scheint sie ziemlich oft verletzt zu haben. Aber das geht mich eindeutig nichts an, darum gehe ich zum Kühlschrank, besorge ihr noch einen Cupcake und halte ihn ihr zum Abbeißen hin.

Ich: »Ich vermute gar nichts. Ich will nur, dass du dich besser fühlst.«

Tiffy sieht mich an, dann pikst sie mich aus heiterem Himmel in die Wange.

Ich schnappe nach Luft: »Hey!«

Wangenpiken ist viel erschreckender, als mir bewusst war, als ich es vorhin selbst gemacht habe.

Tiffy: »Du bist nicht echt, oder? Du bist unglaublich lieb.«

Ich: »Bin ich nicht. Ich bin ein mürrischer alter Mann, der kaum jemanden mag.«

Tiffy: »Kaum jemanden?«

Ich: »Es gibt ein paar Ausnahmen.«

Tiffy: »Wie wählst du die aus? Die Ausnahmen?«

Schulterzucken, ist mir unangenehm.

Tiffy: »Im Ernst. Warum ich?«

Ich: »Mhh. Nun ja. Ich glaube … Es gibt ein paar Leute, mit denen fühle ich mich einfach wohl. Nicht viele. Aber bei dir war das schon so, bevor ich dir überhaupt begegnet bin.«

Tiffy sieht mich mit schief gelegtem Kopf an und hält meinen Blick so lange fest, dass ich unruhig werde und unbedingt das Thema wechseln möchte. Schließlich beugt sie sich vor und küsst mich zärtlich. Sie schmeckt nach Kuchenglasur.

Tiffy: »Das Warten lohnt sich. Du wirst schon sehen.«

Als hätte ich daran jemals gezweifelt.

## 55

## TIFFY

Ich lehne mich in meinem Schreibtischstuhl zurück und schaue nicht mehr auf den Bildschirm. Ich habe schon viel zu lange darauf gestarrt – die Häkelfotos aus dem Schloss sind in der Rubrik *Femail* der *Daily Mail* erschienen, das ist *seltsam*. Katherin ist nun offiziell eine Berühmtheit. Ich verstehe einfach nicht, wie schnell das gegangen ist, und kann außerdem einfach nicht aufhören, die Kommentare der anderen Frauen darüber zu lesen, wie scharf Leon auf diesen Bildern aussieht. Ich wusste natürlich schon, dass er heiß ist, aber dennoch, es ist zugleich schrecklich und irgendwie gut, dafür Bestätigung von außen zu bekommen.

Ich frage mich, wie es ihm damit geht. Ich hoffe, er ist in Sachen Technik zu unfähig, um auf die Kommentarspalte der *Daily Mail* zu klicken, weil einige Sätze wirklich nicht jugendfrei sind. Natürlich sind ein paar rassistische Kommentare darunter – ohne geht es in Kommentarspalten im Internet auch nicht –, und alles entwickelt sich schnell zu einem Streit darüber, ob der Klimawandel eine liberalistische Verschwörung ist, und bevor ich es merke, habe ich eine halbe Stunde im Abgrund namens Internet verbracht und die Zeit damit verschwendet, mir die haarsträubenden Meinungen anderer Leute durchzulesen, darüber, ob Trump ein Neonazi ist und ob Leons Ohren zu groß sind.

Nach der Arbeit gehe ich zu meiner psychologischen Beratungsstunde. Wie immer sitzt mir Lucie in ans Unangenehme grenzender Stille eine Weile gegenüber, und dann, scheinbar spontan, erkläre ich ihr entsetzliche, schmerzhafte Dinge, an die ich zumeist nicht einmal denken kann. Wie clever Justin mir weismachte, ich hätte ein schlechtes Gedächtnis, damit er immer sagen konnte, ich würde Sachen falsch in Erinnerung haben. Wie schamlos er mich davon überzeugt hat, dass ich einige Klamotten weggeworfen hatte, obwohl er in Wirklichkeit Kleidung, die ihm nicht gefiel, ganz hinten im Schrank versteckte.

Wie subtil er aus Sex etwas machte, das ich ihm schuldete, selbst wenn er mich so traurig gemacht hatte, dass ich kaum noch gerade denken konnte.

Für Lucie ist das alles aber ihr täglich Brot. Sie nickt einfach. Oder schüttelt den Kopf. Oder manchmal – in Extremfällen, wenn ich etwas ausspreche, was mir fast körperliche Schmerzen bereitet – sagt sie unterstützend »Ja«.

Dieses Mal fragt sie mich am Ende der Stunde, wie ich zurechtkomme. Ich fange mit den gewöhnlichen Floskeln an: »Oh, das war alles total super, ganz ehrlich, vielen Dank«, wie beim Friseur auf die Frage, wie einem der Haarschnitt gefällt. Aber Lucie starrt mich nur eine Weile lang an, dann frage ich mich, wie ich *wirklich* zurechtkomme. Vor einigen Monaten konnte ich es kaum aushalten, Justins Einladung auf einen Drink auszuschlagen. Ich wendete den Großteil meiner geistigen Kraft dafür auf, meine Erinnerungen in Schach zu halten. Ich war noch nicht einmal bereit zuzugeben, dass er mich manipuliert hatte. Und nun sitze ich hier und spreche mit Jemand-anderem-als-Mo darüber, dass das mit Justin nicht meine Schuld war, und glaube es tatsächlich.

Auf meinem Nachhauseweg mit der Bahn höre ich viel Kelly Clarkson. Ich sehe mein Spiegelbild in der Scheibe, schiebe die Schultern zurück und schaue mir in die Augen, wie bei dieser ersten Bahnfahrt von Justins Wohnung zu meiner. Ja, ich habe ein wenig verweinte Augen von der Sitzung, aber dieses Mal trage ich keine Sonnenbrille.

Und weißt du was? Ich bin sehr stolz auf mich.

Die Frage, was Leon zu den Bildern auf Femail denkt, wird mir bei meiner Rückkehr in die Wohnung beantwortet. Er hat mir diese Notiz auf dem Kühlschrank hinterlassen:

*Hab kein Abendessen gekocht. Bin dafür nun zu berühmt.*
*(Das heißt, ich habe was bei Deliveroo bestellt, um Katherins/ deinen Erfolg zu feiern. Leckeres thailändisches Essen steht für dich im Kühlschrank.) x*

Immerhin hat er es sich wohl nicht zu Kopf steigen lassen. Ich stelle das Essen in die Mikrowelle, summe *Stronger (What Doesn't Kill You)*, und nehme mir einen Stift, während sie brummt. Leon arbeitet bis Mittwoch, dann ist er bei seiner Mum. Ich werde ihn bis zu Richies Verhandlung am Freitag nicht mehr sehen. Er hat viel um die Ohren – er wird morgen früh seinen letzten Johnny White besuchen, will dafür den ersten Zug nach Cardiff nehmen, den er erwischt, und rechtzeitig für ein Schläfchen nach Hause kommen, bevor er zur Arbeit geht. Ich würde ihm normalerweise sagen, dass das nicht genug Schlaf ist, aber ich sehe, dass er auch sonst nicht gut schläft, deswegen tut ihm Unterwegssein vielleicht gut. Er hat endlich *Die Glasglocke* gelesen, ein sicheres Zeichen dafür, dass er tagsüber wach ist, und scheint hauptsächlich mit Koffein zu funk-

tionieren – zu diesem Zeitpunkt des Monats haben wir normalerweise nicht so wenig Instantkaffee übrig.

Ich fasse mich kurz.

*Ich freue mich, dass du dich gut mit deinem neuen Leben als Be-*
*rühmtheit arrangiert hast. Ich auf der anderen Seite bin nun peinlich*
*eifersüchtig auf etwa einhundert Leute im Internet, die dich für »so*
*lecker lol« halten, und habe entschieden, dass ich es viel schöner*
*fände, wenn nur ich dich anstarren dürfte.*

*Ich drück dir die Daumen, dass Johnny White der Achte der*
*Richtige ist! xx*

Als die Antwort am nächsten Abend kommt, weiß ich, dass
Leon erschöpft ist. Ich sehe es an der Schrift – sie ist weniger
klar als sonst, als hätte er nicht die Energie aufbringen können,
den Stift richtig zu halten.

*Johnny White der Achte ist nicht unser Mann. Er war ziemlich un-*
*angenehm und homophob. Außerdem hat er mich gezwungen, viele*
*abgelaufene Feigenkekse zu essen.*

*Richie sagt viele Grüße. Ihm geht's ganz gut. Er schlägt sich*
*wacker.*

Hmm. Richie schlägt sich vielleicht wacker, bei Leon bin ich
mir nicht so sicher.

## 56

## LEON

Komme zu spät zur Arbeit. Habe zwanzig Minuten, die er sich eigentlich nicht leisten kann, mit Richie über posttraumatische Belastungsstörungen gesprochen. Es ist das erste Mal seit Langem, dass ich mit Richie über etwas anderes als über seinen Fall gesprochen habe. Merkwürdig. Schließlich ist die Berufungsverhandlung in drei Tagen. Glaube, Gerty hat so oft mit ihm gesprochen, dass er tatsächlich das Thema wechseln wollte.

Habe ihn auch wegen der einstweiligen Verfügung gefragt. Er hatte eine klare Meinung: Das muss Tiffy entscheiden. Es wäre keine gute Idee, wenn ich ihr eine Entscheidung aufdränge – sie muss von allein zu dem Schluss kommen. Trotzdem ist es mir zuwider, dass ihr Ex weiß, wo sie wohnt, aber ich muss mir sagen, dass das nicht meine Angelegenheit ist.

Bin jetzt extrem spät dran. Knöpfe mir auf dem Weg nach draußen das Hemd zu. Ich bin ein Experte für schnelles Aufbrechen. Habe beim Rasieren Zeit gespart und aufs Frabendbrot verzichtet, was ich um 23 Uhr bereuen werde, wenn die Kollegen von der Tagesschicht alle Kekse aufgegessen haben.

»Leon!«

Blicke auf, als die Tür hinter mir zufällt. Es ist der sonderbare Mann aus Nummer 5, der (laut Tiffy) pünktlich um sieben Uhr morgens Gymnastik macht und Bananenkisten in seiner Parkbucht sammelt. Bin überrascht, dass er meinen Namen kennt.

Ich: »Hallo?«

Sonderbarer Mann aus Nummer 5: »Ich hätte nicht gedacht, dass du Pfleger bist!«

Ich: »Ja. Ich komme zu spät zur Arbeit, darum …«

Sonderbarer Mann aus Nummer 5 wedelt mir mit seinem Smartphone zu, als könnte ich erkennen, was auf dem Display zu sehen ist.

Sonderbarer Mann, triumphierend: »Du bist berühmt!«

Ich: »Wie bitte?«

Sonderbarer Mann: »Du bist in der *Daily Mail!* Mit einem tuntigen Promi-Pullover!«

Ich: »Tuntig ist keine politisch korrekte Bezeichnung mehr, sonderbarer Mann aus Nummer 5. Muss jetzt los. Viel Spaß noch mit der Femail!«

Mache mich so schnell wie möglich aus dem Staub. Beschließe nach genauerem Überlegen, doch nicht berühmt sein zu wollen.


Mr.Prior ist lange genug wach, um die Fotos zu sehen. Bald wird er wieder einnicken, aber das wird ihn amüsieren, also lade ich die Bilder auf mein Smartphone.

Hmm. Vierzehntausend Likes für ein Foto, auf dem ich in schwarzem T-Shirt und Riesenhäkelschal in die Ferne blicke. Komisch.

Mr.Prior: »Sehr schick, Leon!«

Ich: »Ach, danke.«

Mr.Prior: »Gehe ich recht in der Annahme, dass eine gewisse reizende, junge Dame Sie davon überzeugt hat, sich das anzutun?«

Ich: »Äh. Ja. Es war Tiffys Idee.«

Mr.Prior: »Ach, die Mitbewohnerin. Und … Freundin?«

Ich: »Nein, nein, nicht ›Freundin‹. Noch nicht.«

Mr. Prior: »Nicht? Als wir uns das letzte Mal unterhalten haben, hatte ich den Eindruck, dass ihr ziemlich verknallt seid.«

Checke Mr. Priors Krankenakte und versuche, mir nichts anmerken zu lassen. Schlechte Leberwerte. Nicht gut. War zu erwarten, aber trotzdem, nicht gut.

Ich: »Ich bin … ja. Das stimmt. Will nur nichts überstürzen. Ich glaube, sie auch nicht.«

Mr. Prior runzelt die Stirn. Beinahe verschwinden die kleinen Knopfaugen in den Falten seiner Augenbrauen.

Mr. Prior: »Darf ich Ihnen einen Rat geben, Leon?«
Ich nicke.

Mr. Prior: »Lassen Sie sich nicht von Ihrer natürlichen … Zurückhaltung behindern. Machen Sie deutlich, was Sie für sie empfinden. Sie sind wie ein verschlossenes Buch, Leon.«

Ich: »Ein verschlossenes Buch?«

Bemerke, dass Mr. Priors Hände zittern, als er die Decke glatt streicht, und versuche nicht an die Prognose zu denken.

Mr. Prior: »Still. Nachdenklich. Ich bin mir sicher, sie findet das äußerst anziehend, aber lassen Sie nicht zu, dass es zwischen Ihnen steht. Ich habe zu lange gewartet, bis ich meinem … ich habe zu lange gewartet, und jetzt wünschte ich, ich hätte einfach gesagt, was ich will, als ich es noch konnte. Ich stelle mir vor, wie mein Leben ausgesehen hätte. Nicht dass ich nicht zufrieden mit meinem Schicksal bin, aber … man vergeudet schrecklich viel Zeit, wenn man jung ist.«

Kann hier nichts tun, ohne dass mir jemand irgendwelche klugen Ratschläge erteilt. Aber Mr. Prior hat mich ein bisschen nervös gemacht. Nach Wales hatte ich das Gefühl, ich sollte mit Tiffy nichts überstürzen. Aber vielleicht halte ich mich zu sehr zurück. Dazu neige ich offensichtlich. Wünschte jetzt, ich hätte ihr vorgeschlagen, in die Tagesschicht zu wechseln. Aber immerhin bin ich für sie in ein walisisches Schloss gefahren und habe in einer riesigen Strickjacke an einem windschiefen Baum posiert. Das macht meine Gefühle doch wohl deutlich?

Richie: »Du bist nicht gerade *von Natur aus* offen.«

Ich: »Doch! Ich bin … mitteilsam. Ein offenes Buch.«

Richie: »Du kannst ganz gut mit mir über Gefühle reden, aber das zählt nicht, und normalerweise fange *ich* damit an. Du solltest dir ein Beispiel an mir nehmen, Bro. Ich hatte nie Zeit, mich lange zu zieren. Einfach drauflos und volles Risiko war meine Devise.«

Darauf war ich nicht vorbereitet. Hatte ein gutes Gefühl bei Tiffy, und jetzt mache ich mir Sorgen. Hätte Richie nicht erzählen sollen, was Mr. Prior gesagt hat – hätte wissen müssen, wie er darüber denkt. Richie hat mit zehn Jahren Liebeslieder geschrieben und den Mädchen im Schulflur Ständchen gebracht.

Ich: »Was soll ich machen?«

Richie: »Verdammt, Mann, sag ihr einfach, dass du sie magst und mit ihr zusammen sein willst. Das stimmt doch, dann kann es ja wohl nicht so schwer sein. Ich muss Schluss machen. Gerty will *noch einmal* die zehn Minuten mit mir durchgehen, nachdem ich den Club verlassen habe. Ehrlich, ich glaube, die Frau ist kein menschliches Wesen.«

Ich: »Diese Frau ist …«

Richie: »Keine Sorge, keine Sorge. Ich würde nie etwas gegen sie sagen. Was ich sagen wollte, war, sie ist übermenschlich.«

Ich: »Gut.«

Richie: »Und ganz schön scharf.«

Ich: »Denk nicht mal …«

Richie lacht dröhnend. Ich kann nicht anders, ich muss grinsen.

Richie: »Ich bin brav, ich bin brav. Aber wenn sie mich hier rausholt, lade ich sie zum Abendessen ein. Oder vielleicht mache ich ihr auch einen Heiratsantrag.«

Mein Grinsen verblasst langsam wieder. Ich spüre leichte Sorge. Die Berufungsverhandlung findet tatsächlich statt. Noch zwei Tage. Ich habe mir gar nicht bewusst vorstellen wollen, dass Richie freigesprochen wird. Das macht mein Gehirn gegen meinen Willen von ganz allein, malt sich alles genau aus. Wie ich ihn mit zu mir nehme, damit er sich auf Tiffys Paisley-Sitzsack setzen, Bier trinken und wieder mein kleiner Bruder sein kann.

Finde nicht die passenden Worte, die ausdrücken, was ich ihm sagen will. Mach dir nicht zu viele Hoffnungen? Aber natürlich tut er das – ich auch. Darum geht es doch. Also ... nimm es nicht zu schwer, wenn es nicht klappt? Auch lächerlich. Es gibt keine passenden Worte für diese Situation.

Ich: »Bis Freitag.«

Richie: »Das ist genau das offene Buch, das ich kenne und liebe. Bis Freitag, Bro.«

## 57

## TIFFY

Es ist Freitagmorgen. *Der* Tag.

Leon ist bei seiner Mum, sie gehen gemeinsam zum Gericht. Rachel und Mo sind bei mir. Mo begleitet mich zur Buchpremiere. Nach all dem, was ich für dieses Buch getan habe, kann mir noch nicht einmal Martin einen zusätzlichen Platz auf der Gästeliste verwehren.

Gerty schaut kurz mit Mo herein, umarmt mich flüchtig und spricht gehetzt mit mir über Richies Fall. Sie trägt bereits ihre alberne Anwaltsperücke, als wäre sie einem Bild aus dem achtzehnten Jahrhundert entsprungen.

Mo ist in seinen Smoking gekleidet und sieht hinreißend aus. Ich liebe es, wenn er sich schick macht. Es erinnert mich an Welpen, die man als Menschen verkleidet. Es ist ihm sichtlich unangenehm, und ich weiß, dass er sich am liebsten wenigstens die Schuhe ausziehen würde, aber wenn er auch nur nach seinen Schnürsenkeln greift, knurrt Gerty ihn an, und er lässt es winselnd sein. Als Gerty geht, merkt man ihm die Entspannung an.

»Nur damit du Bescheid weißt: Mo und Gerty treiben es miteinander«, erklärt mir Rachel und gibt mir meine Haarbürste.

Ich starre sie im Spiegel an. (In dieser Wohnung gibt es einfach nicht genügend Spiegel. Wir hätten uns bei Rachel fertig machen sollen, bei der – aus wie ich vermute sexuellen Gründen – eine ganze Wand aus verspiegelten Schränken in der Wohnung steht, aber sie lässt Gerty nicht rein, weil sie bei Rachels Geburtstagsfeier meinte, bei ihr sei es so unordentlich).

»Mo und Gerty treiben es *nicht* miteinander«, sage ich, komme zu Sinnen und grabsche mir die Bürste. Ich will aus meiner Mähne einen eleganten Knoten aus einem unserer DIY-Hairstyling-Bücher machen. Der Autor verspricht, dass es einfach sei, aber ich bin schon seit fünfzehn Minuten bei Schritt zwei. Insgesamt gibt es zweiundzwanzig Schritte, und ich habe nur noch eine halbe Stunde.

»Auf jeden Fall«, sagt Rachel nüchtern. »Du weißt, dass ich es immer erkenne.«

Ich erzähle Rachel nicht, dass Gerty auch denkt, sie würde es erkennen, wenn ein Freund mit jemandem schläft. Ich will nicht, dass daraus ein Wettbewerb wird, vor allem weil ich immer noch keinen Sex mit Leon hatte.

»Sie wohnen zusammen«, nuschele ich mit Haarnadeln im Mund. »Sie kennen sich nun besser als früher.«

»Man wird nur so vertraut miteinander, wenn man sich nackt sieht«, beharrt Rachel.

»Das ist komisch und eklig. Wie auch immer, ich bin mir ziemlich sicher, dass Mo asexuell ist.«

Zu spät schaue ich nach, ob die Tür zum Badezimmer verschlossen ist. Mo sitzt im Wohnzimmer. Er hat die letzte Stunde entweder geduldig oder gelangweilt ausgesehen, je nachdem ob er glaubte, wir würden ihn beobachten.

»Du *willst* das denken, wegen dieses ganzen Er-ist-wie-ein-Bruder-für-mich-Getues. Aber er ist definitiv nicht asexuell. Er hat letzten Sommer bei einer Party meine Freundin Kelly angegraben.«

»Ich kann diese Enthüllungen gerade nicht gebrauchen!«, sage ich und spucke die Haarnadeln aus. Ich hatte sie viel zu früh in den Mund genommen. Sie sind für Schritt vier, und Schritt drei verwirrt mich gerade immer noch.

»Komm her«, sagt Rachel, und ich atme aus. Gott sei Dank.

»Da hast du mich echt im Stich gelassen«, erkläre ich ihr, als sie die Haarbürste nimmt und die Schäden beseitigt, die ich bisher angerichtet habe; mit der anderen Hand blättert sie die Anweisungen durch.

»Wie sollst du es sonst jemals lernen?«, fragt sie.

Es ist zehn Uhr. Seltsam, so früh am Tag schon so formell angezogen zu sein. Aus irgendeinem Grund habe ich schreckliche Angst, mir Tee vorne auf mein schickes neues Kleid zu schütten – bei einem Martini hätte ich nicht dieselben Bedenken. Es ist einfach seltsam, aus einer Tasse zu trinken und Seide zu tragen.

Rachel hat sich selbst übertroffen – mein Haar ist glatt und glänzt, ist in meinem Nacken auf geheimnisvolle Weise miteinander verflochten, genauso wie auf dem Bild. Der Nebeneffekt ist aber, dass ich ziemlich viel Brust zeige. Als ich dieses Kleid anprobiert habe, hatte ich die Haare offen – mir war nicht so richtig klar, wie viel Haut die freien Schultern und der herzförmige Ausschnitt frei lassen. Ach, egal. Das ist auch mein Abend – ich bin die Lektorin, die das Buch eingekauft hat. Es ist mein gutes Recht, mich unangemessen anzuziehen.

Mein Handy erinnert mich daran, mich nach Katherin zu erkundigen. Ich rufe sie an, versuche zu übersehen, dass sie bei den »häufig gewählten Rufnummern« vor meiner Mutter auftaucht.

»Bist du fertig?«, frage ich, als sie drangeht.

»Fast!«, trällert sie. »Habe nur kurz das Outfit ein wenig angepasst, und …«

»Wie, *ein wenig angepasst*?«, frage ich argwöhnisch.

»Oh, als ich es zum zweiten Mal bei Tageslicht angezogen habe, wurde mir klar, wie spießig und langweilig dieses Kleid ist, das deine PR-Leute für mich ausgesucht haben«, sagt sie, »deswegen habe ich die Rocklänge und den Ausschnitt angepasst.«

Ich öffne den Mund, um mit ihr zu schimpfen, dann schließe ich ihn wieder. Erstens kann man den Schaden nicht wieder rückgängig machen – wenn sie es abgenäht hat, kann man das Kleid nicht mehr retten. Und zweitens wird meine schlüpfrige Kleiderwahl viel besser neben jemandem aussehen, der sich auch dazu entschlossen hat, unprofessionell viel Haut zu zeigen.

»Schön. Wir kommen dich um halb abholen.«

»Tschüssikowski«, sagt sie, hoffentlich ironisch, obwohl ich mir da nicht sicher bin.

Als ich auflege, schaue ich nach der Zeit. Noch zehn Minuten. (Ich musste einen Zeitpuffer mit einrechnen, damit Rachel pünktlich fertig wird, was immer mindestens fünfzig Prozent länger dauert als vermutet. Sie wird es natürlich auf mich schieben, weil sie mir die Haare gemacht hat, aber in Wahrheit ist sie die selbst ernannte Königin des Contouring und verbringt mindestens vierzig Minuten damit, ihre Gesichtsform zu verändern, bevor sie überhaupt mit Augen und Lippen anfängt.)

Ich will gerade Leon schreiben und ihn fragen, wie es ihm geht, als das Festnetz klingelt.

»Was zum Teufel ist das denn?«, ruft Rachel aus dem Badezimmer.

»Unser Festnetz!«, antworte ich, sprinte in Richtung des Geräuschs (es scheint aus der Nähe des Kühlschranks zu kommen). Rennen ist in diesem Outfit nicht leicht – der Rock bauscht sich stark auf, und es gibt mindestens zwei riskante Augenblicke, als sich mein nackter Fuß beim Gehen im Tüll verfängt. Ich zucke zusammen, weil es in meinem schlimmen Knöchel schmerzt. Ich kann nun auf ihm gehen, aber rennen mag er nicht. Wobei es nicht so ist, dass mein heiler Knöchel das gut finden würde.

»Euer *was*?«, fragt Mo amüsiert.

»Unser Festnetz«, wiederhole ich und wühle mich durch die unglaubliche Menge an Kram auf unserer Arbeitsplatte.

»Entschuldige, aber du hast mir nicht gesagt, dass wir uns hier in den 1990er-Jahren befinden«, ruft Rachel, als ich gerade das Telefon finde.

»Hallo?«

»Tiffy?«

Ich runzele die Stirn. »Richie? Alles okay mit dir?«

»Ich bin ganz ehrlich mit dir, Tiffy«, sagt er. »Ich scheiß mir in die Hose. Also im übertragenen Sinne. Obwohl, vielleicht bald auch wirklich …«

»Wer da auch dran sein mag, ich hoffe, ihm gefällt das neue Album von Blur«, ruft Rachel.

»Warte.« Ich gehe ins Schlafzimmer und schließe energisch die Tür hinter mir. Mühsam richte ich mir den Rock, damit ich mich auf die Bettkante hocken kann, ohne etwas zu zerreißen. »Solltest du nicht gerade in einem Gefangenentransporter sitzen? Wie kannst du mich anrufen? Sie haben sich doch wohl an deinen Termin bei Gericht erinnert, oder?«

Ich habe inzwischen genügend Horrorgeschichten von Gerty und Leon gehört und weiß, dass es Gefängnisinsassen wegen der verschiedenen bürokratischen Hürden, die es zu überwinden gilt, nicht immer zu Gericht schaffen. Sie haben Richie vor ein paar Tagen in ein (noch grauenvolleres) Londoner Gefängnis verlegt, damit er am Verhandlungstag in der Nähe ist, aber er muss noch vom Gefängnis zum Gericht fahren. Wenn ich daran denke, dass die ganzen Vorbereitungen für die Katz waren, weil jemand vergessen hat, sich um den Transport zu kümmern, wird mir schlecht.

»Nein, nein. Mit dem Wagen bin ich schon gefahren«, sagt Richie. »Ohne Ende Spaß, sage ich dir. Irgendwie habe ich vier Stunden drin gesessen, obwohl ich schwören hätte können, dass wir uns die Hälfte der Zeit nicht bewegt haben. Nein, ich bin jetzt im Gericht, in einer Arrestzelle. Ich darf eigentlich niemanden anrufen, aber die Wärterin ist eine Dame aus Irland, die ich an ihren Sohn erinnere. Und sie meinte, dass ich schrecklich aussehe. Sie sagte, ich solle meine Freundin anrufen, aber ich habe keine, deswegen rufe ich dich an, weil du Leons Freundin bist, das ist doch am nächsten dran. Entweder dich oder Rita aus der Schule, mit der ich genau genommen nie Schluss gemacht habe.«

»Du schwafelst rum, Richie«, erkläre ich ihm. »Was ist los? Sind es die Nerven?«

»›Nerven‹ hört sich an wie bei einer alten Dame. Es ist absoluter *Terror*.«

»Das hört sich besser an. Viel mehr wie in einem Horrorfilm. Weniger nach Ohnmachtsanfall, weil dein Korsett zu eng ist.«

»Genau.«

»Ist Gerty da?«

»Ich habe sie noch nicht gesehen. Sie macht, was Anwälte so machen, denke ich. Ich bin gerade ganz allein.« Er spricht scheinbar unbeschwert und selbstironisch wie immer, dennoch bemerkt man direkt das Zittern in seiner Stimme.

»Du bist *nicht* allein«, erkläre ich ihm nachdrücklich. »Du hast uns alle. Und erinnere dich daran – als wir zum ersten Mal miteinander gesprochen haben, hast du gesagt, du würdest dich mit dem Gefängnisaufenthalt arrangieren. Das Worst-Case-Szenario wäre, dass du das noch länger tun musst. Du hast es in den letzten Monaten geschafft, damit fertigzuwerden, also würdest du es auch weiterhin schaffen.«

»Was ist, wenn ich während der Verhandlung kotzen muss?«

»Dann wird jemand den Raum räumen lassen und eine Reinigungskraft suchen, und du wirst da weitermachen, wo du aufgehört hast. Es wird die Richter nicht glauben lassen, dass du einen bewaffneten Raubüberfall begangen hast, oder?«

Er lacht verhalten. Kurz herrscht Stille.

»Ich will Leon nicht hängen lassen«, sagt er. »Er hat so große Hoffnungen. Ich will nicht … Ich kann es nicht ertragen, ihn schon wieder zu enttäuschen. Das letzte Mal war am schlimmsten. Wirklich, das war am schlimmsten. Sein Gesicht zu sehen.«

»Du hast ihn nie im Stich gelassen«, sage ich. Mein Herz hämmert. Das hier ist wichtig. »Er weiß, dass du es nicht getan hast. Das … System hat euch beide im Stich gelassen.«

»Ich hätte es einfach hinnehmen sollen. Meine Zeit absitzen und rauskommen und ihn in der Zwischenzeit mit seinem Leben weitermachen lassen. Das alles … macht es für ihn noch schlimmer.«

»Leon würde immer kämpfen, ganz egal was du getan hast«, sage ich. »Er würde nie zulassen, dass auf seinem kleinen Bruder rumgehackt wird. Wenn du aufgegeben hättest, hätte ihm das wehgetan.«

Er atmet tief und zitternd ein und wieder aus.

»Das ist gut«, sage ich. »Atmen. Ich habe gehört, das soll zartbesaiteten Menschen guttun. Hast du Riechsalz zur Hand?«

Wieder ein Kichern, diesmal ein wenig entspannter.

»Willst du sagen, ich bin ein Weichei?«, fragt Richie.

»Ich glaube felsenfest, dass du ein mutiger Mann bist«, erkläre ich ihm. »Aber, ja. Ich nenne dich Weichei. Falls dir das dabei hilft, dich daran zu erinnern, wie mutig du bist.«

»Ah, du bist ein gutes Mädchen, Tiffy.«

»Ich bin kein Hund, Richie. Und – wo du dich nun hoffentlich wieder ein wenig gefangen hast … Können wir darauf zurückkommen, dass du gerade ›Leons Freundin‹ gesagt hast?«

Es entsteht eine Pause.

»Noch nicht«, erkläre ich ihm. »Also, ich meine, wir haben noch nicht darüber gesprochen. Wir hatten eigentlich erst ein paar Dates.«

»Er ist verrückt nach dir«, sagt Richie. »Vielleicht sagt er es nicht, aber …«

Ich spüre einen ängstlichen Stich. Ich bin auch verrückt nach Leon. Ich verbringe die meisten meiner wachen Stunden damit, über ihn nachzudenken, und die wenigen, die ich schlafe, auch. Aber … Ich weiß nicht. Beim Gedanken daran, dass er mein Freund sein will, fühle ich mich in die Ecke gedrängt.

Ich ziehe mein Kleid glatt und frage mich, ob ich diejenige bin, die ein Problem mit Korsetts und ihren Nerven hat. Ich mag Leon wirklich. Das ist lächerlich. Objektiv gesehen, würde ich ihn gerne als meinen Freund bezeichnen und ihn Menschen so vorstellen. Das will man immer, wenn man verrückt nach jemandem ist. Aber …

Was würde Lucie sagen?

Um ehrlich zu sein, würde sie wahrscheinlich nichts sagen. Sie würde mich wohl darin schmoren lassen, dass dieses seltsame Gefühl, in der Falle zu sitzen, fast ganz sicher damit zu tun hat, dass ich in einer Beziehung mit einem Mann war, der mich nie wirklich losgelassen hat.

»Tiffy?«, fragt Richie. »Ich sollte auflegen.«

»O Gott, ja«, sage ich und komme wieder zu Sinnen. Ich weiß nicht, warum ich mich mit so etwas herumschlage, wenn Richie bald in den Gerichtssaal geht. »*Viel Glück*, Richie. Ich wünschte, ich könnte da sein.«

»Vielleicht sehen wir uns auf der anderen Seite«, sagt er, seine Stimme zittert wieder. »Und falls nicht – pass gut auf Leon auf.«

Dieses Mal hört sich die Aufforderung nicht seltsam an. »Das werde ich«, erkläre ich ihm. »Das verspreche ich dir.«

## 58

## LEON

Ich hasse diesen Anzug. Das letzte Mal habe ich ihn in Verhandlung Nummer eins getragen und ihn dann bei meiner Mutter in den Kleiderschrank gestopft. War versucht, ihn zu verbrennen, als wäre er kontaminiert. Bin froh, dass ich es nicht getan habe. Ich kann es mir nicht leisten, jedes Mal einen Anzug zu verbrennen, wenn das Rechtssystem versagt. Womöglich ist das nicht unsere letzte Berufungsverhandlung.

Mam ist weinerlich und zittrig. Ich bemühe mich sehr, stark für sie zu sein, halte es jedoch kaum mit ihr in einem Raum aus. Bei jemand anderem würde es mir leichter fallen, aber bei Mam finde ich es schrecklich. Ich möchte, dass sie mich bemuttert, nicht andersherum, und es macht mich beinahe wütend, sie so zu sehen, auch wenn es mich zugleich traurig macht.

Ich sehe auf mein Handy.

Habe gerade mit Richie gesprochen – er hat hier angerufen, um sich etwas moralische Unterstützung zu holen. Es geht ihm gut. Schreib mir, wenn ich etwas tun kann. Ich kann mich immer verdrücken, um zu telefonieren. Tiffy xx

Nach einem Vormittag voll kalter Angst ist mir einen Moment warm. Ich denke an meinen neuen Entschluss, Tiffy explizit zu sagen, was ich für sie empfinde. Das mit uns in eine ernsthafte

Richtung zu lenken, wie zum Beispiel meine Eltern kennenzulernen etc.

Mam: »Schatz?«

Ein letzter Blick in den Spiegel. Ein dünnerer, lang gezoge-
ner Richie mit längeren Haaren blickt zurück. Ich bekomme
ihn nicht aus dem Kopf. Muss immer daran denken, wie er ausgesehen hat, als ihm das Urteil vorgelesen wurde – ein Haufen
Unsinn über sein kaltblütiges, berechnendes Verbrechen. Wie
groß seine Augen waren, voller Angst.

Mam: »Leon? Schatz?«

Ich: »Komme.«


Hallo, Gerichtssaal, da bin ich wieder.

Hier ist alles so nüchtern. Kein Vergleich zu den holzgetä-
felten Sälen mit Deckengewölben aus amerikanischen Ge-
richtsdramen – auf den Tischen jede Menge Akten, auf dem
Boden Teppich. Aufsteigende Bänke, auf denen einige gelangweilt aussehende Anwälte und Journalisten sitzen, die das Ver-
fahren verfolgen. Einer der Journalisten sucht eine Steckdose,
um sein Handy aufzuladen. Eine Jurastudentin inspiziert die
Rückseite ihrer Smoothieflasche.

Es ist bizarr. Noch vor Kurzem hätte ich die beiden anschreien wollen. *Passt gefälligst auf. Ihr seht zu, wie das Leben
eines Menschen zerstört wird.* Doch das gehört alles zum Ritual
dieses speziellen Schauspiels. Und jetzt, da wir wissen, wie das
Spiel läuft – und eine Anwältin haben, die die Spielregeln
kennt –, stört mich das Ritual nicht mehr so sehr.

Ein runzeliger Mann, der in seinem langen Mantel wie eine
Figur aus einem Harry-Potter-Roman aussieht, kommt zu-
sammen mit einem Justizvollzugsbeamten und Richie herein.
Richie trägt keine Handschellen, immerhin etwas. Aber er sieht

genauso schlecht aus, wie ich es erwartet habe. Er hat in den letzten Monaten Muskeln aufgebaut, er trainiert wieder, aber weil er die Schultern hängen lässt, sieht es aus, als würden ihn die Muskeln nach unten drücken. Erkenne in ihm kaum den Bruder wieder, der erst letztes Jahr vor Gericht gestanden hat. Der total davon überzeugt war, dass man hier als freier Mann herauskommt, wenn man unschuldig ist. Der Bruder, der an meiner Seite aufgewachsen ist, der immer bei mir war, mir stets den Rücken freigehalten hat.

Kann ihn kaum ansehen – es tut zu weh, die Angst in seinen Augen zu lesen. Irgendwie schaffe ich es, ihm aufmunternd zuzulächeln, als er zu Mam und mir herübersieht. Sie bringen ihn in einen Glaskasten und schließen hinter ihm die Tür.

Wir warten. Der Journalist schafft es, sein Telefon anzuschließen. Sieht aus, als würde er durch die Homepage von Reuters scrollen. Dabei hängt direkt über seinem Kopf ein Riesenschild, das die Benutzung von Mobiltelefonen untersagt. Das Mädchen mit dem Smoothie zupft jetzt lose Fäden aus einem flauschigen Schal.

Muss Richie weiter anlächeln. Gerty ist da, sie trägt ein albernes Outfit, sodass ich sie kaum von den anderen Anwälten unterscheiden kann, obwohl sie schon in meiner Küche gesessen und chinesisches Fast Food verspeist hat. Allein bei ihrem Anblick reagiere ich sofort gereizt. Das passiert mittlerweile instinktiv. Ich muss mich immer wieder daran erinnern, dass sie zu unserem Team gehört.

Runzeliger Mann im Umhang: »Erheben Sie sich!«

Alle stehen auf. Drei Richter betreten den Saal. Ist es pauschalisierend, wenn ich feststelle, dass es sich bei allen um weiße Männer mittleren Alters handelt, deren Schuhe aussehen, als hätten sie mehr gekostet als das Auto meiner Mutter? Bemühe mich, meinen aufsteigenden Hass zu unterdrücken, während sie sich setzen. Sie blättern durch die Akten vor ihnen. Schließlich blicken sie zu Gerty und dem Staatsanwalt. Keiner sieht zu meinem Bruder.

Richter 1: »Können wir anfangen?«

## 59

## TIFFY

Auf der Bühne sieht Katherin wie ein winziges, schwarz gekleidetes Strichmännchen aus. Im Hintergrund sind noch einmal Nahaufnahmen von ihr auf Bildschirmen zu sehen – ein Bildschirm zeigt nur ihre Hände, damit die Zuschauer sehen können, wie sie die Häkelnadel verwendet, auf den anderen beiden ist ihr Gesicht zu sehen.

Es ist großartig. Das gesamte Publikum ist hingerissen. Wir sind ein wenig overdressed für eine Tagesveranstaltung zum Thema Häkeln, aber Katherin hat auf der Kleiderordnung bestanden – trotz ihrer ganzen antibürgerlichen Einstellung ergreift sie jede Gelegenheit beim Schopf, etwas Schickes anzuziehen. Frauen in Cocktailkleidern starren hoch zu Katherins riesigem Gesicht, das auf den großen Bildschirmen unter der gewölbten Decke verewigt ist. Männer in Smokings lachen herzlich über Katherins Witze. Ich erwische sogar eine junge Frau in einem Satinkleid dabei, wie sie die Bewegungen von Katherins Händen nachmacht, obwohl sie bloß ein winziges Kanapee mit Ziegenkäse in der Hand hält und nirgendwo eine Häkelnadel zu sehen ist.

Trotz dieser ganzen ablenkenden Absurditäten muss ich einfach die ganze Zeit an Richie denken und wie seine Stimme am Telefon gezittert hat.

Niemand hätte bemerkt, wenn ich mich einfach rausschleiche. Ich bin für einen Gerichtssaal vielleicht ein wenig unpassend gekleidet, aber vielleicht könnte ich kurz daheim reinspringen und mir die Wechselklamotten im Taxi anziehen …

Gott, ich glaube einfach nicht, dass ich darüber nachdenke, ein Taxi zu bezahlen.

»Schau mal!«, zischt Rachel plötzlich und stößt mich in die Rippen.

»Aua! Was?«

»Schau mal! Da ist Tasha Chai-Latte!«

Ich blicke in die Richtung, in die sie zeigt. Eine junge Frau in einem raffinierten fliederfarbenen Cocktailkleid hat sich gerade mit ihrem atemberaubend attraktiven Freund in die Menschenmenge gestürzt. Ein einschüchternder Mann in einem Smoking folgt ihnen – wahrscheinlich ihr Bodyguard.

Rachel hat recht, sie ist es auf jeden Fall. Ich kenne die kantigen Wangenknochen von YouTube. Zwangsläufig wird mir ein wenig flau im Bauch – ich habe eine riesige Schwäche für Berühmtheiten.

»Ich glaube einfach nicht, dass sie gekommen ist!«

»Martin wird verzückt sein. Glaubst du, ich darf mich mit ihr fotografieren lassen?«, fragt Rachel. Über uns lächeln die riesigen Katherins auf ihren Bildschirmen das Publikum an, und sie hält ein fertiges Quadrat in den Händen.

»Wenn ich du wäre, würde mir der große Mann im Smoking Sorgen machen.«

»Sie filmt! Schau mal!«

Tasha Chai-Lattes atemberaubend attraktiver Freund hat eine kompakte, teuer aussehende Videokamera aus seiner Umhängetasche gezogen und fummelt an den Knöpfen herum. Tasha überprüft ihr Haar und Make-up, betupft sich die Lippen.

»O mein Gott! Sie wird das Event auf ihren YouTube-

Kanal stellen. Glaubst du, Katherin wird dich in ihrer Dankesrede erwähnen? *Wir werden berühmt!*«

»Beruhige dich!«, sage ich zu ihr und tausche einen Blick mit Mo aus, der sich im Augenblick durch den großen Stapel Kanapees isst, die er gebunkert hat, während alle anderen zu abgelenkt fürs Essen sind.

Tashas Freund hebt die Kamera hoch und richtet sie auf ihr Gesicht. Sie knipst umgehend ihr Lächeln an, alle Gedanken an Haare und Make-up sind wie weggeblasen.

»Geh näher ran, geh näher ran«, murmelt Rachel und scheucht Mo in Tashas Richtung. Wir schlurfen umher, versuchen unbeteiligt auszusehen, bis wir in Hörweite sind.

»… unglaubliche Lady!«, sagt Tasha. »Und wie *wunderschön* es hier ist! O mein Gott, meine Lieben, ich habe so ein großes Glück, dass ich hier sein und alles live mit euch teilen darf! Ihr wisst, dass ich gern wahre Künstler unterstütze, und genau das ist Katherin für mich.«

Die Menge bricht in Applaus aus – Katherin hat ihre Vorführung beendet. Tasha macht einige ungeduldige Handbewegungen und sagt ihrem Freund, er solle noch eine Aufnahme machen. Ich glaube, sie wärmen sich gerade für den Livestream auf.

»Und nun möchte ich mich gern bei einigen Menschen bedanken!«, sagt Katherin auf der Bühne.

»Jetzt kommt's«, flüstert Rachel aufgeregt. »Sie wird dich auf jeden Fall erwähnen.«

Mir zieht sich der Magen zusammen. Ich weiß nicht, ob ich will, dass sie mich erwähnt – in diesem Raum sind eine Menge Menschen, und zusätzlich werden Millionen bald auf Tasha Chai-Lattes YouTube-Kanal zusehen. Ich richte mir das Kleid und versuche, es ein wenig höher zu ziehen.

Ich hätte mir aber keine Sorgen machen müssen. Katherin fängt an, ihrem ganzen Freundes- und Familiennetzwerk zu danken, das Ganze ist derart ausschweifend, fast schon absurd (ich muss mich einfach fragen, ob es ihr egal ist – das würde zu ihr passen). Die Aufmerksamkeit der Menge lässt nach; die Leute laufen auf der Suche nach Prosecco und Fingerfood herum.

»Und zu guter Letzt«, sagt Katherin erhaben, »gibt es zwei Menschen, denen zu danken ich mir für den Schluss aufbewahren wollte.«

Das kann ich ja gar nicht sein. Das müssen ihre Mum, ihr Dad oder so was sein. Rachel wirft mir einen enttäuschten Blick zu und richtet ihre Aufmerksamkeit wieder auf Tasha und ihren Freund, die alles ruhig und konzentriert filmen.

»Zwei Menschen, ohne die dieses Buch niemals erschienen wäre«, spricht Katherin weiter. »Diese beiden haben so hart daran gearbeitet, *Häkel dich frei* zu ermöglichen. Und was noch besser ist: Sie haben von Anfang an an mich geglaubt – noch lange bevor ich ein solch großes Publikum bei meinen Veranstaltungen versammeln konnte.«

Rachel und ich drehen uns um und starren einander an.

»Ich werde es nicht sein«, flüstert Rachel und sieht plötzlich sehr nervös aus. »Sie erinnert sich meistens noch nicht einmal an meinen Namen.«

»Tiffy und Rachel waren in den letzten drei Jahren die Lektorin und die Grafikerin meiner Bücher, und sie sind für meinen Erfolg verantwortlich«, sagt Katherin würdevoll. Das Publikum applaudiert. »Ich kann ihnen nicht genug dafür danken, dass sie das Beste aus dem Buch rausgeholt und es so schön wie möglich gemacht haben. Rachel! Tiffy! Kommt doch bitte zu mir hoch. Ich habe etwas für euch beide.«

Wir glotzen uns nun blöd an. Ich glaube, Rachel hyperventiliert. Ich habe noch nie so doll ein Outfit bereut wie heute. Ich muss vor Tausenden Menschen auf die Bühne und trage etwas, das gerade mal meine Brustwarzen bedeckt.

Als wir zur Bühne stolpern – was tatsächlich eine Weile dauert, weil wir recht weit hinten saßen –, bemerke ich, dass Katherin mich von den riesigen Bildschirmen anlächelt. Sie hat sogar Tränen in den Augen. Mein Gott. Ich fühle mich ein wenig wie eine Verräterin. Also, ich habe zwar in den letzten Monaten so ziemlich in Vollzeit an ihrem Buch gearbeitet, aber ich habe mich auch häufig darüber beschwert und ihr zunächst nicht viel dafür gezahlt.

Ich bin auf der Bühne, bevor mir klar wird, was geschieht. Katherin küsst mich auf die Wange und reicht mir einen riesigen Lilienstrauß.

»Ihr dachtet, ich hätte euch vergessen, oder?«, flüstert sie mir frech lächelnd ins Ohr. »So sehr ist mir der Ruhm aber noch nicht zu Kopf gestiegen.«

Die Menge klatscht, und das Geräusch wird von der Decke zurückgeworfen, bis ich nicht mehr sagen kann, von wo es kommt. Ich lächele und hoffe, dass reine Willenskraft ausreichen wird, um das Oberteil meines Kleides an Ort und Stelle zu halten. Die Lichter sind so hell hier oben – wie eine Sternexplosion, immer wenn ich die Augen schließe, ist alles entweder sehr weiß und glänzend oder schwarz und schattig, als hätte jemand den Kontrast falsch eingestellt.

Ich glaube, deswegen bemerkte ich die Unruhe nicht, bis sie die ersten Reihen erreicht, sich Köpfe umdrehen und Menschen aufschreien, als sie straucheln, als wären sie geschubst worden: Schließlich drängelt sich eine Gestalt durch und springt auf die Bühne.

Ich sehe nur verschwommen, die Augen brennen mir wegen des ganzen Lichts, Lilienköpfe nicken vor meinem Gesicht, während ich versuche, den Blumenstrauß festzuhalten, und mich frage, wie ich die Bühne in diesen Schuhen ohne ein Geländer zum Festhalten wieder verlassen kann.

Aber ich erkenne die Stimme. Und als ich bemerkt habe, wer das ist, rückt alles andere in den Hintergrund.

»Darf ich das Mikrofon haben?«, fragt Justin, denn klar, genauso unwahrscheinlich wie unmöglich: Die Gestalt, die sich den Weg durch die Menge gebahnt hat, war er. »Ich möchte etwas sagen.«

Katherin reicht ihm gedankenlos das Mikrofon. Sie schaut mich im letzten Moment kurz an und runzelt die Stirn, aber da hat Justin es schon in der Hand. So ist er: Er bekommt, was er will.

Er dreht sich zu mir.

»Tiffy Moore«, sagt er. »Schau mich an.«

Er hat recht – ich schaue ihn nicht an. Als würde er mich wie eine Marionette führen, dreht sich mein Kopf herum, und ich blicke ihm in die Augen. Da ist er. Eckiges Kinn, perfekt gestutzter Bart, muskulöse Schultern unter seinem Smokingjackett. Seine sanften Augen sind auf mein Gesicht gerichtet, als wäre ich das einzige Mädchen im Raum. Man erkennt nicht das geringste bisschen des Mannes, über den ich bei meinen Sitzungen rede, der mir wehgetan hat. Dieser Mann ist ein wahr gewordener Traum.

»Tiffy Moore«, setzt er wieder an. Alles fühlt sich falsch an, als wäre ich durch eine Schiebetür in eine Parallelwelt getreten und mir würde plötzlich mein anderes Leben – das, in dem ich Justin nicht brauche oder will – völlig entgleiten. »Ich war ohne dich verloren.«

Es folgt eine Pause. Eine taumelnde, widerwärtige, dröhnende Stille, wie der lange nachhallende Ton in den Ohren, wenn die Musik aufhört.

Dann fällt Justin auf ein Knie.

Plötzlich bemerke ich die Reaktion der Menge – sie gurren und machen *ahh* –, und ich sehe die Gesichter auf der Bühne um mich herum: Rachel ist vor Schreck erstarrt, Katherin steht der Mund offen, ich will verzweifelt wegrennen, obwohl ich glaube, dass – selbst wenn ich die Stärke dazu aufbringen sollte – mir die Beine nicht gehorchen würden. Es ist so, als würden wir auf der Bühne ein Standbild darstellen.

»Bitte«, setze ich an. Warum flehe ich plötzlich? Ich versuche noch einmal, den Satz auszusprechen, aber er lässt mich nicht.

»Du bist die Frau, die zu mir gehört«, sagt er. Seine Stimme ist sanft, wird aber deutlich vom Mikrofon verstärkt. »Das weiß ich nun. Ich kann einfach nicht verstehen, dass ich jemals den Glauben an uns verloren habe. Du bist alles, was ich will und noch mehr.« Er neigt den Kopf, eine Geste, die ich einmal unwiderstehlich fand. »Ich weiß, dass ich dich nicht verdiene. Ich weiß, dass du viel zu gut für mich bist, aber …«

Langsam fällt der Groschen, ich beginne zu verstehen, was hier gespielt wird. Ich erinnere mich daran, dass Gerty meinte, Justin wisse genau, wie er mich manipulieren könne, und da steht der: Der Justin, auf den ich früher reingefallen bin.

»Tiffany Moore«, sagt er. »Willst du mich heiraten?«

Seine Augen haben das gewisse Etwas – seinen Augen konnte ich nie widerstehen. Als die Stille immer angespannter wird, scheint sie sich mir um den Hals zu legen und mich zu würgen. Das Gefühl, zugleich an zwei verschiedenen Orten zu sein, zugleich zwei verschiedene Menschen zu sein, ist so intensiv; als wäre ich im Halbschlaf und zwischen Wachsein und Träumen hin- und hergerissen. Hier ist Justin, der um meine Hand anhält. Der Justin, den ich immer wollte. Der Justin, den ich anfangs hatte, mit dem ich zahllose Streitigkeiten und Trennungen mitgemacht habe, von dem ich immer dachte, es lohne sich, um ihn zu kämpfen.

Ich öffne den Mund und will etwas sagen, aber ohne das Mikro hört man meine Stimme hinter den Lilien nicht. Ich selbst höre die Antwort nicht.

»Sie hat Ja gesagt!«, ruft Justin, steht auf und öffnet die Arme weit. »Sie hat Ja gesagt!«

Die Menge bricht in Jubelschreie aus. Der Lärm ist mir zu viel. Das Licht flirrt vor meinen Augen, und Justin umarmt mich, zieht mich eng an sich, sein Mund ist auf meinem Haar, und es fühlt sich noch nicht einmal seltsam an, sondern so wie früher – sein fester Körper an meinem, seine Wärme, alles entsetzlich und vollkommen vertraut.

## LEON

Ms. Constantine: »Mrs. Wilson, Sie sind unsere erste Expertin im Zeugenstand. Würden Sie den Richtern bitte zuerst erklären, worin Ihre Expertise besteht?«

Mrs. Wilson: »Ich analysiere das Material aus Überwachungskameras und vergrößere beziehungsweise schärfe es. Seit fünfzehn Jahren. Ich arbeite für den britischen Marktführer im Bereich Video-Forensik – mein Team hat dieses Material untersucht« (zeigt auf den Bildschirm).

Ms. Constantine: »Vielen Dank, Mrs. Wilson. Und nachdem Sie als Expertin das Überwachungsmaterial untersucht haben, was können Sie uns über die beiden kurzen Ausschnitte mitteilen, die wir heute gesehen haben?«

Mrs. Wilson: »Einiges. Erst einmal ist das in den beiden Ausschnitten da nicht derselbe Typ.«

Ms. Constantine: »Wirklich? Sie klingen, als wären Sie sich da ganz sicher.«

Mrs. Wilson: »Oh, absolut sicher. Beginnen wir mit der Farbe des Kapuzenpullovers auf dem vergrößerten Material. Nur der eine Kapuzenpullover ist wirklich schwarz. Der andere wirkt nur in dem Licht so, ist aber eigentlich heller.«

Ms. Constantine: »Können wir bitte Bilder aus beiden Ausschnitten auf dem Bildschirm sehen? Danke.«

Mrs. Wilson: »Und dann achten Sie darauf, wie die beiden

gehen! Der eine macht den anderen ganz gut nach, okay, aber der erste Kerl ist eindeutig betrunken, Euer Ehren. Sehen Sie, wie er schwankt und Schlangenlinien geht. Er stolpert fast in die Auslage. Der andere Typ läuft deutlich aufrechter und fummelt nicht erst herum, als er nach dem Messer greift. Der erste Typ hat fast das Bier fallen lassen!«

Ms. Constantine: »Und auf dem neuen Material aus der Überwachungskamera von Aldi können wir den eindeutigen … Schlangenliniengang noch deutlicher sehen.«

Mrs. Wilson: »Oh, ja.«

Ms. Constantine: »Und von der Gruppe, die wir vorbeigehen sehen, kurz nach der ersten Gestalt, die wir als Mr. Twomey identifiziert haben … wären Sie in der Lage, eine von diesen Gestalten als den Mann mit dem Messer in dem Spirituosengeschäft zu identifizieren?«

Mr. Turner, an die Richter gewandt: »Euer Ehren, das ist reine Spekulation.«

Richter Whaite: »Nein, lassen wir sie. Ms. Constantine zieht hier das Fachwissen ihrer Zeugin heran.«

Ms. Constantine: »Mrs. Wilson, nach dem Überwachungsmaterial zu urteilen, könnte einer dieser Männer der Mann aus dem Spirituosengeschäft gewesen sein?«

Mrs. Wilson: »O ja. Der Typ ganz rechts. Er hat die Kapuze abgesetzt, und hier macht er den anderen noch nicht nach, aber sehen Sie, wie seine Schulter nach unten sackt, wenn er den linken Fuß aufsetzt. Sehen Sie, wie er sich die Schulter reibt – dieselbe Geste sehen wir bei dem Kerl im Spirituosengeschäft, bevor er das Messer zieht.«

Mr. Turner: »Wir sind hier, um über die Berufung gegen Mr. Twomeys Verurteilung zu verhandeln. Welche Relevanz hat ein unkenntlicher Zuschauer?«

Richter Whaite: »Ich verstehe Ihren Einwand, Mr. Turner. In Ordnung, stattgegeben. Ms. Constantine, haben Sie noch weitere Fragen, die für den vorliegenden Fall relevant sind, Ms. Constantine?«

Ms. Constantine: »Nein, Euer Ehren. Ich hoffe, wir können vielleicht später noch einmal auf diese Diskussion zurückkommen, sollte der Fall neu aufgerollt werden.«

Der Staatsanwalt, Mr. Turner, hustet in seine Hand. Gerty taxiert ihn mit eiskaltem Blick. Ich denke daran, wie Mr. Turner Richie bei der letzten Verhandlung eingeschüchtert hat. Nannte ihn einen Schläger, einen gewaltbereiten Kriminellen, ein Kind, das sich nimmt, was es will. Ich beobachte, wie Mr. Turner unter Gertys Blick erblasst. Zu meiner Freude ist Mr. Turner sogar in Robe und mit Perücke nicht gegen die Macht von Gertys bösen Blicken gefeit.

Ich begegne Richies Blick, und zum ersten Mal an diesem Tag erscheint auf seinem Gesicht ein aufrichtiges Lächeln.


In der Pause gehe ich nach draußen und schalte mein Smartphone ein. Mein Herz schlägt nicht unbedingt schneller als sonst, aber … lauter. Heftiger. Alles fühlt sich intensiver an: Als ich mir einen Kaffee kaufe, schmeckt er stärker. Als der Himmel aufklart, scheint die Sonne hell und kräftig. Kann nicht fassen, wie gut es da drin läuft. Gerty ist nicht zu bremsen – alles, was sie sagt, ist so … *schlüssig*. Die Richter nicken unentwegt. Bei der ersten Verhandlung hat der Richter nie genickt.

Ich habe mir das so oft vorgestellt, und jetzt passiert es wirklich. Es kommt mir wie ein Tagtraum vor.

Einige Nachrichten von Tiffy. Mit feuchten Händen tippe ich eine kurze Antwort, habe fast Angst, es könnte Unglück bringen, wenn ich es aufschreibe und abschicke. Wünschte, ich könnte sie anrufen. Stattdessen sehe ich mir Tasha Chai-Lattes Facebookseite an – Tiffy sagt, sie würde die Buchvorstellung filmen. Auf der Seite ist bereits ein Video hochgeladen, das Tausende gesehen haben. Der gewölbten Decke auf dem Vorschaubild nach zu urteilen, stammt es von der Buchvorstellung.

Setze mich vor dem Gerichtsgebäude auf eine Bank, ignoriere die Paparazzischar, die darauf wartet, jemanden vor die Linse zu bekommen, dessen Bild etwas einbringt, und sehe mir das Video an.

Es ist Katherins Dankesrede. Ich lächele, als sie von Tiffy spricht. Tiffy hat mir erzählt, dass Lektoren normalerweise nicht viel Anerkennung bekommen, und Grafiker noch weniger – ich sehe Rachel strahlen, als sie mit Tiffy auf die Bühne geht.

Die Kamera wackelt. Jemand drängt sich durch die Menge nach vorne. Als er auf die Bühne springt, erkenne ich ihn.

Plötzlich verspüre ich den schrecklichen Drang, den Gerichtssaal zu verlassen und nach Islington zu fahren, und habe sofort ein schlechtes Gewissen. Lehne mich vor und starre auf das winzige Video, das auf meinem Display abgespielt wird.

Es endet, nachdem sie Ja gesagt hat.

Überraschend, wie unendlich schrecklich sich das anfühlt. Vielleicht weiß man erst, was man wirklich für jemanden empfindet, wenn derjenige einwilligt, jemand anderen zu heiraten.

## 61

## TIFFY

Justin zieht mich von der Bühne hinter die Kulissen. Ich folge ihm, denn ich will nur noch, dass der Lärm, die Lichter und die Menschen verschwinden, aber sobald wir hinter dem Vorhang sind, reiße ich meine Hand aus seiner Umklammerung. Mein Handgelenk schmerzt, er hat es sehr fest gehalten. Wir befinden uns in einem engen Raum neben der Bühne, mit schwarzen Wänden, in dem außer uns nur ein schwarz gekleideter Mann mit einem Walkie-Talkie und vielen Kabeln zu seinen Füßen ist.

»Tiffy?«, fragt Justin. Die Verletzlichkeit in seiner Stimme ist gespielt, das merke ich.

»Was zum Teufel machst du …«, setze ich an. Ich zittere am ganzen Körper, kann kaum stehen, vor allem nicht auf diesen hohen Absätzen. »Was sollte das?«

»Was sollte was?« Er will mich wieder berühren.

Rachel stürmt hinter uns durch den Vorhang und schleudert ihre Schuhe von sich. »Tiff – Tiffy!«

Ich drehe mich zu ihr, und sie rennt auf mich zu, umarmt mich fest. Justin schaut uns beide mit leicht gerunzelter Stirn an – ich sehe, dass er etwas im Schilde führt, deswegen verstecke ich mich in Rachels dickem Haar und versuche sehr, sehr angestrengt, nicht zu weinen.

»Tiffy?«, ruft jemand anderes. Es ist Mo. Ich weiß nicht, wo er ist.

»Deine Freunde sind hier, um dir zu gratulieren«, sagt Justin gönnerhaft, aber seine Schultern sind steif und angespannt.

»Mo?«, rufe ich. Er taucht hinter Justin auf, kommt durch die Vorhänge, die uns von dem großen Backstage-Bereich trennen; er hat das Jackett ausgezogen, und sein Haar ist zerzaust, als wäre er gerannt.

Kurz danach ist er neben mir. Hinter mir höre ich, wie Katherin tapfer versucht, die Aufmerksamkeit wieder auf *Häkel dich frei* zu lenken.

Justin beobachtet uns drei. Rachel hat mich immer noch im Arm, und ich lehne mich an sie, während ich zu Justin hochschaue.

»Du weißt, dass ich nicht Ja gesagt habe«, erkläre ich ausdruckslos.

Er reißt die Augen auf. »Was meinst du damit?«, fragt er.

Ich schüttele den Kopf. Ich weiß, was er da macht – ich kann mich an dieses Gefühl erinnern, dieses nagende Gefühl von Falschheit. »Du kannst mir nichts weismachen, von dem ich weiß, dass es nicht stimmt.«

Seine Augen leuchten kurz auf – vielleicht denkt er: *Das habe ich aber schon, und zwar ziemlich häufig.*

»Nicht mehr«, sage ich. »Und weißt du, wie man das nennt? Das ist Manipulation. Eine Form von psychologischem Missbrauch. Mir zu sagen, dass die Dinge anders sind, als ich sie sehe.«

Das haut ihn um. Ich weiß nicht genau, ob Rachel oder Mo es merken, aber ich sehe, dass ihn das trifft. Die Tiffy, die er kennt, hätte nie Wörter wie »Manipulation« und »psychologischer Missbrauch« verwendet. Ihn schwanken zu sehen erfüllt mich mit ängstlicher Aufregung, als würde man nah am Gleis stehen, wenn der Zug durchdonnert.

»Du *hast* Ja gesagt«, erklärt er. Das Licht von der Bühne kriecht durch die Vorhänge hinter uns und wirft einen langen gelben Streifen auf Justins Gesicht. »Ich habe das gehört! Und … willst du mich nun heiraten oder nicht, Tiffy? Wir gehören zusammen.«

Er will meine Hand nehmen. Das alles ist so auffällig gestellt. Ich ziehe die Hand zurück und – schnell wie der Blitz – schlägt Rachel seinen ausgestreckten Arm von mir weg.

Er reagiert nicht. Er spricht leise und als wäre er verletzt. »Was sollte das denn?«

»Du fasst sie nicht an«, faucht Rachel.

»Ich glaube, du solltest abhauen, Justin«, sagt Mo.

»Was ist hier los, Tiffy?«, fragt mich Justin nach wie vor sanft. »Sind deine Freunde sauer auf mich, weil wir uns getrennt haben?« Er versucht ganz langsam, näher zu mir zu kommen, aber Rachel hält mich fest, und Mo steht auf der anderen Seite neben mir. Wir bilden eine Einheit.

»Darf ich dich etwas fragen?«, sage ich plötzlich.

»Natürlich«, erwidert Justin.

Der in Schwarz gekleidete Tonmann blickt uns irritiert an. »Ihr solltet nicht hier sein«, erklärt er uns, während die Menge draußen in tosenden Applaus ausbricht.

Ich ignoriere ihn, habe den Blick auf Justin gerichtet. »Woher wusstest du, dass ich heute hier sein würde?«

»Was meinst du damit? Die Veranstaltung wurde groß beworben, Tiffy. Im Internet kam man kaum daran vorbei.«

»Aber woher wusstest du, dass *ich* hier sein würde? Woher wusstest du überhaupt, dass ich an diesem Buch mitgearbeitet habe?«

Ich weiß, dass ich recht habe. Er fährt sich mit einem Finger unter den Kragen.

»Und woher wusstest du, dass ich bei der Buchpräsentation in Shoreditch sein würde? Und woher wusstest du vom Ausflugsschiff?«

Er ist unruhig, er lächelt spöttisch und schaut mich zum ersten Mal an diesem Abend unangenehm und abfällig an. So passt es besser – das ist der Justin, an den ich mich langsam erinnere.

Kurz wirkt er unentschlossen, dann entscheidet er sich für ein unbeschwertes Lächeln. »Dein Kumpel Martin hat mir Tipps gegeben«, sagt er verlegen, wie ein kleiner Junge, der jemanden gekniffen hat. Niedlich, spitzbübisch, harmlos. »Er wusste, wie sehr ich dich mag, deswegen wollte er helfen, dass wir wieder zusammenkommen.«

»Willst du mich verarschen?«, platzt Rachel heraus. Ich blicke zu ihr, ihre Augen blitzen, und sie sieht furchteinflößender aus, als ich sie jemals gesehen habe – und das will etwas heißen.

»Woher kennst du Martin überhaupt?«, frage ich ihn ungläubig.

»Pscht!«, zischt der Tonmann. Wir schenken ihm keine Beachtung.

»Wir haben uns kennengelernt, als wir mal mit deinen Arbeitskollegen einen trinken waren, erinnerst du dich?«, fragt Justin. »Spielt das eine Rolle? Können wir irgendwohin, wo es ruhiger ist? Nur wir beide, Tiffy?«

Ich erinnere mich nicht an Drinks mit meinen Kollegen. Meistens war ich nicht mitgekommen, weil Justin keine Lust hatte und nicht wollte, dass ich ohne ihn ging.

»Ich will nirgendwo mit dir hin, Justin«, sage ich und atme tief und zitternd ein. »Und ich will dich nicht heiraten. Ich will, dass du mich in Ruhe lässt.«

Ich habe mir ganz oft vorgestellt, wie ich das sage. Ich hatte immer gedacht, er würde verletzt aussehen, vielleicht schockiert einen Schritt zurücktreten oder sich eine Hand auf den Mund legen. Ich habe mir vorgestellt, dass er weint und versucht, mich näher an sich zu ziehen, ich hatte sogar Angst, er könnte versuchen, mich zu umklammern, und nicht mehr loslassen.

Aber er sieht nur perplex aus. Irritiert. Vielleicht ein bisschen angepisst, als wäre er furchtbar in die Irre geführt worden und alles wäre schrecklich unfair.

»Das meinst du nicht so«, setzt er an.

»Doch, das tut sie sehr wohl«, sagt Mo. Seine Stimme hört sich freundlich, aber bestimmt an.

»Das tut sie wirklich«, fügt Rachel hinzu.

»Nein«, sagt Justin und schüttelt den Kopf. »Du gibst uns keine Chance.«

»Eine Chance?« Ich lache fast. »Ich bin immer wieder zu dir zurückgekehrt. Du hattest mehr Chancen, als ich zählen kann. Ich will dich nie wiedersehen. Nie wieder.«

Er runzelt die Stirn. »Du meintest in dieser Bar in Shoreditch, dass wir in einigen Monaten reden könnten. Ich habe mich an deine Regeln gehalten«, sagt er und streckt mir die Arme entgegen. »Nun ist Oktober, oder?«

»In einigen Monaten kann sich viel verändern. Ich habe viel nachgedacht. Mich an viel … erinnert.«

Da, schon wieder – in seinen Augen blitzt fast schon Angst auf. Er will mich noch einmal berühren, dieses Mal verpasst Rachel ihm eine Ohrfeige.

»Das hätte ich nicht besser machen können«, murmelt Mo und zieht uns beide weiter in dieses Chaos aus Kabeln und Dunkelheit hinein, während Justin mit vor Schock weit aufgerissenen Augen zurückstolpert.

»Du. Raus hier«, sagt der wütende Tonmann bestimmt zu Justin, weil er ihn als Verursacher dieses ganzen Dramas ausgemacht hat. Er tritt einen Schritt auf Justin zu und drängt ihn weiter nach hinten.

Justin beruhigt sich und streckt dem Tonmann warnend eine Hand entgegen. Er blickt über die Schulter zum Ausgang, dann dreht er sich wieder um und schaut mich an.

Kurz vergesse ich, dass Mo und Rachel neben mir stehen und sich der Tonmann mit uns in einem Raum befindet. Nur ich und Justins breiter Körper im Smoking sind in diesem vollgestopften, dunklen Raum, und ich bin verzweifelt, als würde ich keine Luft mehr bekommen. Nur eine Sekunde lang oder zwei, aber es ist irgendwie schlimmer als alles, das eben passiert ist, auf einmal.

Dann geht Justin geräuschvoll durch die Vorhänge in den Backstage-Bereich, und ich lasse mich zitternd von Rachel und Mo auffangen. Er ist weg. Es ist vorbei. Aber er hat diese verzweifelte Atemnot hinterlassen. Und als ich mich mit feuchten Fingern an Rachels und Mos Arme klammere, verspüre ich eine plötzliche, furchtbare Angst, dass ich nie zu ihm durchdringen werde, egal wie häufig ich ihn abweise.

## 62

## LEON

Ich kann nicht denken. Kann gar nichts tun. Irgendwie stehe ich auf und gehe zurück in den Gerichtssaal, aber die Euphorie von eben ist weg, stattdessen liegt ein unwirklicher Schleier über allem. Mechanisch lächele ich Richie zu. Bemerke, wie seine Augen strahlen, dass er voller Hoffnung ist. Ich kann nichts empfinden.

Wahrscheinlich ist das der Schock. Bald habe ich mich wieder beruhigt und kann mich auf die Anhörung konzentrieren. Ich fasse es nicht, dass mich etwas hiervon abgelenkt hat. Plötzlich bin ich wütend auf Tiffy, dass sie mich ausgerechnet heute sitzen lassen und zu Justin zurückgehen muss. Und ich denke unweigerlich an Mam, die immer zu den Männern zurückgegangen ist, egal was Richie und ich gesagt haben.

Irgendetwas in meinem Gehirn erinnert mich daran, dass Mam nicht mit diesen Männern zusammen sein *wollte*. Sie hat nur gedacht, sie durfte nirgendwo anders sein. Sie dachte, allein wäre sie nichts wert.

Doch Tiffy war nicht allein. Sie hatte Mo, Gerty, Rachel. Mich.

Richie. Denke an Richie. Richie braucht mich hier, und ich werde ihn auf keinen Fall wieder verlieren. Nicht auch noch ihn.

Gerty hält ihr Plädoyer. Schaffe es einigermaßen zuzuhören – sie ist so gut, dass man ihrer Argumentation unwillkürlich folgen muss. Dann ist es, merkwürdigerweise ohne einen Trommelwirbel, vorbei. Wir stehen alle auf. Die Richter gehen. Richie wird zurückgebracht, woher auch immer er gekommen ist, und schaut sich noch einmal mit sehnsüchtigem Blick um. Wir gehen schweigend durch das Gerichtsgebäude, Gerty tippt in ihr Telefon, Mam knackt unablässig mit den Fingern.

Als wir den Eingang erreichen, sieht Mam mich von der Seite an.

Mam: »Lee? Was ist los?«

Dann schnappt Gerty kurz nach Luft. Schlägt sich die Hand vor den Mund. Blicke trübe zu ihr hinüber und stelle fest, dass sie sich das Video auf Facebook ansieht.

Gerty: »O mein Gott.«

Mama, besorgt: »Was ist passiert?«

Ich: »Tiffy.«

Mam: »Deine Freundin? Was hat sie getan?«

Gerty: »Das würde sie nicht tun.«

Ich: »Doch. Du weißt, dass Menschen zurückgehen. Es ist schwer loszulassen, was man kennt. Nicht ihre Schuld. Aber Menschen tun so etwas.«

Gertys Schweigen sagt genug. Plötzlich muss ich unbedingt hier raus.

Ich: »Am Wochenende bekommen wir doch sicher kein Urteil, oder?«

Gerty: »Nein, nächste Woche. Ich rufe an, wenn …«

Ich: »Danke.«

Dann bin ich weg.


Immer weiter gehen. Ich kann nicht weinen, habe nur einen trockenen Hals und schmerzende Augen. Bin mir sicher, dass ein Teil davon der Angst um Richie geschuldet ist. Doch ich kann an nichts anderes als an Justin denken, der der jauchzenden Menge mit ausgebreiteten Armen zuruft: »Sie hat Ja gesagt«.

Spiele jede Szene durch. Die endlosen Nachrichten, Brighton, die Nacht, in der wir auf dem Sofa Tiffin-Kuchen gegessen haben, Hollys Party, das Küssen am Ofen. Bei der Erinnerung daran, wie ihr Körper erstarrt war, als sie an ihn denken musste, verkrampft sich mein Magen, doch dann reiße ich mich zusammen. Ich will kein Mitleid mit ihr empfinden. Fürs Erste möchte ich mich einfach nur verraten fühlen.

Aber ich kann nicht anders. Ich kann nicht aufhören, daran zu denken, wie ihre Knie gezittert haben.

Ah, jetzt ist es so weit. Da sind die Tränen. Wusste, sie würden irgendwann kommen.

## 63

## TIFFY

Der Lilienduft ist erstickend. Mo hält den Strauß, während wir uns in der Dunkelheit gegeneinanderpressen, er drückt die Blumen an mich, der Blütenstaub befleckt mein Kleid. Als ich auf die Abdrücke auf der Seide blicke, zittere ich so stark, dass mein ganzer Rock erbebt.

Ich erinnere mich nicht mehr so genau an Justins Worte, als er gegangen ist. Eigentlich erinnere ich mich nicht mehr an viel aus der Unterhaltung von eben. Vielleicht war das alles ein surrealer Tagtraum, und ich stehe noch dort draußen in der Menge und frage mich, ob Katherin mich in ihrer Dankesrede erwähnen wird und ob diese kleinen gerollten Dinger auf dem Tablett mit den Kanapees mit Ente oder Huhn belegt sind.

»Was ... was ist, wenn er immer noch da ist?«, flüstere ich Rachel zu und zeige auf den schwarzen Vorhang, durch den Justin gerade gegangen ist.

»Mo, halte das mal«, sagt Rachel. Ich glaube, dass sie mich mit »das« meint. Sie verschwindet im Backstage-Bereich, während sich Katherin auf der Bühne unter rauschendem Beifall vom Publikum verabschiedet.

Mo hält mich pflichtschuldig am Ellbogen fest. »Alles ist in Ordnung«, flüstert er. Er sagt sonst nichts, sein Schweigen ist wie eine Umarmung, und das mag ich so sehr. In der Welt auf der anderen Seite dieser dunklen Vorhänge klatscht die Menge immer noch, hier hört sich das gedämpfte Geräusch wie starker Regen auf Asphalt an.

»Ihr habt hier wirklich nichts verloren«, wiederholt der Tonmann verzweifelt, als Rachel wieder hineingeht. Er macht einen Schritt zurück, als sie sich umdreht und ihn anblickt. Das kann man ihm nicht übel nehmen. Rachel hat ihr Kampfgesicht aufgesetzt und sieht absolut furchteinflößend aus.

Rachel zieht ohne zu antworten an ihm vorbei, sie schürzt ihren Rock, um über die Kabel zu steigen. »Kein verrückter Ex in Sicht«, erklärt sie und geht wieder zu mir.

Katherin kommt plötzlich von der Bühne hereingestürzt, sie rennt Mo fast um.

»Mein Gott«, sagt sie, »das war alles ganz schön dramatisch, oder? Sie tätschelt mich auf eine mütterliche Art. »Alles in Ordnung mit dir? Ich gehe mal davon aus, dieser Typ war …«

»Tiffys Stalker-Ex«, erklärt Rachel. »Und wo wir gerade beim Stalking sind – ich glaube, wir müssen mal ein Wörtchen mit Martin reden …«

»Aber nicht jetzt«, flehe ich und kralle mich an Rachels Arm. »Bleib einfach noch eine Minute bei mir, okay?«

Ihre Gesichtszüge werden weich. »Gut. Aber darf ich ihn irgendwann später an den Eiern aufhängen?«

»Gestattet. Außerdem: *ihh*.«

»Ich kann einfach nicht *glauben*, dass er diesem *Stück Scheiße* die ganze Zeit über gesagt hat, wo du bist. Du solltest Anzeige erstatten, Tiffy.«

»Du solltest auf jeden Fall ein Kontaktverbot beantragen«, sagt Mo ruhig.

»Gegen Martin? Das könnte komisch bei der Arbeit werden«, sage ich schwach.

Mo schaut mich an. »Du weißt, gegen wen ich meine.«

»Können wir diesen … dunklen Vorhangraum nun verlassen?«, frage ich.

»Gute Idee«, entgegnet Katherin. Dezent und außerhalb von Rachels Sichtweite nickt der Tonmann und verdreht die Augen. »Ich misch mich mal besser unters Volk, aber ihr könnt doch einfach meine Limousine nehmen.«

»Wie bitte?«, fragt Rachel und starrt sie an.

Katherin sieht verlegen aus. »Das war nicht meine Idee. Das PR-Team von Butterfingers hat sie für mich besorgt. Sie steht einfach draußen rum. Ihr könnt sie nehmen, ich kann mich unmöglich darin sehen lassen, der Club der Alten Sozialisten würde mich achtkantig rauswerfen.«

»Danke«, sagt Mo, und ich tauche kurz aus diesem panischen Nebel auf, um mich darüber zu wundern, dass die Leiterin der PR freiwillig so viel für eine Limousine berappt hat. Sie ist berüchtigt für ihr knappes Budget.

»Nun müssen wir nur noch raus. Durch die Menschenmenge«, sagt Rachel, die Lippen grimmig aufeinander gepresst.

»Als Erstes musst du die Polizei anrufen und Justin wegen Belästigung anzeigen«, erklärt mir Mo. »Und du musst ihnen alles erzählen. Von den ganzen anderen Malen, den Blumen, Martin …«

Halb wimmere und halb stöhne ich. Mo streichelt mir über den Rücken.

»Mach es, Tiffy«, sagt Rachel und reicht mir ihr Telefon.

Ich bewege mich durch die Menge, als wäre ich jemand anderes. Die Menschen tätscheln mir den Rücken, lächeln und rufen mich. Zunächst versuche ich, jedem der Reihe nach zu sagen: »Ich habe nicht Ja gesagt, ich werde nicht heiraten, er ist nicht mein Freund«, aber entweder können oder wollen sie mich nicht hören. Als wir uns der Tür nähern, höre ich damit auf.

Katherins Limo parkt um die Ecke. Es ist nicht nur eine Limo – es ist sogar eine *Stretchlimo*. Das ist lächerlich. Die Leiterin der PR muss Katherin bald um etwas sehr Wichtiges und sehr schlecht Bezahltes bitten.

»Hi, Entschuldigung?«, sagt Rachel mit ihrer süßesten Barmannbezirzerstimme durch das Fenster zum Fahrer. »Katherin meinte, wir dürfen diese Limo haben.«

Eine längere Diskussion entwickelt sich. Es ist wahrscheinlich richtig vom Fahrer, uns nicht einfach zu glauben, dass Katherin uns das Auto gibt. Nach einem kurzen Anruf bei Katherin selbst und als Rachel ihr Kampfgesicht wieder aufgesetzt hat, können wir einsteigen – Gott sei Dank. Ich zittere wie verrückt, sogar mit Mos Jackett über den Schultern.

Im Inneren wirkt es noch lächerlicher als außen. Der Wagen ist mit langen Sofas, einer kleinen Bar, zwei Fernsehbildschirmen und einem Sound-System ausgestattet.

»Alter Falter«, sagt Rachel. »Das ist absurd. Man würde meinen, dass sie mir mehr als den Mindestlohn zahlen können, oder?«

Wir sitzen kurz schweigend da, während die Limousine losfährt.

»Nun«, spricht Rachel weiter, »ich glaube, wir sind uns alle einig, dass der heutige Tag eine unerwartete Wendung genommen hat.«

Ich weiß nicht warum, aber das gibt mir den Rest. Ich heule in meine Handflächen, lasse den Kopf auf das exklusive graue Polster sinken und werde von den Schluchzern durchgeschüttelt, als wäre ich ein kleines Kind. Mo drückt mir mitfühlend den Arm.

Ein summendes Geräusch ertönt.

»Alles in Ordnung da hinten?«, ruft der Fahrer. »Hört sich so an, als hätte jemand einen Asthmaanfall!«

»Alles in Ordnung!«, antwortet Rachel, während ich heule und schnaufe und mühevoll trotz der Tränen atme. »Meine Freundin wurde gerade von ihrem verrückten Exfreund vor tausend Leuten in die Enge getrieben. Er hat den Auftritt so manipuliert, dass es aussieht, als würde sie ihn heiraten wollen, und nun reagiert sie völlig normal darauf.«

Pause. »Mensch«, sagt der Fahrer. »Taschentücher sind unter der Bar.«

Als ich nach Hause komme, rufe ich Leon an, aber er geht nicht dran. Trotz der dröhnend-grellen Verrücktheit dieses Tages will ich unbedingt mehr wissen als das, was er mir in der letzten Nachricht mitgeteilt hat: *Bei Gericht läuft alles gut.* Wie gut? Ist die Verhandlung vorbei? Wann wird Richies Urteil verkündet?

Ich will unbedingt mit ihm reden. Und vor allem will ich mich an seine Schulter kuscheln und seinen großartigen Leon-duft einatmen und ihn auf seine besondere Art meinen Rü-cken streicheln lassen und *dann* mit ihm reden.

Ich fasse das einfach nicht. Ich fasse nicht, was Justin getan hat. Die Tatsache, dass er mich in diese Lage gebracht hat, vor diesen ganzen Menschen … Was hat er sich dabei gedacht? Dass ich einfach mitmachen würde, weil er das von mir verlangt?

Vielleicht hätte ich das früher tatsächlich einmal getan. Gott, das ist widerlich.

Die Tatsache, dass er Martin kontaktiert hat, um mich aus-findig zu machen, hebt die ganze Sache auf eine neue verstö-rende Ebene – diese ganzen komischen Treffen, bei denen ich an eine seltsame Fügung glaubte, waren alles andere als zufällig. Alle genau geplant und kalkuliert. Aber *warum*? Wenn er gewollt hätte, hätte er mich haben können. Ich gehörte ihm – ich hätte alles für ihn gemacht. Warum hat er mich so weit weggestoßen und dann versucht, mich zurückzubekommen? Es ist einfach so … seltsam. So unnötig schmerzhaft.

Rachel konnte nicht mit mir nach Hause kommen – sie hütet heute Abend ihre Nichte, von einer heulenden, verrotzten Katastrophe zur nächsten –, aber Mo hat mir liebenswerterweise versprochen, er würde bei mir bleiben. Ich fühle mich ein wenig schuldig, denn in Wahrheit hätte ich lieber Leon hier.

Es überrascht mich fast schon, wie eindeutig dieser Gedanke ist. Ich will Leon. Ich brauche ihn hier bei mir, sein nervöses Rumgefummel und das schiefe Lächeln würden alles leichter machen. Und nach diesem verrückten Tag wird mir noch einmal ganz klar: Obwohl schön-schrecklich manchmal schrecklich-schrecklich ist, wie ich beim erneuten Aufrollen dieses ganzen Beziehungsdings merke, was soll's? Wenn ich dieser Angst nachgebe, wenn sie mich bei Leon zurückhält, dann lasse ich Justin gewinnen.

Und Leon ist ein wenig Angst wert. Er ist es absolut wert. Ich nehme mir das Telefon und rufe ihn noch einmal an.

## 64

## LEON

Drei verpasste Anrufe von Tiffy.

Kann nicht mit ihr sprechen. Will nicht hören, wie sie sich rechtfertigt. Ich gehe immer noch, Gott weiß wohin – vielleicht im Kreis. Es kommt mir vor, als würde ich ziemlich viele ähnliche Starbucks-Läden sehen. Dieser Teil von London ist eng und Dickens-mäßig. Kopfsteinpflaster und von Abgasen dunkler Backstein, oben klitzekleine schmale Himmelsstreifen zwischen schmutzigen Fenstern. Man muss allerdings nicht weit gehen, dann gelangt man in die hellblaue Welt der City. Biege um eine Ecke und stehe mir selbst gegenüber, blicke mir von der gläsernen Fassade einer Wirtschaftsprüfungsgesellschaft entgegen.

Ich sehe furchtbar aus. Erschöpft und im zerknitterten Anzug – Anzüge haben mir noch nie gestanden. Ich hätte mich mehr bemühen sollen, anständig auszusehen. Das hätte negativ auf Richie abfärben können. Musste schon mit Mam kämpfen, die unter »anständig« kniehohe Stiefel mit etwas höheren Absätzen versteht.

Überrascht von diesem bösartigen Gedanken bleibe ich stehen. Er ist gemein und abfällig. Es gefällt mir nicht, dass mein Kopf zu einem derartigen Gedanken fähig ist. Ich habe Mam vor langer Zeit vergeben – zumindest dachte ich das. Aber jetzt macht mich allein der Gedanke an sie wütend.

Ich bin heute einfach ein wütender Mann. Wütend, weil ich dankbar bin, dass sich die Richter den Fall meines Bruders anhören, obwohl er niemals überhaupt hätte vor Gericht stehen dürfen. Wütend, dass ich noch darüber nachgedacht habe, Tiffy meine Gefühle zu offenbaren und mir ein Typ zuvorgekommen ist, der ihr Albträume macht, sich aber ganz klar mit romantischen Gesten auskennt. Jeder weiß jetzt über *Justins* Gefühle Bescheid. Daran besteht kein Zweifel.

Ich habe wirklich gedacht, sie würde nicht zu ihm zurückgehen. Aber das denkt man ja immer, und dann tun sie es trotzdem.

Checke mein Telefon: Tiffys Name steht auf dem Display. Sie hat mir eine Nachricht geschrieben. Bringe es nicht über mich, sie zu öffnen, kann die Versuchung aber ebenso wenig aushalten, also schalte ich das Telefon ab.

Ich überlege, nach Hause zu gehen, aber die Wohnung ist voll mit Tiffys Sachen. Ihrem Geruch, den Klamotten, die ich an ihr gesehen habe, dem Negativraum um sie. Und irgendwann wird sie von der Buchpräsentation zurückkommen – heute Nacht und am Wochenende hat sie die Wohnung. Das ist also ausgeschlossen. Kann bei Mam übernachten, klar, aber komischerweise bin ich auf sie irgendwie genauso wütend wie auf Tiffy. Zudem ertrage ich die Vorstellung nicht, heute Nacht in Richies und meinem alten Zimmer zu schlafen. Ich kann nicht dort sein, wo Tiffy ist, und nicht dort, wo Richie nicht ist.

Ich kann nirgendwohin. Nichts fühlt sich gerade an wie ein Zuhause. Laufe einfach weiter.

Ich wünschte, ich hätte nie diese Anzeige aufgegeben. Wünschte, ich hätte nie mein Leben geöffnet und jemand anderen hineinmarschieren und es ausfüllen lassen. Es ging mir gut – ich fühlte mich sicher, kam zurecht. Jetzt ist es nicht mehr meine Wohnung, sondern *unsere,* und wenn Tiffy weg ist, sehe ich nur, was nicht mehr da ist: Kein Tiffin-Kuchen mehr, keine Bücher über Maurer und nicht mehr dieser blöde, alberne Paisley-Sitzsack. Nur ein weiterer Raum, voll von dem, was nicht mehr da ist. Genau das, was ich nicht wollte.

Vielleicht kann ich sie noch vor einem Leben mit ihm retten. Ja zu einem Antrag zu sagen, heißt noch nicht, dass man tatsächlich heiratet. Schließlich konnte sie vor all diesen Menschen, die sie anstarrten, schlecht Nein sagen. Ich spüre gefährliche Hoffnung in mir aufkeimen und tue mein Bestes, sie zu unterdrücken. Erinnere mich daran, dass man Menschen nicht retten kann – Menschen können sich nur selbst retten. Man kann ihnen nur helfen, wenn sie so weit sind.

Sollte etwas essen. Kann mich nicht erinnern, wann ich das zum letzten Mal getan habe. Gestern Abend? Scheint mir ewig her zu sein. Nachdem ich gemerkt habe, dass ich hungrig bin, knurrt mein Magen.

Kehre bei Starbucks ein. Gehe an zwei Mädchen vorbei, die Tasha Chai-Lattes Video von Justins Heiratsantrag an Tiffy anschauen. Trinke Tee mit viel Milch, esse irgendein überteuertes Sandwich mit Butter und starre die Wand an.

Als die Barista, die die Tische abräumt, mir einen neugierigen, mitleidigen Blick zuwirft, merke ich, dass ich schon wieder weine. Kann irgendwie nicht aufhören, also lasse ich es laufen. Irgendwann fällt es den Leuten allerdings auf, und ich will raus, allein.

Laufe weiter. Diese schicken Schuhe reiben an meiner Ferse. Denke sehnsüchtig an die ausgelatschten Schuhe, die ich bei der Arbeit trage, wie bequem sie sind. Und nach ungefähr einer Viertelstunde ist klar, dass ich nicht mehr einfach nur gehe, sondern dass ich ein Ziel habe. Im Hospiz ist immer Platz für einen weiteren Pfleger.

## 65

## TIFFY

Gerty ruft an. Ich gehe dran, denke nicht drüber nach – es ist ein Reflex.

»Hallo?« Meine Stimme hört sich selbst für mich seltsam matt an.

»Was zum Teufel stimmt nicht mit dir, Tiffany? Was stimmt nicht mit dir?«

Der Schock bringt mich wieder zum Weinen.

»Lass mich das machen«, sagt Mo. Ich schaue zu ihm hoch, während er mir das Telefon abnimmt, und atme tief ein. Er sieht wirklich wütend aus. Mo sieht nie wütend aus. »Was verdammt noch mal soll sie denn getan haben?«, spricht er ins Telefon. »Ach ja? Du hast ein Video gesehen, tatsächlich? Und hast du nicht mal darüber nachgedacht, Tiffy zu fragen, was passiert ist? Deiner besten Freundin einen Vertrauensvorschuss zu gewähren, bevor du sie am Telefon anbrüllst?«

Ich reiße die Augen auf. Ein Video? Scheiße. Was für ein Video?

Und dann dämmert es mir: Tasha Chai-Latte hat das alles gefilmt. Martin hat das vermutlich organisiert, also wusste Justin Bescheid. Deswegen war es ihm so wichtig, dass jeder meine »Antwort« auf seine wichtige Frage hörte – das brauchte er für die Kamera.

Außerdem hat Martin mich und Leon gemeinsam in dem

Schloss in Wales gesehen, kurz nachdem bei Justin ein Verdacht aufgekommen war, als er bei mir zu Hause vorbeigekommen ist und Leon mit dem Handtuch um die Hüften die Tür geöffnet hat.

»Mo«, sage ich drängend. »Frag Gerty, wo Leon ist.«

»Ruf ihn noch einmal an.«

»Tiff, sein Telefon ist immer noch aus«, antwortet Mo sanft.

»Versuch's noch mal!«, sage ich und renne zwischen Sofa und Küche hin und her. Mein Herz wummert so stark, es fühlt sich an, als würde es mir gleich aus der Brust springen. Ich kann den Gedanken nicht ertragen, dass Leon wegen dieses Videos denkt, ich sei mit Justin verlobt. Ich kann es einfach nicht ertragen.

»Sein Telefon ist immer noch aus«, sagt Mo mit meinem Handy am Ohr.

»Versuch, ihn von deinem anzurufen. Vielleicht hat er meine Nummer blockiert. Er hasst mich wahrscheinlich.«

»Er hasst dich nicht«, sagt Mo.

»Gerty hat mich gehasst.«

Mo runzelt die Stirn. »Gerty ist häufig sehr wertend. Sie arbeitet daran.«

»Aber Leon kennt mich nicht gut genug, um zu wissen, dass ich ihm so etwas nie antun würde«, sage ich und verschränke die Finger. »Er weiß, dass ich wirklich von Justin besessen war, er denkt wahrscheinlich nur – o Gott …« Ich kann nicht weitersprechen.

»Egal was er denkt, es ist reparabel«, versichert Mo mir. »Wir müssen nur warten, bis er reden will. Er hatte auch einen harten Tag, er war mit Richie bei Gericht.«

»Ich weiß«, ranze ich Mo an. »Ich *weiß*! Denkst du, mir wäre nicht klar, wie wichtig das für ihn war?«

Mo sagt nichts. Ich wische mir über das Gesicht.

»Es tut mir leid. Ich sollte dich nicht angiften. Du warst großartig. Ich bin nur sauer auf mich selbst.«

»Warum?«, fragt Mo.

»Weil … Ich war ja tatsächlich mit ihm zusammen, oder?«

»Mit Justin?«

»Ich sage nicht, dass das heute meine Schuld war, ich weiß, dass es so nicht funktioniert, aber ich bekomme den Gedanken einfach nicht aus dem Kopf: Wenn ich ihn nicht so an mich herangelassen hätte, wenn ich stärker gewesen wäre … wäre es nie so weit gekommen. Ich meine, was soll die Scheiße? Keine deiner Exfreundinnen will dich dazu bringen, sie zu heiraten, und benutzt das dann, um deine gegenwärtige Beziehung zu zerstören, oder? Also nicht, dass du gerade eine Beziehung hast, aber du weißt, was ich meine.«

»Ähm«, sagt Mo.

Ich schaue ihn an und wische mir wieder über die Augen. Die Tränen fließen mir einfach die ganze Zeit über die Wangen.

»Erzähl mir nicht, dass du und Gerty …«

»Das hast du gemerkt?«, fragt Mo und sieht unangenehm berührt aus.

»Rachel hat es bemerkt. Ihr Radar ist viel besser als Gertys, aber sag's ihr nicht – oder doch, reib es ihr unter die Nase. Warum sollte ich mich um Gertys Gefühle scheren?«, erkläre ich wütend.

»Sie ruft gerade an«, sagt Mo und streckt mir das Telefon entgegen.

»Ich will nicht mit ihr sprechen.«

»Soll ich drangehen?«

»Mach, was du willst. Sie ist deine Freundin.«

Mo schaut mich lange an, während ich wieder mit zittern-den Beinen auf dem Sofa sitze. Ich benehme mich kindisch, klar, aber wenn Mo nun mit Gerty spricht, fühlt es sich an, als würde er sich auf ihre Seite schlagen. Ich will Mo auf meiner Seite. Ich will Gerty anschreien. Sie hatte die Gelegenheit, Leon zu sagen, dass ich ihm niemals so etwas antun würde, dass er mit mir sprechen sollte, bevor er irgendetwas anderes glaubt, aber sie hat es nicht getan.

»Sie kann Leon nicht finden«, erklärt mir Mo kurz darauf. »Sie will wirklich mit dir sprechen, Tiffy. Sie will sich entschul-digen.«

Ich schüttele den Kopf. Mein Ärger ist noch nicht verflogen, nur weil sie sich entschuldigen will.

»Sie hat vor Gericht durchgesetzt, dass Richie jemanden an-rufen kann, wenn er wieder im Gefängnis ist«, sagt Mo nach einer Pause. Ich höre Gertys Stimme am anderen Ende der Lei-tung, blechern und in Panik. »Sie sagt, sie wird ihm erzählen, was wirklich passiert ist, damit er seinen Anruf dazu verwenden kann, Leon auf seinem Handy anzurufen – er darf heute jede Nummer wählen. Es wird wahrscheinlich eine Weile dauern, bis er wieder im Gefängnis ist und man ihn durchsucht hat, vielleicht sogar bis morgen früh, aber es ist immer noch die beste Möglichkeit, Leon die Nachricht zu übermitteln, wenn er nicht nach Hause kommt.«

»Morgen *früh?*« Es ist erst später Nachmittag.

Mo sieht gequält aus. »Ich denke, das ist im Augenblick unsere einzige Möglichkeit.«

Es ist lächerlich, wirklich, dass ein Mann im Gefängnis, dem nur ein Anruf gestattet wird, die einzige Möglichkeit ist, je-manden zu erwischen.

»Leons Telefon ist aus«, sage ich matt. »Er wird nicht drangehen.«

»Er wird Vernunft annehmen und es wieder anstellen, Tiffy«, sagt Mo mit dem Handy noch am Ohr. »Er wird Richies Anruf nicht verpassen wollen.«

Ich sitze auf dem Balkon und habe mich unter zwei Decken gekuschelt. Eine davon ist der Brixton-Überwurf, der normalerweise über unserem Bett liegt – unter den Leon mich an dem Abend gesteckt hat, als Justin hergekommen ist und ihn bedroht hat.

Ich weiß: Leon denkt, ich wäre zu Justin zurückgekehrt. Ich habe Verzweiflung und panische Angst durchlebt, und nun denke ich, dass er mir mehr hätte vertrauen sollen.

Nicht dass ich es verdient hätte, denke ich. Ich war *tatsächlich* viele Male zu Justin zurückgekehrt – das hatte ich Leon erzählt. Aber … ich hätte nie etwas mit Leon angefangen, wenn ich nicht das Gefühl gehabt hätte: Dieses Mal ist es anders. Wenn ich nicht wirklich dazu bereit gewesen wäre, diesen Teil meines Lebens hinter mir zu lassen. Ich habe es so sehr versucht. Die ganze Zeit über habe ich die schlimmsten Erinnerungen wieder ausgegraben, die unendlichen Unterhaltungen mit Mo, die psychologischen Beratungssitzungen. Ich habe es *versucht*. Aber ich glaube, Leon dachte, ich wäre einfach zu kaputt gewesen, um mich selbst wieder aufzurichten.

Gerty ruft mich ungefähr alle zehn Minuten an; ich bin immer noch nicht drangegangen. Gerty kennt mich seit acht Jahren. Wenn ich sauer auf Leon bin, weil er nicht an mich glaubt – und er kennt mich noch nicht mal seit einem Jahr –, bin ich mindestens achtmal so wütend auf Gerty.

Ich zupfe die traurigen gelben Blätter unserer Topfpflanze

auf dem Balkon ab und denke angestrengt nicht daran, dass Justin weiß, wo ich wohne. Woher auch immer. Wahrscheinlich durch Martin – meine Adresse ist ziemlich leicht herauszufinden, wenn man Zugriff auf meinen Schreibtisch und die Gehaltsabrechnungen hat, die die Personalabteilung dort hinlegt.

Scheiße, Mann. Ich wusste, dass ich diesen Typen aus gutem Grund nicht mag.

Ich schaue auf mein Telefon, während es sich vibrierend immer wieder auf unserem kleinen klapprigen Balkontisch im Kreis dreht. Die Oberfläche des Tischs ist von Vogelkacke bedeckt und dieser dicken, klebrigen Staubschicht, die sich in London auf alles legt, das länger draußen steht. Gertys Name erscheint auf meinem Handydisplay, Wut pulsiert in mir, und ich gehe dran.

»Was?«, frage ich.

»Ich bin schrecklich«, sagt Gerty und spricht sehr schnell. »Ich kann es selbst nicht glauben. Ich hätte nie denken sollen, dass du zu Justin zurückkehren würdest. Es tut mir sehr, sehr leid.«

Ich sage nichts, bin verblüfft. Gerty und ich haben uns schon oft gestritten, aber sie hat sich noch nie direkt und unaufgefordert entschuldigt.

»Ich hätte daran glauben sollen, dass du es kannst. Ich *glaube* daran, dass du es kannst.«

»Dass ich was kann?«, frage ich, bevor mir eine bessere, wütendere Antwort einfällt.

»Justin hinter dir lassen.«

»Ach. Das.«

»Tiffy, alles in Ordnung mit dir?«, fragt Gerty.

»Eigentlich nicht«, sage ich und merke, dass meine Unterlippe zittert. Ich beiße hart drauf. »Ich gehe mal nicht davon aus …«

»Richie hat noch nicht angerufen. Du weißt, wie langsam so etwas geht, Tiffy, es könnte Mitternacht werden, bevor sie ihn überhaupt von der Arrestzelle nach Wandsworth transportieren. Und das Gefängnis ist ziemlich chaotisch, deswegen will ich dir nicht zu große Hoffnungen machen, dass sie ihm überhaupt sein Telefonat gewähren, ganz abgesehen von dem Anruf, den sie mir mit ihm gestattet haben. Aber wenn ich mit ihm spreche, werde ich ihm alles erzählen. Ich werde ihn bitten, mit Leon zu reden.«

Ich schaue auf meinem Handy nach der Uhrzeit: Es ist jetzt acht Uhr abends, und ich kann einfach nicht glauben, wie albtraumhaft langsam die Zeit vergeht.

»Ich bin wirklich sauer auf dich«, erkläre ich Gerty, weil ich weiß, dass ich mich nicht so anhöre. Ich klinge traurig und müde und als wollte ich meine beste Freundin an meiner Seite haben.

»Klar. Ich auch. Stinksauer. Wie nie zuvor. Und Mo spricht auch nicht mit mir, falls dich das milde stimmt.«

»Das stimmt mich nicht milde«, sage ich widerstrebend. »Du sollst doch kein Paria sein.«

»Ein was? Ist das eine Süßspeise?«

»Paria. Persona non grata. Ausgestoßene.«

»Oh, keine Sorge, ich habe mich mit einem Leben in Schande abgefunden. Mehr verdiene ich nicht.«

Wir schweigen eine Weile kameradschaftlich. Ich horche in mich hinein und suche nach dieser enormen Wut auf Gerty, aber sie scheint verflogen zu sein.

»Ich hasse Justin von ganzem Herzen«, sage ich kläglich. »Weißt du, dass ich glaube, er hat das hauptsächlich gemacht, um mich und Leon auseinanderzubringen? Ich glaube nicht, dass er mich jemals heiraten würde. Er würde mich wieder verlassen, sobald er mich zurückhätte.«

»Diesen Mann sollte man kastrieren«, sagt Gerty nachdrücklich. »Er hat dir nur Schaden zugefügt. Ich habe mir manchmal ernsthaft gewünscht, er wäre tot.«

»Gerty!«

»Du musstest dich nicht zurücklehnen und dir das alles anschauen«, sagt sie. »Sehen, wie er die ganze Tiffy aus dir raussaugt. Es war so krank.«

Ich fummele an der Brixton-Decke herum.

»Diese ganze Kacke hat mir gezeigt ... dass ich Leon *wirklich* mag, Gerty. Ihn *wirklich* mag.« Ich schniefe und reibe mir die Augen. »Ich wünschte, er hätte mich zumindest gefragt, ob ich tatsächlich Ja gesagt habe. Und ... und ... selbst wenn ich das *hätte* ... wünschte ich mir, dass er nicht einfach aufgegeben hätte.«

»Es ist erst ein halber Tag vergangen. Er hat einen Schock und ist nach der Gerichtsverhandlung erschöpft. Er hat sich diesen Tag seit Monaten ausgemalt. Justin hat wie immer ein absolut unfehlbar furchtbares Timing. Gib dem Ganzen ein wenig Zeit, und du wirst hoffentlich sehen, dass sich Leon wieder entspannt.«

Ich schüttele den Kopf. »Ich weiß nicht. Ich glaube nicht.«

»Hab Vertrauen, Tiffy. Verlangst du das nicht auch von ihm?«

## 66

## LEON

Laufe wie ein Geist durch die Stationen. Ob ich es schaffe, jemandem Blut abzunehmen, wenn sich selbst das Atmen anstrengend anfühlt? Aber es geht leicht – angenehme Routine. Hier kann ich etwas tun. Leon, leitende Pflegekraft, ruhig, aber zuverlässig.

Merke nach ein paar Stunden, dass ich einen Bogen um die Korallen-Station mache. Ihr ausweiche.

Dort liegt Mr. Prior. Er stirbt.

Irgendwann bittet mich der diensthabende Assistenzarzt darum, eine Dosis Morphium auf der Korallen-Station gegenzuzeichnen. Okay. Schluss mit Verstecken. Los geht's. Gräulich-weiße Korridore, karg und zerschrammt. Ich kenne jeden einzelnen von ihnen, vielleicht sogar besser als die Wände meiner eigenen Wohnung.

Bleibe stehen. Ein Mann in einem braunen Anzug sitzt vor der Station, hat die Unterarme auf die Knie gelegt und starrt auf den Boden. Dass sich um diese Uhrzeit hier jemand aufhält, ist ungewöhnlich – in der Nachtschicht kommt kein Besuch. Er ist sehr alt, hat weißes Haar. Kommt mir bekannt vor.

Ich kenne diese Haltung: Es ist die Haltung eines Mannes, der Mut sammelt. Ich habe sie selbst oft genug vor dem Besucherraum im Gefängnis angenommen, darum kenne ich sie.

Es dauert einen Moment, bis es klick macht. Ich bewege

mich wie ferngesteuert, ohne nachzudenken. Der weißhaarige Mann, der auf den Boden starrt, ist Johnny White der Sechste aus Brighton. Was für eine irrwitzige Vorstellung. JW der Sechste ist ein Mann aus einem anderen Leben. Dem Leben, das von Tiffy erfüllt war. Aber da sitzt er. Sieht aus, als hätte ich Mr. Priors Johnny am Ende doch noch gefunden, auch wenn er ein bisschen gebraucht hat, um das zuzugeben.

Sollte mich freuen, kann aber nicht.

Sehe ihn an. Mit zweiundneunzig Jahren hat er Mr. Prior ausfindig gemacht, seinen besten Anzug angezogen und ist den ganzen Weg von der Küste hergereist. Alles für einen Mann, den er vor Ewigkeiten geliebt hat. Er sitzt mit gesenktem Kopf da, als würde er beten und auf die Kraft warten, sich dem zu stellen, was er zurückgelassen hat.

Mr. Prior hat nur noch wenige Tage zu leben. Möglicherweise sogar nur noch Stunden. Ich blicke Johnny White an und spüre es wie einen Faustschlag im Magen. Er hat so scheißlange gewartet.

Johnny White blickt auf und sieht mich. Wir sprechen nicht. Die Stille dehnt sich im Flur zwischen uns aus.

Johnny White: »Ist er tot?«

Seine Stimme klingt heiser und brüchig.

Ich: »Nein. Sie sind nicht zu spät.«

Abgesehen davon, dass er das natürlich ist. Wie schmerzhaft muss es sein, den ganzen Weg herzukommen und zu wissen, dass er sich nur noch verabschieden kann?

Johnny White: »Ich habe etwas gebraucht, um ihn zu finden. Nach Ihrem Besuch.«

Ich: »Sie hätten etwas sagen sollen.«

Johnny White: »Ja.«

Er blickt wieder auf den Boden. Ich trete zu ihm, überbrücke die Stille und setze mich neben ihn. Seite an Seite studieren wir den zerkratzten Linoleumboden. Hier geht es nicht um mich. Dies ist nicht meine Geschichte. Aber … Johnny White, der mit gesenktem Kopf auf diesem Plastikstuhl sitzt – so sieht es also aus, wenn man es nicht probiert hat.

Johnny White: »Ich will da nicht rein. Ich wollte gerade gehen, als ich Sie gesehen habe.«

Ich: »Sie haben es hergeschafft. Jetzt müssen Sie nur noch durch die Tür da.«

Er hebt den Kopf, als wäre er eine schwere Last.

Johnny White: »Sind Sie sicher, dass er mich sehen will?«

Ich: »Es kann sein, dass er nicht bei Bewusstsein ist, Mr. White. Aber ich bin mir sicher, dass er trotzdem glücklicher ist, wenn Sie bei ihm sind.«

Johnny White steht auf, streicht sich die Anzughosen glatt, hebt das Hollywoodkinn.

Johnny White: »Gut. Besser spät als nie.«

Ohne mich noch einmal anzusehen, schiebt er sich durch die Doppeltüren. Ich beobachte, wie sie hinter ihm zurückschwingen.

Wieder allein bin ich ein Typ, der nie durch diese Türen gehen würde. Und was hat mir das gebracht?

Ich stehe auf. Zeit zu gehen.

Ich, zum Assistenzarzt: »Der diensthabende Pfleger zeichnet das Morphium ab. Ich habe keinen Dienst.«

Assistenzarzt: »Ich hab mich schon gewundert, warum Sie keine Krankenhauskleidung anhaben. Was zum Teufel machen Sie hier, wenn Sie keinen Dienst haben? Gehen Sie nach Hause!«

Ich: »Ja. Gute Idee.«

Es ist zwei Uhr morgens. London liegt ruhig und gedämpft in der Dunkelheit. Ich laufe zum Bus, das Herz schlägt mir bis zum Hals, schalte unterwegs mein Telefon ein.

Unzählige verpasste Anrufe und Nachrichten. Verblüfft betrachte ich sie. Ich weiß nicht, wo ich anfangen soll. Muss ich aber auch gar nicht, denn kaum eingeschaltet, vibriert das Telefon, und eine unbekannte Londoner Nummer erscheint.

Ich: »Hallo?«

Ich höre mich mitgenommen an.

Richie: »Mann, scheiße, Gott sei Dank. Der Aufseher ist allmählich ziemlich gereizt. Ich versuche schon seit zehn Minuten, dich zu erreichen. Ich musste ihm ausführlich erklären, dass es immer noch mein einziger Anruf ist, weil du nicht abgenommen hast. Wir haben übrigens fünf Minuten.«

Ich: »Ist alles in Ordnung bei dir?«

Richie: »Bei *mir?* Bei mir ist alles okay, du Arsch, außer dass ich ziemlich sauer auf dich bin – und auf Gerty.«

Ich: »Was ist?«

Richie: »Tiffy hat nicht Ja gesagt. Dieser irre Typ hat einfach für sie geantwortet, hast du das nicht gemerkt?«

Bleibe wie angewurzelt zehn Meter vor der Bushaltestelle stehen. Ich … fasse es nicht. Blinzele. Schlucke. Mir ist ein bisschen übel.

Richie: »Ja. Gerty hat sie angerufen und hat sie fertiggemacht, weil sie zu Justin zurückgegangen ist, woraufhin Mo ausgeflippt ist. Hat ihr erklärt, dass sie eine schreckliche Freundin ist, wenn sie Tiffy nicht vertraut und sie zumindest erst mal fragt, anstatt gleich anzunehmen, dass sie zu ihm zurückgegangen ist.«

Ich finde meine Stimme wieder.

Ich: »Geht es Tiffy gut?«

Richie: »Ihr würde es deutlich besser gehen, wenn sie mit dir reden könnte, Mann.«

Ich: »Ich war schon auf dem Weg, aber ...«

Richie: »Ach ja?«

Ich: »Ja. Hatte Besuch von dem Geist der künftigen Weihnacht.«

Richie, verwirrt: »Ist das nicht ein bisschen früh?«

Ich: »Tja. Du weißt ja, Weihnachten kommt jedes Jahr früher.«

Lehne mich an das Bushäuschen. Mir ist auf einmal schwindelig und schlecht. Was habe ich *getan*? Komme hierher und vergeude nur Zeit?

Ich, in einem Anflug von Angst: »Ist Tiffy in Sicherheit?«

Richie: »Justin läuft noch frei rum, wenn du das meinst. Aber ihr Kumpel Mo ist bei ihr, und laut Gerty vermutet er, dass Justin nicht so schnell wieder auftaucht – er muss seine Wunden lecken und einen neuen Plan schmieden. Er scheint für alles einen Plan zu haben – das gehört zu seinem System, sagt Mo. Weißt du, dass dieser Scheißkerl die ganze Zeit Marvin aus Tiffys Büro benutzt hat, um herauszufinden, wo sie sich aufhält?«

Ich: »Martin. Und ... Scheiße.«

Richie: »Bei der ganzen Sache ging es nur darum, euch zwei auseinanderzubringen. Dass diese YouTuberin alles filmt, damit du es auch bestimmt siehst.«

Ich: »Ich kann ... ich fasse es nicht, dass ich das geglaubt habe.«

Richie: »Hey, Bro, bring es einfach in Ordnung, okay? Und erzähl ihr von Mam.«

Ich: »Was soll ich ihr von Mam erzählen?«

Richie: »Man muss kein Therapeut sein, um zu begreifen,

warum du Mam mit Gerty im Gericht hast stehen lassen und nicht mit zu ihr gegangen bist. Pass auf, ich versteh das, Kumpel – wir haben beide unsere Mummy-Probleme.«

Der Bus kommt.

Ich: »Was … hat das damit zu tun?«

Richie: »Nur weil Mam immer zu den Männern zurückgegangen ist, die sie wie Dreck behandelt haben, oder sich eine neue Version desselben Typen gesucht hat, heißt das nicht, dass Tiffy es genauso macht.«

Ich, automatisch: »Das war nicht Mams Schuld. Die haben sie emotional missbraucht. Manipuliert.«

Richie: »Ja, ja, ich weiß, das sagst du immer. Aber das macht es auch nicht leichter, wenn du zwölf bist, oder?«

Ich: »Du meinst …«

Richie: »Pass auf, ich muss Schluss machen. Aber geh einfach zu Tiffy und sag ihr, dass es dir leidtut. Dass du es verbockt hast. Dass du von einer alleinerziehenden Mutter aufgezogen worden bist, die von ihren Männern manipuliert wurde und du dich im Grunde allein um deinen jüngeren Bruder kümmern musstest. Das sollte langen.«

Ich: »Das klingt ein bisschen nach … emotionaler Erpressung, oder? Und wird ihr der Vergleich mit meiner Mutter gefallen?«

Richie: »Stimmt. Du machst das schon. Klär das und hol sie dir zurück, denn diese Frau ist das Beste, was dir je passiert ist. Alles klar?«

## 67

## TIFFY

Wir haben völlig vergessen zu essen, und nun ist es halb drei Uhr nachts, und ich merke gerade erst, dass ich Hunger habe. Mo ist losgegangen, um uns etwas vom Imbiss zu holen. Er hat mich mit einem großen Glas Rotwein und einer noch größeren Schüssel mit Knabberzeug aus dem Schrank auf dem Balkon sitzen lassen. Die Knabbereien sind wahrscheinlich von Leon, aber egal – wenn er denkt, ich würde abhauen und jemand anderen heiraten, kann er mich ruhig auch für eine Snackdiebin halten.

Ich weiß nicht, auf wen ich wütender bin. Ich habe so lange hier gesessen, dass meine Beine verkrampft sind und ich so ziemlich alle möglichen Gefühle durchlebt habe, die nun zu einem riesigen elenden Knäuel verwoben sind. Das Einzige, was ich mit Sicherheit weiß, ist: Ich wünschte mir, ich hätte Justin nie kennengelernt.

Mein Telefon vibriert.

Leon ruft mich an.

Ich habe die ganze Nacht darauf gewartet, seinen Namen auf dem Display zu sehen. Mir krampft sich der Magen zusammen. Hat er mit Richie gesprochen?

»Hallo?«

»Hey.« Seine Stimme hört sich rau und seltsam fremd an. Als wäre alle Energie aus ihm gewichen.

Ich warte darauf, dass er etwas sagt, starre auf den Verkehr unter mir, die Scheinwerfer malen gelb-weiße Schlieren vor meinen geschlossenen Augenlidern.

»Ich halte einen riesigen Blumenstrauß in der Hand«, sagt er.

Ich antworte nicht.

»Dachte, ich bräuchte etwas, um zu zeigen, wie riesig meine Entschuldigung ist«, spricht Leon weiter. »Aber dann fiel mir ein, dass dir Justin auch einen riesigen Blumenstrauß geschenkt hat – und auch noch viel schönere, teurere Blumen – deswegen denke ich nun, dass Blumen nicht so gut sind. Dann dachte ich, ich würde einfach nach Hause kommen und es dir persönlich sagen. Dann fiel mir ein, dass ich den Wohnungsschlüssel bei Mam gelassen habe, weil ich heute Nacht dort schlafen wollte. Deswegen hätte ich an die Tür klopfen müssen, was dich vielleicht erschrecken würde, weil du einen verwirrten Ex hast, mit dem du dich rumschlagen musst.«

Ich schaue den Autos hinterher. Wahrscheinlich habe ich Leon noch nie so viel auf einmal reden gehört.

»Wo bist du jetzt?«, frage ich schließlich.

»Schau runter. Auf der anderen Straßenseite, neben der Bäckerei.«

Nun sehe ich ihn. Seine Silhouette hebt sich vor dem leuchtend gelben Schild der Bäckerei ab, er hat das Telefon am Ohr und einen Blumenstrauß in der anderen Hand. Er trägt einen Anzug – klar, er wird sich nach dem Gerichtstermin nicht umgezogen haben.

»Ich denke mal, du bist sehr verletzt«, sagt er. Seine Stimme klingt sanft und lässt mich dahinschmelzen.

Ich weine wieder.

»Es tut mir so leid, Tiffy. Ich hätte das nie glauben dürfen. Du hast mich heute gebraucht, und ich war nicht für dich da.«

»Ich habe dich *wirklich* gebraucht«, schluchze ich. »Mo und

Gerty und Rachel sind toll, und ich liebe sie, und sie haben mir sehr geholfen, aber ich wollte *dich*. Du hast mir das Gefühl gegeben, dass meine Vergangenheit mit Justin keine Rolle spielt. Dass du mich trotzdem magst.«

»Das tue ich. Und es spielt keine Rolle.« Er überquert nun die Straße. Ich erkenne sein Gesicht: Die ebenen, kantigen Wangenknochen, die sanft geschwungenen Lippen. Er schaut zu mir auf. »Alle haben gesagt, ich würde dich verlieren, wenn ich dir nicht sagen würde, was ich fühle, und dann kommt Justin an, der König der romantischen Gesten …«

»Romantisch?«, stammele ich. »Romantisch? Und ich will sowieso keine romantischen Gesten! Warum sollte ich das wollen? Das hatte ich schon, und es war scheiße!«

»Ich weiß«, sagt Leon. »Du hast recht. Ich hätte es wissen müssen.«

»Und es hat mir gefallen, dass du mir Zeit gegeben hast – der Gedanke, mich auf eine ernsthafte Beziehung einzulassen, macht mir riesige Angst! Du weißt ja, wie schwer es für mich war, die letzte hinter mir zu lassen!«

»Oh«, sagt Leon. »Ja. Das ist … ja, verstehe ich.« Er murmelt etwas, das vielleicht *verdammter Richie* sein könnte.

»Ich kann dich nun auch ohne das Telefon hören, weißt du?«, sage ich und spreche laut genug, damit er mich trotz des Verkehrs versteht. »Außerdem gefällt es mir ziemlich gut, dass ich eine Entschuldigung habe, rumzuschreien.«

Er legt auf und geht ein Stück zurück. »Dann lass uns mal schreien!«, brüllt er.

Ich runzele die Stirn, schäle mich aus den ganzen Decken, stelle Wein und Knabbereien ab und gehe zum Geländer.

»Wow«, sagt Leon plötzlich leiser, sodass ich es gerade so verstehe. »Du siehst umwerfend aus.«

Ich schaue an mir hinunter, bin ein wenig überrascht, dass ich noch das schulterfreie Kleid von der Party trage. Gott weiß, wie mein Haar aussieht, und mein Make-up ist definitiv seit heute Morgen eine ganze Ecke hinuntergerutscht, aber das Kleid ist tatsächlich spektakulär.

»Sei nicht nett!«, rufe ich. »Ich will sauer auf dich sein!«

»Ach ja! Genau! Brüllen!«, ruft Leon, richtet sich die Krawatte und knöpft sein Hemd wieder ganz zu, als würde er sich herrichten.

»Ich werde nie zu Justin zurückkehren!«, rufe ich, und dann – weil es sich so gut anfühlt – versuche ich es noch einmal. »Ich werde nie zu Justin zurückkehren!«

Irgendwo in der Nähe ertönt ein Autoalarm; ich weiß, dass es ein Zufall ist, aber es fühlt sich dennoch ziemlich gut an – nun soll nur noch eine Katze jaulen, und einige Mülleimer müssen umfallen. Ich atme tief ein und öffne den Mund, um zu schreien, dann halte ich inne. Leon hat eine Hand gehoben.

»Darf ich etwas sagen?«, ruft er. »Ich meine, etwas brüllen?«

Ein Autofahrer wird langsamer, starrt uns interessiert an, wie wir uns zwischen Straße und zweitem Stock Dinge zurufen. Mir wird klar, dass Leon wahrscheinlich nie zuvor auf der Straße rumgebrüllt hat. Ich schließe ein wenig verblüfft den Mund, dann nicke ich.

»Ich hab's vermasselt!«, ruft Leon. Er räuspert sich und versucht es noch ein wenig lauter. »Ich habe Angst bekommen. Ich weiß, das ist keine Entschuldigung, aber das alles macht mir Angst. Der Prozess. Du, wir. Veränderungen bringen mich aus dem Konzept. Ich werde …«

Er kommt ins Trudeln, als wären ihm die Worte ausgegangen, und ein warmes Gefühl breitet sich in meiner Brust aus.

»Hibbelig?«, biete ich an.

Im Licht der Straßenlaterne sehe ich, wie sich seine Lippen zu einem schiefen Lächeln verziehen.

»Ja. Gutes Wort.« Er räuspert sich wieder und kommt näher zum Balkon. »Manchmal fühlt es sich leichter an, einfach so zu sein, wie ich vor dir war. Sicherer. Aber … schau mal, was du geschafft hast. Wie tapfer du warst. Und so will ich auch sein. Okay?«

Ich lege die Hände auf das Geländer und schaue zu ihm hinunter. »Du redest ganz schön viel da unten, Leon Twomey«, rufe ich.

»Scheint, als ob ich im Katastrophenfall ziemlich ausschweifend sein kann!«, ruft er.

Ich lache. »Verändere dich jetzt nicht *zu sehr*. Ich mag dich so, wie du bist.«

Er grinst. Er sieht wirr und auf verwegene Weise gut aus in seinem Anzug, und plötzlich will ich ihn nur noch küssen.

»Gut, Tiffy Moore, ich mag dich auch.«

»Noch einmal, bitte«, rufe ich und lege mir eine Hand hinters Ohr.

»Ich mag dich wirklich, wirklich gern!«, brüllt er.

Über mir wird klappernd ein Fenster geöffnet. »Geht's etwas leiser?«, ruft der seltsame Kerl aus Wohnung 5. »Ich versuche hier oben zu schlafen! Wie soll ich rechtzeitig für mein Antigravity Yoga aufstehen, wenn ich die ganze Nacht lang wach gehalten werde?«

»Antigravity Yoga«, flüstere ich Leon entzückt zu. Seit meinem ersten Tag in der Wohnung habe ich mich gefragt, was er jeden Morgen veranstaltet!

»Lass dir den Ruhm nicht zu Kopf steigen, Leon«, warnt der seltsame Mann aus Wohnung 5 und will das Fenster wieder schließen.

»Warte!«, rufe ich.

Er schaut zu mir herunter. »Wer bist du?«

»Ich bin die andere Nachbarin. Hallo!«

»Oh, du bist Leons Freundin?«

Ich zögere, dann grinse ich. »Ja«, erkläre ich fest und höre einen leisen Jubelschrei von der Straße. »Und ich habe eine Frage.«

Er starrt mich an wie ein Mann, der wissen will, was ein kleines Kind als Nächstes anstellt.

»Was machst du mit den ganzen Bananen? Den Bananen aus den leeren Kisten, die du auf deinem Parkplatz stapelst?«

Zu meiner Überraschung bricht er in ein lautes, halb zahnloses Lachen aus. Er sieht ziemlich freundlich aus, wenn er lacht. »Ich destilliere sie! Toller Cider!«

Und dann schließt er energisch das Fenster.

Leon und ich schauen uns an und fangen gleichzeitig an zu kichern. Kurz darauf lache ich so sehr, dass mir die Tränen runterlaufen; ich halte mir den Bauch, kichere hysterisch, schnappe nach Luft und ziehe die wildesten Grimassen.

»Antigravity Yoga!«, flüstert Leon, und ich höre es nur, weil gerade kein Auto vorbeifährt. »Bananencider!«

»Ich höre dich nicht!«, sage ich nicht zu laut, weil ich Angst habe, den seltsamen Mann aus Wohnung 5 wieder zu wecken. »Komm näher.«

Leon schaut sich um und geht dann einige Stufen herauf.

»Fang!«, ruft er und wirft mir die Blumen zu. Der Strauß taumelt durch die Luft, verliert auf dem Weg einige Zweige und die ein oder andere Chrysantheme, aber mit einem gewagten Ausfallschritt zum Geländer und einem quietschenden Schrei fange ich ihn.

Als ich die Blumen auf den Tisch gelegt habe, ist Leon

verschwunden. Ich lehne mich verwirrt über die Balkon-
brüstung.

»Wo bist du?«, rufe ich.

»Marco!«, ertönt eine Stimme irgendwo in der Nähe.

»Polo?«

»Marco.«

»Polo! Das hilft nicht!«

Er klettert an der Regenrinne herauf. Ich breche wieder in
Gelächter aus.

»Was *machst* du da?«

»Ich komme näher!«

»Ich wusste nicht, dass du ein Regenrinnenkletterer bist«,
sage ich und zucke zusammen, als er nach einer neuen Stelle
zum Festhalten tastet und sich ein wenig höher zieht.

»Ich auch nicht«, sagt er und sucht nach Halt für seinen linken Fuß. »Du bringst ganz eindeutig das Beste in mir zum Vor-
schein.«

Er ist nun nur noch ein oder zwei Meter von mir entfernt;
die Regenrinne führt direkt an unserem Balkon vorbei, und er
kann fast unsere Brüstung greifen.

»Hey! Mein ganzes Knabberzeug?«, sagt er und streckt mir
eine Hand entgegen.

Ich schaue ihn bloß an.

»… Jaja, schon okay«, sagt er. »Hilfst du mir?«

»Das ist verrückt«, erkläre ich ihm, helfe ihm aber trotzdem.

Die Hände an unserem Balkongeländer, lässt er vorsichtig
erst einen und dann den anderen Fuß hinabbaumeln.

»O mein Gott«, sage ich. Ich kann fast nicht hingucken, aber
ich kann auch nicht wegschauen, weil ich dann nicht bemerken
würde, wenn er loslässt, und dieser Gedanke ist viel schlimmer,

als ihn dort hängen und mit den Füßen nach Halt tasten zu sehen.

Er zieht sich hoch, ich helfe ihm, kurz bevor er oben ist, halte ich seine Hand fest, und er schwingt sich über das Geländer.

»So!«, sagt er und klopft den Schmutz von seinen Klamotten. Er hält inne und blickt mich an.

»Hi«, sage ich und bin plötzlich ein wenig schüchtern in meinem übertriebenen Kleid.

»Es tut mir so leid«, sagt Leon und breitet die Arme aus, um mich zu umarmen.

Ich lehne mich an ihn. Sein Anzug riecht nach Herbst, dieser Duft, der einem zu dieser Jahreszeit am Haar haften bleibt. Der Rest riecht nach Leon, genau wie ich es will, und er zieht mich eng an sich. Ich schließe die Augen und atme ihn ein, spüre die solide Festigkeit seines Körpers an meinem.

Mo taucht in der Tür auf, er hat Fish and Chips in einer Plastiktüte von *Something Fishy* in der Hand. Ich habe ihn nicht hereinkommen hören und schrecke zusammen, aber in Leons Armen ist der Gedanke an einen plötzlich auftauchenden Justin nicht so schrecklich.

»Ah«, sagt Mo, als er uns beide sieht. »Dann nehme ich meine Fish and Chips wieder mit, in Ordnung?«

## 68

## LEON

Ich: »Wahrscheinlich ist es nicht der richtige Zeitpunkt.«

Tiffy: »Ich hoffe doch sehr, dass das ein Scherz ist.«

Ich: »Kein Scherz, aber ich hoffe sehr, dass du mir sagst, dass ich mich irre.«

Tiffy: »Du irrst dich. Jetzt ist der perfekte Zeitpunkt. Wir sind allein, in unserer Wohnung, *zusammen*. Besser geht es gar nicht.«

Wir blicken uns an. Sie trägt noch immer dieses unglaubliche Kleid. Sieht aus, als würde es von ihren Schultern auf den Boden gleiten, wenn man nur einmal daran zieht. Ich möchte es unbedingt probieren, beherrsche mich jedoch. Sie sagt, sie ist bereit, aber das war kein Tag für Reiß-dir-die-Klamotten-vom-Leib-Sex. Für langsamen, liebevollen, Die-Klamotten-behalten-wir-quälend-lange-an-Sex vielleicht.

Tiffy: »Bett?«

Diese Stimme – genau wie Richie sie beschrieben hat. Tief und sexy. Und noch viel erotischer, wenn sie Dinge wie »Bett« sagt.

Wir stehen am Fußende des Bettes voreinander. Ich beuge mich vor, um ihr Gesicht in die Hände zu nehmen und sie zu küssen. Spüre, wie sie sich an mich schmiegt, wie die Spannung aus ihrem Körper weicht, und rücke von ihr ab, um zu sehen, dass sich ein feuriger Ausdruck in ihre blauen Augen geschlichen hat. Als sich unsere Lippen berühren, überkommt mich mit einem Mal ein unglaubliches Verlangen. Es kostet mich enorme Anstrengung, die Hände einfach nur auf ihren nackten Schultern liegen zu lassen.

Sie lockert meine Krawatte und zieht mir das Sakko aus. Knöpft langsam mein Hemd auf und küsst mich dabei weiter. Es ist noch ein wenig Luft zwischen uns, als würden wir respektvoll Abstand halten, obwohl wir uns küssen.

Tiffy dreht sich um und hebt ihr Haar hoch, damit ich ihr den Reißverschluss öffnen kann. Stattdessen nehme ich ihr Haar in die Hand und ziehe sanft daran, als ich es mir um das Handgelenk wickele. Sie stöhnt. Das ist zu viel. Rücke näher an sie heran, verteile Küsse auf ihren Schultern, ihren Nacken hinauf bis zu ihrem Haaransatz. Dränge mich so dicht an sie wie möglich, bis sie wieder etwas von mir abrückt und sich selbst an dem Reißverschluss zu schaffen macht.

Tiffy: »Leon. Konzentration. Kleid.«

Ich nehme ihr den Reißverschluss aus den Fingern und ziehe ihn langsam nach unten, langsamer, als sie möchte. Sie windet sich ungeduldig. Lehnt sich wieder rücklings gegen mich, bis meine Beine gegen das Bett stoßen und wir wieder dicht zusammenstehen, nackte Haut auf Seide.

Schließlich gleitet das Kleid auf den Boden. Es ist wie im Film – ein Schimmer von Seide, dann steht sie da in schwarzer Unterwäsche und sonst nichts. Sie dreht sich in meinen Armen um, ihre Augen sind noch immer voller Feuer, und ich halte sie auf Abstand, um sie anzusehen.

Tiffy, lächelnd: »Das machst du immer.«

Ich: »Was?«

Tiffy: »Mich so ansehen. Wenn ich … mir was ausziehe.«

Ich: »Ich will nichts verpassen. Das ist zu wichtig, dafür sollte man sich Zeit lassen.«

Tiffy zieht eine Augenbraue hoch, unglaublich sexy.

Tiffy: »Zeit lassen?«

Sie streicht mit den Fingern über den Bund meiner Boxershorts. Lässt die Hand tiefer sinken, ist jetzt Millimeter von der Stelle entfernt, wo ich sie spüren möchte.

Tiffy: »Dass du das gesagt hast, wird dir noch leidtun, Leon.«

Ich bedaure es schon, als sie meinen Namen ausspricht. Ihre Finger streichen über meinen Bauch und greifen dann quälend langsam nach meiner Gürtelschnalle. Nachdem sie den Reißverschluss geöffnet hat, trete ich aus meiner Anzughose und streife die Socken ab, wobei sie mich beobachtet wie eine Katze. Als ich sie wieder an mich ziehen will, legt sie mir fest eine Hand auf die Brust.

Tiffy, heiser: »Bett.«

Für einen Augenblick trennen wir uns, automatisch nehmen wir unsere gewohnten Seiten des Bettes ein. Sie links, ich rechts. Beobachten uns gegenseitig dabei, wie wir unter die Decke schlüpfen.

Ich liege auf der Seite und sehe sie an. Ihr Haar ist auf dem Kopfkissen ausgebreitet, und obwohl sie unter der Decke liegt, kann ich spüren, wie nackt sie ist. Wie viel von ihr es dort zu berühren gibt. Ich lege die Hand zwischen uns. Sie nimmt sie, überbrückt die Grenze, die wir damals im Februar gezogen haben, und küsst meine Finger, dann lässt sie sie zwischen ihre Lippen gleiten. Und plötzlich ist aller Abstand verschwunden, und sie presst sich an mich. Wo sie hingehört. Haut an Haut, kein Millimeter Platz mehr zwischen uns.

## 69

## TIFFY

»Du hast mich inzwischen nackt gesehen. Du hast mit mir geschlafen. Und du schaust mich *immer noch* so an.«

Er grinst wieder so wunderbar schief, dieses Lächeln hat mich vor vielen Wochen in Brighton verzaubert.

»Tiffany Moore«, sagt er, »ich habe jede Absicht, dich noch viele Monde lang auf diese Art anzuschauen.«

»Viele Monde!«

Er nickt feierlich.

»Wie äußerst charmant und raffiniert unspezifisch von dir.«

»Nun, mir wurde zugetragen, dass der Vorschlag eines langfristigen Engagements dich dazu bringen könnte, über alle Berge davonzurennen.«

Ich denke darüber nach, lege den Kopf an seine Brust. »Ich verstehe dich, aber eigentlich habe ich mich gerade kurioserweise glücklich und zufrieden gefühlt.«

Er erwidert nichts, küsst mich nur auf den Kopf.

»Außerdem würde ich es nicht mal schaffen, bis zum nächsten Berg zu rennen.«

»Was ist mit dem Hügel weiter unten an der Straße? Den würdest du doch schaffen.«

»Genau genommen«, sage ich, drehe mich auf den Bauch und stütze mich auf die Ellenbogen, »habe ich kein Interesse daran, irgendwohin zu rennen. Der Plan mit den vielen Monden gefällt mir. Ich glaube … hey, hörst du mir überhaupt zu?«

»Ja?«, sagt Leon zaghaft und schaut zu mir auf. Er lächelt. »Sorry. Du hast es geschafft, mich sogar von dir selbst abzulenken.«

»Und ich dachte, dich könnte man nicht ablenken.«

Er küsst mich und streichelt mir kreisend und fest über die Brüste. »Sicher. Nicht ablenkbar«, sagt er. »Und *du* bist …«

Ich kann schon nicht mehr vernünftig denken. »Wachs in deinen Händen?«

»Ich wollte sagen: ›sehr leicht abzulenken‹.«

»Dieses Mal mache ich einen auf schwer zu haben.«

Er macht etwas mit seiner Hand, das noch nie zuvor jemand getan hat. Ich habe keine Ahnung, was geschieht, aber sein Daumen, mein Nippel und etwa fünftausend prickelnde Stiche sind Teil davon.

»Ich erinnere dich in fünf Minuten noch einmal daran«, sagt Leon und küsst meinen Hals.

»Du bist *selbstgefällig*.«

»Ich bin glücklich.«

Ich entferne mich ein wenig von ihm und schaue ihn an. Meine Wangen schmerzen langsam, und ich glaube wirklich, das liegt am Lächeln. Wenn ich das Rachel erzähle, weiß ich genau, was sie machen wird: Sich den Finger in den Mund stecken und würgen. Aber es stimmt – trotz allem, was heute passiert ist, bin ich unerträglich, schwindelerregend glücklich.

Er schaut mich fragend an. »Keine schlagfertige Antwort?«

Ich japse nach Luft, während er mir mit den Fingern über

die Haut streicht und für mich unverständliche Muster verfolgt.

»Ich denke gerade drüber nach … Gib mir nur … eine Minute …«

Als Leon duscht, schreibe ich unsere To-do-Liste für den nächsten Tag und hänge sie an den Kühlschrank. Auf ihr steht:

1) *Sehr angestrengt versuchen, nicht an das Urteil des Richters zu denken.*
2) *Einstweilige Verfügung beantragen.*
3) *Mit Mo und Gerty über, ähm, Mo und Gerty sprechen.*
4) *Milch kaufen.*

Ich zappele herum, warte darauf, dass er auftaucht, gebe dann auf und nehme mein Telefon. Ich muss nur auf die Dusche lauschen.

»Hallo?«, ertönt Gertys gedämpfte Stimme am Telefon.

»Hi!«

»Oh, Gott sei Dank«, sagt Gerty, und ich kann fast hören, wie sie sich wieder ins Bett fallen lässt. »Ist zwischen dir und Leon wieder alles gut?«

»Ja, alles gut zwischen uns«, antworte ich.

»Oh, und du hast mit ihm geschlafen.«

Ich grinse. »Dein Radar funktioniert wieder.«

»Ich habe also nicht alles kaputt gemacht?«

»Du hast nicht alles kaputt gemacht. Aber um das ganz deutlich zu sagen: Es wäre *Justins* Schuld gewesen, nicht deine.«

»Gott, du bist wohlwollend, habt ihr verhütet?«

»Ja, Mutter, haben wir. Und Mo und du, habt ihr verhütet, als ihr heute früh rumgemacht habt?«, frage ich zuckersüß.

»Lass das«, sagt Gerty. »Es ist schlimm genug, dass ich an Mos Penis denke, du solltest das nicht auch noch machen.«

Ich lache. »Können wir morgen einen Kaffee trinken, nur wir drei? Ich will wissen, wie ihr zusammengekommen seid. Vage und ohne Penisdetails.«

»Können wir dann auch über die einstweilige Verfügung sprechen?«, schlägt Gerty vor.

»Ist das Tiffy?«, höre ich Mo im Hintergrund.

»Süß, dass er ›einstweilige Verfügung‹ hört und an mich denkt«, sage ich, und mir wird das Herz bei dem Themenwechsel ein wenig schwer. »Aber ja. Wir sollten darüber reden.«

»Fühlst du dich sicher?«

»Sprechen wir gerade wieder über Verhütung?«

»Tiffy.« Gerty hatte noch nie viel für meine Ablenkungskünste übrig. »Fühlst du dich in der Wohnung sicher?«

»Ja, wenn Leon da ist.«

»Okay. Gut. Aber wir brauchen für dich eine einstweilige Verfügung im Eilverfahren, vor der Anhörung.«

»Eine … warte, es gibt eine Anhörung?«

»Lass die arme Frau nachdenken«, sagt Mo im Hintergrund. »Ich bin froh, dass zwischen Leon und dir alles wieder in Ordnung ist, Tiffy!«, ruft er.

»Danke, Mo.«

»Habe ich dich wieder nüchtern gemacht?«, fragt Gerty.

»Ein wenig. Aber das ist schon okay. Ich muss noch Rachel anrufen.«

»Ja, besprich die ganzen schmutzigen Details mit Rachel«, sagt Gerty. »Morgen Kaffee, schreib uns, wann und wo.«

»Bis dann«, sage ich, lege auf und horche.

Die Dusche läuft *immer noch*. Ich rufe Rachel an.

»Sex?«, fragt sie, als sie drangeht.

Ich lache. »Nein, danke, ich bin vergeben.«

»Ich wusste es! Ihr habt rumgemacht?«

»Rumgemacht ist noch untertrieben«, sage ich und lasse meine Stimme dabei übertrieben sexy klingen.

»Details! Details!«

»Ich erzähle dir alles am Montag. Aber … Ich habe herausgefunden, dass meine Brüste in meinem ganzen Sexleben nicht genügend Aufmerksamkeit bekommen haben.«

»Ah ja«, sagt Rachel wissend. »Ein gängiges Problem. Du weißt, dass es …«

»Pscht!«, zische ich. Die Dusche wurde ausgestellt. »Muss auflegen.«

»Du kannst mich nicht einfach so abwürgen! Ich wollte dir alles über Nippel erzählen!«

»Leon wird es sehr seltsam finden, dass ich meine besten Freunde nach dem Sex anrufe«, flüstere ich. »Es ist alles noch ganz frisch mit uns. Ich muss normal tun.«

»Okay, aber ich setze für Montagmorgen ein zweistündiges Meeting an. Thema: Titten 101.«

Ich lege auf, und kurz darauf kommt Leon mit einem Handtuch um die Hüften herein, hat das Haar zurückgestrichen, und auf den Schultern glitzern Tropfen. Er hält inne und betrachtet meine To-do-Liste.

»Wirkt machbar«, sagt er, öffnet die Tür und schnappt sich den Orangensaft. »Wie geht es Gerty und Rachel?«

»Was?«

Er lächelt mich über die Schulter hinweg an. »Willst du, dass ich wieder unter die Dusche gehe? Ich dachte, ich gebe dir Zeit für zwei Anrufe, weil Gerty ja bei Mo ist.«

Ich werde rot. »Oh, ich, äh …«

Er lehnt sich mit seinem Orangensaft in der Hand zu mir

und küsst mich auf die Lippen. »Mach dir keine Sorgen«, sagt er. »Ich will mich weiterhin in seliger Unwissenheit darüber wiegen, dass du Rachel viel zu viel erzählst.«

»Wenn ich ihr alles erzählt habe, wird sie dich für einen Gott unter Männern halten«, sage ich, entspanne mich und nehme mir den Orangensaft.

Leon schneidet eine Grimasse. »Wird sie mir noch in die Augen blicken können?«

»Sicher. Sie wird aber wahrscheinlich lieber woanders hinschauen.«

## 70

## LEON

Das Wochenende vergeht in einem Rausch lasterhafter Lust. Tiffy verlässt kaum meine Arme, außer um sich auf einen Kaffee mit Gerty und Mo zu treffen.

Hatte recht, wir müssen uns tatsächlich mit ein paar Triggern auseinandersetzen. Am Samstagmorgen verlor ich Tiffy kurz an eine schlechte Erinnerung, doch ich lerne, wie ich ihr da schnell wieder raushelfen kann. Sehr befriedigend.

Sie ist eindeutig besorgter wegen Justin, als sie zugibt. Hat sich eine ausgefeilte Milch-Kauf-List ausgedacht, damit ich sie im Café abhole und herbegleite. Je eher wir die Sache mit der einstweiligen Verfügung regeln, desto besser. Als sie nicht da war, habe ich eine Kette an der Tür angebracht und die Balkontür repariert, nur um etwas zu tun.

Hab Montag frei, also bringe ich Tiffy zur U-Bahn und bereite mir dann ein üppiges Frühstück mit Blutwurst und Spinat zu.

Allein herumzusitzen ist nicht gut. Sonderbar – normalerweise sitze ich gern allein herum. Doch wenn Tiffy nicht da ist, spüre ich ihre Abwesenheit beinahe körperlich.

Schließlich, nachdem ich ziemlich viel auf und ab gelaufen bin und nicht auf mein Telefon geblickt habe, rufe ich meine Mutter an.

Mam: »Leon? Schatz? Geht es dir gut?«

Ich: »Hi, Mam. Ja, mir geht's gut. Tut mir leid, dass ich am Freitag einfach so weggelaufen bin.«

Mam: »Schon okay. Wir waren alle durcheinander, und dass deine neue Freundin diesen anderen Kerl heiratet … Oh, Lee, du musst fix und fertig sein!«

Ach, natürlich – wer hätte Mam aufklären sollen?

Ich: »Das war ein Missverständnis. Tiffy hat einen, äh, einen miesen Exfreund. Der war das. Sie hat gar nicht gesagt, dass sie ihn heiraten würde, er hat versucht, sie dazu zu zwingen.«

Dramatisches, seifenopernmäßiges Ringen nach Luft am anderen Ende der Leitung. Ich bemühe mich sehr, es nicht nervig zu finden.

Mam: »Armes kleines Ding!«

Ich: »Nun ja, ihr geht's gut.«

Mam: »Hast du ihn dir vorgeknöpft?«

Ich: »Ihn mir vorgeknöpft?«

Mam: »Den Ex! Wegen dem, was er deiner Tiffy angetan hat!«

Ich: »… was schlägst du vor, Mam?«

Ich beschließe, ihr keine Zeit für eine Antwort zu lassen.

Ich: »Wir versuchen, eine einstweilige Verfügung zu erwirken.«

Mam: »Oh, natürlich, das ist sehr gut.«

Peinliche Pause. Warum finde ich diese Gespräche so schwierig?

Mam: »Leon.«

Warte. Zappele herum. Blicke auf den Boden.

Mam: »Leon, ich bin mir sicher, dass deine Tiffy nicht so ist wie ich.«

Ich: »Wie bitte?«

Mam: »Du bist immer sehr rücksichtsvoll mit dem Thema

umgegangen, anders als Richie, der geschrien hat und weggelaufen ist. Aber ich weiß, dass du die Männer gehasst hast, mit
denen ich zusammen war. Ich habe sie auch gehasst, aber du
gleich von Anfang an. Ich weiß, ich habe ... ich war ein
schreckliches Vorbild.«

Ich fühle mich zutiefst unwohl.

Ich: »Ist schon gut, Mam.«

Mam: »Ich habe das jetzt im Griff, Lee.«

Ich: »Ich weiß. Und es war nicht deine Schuld.«

Mam: »Weißt du, dass ich das fast glauben kann?«

Pause. Nachdenken.

Ich glaube es auch fast. Wer hätte das gedacht. Wenn man
etwas Wahres nur oft genug sagt und sich genügend Mühe gibt,
glaubt man es vielleicht sogar irgendwann.

Ich: »Hab dich lieb, Mam.«

Mam: »Ach, Schätzchen. Ich dich auch. Und unseren Richie
bekommen wir auch zurück. Dann passen wir wieder auf ihn
auf. Wie immer.«

Ich: »Genau. Wie immer.«


Es ist *noch immer* Montag. Der Montag nimmt kein Ende. Ich
hasse freie Tage – was machen die Leute an freien Tagen? Ich
denke ständig: Berufung, Hospiz, Justin, Berufung, Hospiz, Justin.
Selbst warme flauschige Tiffy-Gedanken können mich kaum
aufmuntern.

Ich: »Hallo, Gerty, hier ist Leon.«

Gerty: »Leon, es gibt noch keine Neuigkeiten. Die haben
sich wegen des Urteils noch nicht gemeldet. Wenn ich etwas
höre, rufe ich dich an, dann weißt du Bescheid. Du musst mich
nicht anrufen, um nachzufragen.«

Ich: »Klar. Natürlich. Tut mir leid.«

Gerty, einlenkend: »Ich vermute, dass wir es morgen erfahren.«

Ich: »Morgen.«

Gerty: »Wie heute plus eins.«

Ich: »Heute plus eins. Ja.«

Gerty: »Hast du kein Hobby oder so etwas?«

Ich: »Eigentlich nicht. Irgendwie arbeite ich fast immer.«

Gerty: »Tja, du lebst mit Tiffy zusammen. Da dürfte es keinen Mangel an Lesestoff zu Hobbys geben. Lies ein Buch über Häkeln oder wie man Sachen aus Pappe baut oder was auch immer.«

Ich: »Danke, Gerty.«

Gerty: »Gern. Und hör auf, mich anzurufen. Ich bin sehr beschäftigt.«

Sie legt auf. Es bringt mich immer noch etwas aus der Fassung, wenn sie das tut, egal wie oft ich es schon erlebt habe.

## 71

## TIFFY

Ich kann es einfach nicht glauben, dass Martin sich zur Arbeit getraut hat. Ich hatte immer gedacht, er wäre ein Feigling, aber eigentlich bin *ich* diejenige, die wegen der Konfrontation nervös ist. Es ist ... als würde ich über einen Stellvertreter mit Justin sprechen, was offen gesagt erschreckend ist, auch wenn ich Leon gegenüber behaupte, dass ich mich gut fühle. Martin hingegen schlendert wie immer herum und gibt mit der erfolgreichen Party an. Ich denke mal, er hat noch nicht herausgefunden, was ich inzwischen weiß.

Er hat den Heiratsantrag noch nicht erwähnt, fällt mir auf. Das hat noch niemand im Büro getan. Rachel hat die Mitteilung herausgegeben, dass ich in Wahrheit nicht verlobt bin, was mir zumindest einen Morgen erspart, an dem ich Gratulationen abwehren muss.

Rachel [10:06]: Ich würde am liebsten rübergehen, ihm in die Eier treten, und dann wäre die Sache erledigt.

Tiffany [10:07]: Verlockend.

Tiffany [10:10]: Ich weiß nicht, warum ich so ein Feigling bin. Ich habe mir überlegt, wie dieses Gespräch ablaufen soll. Ernsthaft, ich hatte mir einige *großartige* Beschimpfungen zurechtgelegt. Und nun sind sie weg, und ich habe ein wenig Angst.

Rachel [10:11]: Was denkst du, würde Jemand-anderes-als-Mo sagen?

Tiffany [10:14]: Lucie? Sie würde sagen, dass Angst ganz normal ist nach dem, was am Freitag passiert ist. Und dass sich ein Gespräch mit Martin ein wenig nach einer Konfrontation mit Justin anfühlt.

Rachel [10:15]: Ja, das verstehe ich, aber … Martin ist Martin. Der dürre, unwichtige, bösartige Martin. Der mir von hinten gegen den Stuhl tritt, dich bei Meetings sabotiert und der Leiterin der PR so tief in den Hintern kriecht, dass er allein fast nicht mehr rausfindet.

Tiffany [10:16]: Du hast recht. Wie kann ich überhaupt Angst vor Martin haben?

Rachel [10:17]: Soll ich mitkommen?

Tiffany [10:19]: Ist es sehr jämmerlich, wenn ich Ja sage?

Rachel [10:20]: Es würde mich glücklich machen.

Tiffany [10:21]: Okay, dann. Gerne.

Wir warten bis nach der morgendlichen Teambesprechung. Ich beiße die Zähne zusammen, als Martin die vielen Glückwünsche für die Party entgegennimmt. Einige neugierige Blicke werden in meine Richtung geworfen, aber ich beachte sie nicht. Ich erröte dennoch aus Scham. Es ist furchtbar, dass jeder hier im Raum weiß, dass ich ein riesiges Problem mit meinem Exfreund habe. Ich wette, sie denken sich seltsame Gründe aus, warum ich doch nicht verlobt bin, und niemand ist auf die Wahrheit gekommen.

Rachel schnappt sich meine Hand und drückt sie fest, dann schubst sie mich sachte in Martins Richtung, während er sein Notizbuch und seine Unterlagen zusammensammelt.

»Martin, können wir mal kurz reden?«, frage ich.

»Gerade passt es nicht so gut, Tiffy«, sagt er mit dem Habitus eines sehr wichtigen Menschen, der kaum Zeit für spontane Meetings hat.

»Martin, entweder kommst du mit uns in den Konferenzraum, oder wir machen, was ich vorhatte: Dir vor allen anderen in die Eier treten«, sagt Rachel.

Er sieht kurz ängstlich aus, und meine Furcht verpufft. Da steht er nun. Er ahnt, dass wir nun Bescheid wissen, deswegen rudert er zurück. Plötzlich kann ich es kaum noch erwarten, mir seinen erlogenen Unsinn anzuhören.

Rachel scheucht ihn in den einzigen freien Konferenzraum und macht die Tür hinter uns zu. Sie lehnt sich mit verschränkten Armen dagegen.

»Worum geht es hier?«, fragt Martin.

»Warum rätst du nicht mal, Martin?«, frage ich. Ich spreche überraschend mühelos und freundlich.

»Ich habe wirklich keine Ahnung«, poltert er. »Gibt es ein Problem?«

»Wenn es eins gibt, wie schnell würde Justin davon erfahren?«, frage ich.

Martin erwidert meinen Blick. Er sieht wie eine in die Enge getriebene Katze aus.

»Ich weiß nicht, was du …«, setzt er an.

»Justin hat es mir erzählt. Er ist so furchtbar sprunghaft in diesen Dingen …«

Martin sackt in sich zusammen. »Schau mal, ich wollte dir helfen«, sagt er. »Er hat sich im Februar bei mir wegen der Wohnung gemeldet, meinte, er würde dir bei der Suche behilflich sein, und hat uns Unterstützung angeboten, damit wir dir die Bude für fünfhundert Pfund im Monat hätten geben können.«

Im *Februar*? Verdammt.

»Woher wusste er überhaupt, wer du bist?«

»Wir sind schon seit Ewigkeiten Facebook-Freunde. Ich glaube, er hat mich hinzugefügt, als ihr richtig zusammengekommen seid – damals hat er wohl die Typen überprüft, mit denen du arbeitest, weißt du, so als Beschützer. Aber ich habe die Wohnungsannonce gepostet, und deswegen hat er sich gemeldet.«

»Wie viel hat er dir angeboten?«

»Er meinte, er würde den Differenzbetrag übernehmen«, sagt Martin. »Hana und ich fanden das sehr nett von ihm.«

»Ja, so ist Justin«, sage ich mit der geballten Faust in der Tasche.

»Und als du das Zimmer nicht genommen hast, wirkte er so traurig. Wir hatten zuvor ein wenig geplaudert, als er wegen des Arrangements vorbeigekommen war, und dann hat er gefragt, ob ich ihm ab und zu kurz schreiben könnte, wie es dir geht, damit er sich keine Sorgen machen muss.«

»Und das fandest du nicht … keine Ahnung … *seltsam*?«, fragt Rachel.

»Nein!« Martin schüttelt den Kopf. »Es wirkte nicht seltsam. Und er hat mir auch nichts gezahlt oder so – er hat mir nur einmal Geld dafür gegeben, dass Tasha Chai-Latte kommt und filmt, okay?«

»Du hast *Geld* von ihm dafür bekommen, dass du Tiffy stalkst?«, fragt Rachel, die vor Wut zittert.

Martin zuckt zusammen.

»Moment mal.« Ich hebe die Hände. »Noch mal von vorne. Er hat dich immer mal wieder gefragt, wo ich bin. Deswegen wusste er, dass ich zur Buchpremiere in Shoreditch gehe und auch, dass ich auf dem Ausflugsschiff bin.«

»Ich denke schon«, sagt Martin. Er wippt vor und zurück wie ein Kind, das auf die Toilette muss, und er tut mir langsam ein wenig leid. Den Gedanken ersticke ich aber im Keim, weil ich diese Unterhaltung nur mit Wut überstehe.

»Und den Ausflug nach Wales, für das Fotoshooting?«, frage ich.

Martin fängt an zu schwitzen. »Ich, äh, er hat mich deswegen angerufen, nachdem ich ihm geschrieben habe, wo du sein würdest …«

Ich zucke zusammen. Das fühlt sich so widerlich an, dass ich gleich unter die Dusche springen möchte.

»… und er hat nach dem Typen gefragt, den du als Model mitbringen würdest. Ich habe sein Aussehen so beschrieben, wie ich es von dir gehört habe. Er wurde ganz still und klang wirklich traurig. Er hat mir erklärt, wie sehr er dich noch liebt und woher er diesen Typen kennt, der alles zerstören würde.«

»Also hast du das ganze Wochenende lang versucht dazwischenzufunken.«

»Ich dachte, ich würde etwas Gutes tun!«

»Na ja, du hast es aber vermasselt, weil Leon und ich uns rausgeschlichen und um drei Uhr früh in der Küche rumgemacht haben, ha!«, sage ich.

»Das solltest du vielleicht eher für dich behalten, Tiffy«, sagt Rachel.

»Okay, okay. Also hast du Justin nach unserer Rückkehr eingehend Bericht erstattet?«

»Ja. Er war aber nicht ganz zufrieden damit, wie ich mich verhalten habe. Ich habe mich plötzlich wirklich schlecht gefühlt, weißt du? Ich hatte nicht genug Einsatz gezeigt.«

»Oh, dieser Mann ist *gut*«, flüstert Rachel.

»Wie auch immer, dann wollte er diesen aufwendigen Heiratsantrag planen. Es war alles sehr romantisch.«

»Vor allem, weil er dich dafür bezahlt hat, dass du Tasha Chai-Latte dazu bringst, alles zu filmen«, stelle ich fest.

»Er meinte, er will, dass es die ganze Welt sieht!«, protestiert Martin.

»Er wollte, dass *Leon* es sieht. Wie viel hat das überhaupt gekostet? Ich wusste, dass das Budget des Buches das nicht hergibt.«

»Fünfzehntausend«, sagt Martin kleinlaut. »Und noch zwei für mich, weil ich es organisiert habe.«

»Siebzehntausend Pfund?!«, kreischt Rachel. »Mein Gott!«

»Und es ist etwas übrig geblieben, deswegen habe ich diese Limo für Katherin besorgt, weil ich dachte, das würde sie vielleicht zu diesem Interview mit Piers Morgan bewegen. Ich dachte nur … Justin würde dich wirklich lieben«, sagt Martin.

»Nein, dachtest du nicht«, erkläre ich ihm geradeheraus. »Das war dir egal. Du wolltest nur, dass Justin dich mag. Er hat diese Wirkung auf viele Leute. Hat er dich kontaktiert, nachdem er mir den Antrag gemacht hat?«

Martin schüttelt den Kopf und sieht nervös aus. »Als ich gesehen habe, wie du die Party verlassen hast, dachte ich, es wäre nicht wie gehofft vonstattengegangen. Glaubst du, er wird böse auf mich sein?«

»Ob ich …« Ich atme tief ein. »Martin. Mir ist egal, ob Justin böse auf dich ist. Ich werde Justin wegen Belästigung oder Stalking verklagen, sobald meine Anwältin sich entschieden hat, was sie besser findet.«

Martin wird noch blasser als normalerweise, was etwas bedeutet. Ich bin überrascht, dass ich nicht durch ihn hindurch auf das Whiteboard schauen kann.

»Also würdest du aussagen?«, frage ich knapp.

»Was? Nein!«

»Warum nicht?«

»Also, das ist … es wäre sehr peinlich für mich, und gerade ist bei der Arbeit alles sehr wichtig …«

»Du bist ein schwacher Mann, Martin«, erkläre ich ihm.

Er blinzelt. Seine Lippen zittern ein wenig. »Ich denke darüber nach«, sagt er schließlich.

»Gut. Wir sehen uns vor Gericht, Martin.«

Ich rausche mit Rachel im Schlepptau aus dem Zimmer und fühle mich auf dem Weg zu meinem Schreibtisch aufgekratzt. Besonders, weil Rachel leise, aber unverkennbar »Eye of the Tiger« summt, als wir durchs Büro gehen.

Nach dem Showdown mit Martin wirkt die Welt wie ein etwas hellerer Ort. Ich setze mich aufrecht hin und beschließe, mich nicht für die Dinge auf der Party zu schämen. Mein Exfreund hat mir einen Antrag gemacht, und ich habe Nein gesagt – na und? Daran ist nichts verwerflich. Tatsächlich wirft Ruby mir ein stummes High-Five zu, als ich nachmittags zur Toilette gehe. Rachel schickt mir alle fünfzehn Minuten Girl-Power-Songs, deswegen fühle ich mich langsam … als wäre ich der Sache gewachsen.

Ich muss mich arg zwingen, um mich bei der Arbeit zu konzentrieren, aber schließlich schaffe ich es: Ich recherchiere gerade einen neuen Trend für Cupcake-Glasuren, als das Telefon klingelt. Fast sofort wird mir klar, dass ich mich immer an diese Website über Spritzdüsen für Glasuren erinnern werde. So ein Anruf ist das.

»Tiffy?«, fragt Leon.

»Ja?«

»Tiffy …«

»Leon, alles okay mit dir?« Mein Herz pocht wie verrückt.

»Er ist draußen.«

»Er ist …«

»Richie.«

»O Gott. Sag das noch einmal.«

»Richie ist draußen. Nicht schuldig.«

Ich kreische so laut, dass mich alle im Büro anstarren. Ich schneide eine Grimasse und decke kurz das Telefon ab.

»Ein Freund hat im Lotto gewonnen!«, flüstere ich Francine zu, der neugierigen Person, die am nächsten steht, und lasse sie losziehen, um diese Nachricht zu verbreiten. Wenn ich das nicht im Keim ersticke, werden alle denken, ich sei wieder verlobt.

»Leon, ich wusste nicht … Ich dachte, es würde erst morgen entschieden!«

»Ich auch. Gerty auch.«

»Also … Er ist nun einfach … draußen? Bewegt sich frei in der Welt? Gott, das kann ich mir bei Richie gar nicht vorstellen! Wie sieht er eigentlich aus?«

Leon lacht, und bei dem Geräusch wird mir ganz flau im Magen. »Er wird heute Abend bei uns sein. Du kannst ihn endlich kennenlernen.«

»Das ist unglaublich.«

»Ich weiß. Ich kann es gar nicht … Ich denke immer noch, es wäre ein Traum.«

»Ich weiß nicht, was ich sagen soll. Wo bist du jetzt?«, frage ich und hüpfe auf meinem Stuhl auf und ab.

»Bei der Arbeit.«

»Hattest du nicht frei?«

»Ich wusste nichts mit mir anzufangen. Willst du nach der Arbeit hier vorbeikommen? Ist aber nicht schlimm, wenn es zu weit ist. Ich werde gegen sieben daheim sein, ich dachte nur …«

»Ich werde um halb sechs da sein.«

»Eigentlich sollte ich dich abholen ...«

»Ich schaffe das schon allein. Wirklich – ich hatte einen guten Tag, ich schaffe das. Bis halb sechs dann!«

## 72

## LEON

Wechsele zwischen den Stationen hin und her, überprüfe Krankenakten, verabreiche Flüssigkeiten. Spreche mit den Patienten und bin selbst erstaunt, dass ich es schaffe, ganz normal zu klingen und über etwas anderes zu reden als über die Tatsache, dass mein Bruder endlich nach Hause kommt.

Nach Hause.

Richie kommt nach Hause.

Ich weiche dem Gedanken aus, so wie ich es bislang immer tun musste. Sobald ich mir Richie wieder in meinem Leben vorstelle, springt der Gedanke plötzlich fort, als hätte er etwas Heißes angefasst, weil ich nie zugelassen habe, ihn zu Ende zu denken. Es war zu schmerzhaft. Zu viel Hoffnung.

Nur dass es jetzt wahr ist. Es wird wahr sein, in nur wenigen Stunden.

Er wird Tiffy kennenlernen. Sie werden sich unterhalten, genau wie am Telefon, nur von Angesicht zu Angesicht auf meinem Sofa. Das ist buchstäblich zu schön, um wahr zu sein. Bis mir einfällt, dass er gar nicht erst ins Gefängnis hätte kommen dürfen, klar, aber selbst dieser Gedanke kann meine Freude nicht trüben.

Stehe in der Hospizküche und koche Tee, als ich meinen Namen höre, wiederholt, sehr laut, immer lauter.

Tiffy: »Leon! Leon! Leon!«

Ich drehe mich gerade noch rechtzeitig um. Sie rennt in mich hinein, regennasses Haar, gerötete Wangen, breites Lächeln.

Ich: »Wow!«

Tiffy, sehr dicht an meinem Ohr: »Leon, Leon, Leon!«

Ich: »Autsch?«

Tiffy: »Sorry. Sorry. Ich …«

Ich: »Weinst du?«

Tiffy: »Was? Nein.«

Ich: »Doch. Du bist unglaublich.«

Sie blinzelt mich überrascht an, in ihren Augen glänzen Glückstränen.

Ich: »Du hast Richie doch noch nicht einmal kennengelernt.«

Sie hakt sich bei mir ein und zieht mich zum Kessel, in dem gerade das Wasser zu kochen beginnt.

Tiffy: »Tja, aber *dich*, und Richie ist dein kleiner Bruder.«

Ich: »Nur um dich zu warnen, so klein ist er nicht.«

Tiffy nimmt zwei Becher aus dem Regal, dann holt sie Teebeutel heraus und übergießt sie mit Wasser, als würde sie seit Jahren in dieser Küche ein und aus gehen.

Tiffy: »Und überhaupt, ich habe das Gefühl, Richie zu kennen. Wir haben so oft telefoniert. Man muss sich nicht persönlich treffen, um jemanden zu kennen.«

Ich: »Apropos …«

Tiffy: »Wohin gehen wir?«

Ich: »Komm einfach mit. Ich will dir was zeigen.«

Tiffy: »Der Tee! Der Tee!«

Ich bleibe stehen und warte, bis sie quälend langsam Milch in die Becher gegeben hat. Über die Schulter wirft sie mir einen kurzen frechen Blick zu, und sofort möchte ich sie ausziehen.

Ich: »Sind wir so weit?«

Tiffy: »Okay. Wir sind so weit.«

Sie reicht mir einen Becher, und ich nehme ihn ihr ab, dann fasse ich ihre Hand, die sie mir ebenfalls hinstreckt. Fast jeder, dem wir auf dem Flur begegnen, sagt »Oh, hallo, Tiffy!« oder »Du musst Tiffy sein!« oder »O mein Gott, Leon hat wirklich eine Freundin!«, aber ich bin zu gut gelaunt, um mich daran zu stören.

Als Tiffy die Tür zur Korallen-Station öffnen will, halte ich sie zurück.

Ich: »Warte, sieh nur durch die Scheibe.«

Wir beugen uns vor.

Johnny White ist seit dem Wochenende nicht von seiner Seite gewichen. Mr. Prior schläft, aber seine pergamentartige Hand mit den Sonnenflecken liegt in Johnny Whites Hand. Sie hatten drei ganze Tage zusammen – mehr als JW sich erhoffen konnte.

Es lohnt sich immer, durch diese Türen zu gehen.

Tiffy: »Johnny White der Sechste war der richtige Johnny White? Ist das nicht der schönste Tag aller Zeiten? Wurde schon irgendwas gemeldet? War heute irgendein besonderes Elixier im Frühstück? Ein goldenes Ticket in der Müslischachtel?«

Ich küsse sie leidenschaftlich auf den Mund. Hinter uns sagt einer der Assistenzärzte zu einem anderen Assistenzarzt: »Komisch – ich dachte immer, Leon würde niemanden mögen, der nicht an einer tödlichen Krankheit leidet!«

Ich: »Ich glaube, es ist einfach nur ein schöner Tag, Tiffy.«

Tiffy: »Nun, ich glaube, der war bei uns allen längst überfällig.«

## 73

## TIFFY

»Okay, wie sehe ich aus?«

»Entspann dich«, sagt Leon. Er liegt auf dem Rücken, hat den Kopf auf einem Arm abgelegt. »Richie liebt dich eh schon.«

»Ich lerne ein Familienmitglied von dir kennen«, protestiere ich. »Ich will gut aussehen. Ich will … schlau, schön und witzig aussehen, vielleicht ein wenig wie Sookie zu Beginn der Gilmore Girls?«

»Ich habe keine Ahnung, wovon du sprichst.«

Ich schnaufe beleidigt. »Na gut. Mo!«

»Ja?«, ruft Mo aus dem Wohnzimmer.

»Kannst du mir bitte sagen, ob ich in diesem Outfit cool und kultiviert oder müde und altbacken aussehe?«

»Wenn du dir diese Frage stellst, solltest du dich umziehen«, ruft Gerty.

Ich verdrehe die Augen. »Dich habe ich nicht gefragt! Du magst meine Klamotten doch eh nicht!«

»Das stimmt nicht. Einige gefallen mir. Nur nicht, wie du sie miteinander kombinierst.«

»Du siehst perfekt aus«, sagt Leon und lächelt mich an. Sein Gesicht wirkt heute völlig anders, als hätte jemand einen Schalter in ihm umgelegt, von dem ich gar nichts wusste, und nun ist alles heller.

»Nein, Gerty hat recht«, sage ich, schäle mich aus dem

Wickelkleid und nehme mir meine liebste grüne Skinny-Jeans und den weiten Strickpulli. »Ich gebe mir zu viel Mühe.«

»Du gibst dir genau richtig viel Mühe«, erklärt mir Leon, als ich auf einem Bein hüpfend die Jeans anziehe.

»Gibt es irgendwas, das ich heute Abend sagen könnte, dem du nicht automatisch zustimmen würdest?«

Er runzelt die Stirn. »Eine schwierige Frage«, sagt er. »Die Antwort lautet nein, aber wenn ich das sage, würde ich mir widersprechen.«

»Er stimmt allem zu, was ich sage, und ist auch noch so klug!« Ich krabbele über das Bett, um mich auf ihn zu setzen und ihn zu küssen, unsere Körper miteinander verschmelzen zu lassen. Als ich mich von ihm löse, um mein Oberteil anzuziehen, protestiert er, presst mich an sich, und ich lächele, drücke seine Hände fest. »Selbst du müsstest zugeben, dass dieses Outfit nicht angemessen ist«, erkläre ich.

Es klingelt dreimal an der Haustür, und Leon springt so schnell auf, dass ich fast aus dem Bett falle.

»Sorry«, ruft er über die Schulter, während er zur Tür läuft. Ich höre, dass Mo oder Gerty auf den Knopf drücken und Richie reinlassen.

Mir wird ganz schwummrig, als ich in den Strickpulli schlüpfe und mir mit den Fingern durchs Haar fahre. Ich warte auf Richies Stimme an unserer Wohnungstür, halte mich zurück, um ihm und Leon den lang ersehnten Augenblick zu gönnen.

Stattdessen höre ich Justin.

»Ich will mit dir reden«, sagt er.

»Oh. Hallo, Justin«, sagt Leon.

Mir fällt jetzt auf, dass ich die Arme fest um meinen Körper geschlungen habe und mich gegen den Kleiderschrank drücke, damit mich niemand, der sich zur Wohnungstür hereinlehnt, im Schlafzimmer sieht. Ich will plötzlich schreien. Er soll nicht hierherkommen und mir das antun. Er soll *abhauen*, wirklich abhauen, nicht nur aus meinem Leben, sondern auch aus meinem Kopf verschwinden. Ich bin damit durch, mich hinter Türen zu kauern und Angst zu haben.

Also, natürlich nicht ganz, weil man nicht so schnell über so etwas hinwegkommt, aber vorläufig habe ich genug davon, und ich werde das Beste aus dieser Welle verrückter, zorniger Zuversicht machen. Ich gehe um die Ecke.

Justin hat sich im Türrahmen aufgebaut, er sieht breit, muskulös und deutlich verärgert aus.

»Justin«, sage ich und stelle mich neben Leon, bis ich nicht mehr weit von Justin entfernt bin. Ich lege eine Hand auf die Tür, bin bereit, sie zuzuschlagen.

»Ich bin hier, um mit Leon zu sprechen«, sagt Justin kurz angebunden. Er sieht mich noch nicht einmal an.

Unweigerlich weiche ich zurück, mein Selbstbewusstsein ist verpufft.

»Wenn du darüber nachdenkst, mir einen Antrag zu machen, lautet die Antwort nein«, sagt Leon freundlich. Justin ballt die Hände zu Fäusten; er will einen Schritt nach vorne machen, ist angespannt, seine Augen funkeln. Ich schrecke zurück.

»Pass gut auf diesen Fuß auf«, sagt Gerty scharf hinter mir. »Wenn du ihn auch nur ein ganz kleines Stück in die Wohnung setzt, wird dein Anwalt mit mir über noch viel mehr reden müssen.«

Ich sehe, dass Justin die Situation neu einschätzt. »Ich erinnere mich nicht daran, dass deine Freunde während unserer Beziehung derart übergriffig waren, Tiffy.« Er knurrt geradezu, und das Herz springt mir fast aus der Brust. Ich glaube, er ist betrunken. Das ist nicht gut.

»Oh, das wären wir aber gern gewesen«, sagt Mo.

Ich atme tief und zitternd ein. »Das Beste, was du jemals für mich getan hast, Justin, war, mich zu verlassen«, sage ich und gebe alles, um mich auf der anderen Seite der Tür genauso breit wie er aufzubauen. »Wir haben uns nichts mehr zu sagen. Das war's. Lass mich in Ruhe.«

»Wir haben uns sehr wohl noch etwas zu sagen«, erklärt er ungeduldig.

»Ich werde eine einstweilige Verfügung beantragen«, würge ich heraus, bevor er weitersprechen kann.

»Nein, wirst du nicht«, spottet Justin. »Komm schon, Tiffy. Sei nicht so kindisch.«

Ich schlage ihm die Tür so fest vors Gesicht, dass alle vor Schreck hochspringen, ich selbst eingeschlossen.

»Fuck«, schreit Justin von der anderen Seite der Tür, und dann ertönt das Geräusch einer Faust, die gegen das Holz gerammt wird, und es wird mit Gewalt an der Klinke gerüttelt.

Mir entfährt ein Wimmern, und ich weiche zurück. Ich kann einfach nicht glauben, dass ich Justin gerade die Tür ins Gesicht geschlagen habe.

»Polizei«, flüstert Leon.

Gerty schaltet ihr Telefon ein und wählt, mit der anderen Hand umklammert sie meine Finger. Mo steht kurz danach neben mir, ich beobachte Leon, wie er die Kette einrasten lässt und sich gegen die Tür lehnt.

»Das ist völlig abgefahren«, sage ich schwach. »Ich glaube einfach nicht, dass das passiert.«

»Lass mich *rein*!«, brüllt Justin.

»Polizei!«, spricht Gerty ins Handy.

Justin hämmert mit beiden Fäusten an die Tür, und ich denke daran, wie er vor Wochen die Finger auf die Klingel drückte, wie er nicht aufhörte, bis Leon öffnete. Ich schlucke. Jeder Schlag wirkt lauter als der zuvor, bis ich das Gefühl habe, er würde direkt in meinen Ohren dröhnen. Meine Augen sind voller Tränen; nur dank Gerty und Mo stehe ich noch aufrecht. So viel dazu, dass ich keine Angst mehr habe. Während Justin auf der anderen Seite der Tür brüllt und tobt, beobachte ich Leon, der angespannt und ernst aussieht und sich nach anderen Möglichkeiten zum Verbarrikadieren der Türe umschaut. Zu meiner Linken beantwortet Gerty am Telefon Fragen.

Und dann hören plötzlich der ganze Wahnsinn und der Lärm auf. Leon schaut uns fragend an und überprüft dann die Klinke – die Tür ist immer noch abgeschlossen.

»Warum hat er aufgehört?«, frage ich und klammere mich so fest an Gerty, dass meine Fingerknöchel weiß werden.

»Er hämmert nicht mehr gegen die Tür«, spricht Gerty in ihr Handy. Ich höre, wie eine blecherne Stimme antwortet. »Sie sagt, dass er vielleicht nach anderen Möglichkeiten sucht, die Tür aufzubrechen. Wir sollten in ein anderes Zimmer gehen. Geh weg von der Tür, Leon.«

»Warte«, flüstert Leon, drückt sein Ohr gegen die Tür und lauscht in den Flur.

Er lächelt finster. Er bedeutet uns, näher zu kommen; zaghaft, mit zitternden Knien, lasse ich mich von Mo zur Tür führen, Gerty bleibt zurück und spricht leise ins Telefon.

»Dir wird's im Gefängnis super gefallen, Justin«, erklärt eine warme Stimme mit einem unverwechselbaren Akzent im Flur. »Echt. Dort sind ganz viele Typen wie du.«

»Richie!«, flüstere ich. »Aber … er darf nicht …« Wir haben Richie gerade aus dem Gefängnis geholt. Eine Schlägerei mit

459

Justin würde für ihn nicht gut ausgehen, selbst wenn wir Justin kurzfristig los wären.

»Guter Punkt«, sagt Leon und reißt die Augen auf. Er will die Tür aufsperren, und ich bemerke, dass auch seine Hände leicht zittern. Die Stimmen hören sich so an, als wäre Richie nah an der Tür und Justin weiter weg, bei den Treppen, aber dennoch. Ich wische mir fest über die Augen. Ich will nicht, dass Justin weiß, was er mir antut. Ich will ihm diese Macht nicht geben.

Justin stürmt auf uns zu, als Leon die Tür öffnet, aber Richie rempelt ihn nonchalant an, und er stolpert fluchend gegen die Wand, während Richie reinkommt und Leon rasch die Tür hinter ihm zuzieht. Es ist nach wenigen Sekunden vorbei; ich habe kaum Zeit, Justins Gesichtsausdruck zu verarbeiten – seinen Blick, als er bereit ist, sich auf mich zu stürzen, weil er unbedingt in die Wohnung will. Was ist bloß in ihn gefahren? So war er noch nie. Niemals gewalttätig. Seine Wut hatte er immer gut unter Kontrolle, seine Strafen waren gewieft und grausam. Das hier ist chaotisch und verzweifelt.

»Netter Typ, dein Ex«, sagt Richie augenzwinkernd. »Er sieht absolut rot da draußen. Er wird das Einschlagen auf die Tür morgen früh sehr bereuen, das kann ich dir sagen.« Er schmeißt einen Bund mit Ersatzschlüsseln aufs Sideboard – deswegen ist er ohne zu klingeln reingekommen.

Ich blinzele einige Male und schaue ihn richtig an. Kein Wunder, dass Justin still wurde, als Richie im Flur aufgetaucht ist. Er ist *riesig*. Mindestens eins neunzig und so muskulös, wie man nur wird, wenn man nichts zu tun hat, außer Sport zu machen. Sein schwarzes Haar ist kurz geschoren, Tattoos schlängeln sich über seine Unterarme, und eins windet sich an seinem Hals hinauf und ragt über den Kragen seines T-Shirts – außerdem hängt dort eine Kette, die ganz bestimmt genauso aussieht wie Leons. Richie hat dieselben nachdenklichen dunkelbraunen Augen wie sein Bruder, obwohl sie ein wenig schelmischer aussehen.

»Die Polizei wird in zehn Minuten hier sein«, sagt Gerty ruhig. »Hallo, Richie. Wie geht es dir?«

»Ich bin am Boden zerstört, weil du einen Freund hast«, sagt Richie und schlägt Mo grinsend auf die Schulter. Ich könnte schwören, dass Mo mindestens einen Zentimeter tief im Boden versinkt. »Ich schulde dir ein Abendessen!«

»Das soll nicht an mir scheitern«, erklärt Mo überstürzt.

Richie umarmt Leon so heftig, dass ich ihre zusammenprallenden Körper höre. »Macht euch wegen dieses Arschs da draußen keine Sorgen«, sagt er zu uns beiden, als er sich aus der Umarmung gelöst hat. Justin wirft etwas gegen die Tür, und ich zucke zusammen. Ich zittere am ganzen Körper – das tue ich schon, seitdem ich seine Stimme vorhin zum ersten Mal gehört habe –, aber Richie lächelt mich einfach freundlich an, ohne Fragen zu stellen, und es erinnert mich an Leons schiefes Grinsen – ein warmes Lächeln, bei dem man sich gleich besser fühlt. »Es freut mich, dich höchstpersönlich kennenzulernen, Tiffy«, sagt er. »Und danke, dass du auf meinen Bruder aufgepasst hast.«

»Ich weiß nicht, ob man das aufpassen nennen kann«, bringe ich hervor und zeige auf die Tür, die im Rahmen bebt.

Richie winkt ab. »Ganz ehrlich: Wenn er hier reinkommt, bekommt er es mit mir und Leon zu tun – und mit … sorry, ich weiß nicht, wie du heißt.«

»Mo«, sagt Mo und sieht sehr wie der Typ Mann aus, der auf einem Stuhl sitzt, für seinen Lebensunterhalt redet und plötzlich in eine Lage geraten ist, wo dies nachteilig sein könnte.

»Und mit mir und Tiffy«, sagt Gerty scharf. »Sind wir hier im Mittelalter, oder was? Ich wette, ich kann besser jemanden schlagen als Leon.«

»Lass mich rein, verdammte Scheiße!«, brüllt Justin durch die Tür.

»Er ist auch betrunken«, sagt Richie fröhlich, dann schnappt er sich unseren Sessel und scheucht uns aus dem Weg, damit er ihn vor die Tür stellen kann. »So. Wir müssen hier nicht mehr rumhängen, oder? Lee, ist der Balkon noch da, wo er früher einmal war?«

»Ähm, ja«, setzt Leon an und sieht völlig verstört aus. Er hat nun Mos Platz neben mir eingenommen, und ich lehne mich an ihn, während er mir über den Rücken streichelt, dieses Gefühl hilft mir dabei, mich zu sammeln. Jedes Mal, wenn Justin rumschreit oder gegen die Tür hämmert, zucke ich zusammen. Aber wo Richie nun mit Möbeln Gewichtheben spielt und Leon den Arm um mich gelegt hat, wird nicht mehr jedes Zucken von völlig blinder Angst und Panik begleitet. Was schön ist.

Richie scheucht uns alle auf den Balkon und schließt die Glastür hinter uns. Wir passen kaum drauf, Gerty drückt sich in einer Ecke an Mo, ich stelle mich in der anderen vor Leon, deswegen hat Richie am meisten Platz, den er auch braucht. Er atmet tief ein und aus und strahlt beim Blick vom Balkon.

»London!«, sagt er und öffnet weit die Arme. »Wie ich das vermisst habe. Es sieht so toll aus!«

Hinter uns wird wieder und wieder gegen die Wohnungstür gehämmert. Leon zieht mich eng an sich, vergräbt das Gesicht in meinem Haar und atmet mir warm und beruhigend in den Nacken.

»Und wir haben sogar einen großartigen Aussichtspunkt,

wenn die Polizei auftaucht«, erklärt uns Richie und blinzelt mir zu. »Wusste nicht, dass ich sie schon so bald wiedersehen würde, muss ich sagen.«

»Tut mir leid«, sage ich kläglich.

»Das muss es nicht«, sagt Richie nachdrücklich, genau in dem Augenblick, als Leon an meinem Haar den Kopf schüttelt, und Mo sagt: »Du musst dich nicht entschuldigen, Tiffy.« Selbst Gerty verdreht die Augen irgendwie liebevoll.

Ich betrachte alle, wie sie sich mit mir auf den Balkon kauern. Es hilft – zwar nur ein wenig, aber ich glaube, nichts könnte gerade mehr als nur ein wenig helfen. Ich schließe die Augen und lehne mich an Leon, konzentriere mich auf meinen Atem, wie Lucie es mir geraten hat, und versuche mir vorzustellen, dass das hämmernde Geräusch nur das ist: Ein Geräusch, sonst nichts. Irgendwann wird es aufhören. Ich atme tief, Leon hat die Arme um mich gelegt, und ich spüre, wie sich eine neue Art von Gewissheit in mir ausbreitet. Selbst das mit Justin wird nicht ewig dauern.

## 74

## LEON

Die Polizei nimmt Justin mit. Er hat geradezu Schaum vor dem Mund. Es ist ganz offensichtlich, was passiert ist. Ein Mann, der immer alles unter Kontrolle hatte, hat sie verloren. Doch Gerty weist uns darauf hin, dass das zumindest die einstweilige Verfügung beschleunigen wird.

Wir untersuchen die Tür. Seine Tritte und Faustschläge haben Dellen im Holz hinterlassen, die Farbe ist abgesplittert. Es sind sogar Blutspuren zu sehen. Als Tiffy sie bemerkt, wendet sie den Kopf ab. Wie mag das für sie sein, nach allem, was sie durchgemacht hat? Zu wissen, dass sie diesen Mann geliebt hat und er sie auf seine Weise auch?

Wie gut, dass Richie da ist. Er strahlt heute Abend vor Freude. Als er erzählt, was ein gewisser Bozo alles unternommen hat, um als Erster an die Kraftgeräte zu kommen, kehrt die Farbe in Tiffys Wangen zurück. Beobachte, wie sie sich aufrichtet und ein Lächeln auf ihren Lippen erscheint. Besser. Mit jedem Anzeichen, dass sie zur Ruhe kommt, entspanne ich mich auch ein wenig mehr. Konnte es nicht ertragen, sie so zu sehen – verschreckt, weinend, ängstlich. Selbst als Justin von einem Polizeibeamten abgeführt wurde, konnte das meine Wut nicht lindern.

Doch jetzt, drei Stunden nach dem Drama, haben wir uns im Wohnzimmer verteilt, genau wie ich es mir vorgestellt hatte. Ein Außenstehender würde kaum merken, dass der Abend, auf den ich das ganze letzte Jahr gewartet habe, kurz von einem zornigen Mann unterbrochen worden ist, der versucht hat, gewaltsam in die Wohnung einzudringen. Tiffy und ich teilen uns den Sitzsack. Gerty hat einen Ehrenplatz auf dem Sofa eingenommen und lehnt an Mo. Richie beherrscht den Raum vom Sessel aus, der noch nicht wieder ganz auf seinem alten Platz steht, nachdem er als Türblocker gedient hat. Er sitzt irgendwo zwischen Flur und Wohnzimmer.

Richie: »Ich habe es gleich gewusst. Ich mein ja nur.«

Gerty: »Wann denn? Denn ich habe es auch gewusst, aber ich glaube dir nicht, dass du es gleich von Anfang …«

Richie: »Von dem Moment an, als Leon mir erzählt hat, irgendeine Frau würde in seinem Bett schlafen, wenn er nicht da ist.«

Gerty: »Unmöglich.«

Richie, lebhaft: »Na komm! Man kann nicht das Bett mit jemandem teilen und sonst nichts, wenn du weißt, was ich meine.«

Gerty: »Und was war mit Kay?«

Richie macht eine wegwerfende Handbewegung.

Richie: »Ach, Kay.«

Tiffy: »Na, komm schon …«

Richie: »Ja, die war ganz süß, aber sie war nie die Richtige für Leon.«

Ich, zu Gerty und Mo: »Was habt ihr am Anfang gedacht?«

Tiffy: »O Gott, frag sie das doch nicht.«

Gerty, sofort: »Wir hielten es für eine grässliche Idee.«

Mo: »Denk daran, dass du irgendjemand hättest sein können.«

Gerty: »Zum Beispiel widerlich und pervers.«

Richie brüllt vor Lachen und nimmt sich noch ein Bier. Er

hat seit elf Monaten keinen Alkohol mehr getrunken. Ich überlege, ob ich ihm sagen soll, dass er nicht mehr so viel verträgt wie vorher. Dann stelle ich mir vor, wie Richie auf diesen Hinweis reagieren wird (ziemlich sicher wird er noch mehr trinken, um mir zu beweisen, dass ich mich täusche), und lasse es lieber.

Mo: »Wir wollten Tiffy sogar Geld geben, damit sie es nicht tut.«

Gerty: »Was sie, wie man sieht, abgelehnt hat.«

Mo: »Und dann wurde uns klar, dass das zum Loslösungsprozess von Justin gehört und dass wir sie machen lassen mussten.«

Richie: »Und ihr habt es nicht geahnt? Tiffy und Leon?«

Mo: »Nein. Um ehrlich zu sein, habe ich nicht gedacht, dass Tiffy schon für einen Typen wie Leon bereit wäre.«

Ich: »Was für ein Typ ist das?«

Richie: »Teuflisch gut aussehend?«

Ich: »Schlaksig? Große Ohren?«

Tiffy, ironisch: »Er meint, kein Psycho.«

Mo: »Ja, genau. Es dauert lange, sich aus solchen Beziehungen zu lösen.«

Gerty, schnell: »Kein Wort über Justin.«

Mo: »Sorry. Ich wollte nur sagen, wie gut Tiffy das gemacht hat. Wie schwer es für sie gewesen sein muss auszubrechen, bevor daraus ein Muster wurde.«

Richie und ich tauschen Blicke. Ich denke an Mom.

Gerty verdreht die Augen.

Gerty: »Ehrlich. Mit einem Therapeuten zusammen zu sein ist übrigens schrecklich. Dieser Mann kann einfach nicht unbeschwert sein.«

Tiffy: »Aber du?«

Gerty knufft Tiffy mit dem Fuß.

Tiffy schnappt sich den Fuß und zieht daran: »Überhaupt, *das* wollen wir unbedingt noch hören. Du hast mir gar nicht richtig von dir und Mo erzählt! Wie? Wann? Ohne penisbezogene Details, wie besprochen.«

Richie: »Hä?«

Ich: »Hör einfach zu. Am besten lässt du die Insiderwitze an dir vorbeiziehen. Irgendwann verstehst du sie dann.«

Tiffy: »Warte nur, bis du Rachel kennenlernst. Die Königin der unangebrachten Insiderwitze.«

Richie: »Scheint mein Typ zu sein.«

Offenbar denkt Tiffy über seine Bemerkung nach, und ich hebe warnend die Brauen. Schlechte Idee, Richie zu verkuppeln. So sehr ich meinen Bruder liebe, er ist ein Herzensbrecher.

Ich: »Erzählt weiter, Mo, Gerty.«

Mo, zu Gerty: »Mach du.«

Tiffy: »Nein, nein, Gertys Version hört sich bestimmt an, als würde sie vor Gericht stehen – Mo, bitte erzähl uns die romantische Version.«

Mo wirft Gerty einen Seitenblick zu, um abzuchecken, wie sauer sie über diese Bemerkung ist. Zum Glück hat sie schon drei Gläser Wein intus und wirft Tiffy nur einen wütenden Blick zu.

Mo: »Also, es fing an, als wir zusammengezogen sind.«

Gerty: »Wobei Mo offenbar schon davor ewig in mich verliebt war.«

Mo wirft ihr einen leicht gereizten Blick zu.

Mo: »Und Gerty in mich schon über ein Jahr, hat sie gesagt.«

Gerty: »Im Vertrauen!«

Tiffy räuspert sich ungeduldig.

Tiffy: »Und ihr seid richtig verliebt? Schlaft im selben Bett und alles?«

Betretenes Schweigen. Mo betrachtet verlegen seine Füße. Tiffy lächelt Gerty an und drückt ihre Hand.

Richie: »Tja. Sieht aus, als müsste ich mir eine Mitbewohnerin suchen, stimmt's?«

# SEPTEMBER, zwei Jahre später

# Epilog

## TIFFY

Als ich von der Arbeit nach Hause komme, klebt ein Zettel außen an der Tür. Das ist an sich nicht ungewöhnlich, aber normalerweise beschränken Leon und ich uns auf das Innere unserer Wohnung. Damit wir unseren Nachbarn nicht unsere Eigentümlichkeiten unter die Nase reiben.

*Warnung: bevorstehende romantische Geste.*
*(Lass dir versichert sein: sehr preisgünstig.)*

Ich pruste vor Lachen und drehe den Schlüssel in der Tür um. Die Wohnung sieht aus wie immer: vollgestopft, bunt und einfach wie ein Zuhause. Erst als ich meine Tasche neben die Tür werfen will, sehe ich die Nachricht dort an der Wand.

*Schritt eins: Zieh dich für ein Abenteuer an. Bitte nimm dir Kleidung aus dem Schrank.*

Ich starre die Nachricht irritiert an. Dies ist selbst für Leons Standards exzentrisch. Ich ziehe meinen Mantel und Schal aus und lasse beides auf der Rücklehne des Sofas liegen. (Inzwischen haben wir ein Schlafsofa, wofür wir aus Platzgründen den Fernseher opfern mussten, aber eine Wohnung ist erst dann ein Zuhause für uns, wenn Richie ein Bett zum Übernachten hat).

An der Innenseite der Schranktür ist die nächste Nachricht, zusammengefaltet und mit Tesa festgeklebt. Außen steht:

*Trägst du schon was Tiffytypisches?*

Ja, schon, aber ich hatte die Sachen zur Arbeit an, deswegen sind sie normaler als sonst (z.B. habe ich versucht, nicht zwei Kleidungsstücke anzuziehen, die auf dem Farbkreis direkt gegenüber voneinander liegen). Ich stöbere im Schrank und suche nach etwas, das angemessen »abenteuerlich« ist, was auch immer das heißen mag.

Bei dem blau-weißen Kleid, das ich vor einigen Jahren gekauft habe, halte ich inne. Leon nennt es immer mein Fünf-Freunde-Kleid. Es ist ein wenig unpraktisch an einem kalten Tag, aber mit meiner dicken grauen Strumpfhose und dem gelben Regenmantel vom SKM ...

Als ich angezogen bin, löse ich den Zettel von der Schranktür und lese die Nachricht im Inneren.

*Hallo noch mal. Ich wette, du siehst schön aus.*

*Du musst noch einige Sachen zusammensammeln, bevor du in dein Abenteuer aufbrichst, wenn es dir nichts ausmacht. Den ersten Gegenstand findest du dort, wo wir uns zum ersten Mal getroffen haben. (Keine Sorge. Alles wasserdicht.)*

Ich grinse und gehe ins Badezimmer, ich bewege mich nun schneller. Was genau hat Leon hier vor? Wohin soll ich? Nun trage ich mein Abenteuerkleid, und das Nacharbeitstief ist wie weggeblasen – vielleicht wusste Leon, dass ich mich mit etwas Buntem besser fühlen würde – und ein prickelndes, schwindelig machendes Gefühl breitet sich in meinem Bauch aus.

Am Duschkopf hängt ein Briefumschlag, der sorgfältig und sehr gewissenhaft in Klarsichtfolie eingewickelt ist. Auf ihm klebt ein Post-it.

*Bitte lies mich noch nicht.*

*Das Nächste, was du brauchst, ist an dem Ort, wo wir uns zum ersten Mal geküsst haben. (Also nicht genau dort, weil wir nun ein anderes Sofa haben, aber bitte ignoriere das aus romantischen Gründen.)*

Zwischen den Sofakissen befindet sich noch ein Umschlag. Darauf steht *öffne mich*, also reiße ich ihn auf. Im Inneren steckt eine Zugfahrkarte von London nach Brighton. Ich runzele die Stirn, bin verdutzt. Warum Brighton? Dort waren wir nicht mehr, seitdem wir zusammengekommen sind, damals, als wir Johnny White gesucht haben.

Auf dem Zettel hinter der Fahrkarte steht:

*Das Letzte, was du brauchst, verwahrt Bobby. Er erwartet dich.*

Bobby ist der Mann, den wir früher als Seltsamer Mann in Wohnung 5 bezeichneten. Er ist inzwischen ein guter Bekannter und hat glücklicherweise realisiert, dass man Cider nicht aus Bananen machen kann, und ist auf konventionelleren Apfel-Cider umgestiegen. Der ist sehr lecker, und ich bekomme grundsätzlich einen ganz fiesen Kater davon.

Ich nehme zwei Stufen auf einmal und klopfe bei ihm, hibbele ungeduldig von einem Fuß auf den anderen.

Er öffnet in seiner Lieblingsjogginghose (ich habe sie ihm letztes Jahr genäht, es wurde langsam anstößig. Ich habe ein Stück pinkfarbenen Baumwollstoff als Flicken benutzt, der bei mir noch herumlag, deswegen sieht er ganz eindeutig nicht *weniger* seltsam aus).

»Tiffany!«, sagt er, dann schlurft er weg, lässt mich im Flur stehen. Ich recke den Hals. Schließlich erscheint er wieder und hat eine kleine Faltschachtel mit einem Post-it darauf in der Hand. »Bitte schön!«, sagt er und strahlt. »Und nun husch, husch!«

»Danke?«, sage ich und betrachte die Kiste.

*Wenn du in Brighton bist, geh zum Strand am Pier. Du wirst die Stelle erkennen, wenn du sie siehst.*

★

Dies ist die unerträglichste Bahnfahrt, die ich jemals unternommen habe. Mein ganzer Körper juckt vor Neugierde. Ich kann kaum still sitzen. Als ich in Brighton ankomme, ist es dunkel, aber ich finde ganz einfach den Weg zum Strand; ich gehe so schnell zum Pier, ich jogge fast, was ich sonst nur in Extremsituationen mache, ich muss also wirklich aufgeregt sein.

Sobald ich dort bin, verstehe ich, was Leon meinte. Ich kann es nicht verfehlen.

Auf den Kieseln steht ein Sessel, etwa dreißig Meter vom Meer entfernt. Er ist in bunte Decken eingehüllt, und drum herum, zwischen den Steinen, stehen Dutzende Teelichter.

Ich lege mir die Hand auf den Mund. Mein Herz schlägt dreimal so schnell wie sonst. Auf dem Weg dorthin stolpere ich auf den Kieselsteinen und schaue mich nach Leon um, aber ich kann ihn nicht sehen – der ganze Strand ist menschenleer.

Die Nachricht auf dem Stuhl wird von einer großen Muschel beschwert.

*Setz dich hin, wärm dich auf und öffne den Umschlag, wenn du be-*
*reit bist. Dann die Kiste.*

Ich reiße die Klarsichtfolie auf und öffne den Umschlag, sobald
ich mich hingesetzt habe. Zu meiner Überraschung sehe ich
Gertys Handschrift.

*Liebe Tiffy,*
*Leon hat Mo und mich um unsere Mithilfe bei dieser verrückten*
*Aktion gebeten, weil er denkt, du würdest unsere Meinungen schät-*
*zen. Ich vermute, er hat ein wenig Angst und will das nicht alleine*
*machen. Das finde ich aber nicht negativ. Ein wenig Bescheidenheit*
*steht einem Mann gut zu Gesicht.*

*Tiffany, wir haben dich noch nie so glücklich wie jetzt gesehen.*
*Das ist dein Verdienst – du hast dir dieses Glück selbst aufgebaut.*
*Aber es ist auch keine Schande zuzugeben, dass Leon geholfen*
*hat.*

*Wir lieben ihn, Tiffy. Er ist auf eine Weise gut für dich, wie es*
*nur ein sehr guter Mann sein kann.*

*Es ist natürlich deine Entscheidung, aber er will, dass du weißt:*
*Unseren Segen hat er.*

*Mo und Gerty x*

*PS: Er wollte, dass ich dir sage: Er hat deinen Vater nicht um*
*Erlaubnis gefragt, weil er das »ein wenig altertümlich und patriar-*
*chisch« findet, aber er ist sich »ziemlich sicher, dass Brian nichts*
*dagegen hat«.*

Ich lache zitternd, wische mir Tränen von den Wangen. Mein
Dad *liebt* Leon. Er nennt ihn seit mindestens einem Jahr in
allen möglichen peinlichen Situationen »Sohn«.

Meine Hände zittern, als ich nach der Pappschachtel greife. Ich brauche qualvoll lange, um den Tesafilm zu lösen, aber als ich den Deckel abhebe, weine ich richtig.

Im Inneren befindet sich ein Ring, er liegt auf regenbogenfarbenem Seidenpapier. Er ist wunderschön: altmodisch, ein wenig angeschlagen, mit einem ovalen Bernstein in der Mitte.

Und dort liegt eine letzte Nachricht.

*Tiffany Rose Moore aus Wohnung 3, Madeira House, Stockwell, möchtest du meine Frau werden?*

*Nimm dir die Zeit, darüber nachzudenken. Wenn du mich sehen willst: ich bin im Bunny Hop Inn, Zimmer 6.*

*Ich liebe dich x*

Als ich es schaffe, als meine Schultern nicht mehr von Freudenschluchzern geschüttelt werden, ich mir die Augen getrocknet und die Nase geputzt habe, eile ich den Strand zum warmen Licht des Bunny Hop Inn hinab.

Er wartet auf dem Bett in Zimmer 6 auf mich, sitzt im Schneidersitz da und zappelt herum. Er ist nervös.

Ich stürze mich auf ihn. Ihm entfährt ein glückliches *Uff*, als ich ihn wieder aufs Bett rolle.

»Ja?«, fragt er kurz darauf und legt mir das Haar zurück, damit er mir ins Gesicht blicken kann.

»Leon Twomey«, sage ich, »nur du konntest dir einen Heiratsantrag ausdenken, bei dem du nicht selbst anwesend sein musst.« Ich küsse ihn stürmisch. »Ja. Absolut, definitiv ja.«

»Sicher?«, fragt er und löst sich von mir, um mich richtig zu betrachten.

»Ich bin mir sicher.«

»Wirklich?«

»Ja, wirklich.«

»Ist es nicht zu viel?«

»Mein Gott, Leon!«, sage ich und verdrehe die Augen. Ich schaue mich um und nehme mir das Hotelbriefpapier vom Nachttisch.

*JA. Ich würde dich liebend gern heiraten.*

*Wo es nun aufgeschrieben ist, ist es unmissverständlich und vermutlich vor Gericht rechtskräftig, aber da solltest du dich bei Gerty rückversichern, weil ich mir das gerade ausgedacht habe. xx*

Ich wedele ihm mit der Nachricht unter der Nase herum, damit er versteht, worum es mir geht, dann stecke ich sie ihm in die Hemdtasche. Er zieht mich an sich und drückt mir die Lippen auf den Kopf. Ich spüre, dass er schief lächelt, wie immer, und alles wirkt zu gut, um wahr zu sein, als würden wir es womöglich nicht verdienen, als würden wir zu viel Glück nehmen und nicht genug für die anderen übrig lassen.

»Jetzt kommt der Teil, wo wir den Fernseher anschalten und ein Atomkrieg begonnen hat«, sage ich und drehe mich herum, um mich neben ihn zu legen.

Er lächelt. »Ich glaube nicht. So funktioniert das nicht. Manchmal passieren schöne Dinge einfach.«

»Du und dein ganzer sonniger Optimismus! Das ist eigentlich mein Part, nicht deiner.«

»Weiß nicht, wo das herkommt. Frisch verlobt? Leuchtende Zukunft? Liebe des Lebens in den Armen? Schwer zu sagen.«

Ich lache in mich hinein, schmiege mich an seine Brust und atme ihn ein. »Du riechst wie zu Hause«, sage ich kurz darauf.

»Du *bist* zu Hause«, sagt er nur. »Das Bett, die Wohnung …«

Er macht eine Pause, wie er es immer macht, wenn er genügend Worte für etwas Großes zusammensucht.

»Ohne dich war es nie ein Zuhause, Tiffy.«

# Danksagung

Zuerst möchte ich mich bei der unglaublichen Tanera Simons bedanken, die vor allen anderen an Tiffy und Leon glaubte und etwas in Gang brachte, was zur verrücktesten und wunderbarsten Zeit meines Lebens führte. Der nächste Dank geht an Mary Darby, Emma Winter, Kristina Egan und Sheila David für alles, was sie dazu beigetragen haben, *Love to share* in die Welt hinaus zu bringen. Ich bin so glücklich, dass ich bei der Darley Anderson Agency ein Zuhause gefunden habe.

Vielleicht glaubt man es nach den Geschichten über Martin und Hana nicht, aber in Wirklichkeit arbeiten in der Verlagsbranche viele wahrhaft wunderbare Menschen – und diejenigen, die bei der Veröffentlichung dieses Romans geholfen haben, sind besonders toll. Ich danke Emily Yau und Christine Kopprasch, meinen wundervollen Lektorinnen bei Quercus und Flatiron: Ihr habt das Buch mit euren Anmerkungen unendlich viel besser gemacht. Danke auch an Jon Butler, Cassie Browne, Bethan Ferguson, Hannah Robinson, Hannah Winter, Charlotte Webb, Rita Winter und die ganzen anderen netten Leute bei Quercus, die so viel dazu beigetragen haben, dass dieses Buch erscheinen kann. Und danke an meine wunderbaren internationalen Verlage, dass sie so früh schon an Tiffy und Leon geglaubt haben und aus dieser Erfahrung einen noch größeren Traum machen.

Mein nächster Dank geht an Libby, weil du meine Muse bist;

Nups, weil du mein Fels in der Brandung bist, mit mir schimmligen Badezimmern den Kampf ansagst und mir (sehr empathisch) mitgeteilt hast, dass dieses Buch der große Wurf schlechthin ist; und Pooja, weil du eine wunderbare, großzügige Freundin bist und mir so viel Zeit und Wissen schenkst. Danke an Gabby, Helen, Gary, Holly und Rhys, die frühen Leser, für erhellende Ideen und chaotische Abende in der Adventure Bar und an Rebecca Lewis-Oakes, die mir ins Gewissen geredet hat, als ich zu viel Angst hatte, Anfragen zu stellen. Tut mir leid, dass ich den Namen Justin beibehalten habe, Rebecca!

An meine wunderbare Familie und auch an die fabelhafte Familie Hodgson: Danke, dass ihr immer für mich da seid und euch so sehr über alles freut, das mit *Love to share* zu tun hat. Mum und Dad, vielen Dank für eure immerwährende Unterstützung und dafür, dass es mir im Leben nie an Liebe und Büchern gemangelt hat. Und an Tom: Danke, dass du mir mit den Details geholfen hast. Ich hab dich lieb und denke jeden Tag an dich.

An Sam. Das ist der schwierigste Dank, weil ich mich genau wie Leon fühle – ich finde einfach keine Worte für etwas derart Großes. Danke für deine Geduld, deine welpenhafte Begeisterung für alles, was das Leben mit sich bringt, und danke, dass du gelesen und gelacht hast, wenn es am wichtigsten war. Ich widme dir dieses Buch, aber es ist nicht nur für dich, es ist auch wegen dir entstanden.

Und zuletzt geht ein riesiger Dank an jeden Leser und jede Leserin, der oder die dieses Buch in die Hand genommen hat, und an jeden Buchverkäufer und jede Buchverkäuferin, der oder die das ermöglicht hat. Ich bin so dankbar dafür und fühle mich geehrt.